Die sagenhaften Göttergirls

Sieg für Artemis

Für Gabriela Sagun und Cecelia Sagun

J. H. und S. W.

Inhaltsverzeichnis

1

Keine Mädchen erlaubt

»Wer als Erstes bei den Sportplätzen ist!«, forderte Artemis ihren Zwillingsbruder Apollon heraus, als sie am Mittwochnachmittag zusammen über den Schulhof des Götterinternats Olymp High gingen. Am Samstag sollten die Olympischen Spiele stattfinden, und auf den Sportplätzen wurde gerade ein offizielles Training abgehalten. Aus ganz Griechenland, dem Olymp und anderen magischen Königreichen waren die talentiertesten Athleten ans Götterinternat gekommen, um sich miteinander zu messen.

»Einverstanden.« Apollon kauerte sich auf den Boden und stützte die Fingerspitzen auf die Marmorplatten des Schulhofs.

Artemis ging neben ihm in Startstellung. »Auf die Plätze – fertig – los!«, rief sie.

Die beiden unsterblichen Geschwister schnellten

genau im selben Moment los und flogen nur so über den Schulhof und den grasbewachsenen Abhang, der zu den Sportanlagen hinunterführte. Artemis' drei Hunde hüpften begeistert neben ihnen her. Sie rannten für ihr Leben gern!

Die Spezialdisziplin der Zwillinge war eigentlich Bogenschießen, aber Artemis liebte sportliche Herausforderungen jeglicher Art. Im Schießen waren sie und ihr Bruder gleich gut, aber im Laufen konnte sie ihn schlagen, wenn sie einen guten Tag erwischte. Heute lag sie bereits fast einen Meter vor Apollon und baute ihren Vorsprung weiter aus, die Augen fest auf die Sportplätze gerichtet.

An den Fahnenmasten des Leichtathletik-Stadions flatterten bereits farbenfrohe Banner, auf denen die Symbole der verschiedenen olympischen Disziplinen prangten. Für Bogenschießen gab es kein Symbol, weil diese Sportart nicht olympisch war, aber Artemis hätte ohnehin keine Chancen auf einen Olympiasieg gehabt. Jeder einzelne Olympiateilnehmer und angereiste Athlet war nämlich männlich, weil Mädchen nicht an den Olympischen Spielen teilnehmen durften.

Diese himmelschreiende Ungerechtigkeit machte Artemis jedes Mal aufs Neue wütend.

Auch jetzt ließ sie sich davon aus dem Konzept bringen und verlangsamte vorübergehend ihre

Schritte. Als sie sich nach Apollon umblickte, sah sie, dass er sie beinah eingeholt hatte. Beim Gipfel des Olymps!

Ares, der beste Läufer der Olymp High, stand unterdessen zusammen mit einigen anderen Schülern am Rand der Laufbahn, um seine Wettkampfgegner beim Training zu beobachten, drehte sich nun aber zu Artemis und Apollon um und grinste ihnen entgegen. Nachdem er die Hände an den Mund gelegt hatte, rief er: »Los, Apollon, du schaffst das! Sie ist doch nur ein *Mädchen*!«

Das war der entscheidende Ansporn für Artemis. Sie mobilisierte ihre letzten Kräfte und fixierte entschlossen die Ziellinie. Mit einem gewaltigen Endspurt schoss sie über die Randbegrenzung des Spielfelds und ließ Apollon weit hinter sich.

»Stopp, nicht so stürmisch!«, rief Ares und sprang zur Seite, um nicht von ihr umgerannt zu werden, bevor sie schlitternd zum Stehen kam.

Während Artemis verschnaufte, warf sie Ares einen triumphierenden Blick zu. »Ich bin vielleicht nur ein *Mädchen*, aber gewinnen kann ich trotzdem!«

»Äh, ja, gutes Rennen«, erwiderte Ares lahm.

Artemis war schon oft aufgefallen, dass es Jungen überhaupt nicht interessierte, wenn Mädchen gut im Sport waren. Für sie war nur wichtig, wie sie selbst im Vergleich mit anderen Jungen abschnitten. Sie sah sich nach Apollon um, der japsend neben ihr stand. Sein Gesicht war so rot wie ihr Lieblingschiton.

»Vielen Dank auch«, knurrte er. »Mich vor meinen Freunden so zu blamieren!«

Was?, dachte sie entrüstet. *Ich soll absichtlich verlieren, nur damit er vor seinen Freunden gut dasteht? Ganz sicher nicht!*

»He, Artemis, wir sind hier drüben!«, rief Athene von der Tribüne herüber. Ein leichter Wind blies ihr eine Strähne ihrer gewellten braunen Haare ins Gesicht, und sie strich sie mit der einen Hand zurück, während sie mit der anderen winkte. Artemis war ohnehin wütend auf ihren Bruder und beschloss daher, sich zu ihrer Freundin zu setzen. Sämtliche Disziplinen wurden gleichzeitig trainiert, und Athene verfolgte gerade den Diskuswurf. Jetzt rutschte sie zur Seite, um Artemis Platz zu machen.

Ein Götterjunge namens Atlas war als Erster dran und trat mit der Diskusscheibe in der rechten Hand in den Wurfkreis. Die Mädchen beobachteten, wie er federnd auf der Stelle hüpfte, seinen Körper um die eigene Achse drehte, um Schwung zu holen, und den Diskus dann mit einer gewaltigen Kraftanstrengung hoch in die Luft schleuderte.

»Aaarh!«, ächzte er und sah zu, wie die Scheibe das halbe Spielfeld überquerte und dann im Boden einschlug.

Die anderen Götterjungen der Olymp High scharten sich sofort um ihn, um seinen Wurf zu bejubeln.

»Gut gemacht, Atlas!«, rief Apollon und boxte mit der Faust in die Luft.

»Geiler Wurf!«, lobte auch Ares.

Artemis funkelte die Jungen böse an. Wenn ein *Junge* gut in einer Sportart war, flippten sie natürlich vollkommen aus vor Begeisterung!

Urplötzlich erlahmte Ares' Interesse für Atlas und seinen Diskus, und er drehte den Kopf zur Tribüne und blickte in Artemis' Richtung.

Sie setzte sich aufrecht hin und runzelte die Stirn. *Warum guckt er mich an?,* fragte sie sich. Dann merkte sie, dass er jemand hinter ihrem Rücken anstarrte. Als sie sich umdrehte, entdeckte sie ihre Freundin Aphrodite, die auf dem Weg zu ihr und Athene war, während die Hälfte der Jungen auf dem Sportplatz in ihrer jeweiligen Sportart innehielt, um das hübsche Göttermädchen bewundernd anzuschmachten. Aphrodites lange Haare schimmerten wie Gold, und der Saum ihres tiefblauen Chitons flatterte bei jedem Schritt. Sie warf Ares mit ihren strahlend blauen Augen einen koketten Blick zu und hob die blau lackierten Fingernägel, um ihm zuzuwinken.

Die meisten Jungen waren vermutlich der Meinung, dass Mädchen so süß und herausgeputzt sein sollten wie Aphrodite und den Sport den Jungen überlassen sollten. »Das ist einfach nicht fair!«, beschwerte sich Artemis lautstark.

»Ich weiß«, gab ihr Athene grinsend recht. »Immer kriegt *sie* die ganze Aufmerksamkeit. Aber sie ist schon so umwerfend auf die Welt gekommen und kann schließlich nichts dafür, dass sie das hübscheste Mädchen der ganzen Schule ist.«

»Nein, das meinte ich nicht«, erwiderte Artemis. »Ich finde es nicht fair, dass nur Jungen an den Olympischen Spielen teilnehmen dürfen. Ich bin auch eine gute Athletin, und viele andere Mädchen sind ebenfalls gut im Sport. Warum sollten wir nicht auch mitmachen dürfen?«

»Die Jungs haben bestimmt nur Angst, dass sie gegen uns keine Chance hätten«, mischte sich Aphrodite lächelnd ein und setzte sich zu ihnen.

»Da könntest du absolut recht haben«, sagte Artemis, ohne auch nur mit der Wimper zu zucken.

»Du meinst es also ernst?«, fragte Aphrodite und starrte sie überrascht an. »Du würdest *wirklich* gern bei den Olympischen Spielen mitmachen?«

»Darauf kannst du deinen Lipgloss verwetten«, gab Artemis zurück. Ihre Hunde, die bisher friedlich zu ihren Füßen gelegen hatten, fingen an, gelangweilt an ihr hochzuspringen. Artemis strich sich die glänzenden schwarzen Haare aus der Stirn, zog einen Ball aus der Tasche, der wie ein Knochen geformt war, und warf ihn für die Hunde auf den grasbewachsenen Bereich neben dem Stadion. Es war ein Zauberball, der abrupt die Richtung wechseln und auf und ab hüpfen konnte. Alle drei Hunde wedelten begeistert mit dem Schwanz und machten sich sofort an die Verfolgung.

Athene schüttelte den Kopf. »Keine Chance. Zeus hat vor langer Zeit beschlossen, dass die Olympischen Spiele nur für Jungen sind. So war es schon immer, und so wird es auch immer bleiben.« Sie zeigte auf die riesige Plakatwand am Rand des Stadions, auf der ruhmreiche Szenen vergangener Spiele verewigt waren: Jungen, die miteinander rangen, Jungen, die gegeneinander Wettrennen liefen, Jungen beim Speerwerfen. Jungen, Jungen, Jungen!

Athene hatte sicher recht. Zeus war ihr Vater, also musste sie es wissen. Und er war nicht nur der Direktor des Götterinternats, sondern auch der König der Götter und der Herrscher über den Himmel. Sein Wort war Gesetz.

»Aber macht euch das nicht auch wütend?«, fragte Artemis aufgebracht. »Nicht mal ein bisschen?«

Aphrodite zuckte mit den Schultern. »Nicht wirklich. Ich sitze lieber gemütlich hier auf der Tribüne und gucke den Jungs beim Schwitzen zu.«

»Mir ist dieser Gedanke ehrlich gesagt noch nie gekommen«, gab Athene zu und kämmte sich mit den Fingern durchs Haar. »Aber Artemis hat schon irgendwie recht. Wenn ein Mädchen wirklich mitmachen wollte, sollte es auch … Oh nein!« Sie hatte ihren Freund Herakles im Kampfring entdeckt, wo ihn ein schuppiger Drachenjunge gerade mit seinen scharfen Krallen umklammerte. Aber Herakles ließ die Muskeln spielen und drehte den Spieß um, indem er den Drachenjungen hoch über seinen Kopf hob und ihn dann auf den Boden schleuderte. Flammen loderten aus dem Maul des Jungen und versengten Herakles die Haarspitzen.

Athene rutschte aufgeregt auf ihrem Sitz herum und schrie: »Ja! Gib's ihm!«

Herakles grinste über die Schulter zu ihr herüber und hielt den Daumen hoch.

In diesem Moment kamen Artemis' Hunde zurück, mit flatternden Ohren und wedelnden Schwänzen. Amby, der Beagle, hatte die Führung übernommen und legte den erbeuteten Ball in die Handfläche seines Frauchens.

»Gut gemacht«, lobte sie ihn, ohne den Hundespeichel zu bemerken, mit dem nun der ganze Ball überzogen war.

Aphrodite rutschte ein wenig zur Seite, sagte aber nichts. Ihre Freundinnen wussten, dass sie Hunde nicht so toll fand, vor allem nicht, wenn sie sabberten.

»Habt ihr Durst, Jungs?«, fragte Artemis, als sie sah, wie sehr ihre Vierbeiner japsten und hechelten. Sie stand auf und führte die Hunde zu einem ovalen Steinbrunnen neben der Tribüne. Poseidon, der Meeresgott, hatte den Brunnen speziell für die Olympischen Spiele in Form des Buchstabens »O« entworfen. Aus zahlreichen Öffnungen in der Mitte des Brunnens spritzte Wasser in Bögen und Spiralen und schien für einige Sekunden in der Luft zu tanzen, bevor es zurück ins Becken plätscherte.

Poseidon selbst stand im flachen Wasser des Brunnenbeckens und bastelte am Mechanismus der Wasserpumpe herum. Eigentlich sollte jede Öffnung einen anderen Ton von sich geben, wenn das Wasser herausspritzte, sodass eine schöne Melodie entstand, aber bisher klang das Ganze noch ziemlich schräg. Um Poseidon herum schwammen magische Fische und trainierten die Tricks, die sie während der Olympischen Spiele im Brunnenbecken aufführen würden.

Artemis steckte den Zauberball wieder in die Tasche und beugte sich über den Brunnenrand, um Wasser für die Hunde zu schöpfen. »Hier«, sagte sie und hielt jedem Hund ihre gewölbten Handflächen hin, damit er trinken konnte. Nachdem die drei genug Wasser geschlabbert hatten, zog sie den Ball wieder heraus, holte aus und schleuderte ihn über die Wiese. Amby rannte sofort los, und auch der Bluthund Suez jagte hinterher, aber Artemis' Windhund Nektar war schneller als die beiden. Als er den Ball erreicht hatte und gerade zuschnappen wollte, drehte dieser spielerisch ab und flog Richtung Tribüne davon.

»He, für ein Mädchen wirfst du ganz schön weit!«, rief ihr ein Sterblicher namens Aktaion zu, der sie offenbar beim Werfen beobachtet hatte. Er stand neben Hades an der Weitsprunggrube, wo die beiden Jungen warteten, bis sie an der Reihe waren.

Zu jedem anderen Zeitpunkt hätte Artemis Aktaions Bemerkung als Kompliment aufgefasst, aber weil sie sich so über Ares' Kommentar nach ihrem Wettrennen mit Apollon geärgert hatte und immer noch wütend war, weil nur Jungen an den Olympischen Spielen teilnehmen durften, kochte sofort der Zorn in ihr hoch.

»Was soll denn *das* bitte heißen?«, rief sie. »Glaubst du, Mädchen könnten nicht werfen, oder was?«

Aber Aktaion hörte sie nicht, weil in diesem Moment Applaus aufbrandete. Auf der Laufbahn war ein weiteres Trainingsrennen gestartet worden, und Ares hatte sich wie üblich aus dem Hauptfeld abgesetzt und lag mit großem Vorsprung an der Spitze.

»Ares! Ares! Ares!«, rief Aphrodite von der Tribüne. Ares und sie gingen schon seit einer ganzen Weile miteinander, trennten sich jedoch in regelmäßigen Abständen, wenn sie wieder einmal Streit hatten. Im Moment waren sie ein Herz und eine Seele, weil

Ares beim letzten Schulball ein romantisches Lied für Aphrodite gesungen hatte.

»So macht man das!«, bejubelte sie seinen Sieg. Genau das war offenbar die Aufgabe, die Mädchen während der Olympischen Spiele zukam: die Jungen anzufeuern. Mehr nicht.

Grrrr!, machte Artemis innerlich.

»Ist Hades schon gesprungen?«, fragte eine Stimme neben ihr. Artemis sah sich um und entdeckte Persephone, die mit ihrer blassen Hand die grünen Augen abschirmte und zur Weitsprunggrube hinüberspähte. Eine goldene Kette mit einem doppelten G als Anhänger glitzerte um ihren Hals. »Ich konnte nicht früher kommen, weil ich Fräulein Thallo nach dem Gartenkundeunterricht noch helfen musste, die neue Samenlieferung auszupacken.«

»Nein, keine Sorge«, sagte Athene, die von der Tribüne zu ihnen herübergekommen war. »Er war noch nicht an der Reihe.« Zusammen mit Aphrodite bildeten Artemis, Athene und Persephone ein unzertrennliches Vierergespann. Sie waren nicht nur beste Freundinnen, sondern auch die beliebtesten Göttermädchen an der Olymp High. Alle vier trugen die gleiche Kette mit dem Doppel-G-Anhänger.

»Den Göttern sei Dank!« Persephones rote Locken wippten, als sie sich auf die Zehenspitzen erhob und winkend Hades' Aufmerksamkeit zu erregen versuchte. Er nickte ihr lächelnd zu und schien erleichtert zu sein, dass sie endlich da war. »Ich hätte seinen Trainingssprung nur ungern verpasst«, erklärte sie. »Hades glaubt nämlich, dass ich ihm Glück bringe.«

Artemis seufzte und beugte sich zu Nektar hinunter, der mit dem Zauberball angetrottet kam und ihn vor ihren Füßen ablegte. Machte es denn keinem der anderen Mädchen etwas aus, dass sie nur die Jungen anfeuern durften, statt selbst an den Olympischen Spielen teilzunehmen? Als sie den Ball aufheben wollte, fing plötzlich der Boden unter ihren Füßen an zu beben.

Bumm! Bumm! Bumm!

»Was ist das, zum Donnerkeil?«, rief sie erschrocken. Ihre Empörung über die Benachteiligung von Mädchen war plötzlich vergessen. Sie streckte die Arme aus, um nicht das Gleichgewicht zu verlieren, während neben ihr ein Schwung Wasser aus dem Brunnenbecken auf den Boden schwappte.

Als Artemis sich umsah, entdeckte sie die Ursache für das Gepolter: Giganten! Gleich zwei von ihnen – jeder doppelt so groß und breit wie der stattlichste Götterjunge – kamen mit großen Schritten auf die Sportplätze zu.

Was wollen die denn von uns?, dachte sie.

2

Die Giganten

Persephones Augen weiteten sich. »Sind das Giganten?«, fragte sie.

»Es müssen welche sein, so riesig wie sie sind!«, rief Artemis. Der einzige Gigant, den sie – außer auf den Abbildungen in ihren Schriftrollen – je gesehen hatte, war Herr Zyklop, ihr Heldologielehrer. Aber er war lange nicht so groß wie diese Ungetüme und hatte nur ein einziges großes Auge in der Mitte seiner Stirn, während die Riesen, die jetzt im Anmarsch waren, zwei Augen besaßen. Außerdem hatten sie feuerrote Locken und blickten grimmig drein, wohingegen Herr Zyklop kahlköpfig war und nur griesgrämig guckte, wenn seine Schüler ihre Hausaufgaben nicht gemacht hatten.

Die anderen Göttergirls beäugten die Giganten mindestens genauso misstrauisch wie Artemis. Kein

Wunder: Giganten genossen auf dem Olymp einen äußerst schlechten Ruf.

Bumm! Bumm! Die beiden Riesen hatten inzwischen das Stadion erreicht, das bei jedem ihrer Schritte wackelte. Der Lärm, den sie mit ihren gewaltigen Füßen machten, hallte über den ganzen Platz, auf dem sämtliche Athleten und Zuschauer verstummt waren. Niemand bewegte sich, das Training war vollkommen zum Stillstand gekommen. Alle Augen waren auf die überdimensionalen Eindringlinge gerichtet, die ungerührt weiterstapften und schließlich neben dem Brunnen stehen blieben – nur wenige Meter von Artemis, Persephone und Athene entfernt!

»Wir sind hier, um für den Ringkampf zu trainieren«, verkündete einer der Giganten. Trotz seiner stattlichen Größe war seine Stimme mädchenhaft hoch und piepsig. Artemis hörte, dass einige Götterjungen nervös kicherten. Aber niemand reagierte auf die Worte des Giganten.

Ares hatte die Arme vor der Brust verschränkt und funkelte die Riesen böse an, und auch Hades und Apollon war der Argwohn deutlich anzusehen. Zwischen Göttern und Giganten herrschte seit Jahrhunderten großes Misstrauen. Im Heldologieunterricht hatten sie gelernt, dass das gestörte Verhältnis noch aus grauer Vorzeit stammte, als die Götter des Olymps die Titanen gestürzt hatten, die damaligen Herrscher über die

Erde. Weil Herrn Zyklops Vorfahren auf Seiten des Olymps gekämpft hatten, duldete ihn Zeus als Lehrer am Götterinternat. Der Rest der Giganten hingegen hatte die Titanen unterstützt. Zeus und seine Götter waren zwar als Sieger aus der Schlacht hervorgegangen, hatten den Giganten ihre Feindschaft allerdings nie verziehen. Umgekehrt war es natürlich genauso.

»Wie können sie es wagen, sich hier blicken zu lassen?«, hörte Artemis jemanden murmeln.

»Wir sind hier, um an den Wettkämpfen teilzunehmen, genau wie jeder andere auch«, erklärte der Gigant, der bis jetzt geschwiegen hatte. Seine Stimme war fast so tief wie die von Zeus, was nicht darüber hinwegtäuschte, dass er und sein Begleiter höchstens dreizehn oder vierzehn Jahre alt sein konnten.

Noch immer machte niemand den Mund auf. Artemis fragte sich, ob sie den ganzen restlichen Tag schweigend hier herumstehen wollten. Soviel sie wusste, gab es keine Regel, die besagte, dass Giganten nicht an den Olympischen Spielen teilnehmen durften. Es blieb also nur eine Möglichkeit. Sie zeigte auf Herakles und die anderen Ringkämpfer und sagte zu den Giganten: »Das Ringen wird dort drüben ausgetragen.«

»Verbindlichsten Dank, Fräulein«, erwiderte der Gigant mit der tiefen Stimme.

Artemis grinste.

»Was ist denn so lustig?«, fragte der Koloss, der zu glauben schien, dass sie über *ihn* lachte.

»Nichts«, antwortete sie. »Aber ich bin noch nie ›Fräulein‹ genannt worden, schon gar nicht von einem Gleichaltrigen.«

»Oh.« Als er lächelte, blitzten seine strahlend weißen Zähne auf. »Wo ich herkomme, verlangt das die Höflichkeit. Ich bin übrigens Otos. Und das ist mein Bruder Ephialtes. Und wie heißt du?«

»Artemis.« Aus dem Augenwinkel sah sie, dass Apollon ihr einen Blick zuwarf, der zu sagen schien: *Warum um alles auf dem Olymp redest du mit denen?* Wie alle Götterkinder war er von klein auf darauf getrimmt worden, Giganten zu misstrauen. Artemis hatte sich Giganten immer hässlich und ungehobelt vorgestellt, aber Otos machte einen überaus höflichen Eindruck. Außerdem musste sie zugeben, dass beide Giganten ziemlich gutaussehend waren (was ihr natürlich vollkommen egal war): Sie hatten große braune Augen, scharf geschnittene Gesichter und muskulöse Körper.

Erst jetzt fiel ihr auf, wie ähnlich sich die beiden sahen. *Bestimmt sind sie Zwillinge*, dachte sie. *Genau wie Apollon und ich*. Allerdings waren Apollon und sie zweieiige Zwillinge. Das Einzige, was sie gemeinsam hatten, waren ihre glänzenden schwarzen Haare, ihre dunklen Augen und die Zielsicherheit beim Bogenschießen.

Ephialtes warf den Göttergirls einen arroganten Blick zu. »Ich dachte, die Wettkämpfe wären nur für Jungs«, sagte er und kratzte sich mit seiner riesigen Hand die Brust. Dann wurde seine Stimme noch abfälliger. »Andererseits kämpfen Götterjungen sowieso wie kleine Mädchen, es macht also keinen Unterschied.« Er kicherte über seinen eigenen lahmen Witz.

»Wie bitte?«, fragte Artemis und stemmte wütend die Hände in die Hüften. Die Athleten auf dem Spielfeld murrten und traten näher an die Giganten heran, als erwarteten sie, dass es Ärger gab. Auch Aphrodite kam von der Tribüne herüber und stellte sich neben ihre Freundinnen.

»Vielleicht sollte besser jemand meinen Vater holen«, murmelte Athene besorgt. Artemis blickte sich nach Zeus oder einem der Lehrer um, bis ihr einfiel, dass an diesem Nachmittag eine Lehrerkonferenz stattfand.

»Olympische Spiele: nur für Jungen«, sagte Ephialtes langsam und deutlich, als hielte er die Götter und Göttinnen des Olymps für geistig minderbemittelt. »Was macht ihr Mädchen überhaupt hier? Husch, husch, haut ab!« Er wedelte mit den Fingern, als wären die Göttergirls lästige Fliegen.

Artemis und ihre Freundinnen starrten die Giganten fassungslos an. Auch die meisten Götterjungen auf dem Sportplatz waren sprachlos über so viel Unhöflichkeit. Da Otos seinem Bruder nicht widersprach, ging Artemis davon aus, dass er genauso dachte wie er. So viel zum Thema gute Manieren!

»Wir sind nur zum Zuschauen da«, antwortete Persephone, um die Wogen ein wenig zu glätten.

»Was anderes bleibt uns auch nicht übrig, da Mädchen bei den Olympischen Spielen nicht teilnehmen dürfen!«, fügte Artemis hinzu, die sich diesen Kommentar nicht verkneifen konnte.

»So gehört sich das auch«, erklärte Ephialtes hochmütig. Artemis sah, wie Ares Apollon anstupste und genervt die Augen verdrehte. Störte ihn, dass der Gigant so mit ihr sprach, oder störte *sie* ihn, weil sie den Mund aufgemacht hatte? Wenn diese Götterjungen und Giganten dachten, dass sie hier einfach nur dastand und sich alles gefallen ließ, hatten sie sich getäuscht, diese eingebildeten Idioten!

Artemis' Faust krampfte sich um den Ball, den sie immer noch in der Hand hielt. Ohne nachzudenken holte sie aus und warf ihn mit aller Kraft Richtung Sportplatz. Auf dem Weg dorthin streifte er Ephialtes' Haare, woraufhin der Gigant erschrocken den Kopf einzog. Immer weiter und weiter flog der Ball, bis er schließlich ganz am hinteren Ende der Rasenfläche landete. Ihre drei Hunde dachten natürlich, dass das Spiel weiterging, und rannten hinterher.

»Hast du etwa auf mich gezielt?«, empörte sich Ephialtes mit schriller Stimme und machte einen Schritt auf sie zu. Artemis zuckte nur mit den Schultern.

Aphrodite, Persephone und Athene traten näher an sie heran, um sie abzuschirmen. Sie schienen mit einem handfesten Streit zu rechnen, genau wie Ares, Hades, Apollon und Aktaion, die sich näherten und die Mädchen schützend in ihre Mitte nahmen.

»Moment, so war das nicht gemeint«, stellte Artemis klar, die den aufgebrachten Giganten lieber beschwichtigte, bevor es wirklich zu Reibereien kam.

Otos, der Zwillingsbruder mit der tiefen Stimme, packte Ephialtes beim Arm. »Sei kein Trottel, Bruderherz«, sagte er. »Sie ist doch nur ein Mädchen. Mädchen können nicht zielen, geschweige denn, einen Ball absichtlich so weit werfen. Das war reines Glück.«

Jetzt reichte es ihr aber! Artemis hatte auf einmal keine Lust mehr, irgendjemanden zu beschwichtigen.

Sie machte einen großen Schritt auf den Giganten mit der Mädchenstimme zu. »Oh ja, das war tatsächlich Glück«, sagte sie. »Und zwar für dich, weil ich nicht auf deine Nase gezielt habe! Nur zu deiner Information: Der Ball ist genau da gelandet, wo er hin sollte. Und es gibt hier am Götterinternat noch jede Menge andere Mädchen, die werfen können. Wenn wir an den Spielen teilnehmen dürften, würden wir die Hälfte der Jungen in Grund und Boden werfen!«

Ephialtes brach in lautes Gelächter aus und stieß seinen Bruder mit dem Ellbogen an. »Hast du das gehört, Otos? Sie findet, dass auch Mädchen an den Olympischen Spielen teilnehmen sollten!« Kichernd brachte er hervor: »Dazu wird es niemals kommen, Kleine! Außerdem: Hast du denn keine Angst, dass du dir die Frisur ruinierst?«

»Halt die Klappe, Gigant!«, brüllte Ares und kämpfte sich durch die Menge nach vorn, bis seine Nase die Gürtelschnalle des Riesen berührte. »Du hast kein Recht, so mit ihr zu reden! Zeus hat festgelegt, dass die Olympischen Spiele für Jungen sind, und das ist auch gut so. Aber ihr seid nur Gäste, noch dazu Giganten. *Wir* sind die Götter und haben hier das Sagen, also kommandier uns nicht herum! Auch nicht unsere Mädchen!«

Ephialtes' Augen funkelten vor Wut. »Ach ja?«

»Oh ja!«, bekräftigte Ares mit finsterem Blick.

»Oh-oh, diesen Blick kenne ich«, hörte Artemis Aphrodite flüstern. »Wenn Ares so guckt, ist er auf hundertachtzig. Das bedeutet *Krieg.*«

Aus Solidarität nahm ein Dutzend weiterer Schüler der Olymp High – darunter Apollon, Hades, Aktaion und Poseidon – neben Ares Aufstellung. Die Regel, dass nur Jungen zu den Spielen zugelassen waren, traf bei den meisten auf Zustimmung, aber *wenn* sich jemand über Artemis' Empörung lustig machen durfte, dann *sie* und nicht diese dahergelaufenen Giganten!

»Lass meine Schwester in Ruhe«, befahl Apollon und bohrte mutig seinen Finger in den Bauch des Giganten.

Artemis hätte sich mehr über seine Unterstützung gefreut, wenn er in der Olympia-Frage ihrer Meinung gewesen wäre, ahnte jedoch, dass dem nicht so war.

»Hört endlich auf!«, rief Persephone, als die Stimmung immer aufgeheizter wurde, aber niemand beachtete sie.

Götterjungen und Giganten umkreisten sich mit funkelnden Augen und geballten Fäusten. Artemis konnte nicht erkennen, wer als Erster zuschlug, doch sobald die Grenze einmal überschritten war, brach eine erbitterte Prügelei aus.

Die Giganten waren erfahrene Kämpfer und stellten sich mit dem Rücken zueinander, während sie ihre Hiebe austeilten. Mehrere getroffene Götterjungen knickten wie Zahnstocher zusammen. Ares trat mit aller Kraft gegen Otos' Schienbein. Während der Gigant vor Schmerzen brüllte und auf einem Fuß hüpfte, wollte Apollon gegen sein anderes Schienbein kicken, wurde jedoch von Ephialtes bei der Toga gepackt und nach oben gezogen, bis seine Füße in der Luft strampelten.

»Lass meinen Bruder los!«, schrie Artemis voller Panik und nahm ihren ganzen legendären Mut zusammen, um sich mit geballten Fäusten vor dem Giganten aufzubauen.

Ephialtes blickte grinsend auf sie herab. »Erledigst *du* jetzt das Kämpfen für deinen Bruder?«

Artemis schob trotzig das Kinn vor. »Wenn's sein muss, ja.« Aus alter Gewohnheit griff sie über ihre Schulter und wollte einen Zauberpfeil aus ihrem Köcher ziehen, bis ihr einfiel, dass sie Pfeile und Bogen auf ihrem Zimmer gelassen hatte, weil sie es so eilig gehabt hatte, zum Stadion zu kommen. Ausgerechnet heute! Sonst ging sie nie ohne ihre Schießausrüstung aus dem Haus!

Der Gigant schnaubte belustigt. »Tut mir leid, aber gegen Mädchen kämpfe ich nicht. Auch nicht gegen Jungen, die Mädchen für sich kämpfen lassen.« Er senkte die Hand, bis Apollon einen halben Meter über dem Boden schwebte, und ließ ihn dann los. »Na los, renn zu deiner großen, starken Schwester, damit sie dich beschützt«, stichelte er und tätschelte ihm den Kopf. Zu Artemis' Entsetzen stimmten selbst einige Götterjungen in Ephialtes' Lachen ein. Lässig schlenderten die beiden Riesen Richtung Kampfring davon.

Apollon rappelte sich unterdessen mit hochrotem Kopf auf und schob beide Hände in die Taschen seiner Tunika, bevor er Artemis einen wütenden Blick zuwarf und in die entgegengesetzte Richtung davonstapfte.

Beim Donnergott! Offenbar hatte sie ihren Bruder gerade zum zweiten Mal innerhalb kürzester Zeit blamiert.

»Hilfe! Hilfe! Kannst du mich bitte auch beschützen, Artemis?«, rief einer der Götterjungen.

Sie spürte, wie ihr das Blut in die Wangen stieg. »Wer hat das gesagt?«, fragte sie und sah sich herausfordernd in der Menge um.

»Das war Aktaion!«, rief eine andere Stimme. Plötzlich schoss Aktaion aus dem Pulk der umstehenden Götterjungen auf sie zu und prallte gegen sie, wodurch sie nach hinten gegen den Brunnenrand geworfen wurde. Wild mit den Armen rudernd versuchte sie, das Unvermeidliche zu verhindern, und auch Aktaion griff nach ihr und wollte sie nach vorn ziehen, aber es war zu spät. *Platsch!*, landete sie auf dem Hinterteil im Wasser. *Platsch! Platsch! Platsch!*, sprangen ihre Hunde hinterher, die das Ganze für ein Spiel hielten und ausgelassen im Brunnenbecken herumtollten.

Ihre Scham verwandelte sich in Sekundenschnelle in rasenden Zorn. Mühsam rappelte sie sich auf. Ihre Haare waren tropfnass, und ihr Chiton klebte wie eine große nasse Ambrosia-Nudel an ihrem Körper. Irgendetwas bewegte sich auf ihrem Kopf: ein Zauberfisch!

Zunächst starrte Aktaion sie bestürzt an, aber dann brach er in schallendes Gelächter aus, in das die anderen Götterjungen bereitwillig einstimmten. Artemis schüttelte heftig den Kopf, bis der Fisch sich aus ihren Haaren befreit hatte und mit schillernden Schuppen zurück zu seinen Kameraden sprang.

Glucksend streckte Aktaion die Hand über den Brunnenrand, um ihr herauszuhelfen, aber sie schob ihn beiseite und funkelte ihn böse an. »Du hast ja einen seltsamen Sinn für Humor, Sterblicher«, zischte sie.

»Tut mir leid, Artemis«, sagte er und verkniff sich mühsam ein Grinsen. »Aber ein bisschen glitschig, pardon, witzig war es schon, oder? Warte, ich helfe dir.« Er streckte erneut die Hand nach ihr aus.

»Na gut.« Sie tat so, als würde sie seine Hilfe annehmen und packte mit beiden Händen seinen Arm, bevor sie sich dagegenstemmte, um ihn zu sich ins Becken zu ziehen. Doch ihre nassen Hände fanden keinen Halt und glitten ab. *Platsch!*, landete sie wieder im Brunnen. Auf dem Hintern. Zu allem Überfluss sprang auch noch ein Zauberfisch auf ihre Nase und glotzte sie an. Sie schielte zutiefst gedemütigt zurück. »Geh von meiner Nase runter«, knurrte sie den Fisch an. »Ich gehöre nicht zu eurer Olympia-Show.«

Der Fisch nutzte ihre Nase als Sprungbrett und hüpfte zurück ins Becken, was Aktaion und die anderen Jungen erst recht zum Lachen brachte. Artemis blitzte ihn wütend an, während sie sich zum zweiten Mal aufrappelte und über den Brunnenrand kletterte.

»Ignorier ihn einfach«, sagte Aphrodite beschwichtigend und eilte zu ihr, um sie zusammen mit Athene bei den Armen zu packen und wegzuziehen, bevor sie Aktaion die Tracht Prügel verpassen konnte, die er verdient hatte.

»Ignorier am besten die ganze Bande«, pflichtete ihr Athene bei und warf den Götterjungen böse Blicke zu.

»Kommt, wir hauen ab«, schlug Persephone leise vor. »Im Internat kannst du dich umziehen.«

Aber Artemis war viel zu aufgebracht, um klar denken zu können. Sie riss sich los, und ihre schwarzen Augen bohrten sich in Aktaions graue Augen. Der ganze Ärger über ihren Bruder, die Götterjungen und die Giganten konzentrierte sich plötzlich auf ihn. Bevor sie sich bremsen konnte, hatte sie einen Zauberspruch gemurmelt und streckte die Hand nach ihm aus.

Wen meine Hand berühre,
zum Hirschbock ich ihn küre.

Panik flackerte über Aktaions Gesicht. Er versuchte Artemis' Hand auszuweichen, aber sie machte einen Satz nach vorn und schlug ihm auf den Arm. »Zu spät!«, rief sie.

Aktaion fiel sofort auf alle viere, und seine Hände und Füße verwandelten sich in Hufe, während auf seinem ganzen Körper glattes braunes Fell wuchs. Sein Gesicht wurde länger und schmaler, und aus seinem Kopf spross ein riesiges Geweih. Als die Verwandlung vollkommen war, gab Aktaion, der Hirsch, ein Blöken von sich und sprang davon. Die Hunde nahmen begeistert die Verfolgung auf. Zu Artemis' Überraschung waren sie nicht die Einzigen.

»Ephialtes, komm zurück!«, schrie Otos, der höflichere der beiden Giganten. Aber sein Bruder ignorierte ihn einfach und verließ mit großen, donnernden Schritten den Sportplatz, um hinter dem Hirsch herzurennen.

Ihr Götter des Olymps, was habe ich nur getan?, dachte Artemis.

3

Zwillingsstreit

Artemis war immer noch schrecklich wütend auf Aktaion, und die Tatsache, dass sie pitschnass war und nach feuchtem Hund roch, machte die Sache nicht besser. Trotzdem musste sie irgendetwas tun, um Ephialtes aufzuhalten. Es war allgemein bekannt, dass Giganten unerbittliche Jäger waren, und sie malte sich lieber nicht aus, was passierte, wenn Ephialtes Aktaion in die Finger bekam!

Hastig sagte sie einen zweiten Zauberspruch auf, der ihren ersten rückgängig machte:

Beendet ist die Rache schon,
verwandle zurück Aktaion!

Ephialtes hatte Aktaion mittlerweile fast erreicht und wollte ihn gerade beim Geweih packen, als dieser anfing, sich in seine ursprüngliche Gestalt zurückzuverwandeln. Das Geweih verschwand, und Aktaion sah wieder aus wie vorher. Mit enttäuschtem Gesicht drehte der Gigant ab.

In diesem Moment trat Triathlon, der Leichtathletik-Trainer und Olympologielehrer der Olymp High, aus der Tür der Turnhalle und kam pfeifend auf den Sportplatz zu. Er hatte offenbar nicht mitbekommen, was passiert war, und blieb verwundert bei der völlig durchnässten Artemis stehen. »Was ist denn mit dir passiert?«

»Meine Hunde sind in den Brunnen gesprungen«, antwortete Artemis, was streng genommen keine Lüge war. Der Trainer gab sich damit zufrieden und ging zum Kampfring, um sich mit den beiden Giganten zu unterhalten. Artemis blickte zu der Stelle hinüber, an der Aktaion gerade noch gestanden hatte, aber er war verschwunden.

Prügeleien verstießen gegen die Regeln des Götterinternats, und da niemand riskieren wollte, dass die Olympischen Spiele kurzfristig abgesagt wurden, hielten alle den Mund. Nicht einmal Pheme, die Göttin der Gerüchte, informierte Triathlon über das Geschehene, was unter Umständen daran lag, dass Persephone ihr den Mund zuhielt.

Nachdem der Trainer die Mannschaften und Übungspartner für den nächsten Tag eingeteilt hatte, erklärte er das Training für beendet. Athleten und Zuschauer machten sich in Grüppchen auf den Rückweg zum Götterinternat und tuschelten aufgeregt über das, was sich vor Triathlons Eintreffen ereignet hatte.

Artemis hingegen war mucksmäuschenstill, bis auf das schmatzende Geräusch, das ihre nassen Sandalen beim Gehen machten. Ihre Freundinnen spürten, dass sie nicht reden wollte, und ließen sie in Ruhe, warfen ihr jedoch besorgte Blicke zu. Sogar ihre Hunde, die hinter den vier Göttergirls hertrotteten, waren ungewöhnlich kleinlaut.

Was ist da eigentlich gerade passiert?, fragte sich Artemis und bereute es, an diesem Tag überhaupt zum Stadion gegangen zu sein. Sie musste unbedingt Apollon finden und ihn fragen, ob alles in Ordnung war. Und nach Aktaions Wohlbefinden sollte sie sich vermutlich auch erkundigen, obwohl sie immer noch fand, dass er die Verwandlung in einen Hirsch verdient hatte.

Als die Mädchen den Schulhof erreichten, tauchte Apollon vor ihnen auf, die Hände immer noch tief in den Taschen seiner Tunika vergraben. »Hast du kurz Zeit?«, fragte er Artemis mit gepresster Stimme. Seine dunklen Augen, die den ihren so ähnlich waren, glühten vor Wut und Enttäuschung.

»Jetzt sofort?«, fragte sie und blickte an ihrem triefenden Chiton hinunter.

Er nickte.

Artemis warf ihren Freundinnen einen Blick zu. »Würdet ihr bitte meine Hunde mit nach oben in mein Zimmer nehmen?«, fragte sie.

»Kein Problem«, antwortete Persephone. Seit sie sich mit Hades' Hund Kerberos angefreundet hatte, war sie ein richtiger Hundefan geworden.

Sobald sie allein waren, legte Apollon los. »Schlimmer hättest du mich heute gar nicht blamieren können!«, rief er anklagend.

Artemis wich überrascht vor ihm zurück. »Was ist denn mit *dir* los? Falls du immer noch sauer bist, weil ich unser Wettrennen gewonnen habe: Meinen Sieg habe ich mir auf anständige und faire Weise verdient. Und was die Prügelei mit den Giganten angeht, müsstest du dich eigentlich bei mir *bedanken*. Ich konnte doch nicht einfach dastehen und zugucken, wie dieser Riese dich fertigmacht! Was hast du denn erwartet?«

»Jedenfalls nicht, dass meine *Schwester* mir zu Hilfe eilt, das steht fest! Ich kann auf mich selbst aufpassen.«

»Ach ja? Das habe ich gesehen. Das haben *alle* gesehen.« Warum sollte sie sich bei ihm entschuldigen? Schließlich hatte sie ihm geholfen!

»Am besten hältst du dich ab jetzt von den Sportanlagen fern!«, blaffte er. »Mädchen haben dort sowieso nichts zu suchen.«

Das hätte er besser nicht gesagt, denn Artemis brauste sofort auf und fuhr ihn an: »Und warum nicht? Nenn mir einen vernünftigen Grund, warum Mädchen nicht an den Olympischen Spielen teilnehmen sollten! Ich bin eine hervorragende Athletin, und das weißt du auch!«

»Tja, Zeus ist nun mal der Boss, und er hat beschlossen, dass nur Jungen mitmachen dürfen. Du bist kein Junge, also hör auf, dich wie einer zu benehmen! Und noch etwas: Was du Aktaion angetan hast, war unverzeihlich! Willst du meine Meinung dazu hören?«

»Ich kann's kaum erwarten«, antwortete sie sarkastisch.

»Wenn du mich fragst, hast du es nur getan, weil er in dich verknallt ist.«

»Was?!« Artemis spürte, wie ihr das Blut in die Wangen schoss. Sie blickte sich nervös auf dem Schulhof um, auf dem reges Treiben herrschte. Hoffentlich hatte niemand gehört, was ihr Bruder gesagt hatte. »Ist er nicht!«, zischte sie.

Apollon warf ihr einen überlegenen Blick zu, als wüsste er mehr als sie. Unterhielten sich Jungen etwa auch untereinander über Mädchen, die sie gut fanden? Sie hatte geglaubt, dass so etwas nur Mädchen machten.

»Du bist doch verrückt!«, sagte sie und wandte den Blick ab. »Ich habe ihn in einen Hirsch verwandelt, weil er es verdient hatte. Er hat mich in den Brunnen geschubst!«

»Du kannst froh sein, dass dich niemand bei Triathlon verpfiffen hat.«

Artemis fröstelte plötzlich, weil kalte Wassertropfen an ihren Beinen hinunterliefen. Sie beugte sich nach unten, um den Saum ihres Chitons auszuwringen. »Ich kann nicht glauben, dass du nicht auf meiner Seite bist! Aktaion findet mich überhaupt nicht toll, im Gegenteil: Er hat sogar über mich gelacht!«

»Genauso wie die anderen Götterjungen über mich gelacht haben, als du mich verteidigen wolltest.« Apollon presste sich theatralisch die Hände vor die Brust und sagte mit hoher, mädchenhafter Stimme: »Oh du großer, böser Gigant, bitte lass meinen armen, wehrlosen Bruder runter, sonst verprügle ich dich!«

»So war es nicht, und das weißt du auch! Ich habe nur –«

»Hey!«, rief jemand zu ihnen herüber. Es war Herakles, der inzwischen die Ringer-Uniform der Schule – eine blau-goldene Tunika – ausgezogen hatte und wieder seinen üblichen Löwenumhang trug, dessen Kiefer seinen Kopf wie einen Helm umschlossen. *Wird ihm denn nie heiß unter diesem pelzigen Ding?*, fragte sich Artemis.

Aphrodite machte sich oft über Herakles' seltsamen Modegeschmack lustig, aber Apollon und die anderen

Jungen fanden den Umhang cool. Sie bewunderten Herakles für seine Heldentaten, die unendlich viel Kraft und Mut erfordert hatten. Um an der Olymp High bleiben zu dürfen, hatte er zwölf Aufgaben für Zeus erledigen müssen und dabei unter anderem gegen tödliche Raubvögel und einen gefährlichen kretischen Stier gekämpft.

Artemis wollte jetzt mit niemandem reden. Sie war verletzt und verwirrt. Apollon und sie vertrauten sich normalerweise blind und unterstützten sich in allem. Dass er sauer auf sie war, fühlte sich ganz ungewohnt an. Merkte er denn nicht, dass seine Wut in keinem Verhältnis zu ihrem angeblichen Vergehen stand?

»Ich störe euch doch hoffentlich nicht?«, fragte Herakles und blickte zwischen den Zwillingen hin und her.

»Nö, kein Problem«, antwortete Apollon. »Was gibt es denn?«

»Triathlon hat gerade gesagt, dass du dich noch für keine einzige olympische Disziplin angemeldet hast«, sagte Herakles.

Was? Artemis warf ihrem Bruder einen überraschten Blick zu. Es wurde von jedem Schüler des Götterinternats erwartet, dass er in mindestens einer Sportart antrat, und sie war davon ausgegangen, dass sich Apollon für eines der Wettrennen und für den Weitsprung entscheiden würde. Allerdings hatte er nie etwas Konkretes verlauten lassen, wie ihr jetzt auffiel.

»Das Ringerteam könnte noch Zuwachs gebrauchen«, merkte Herakles an. »Es ist noch nicht zu spät, sich anzumelden.«

Apollon lächelte verlegen. »Danke, aber ich glaube, Kämpfen ist nicht so meine Stärke.«

Herakles grinste. »An deiner Stelle würde ich mich auch nicht unbedingt fürs Ringen entscheiden. Diese beiden Giganten sind dieses Jahr wirklich harte Konkurrenz.« Er sah Artemis an. »Echt schade, dass du nicht bei den Spielen mitmachen und uns vor ihnen beschützen kannst, was?« Er lachte und schien überhaupt nicht zu bemerken, dass weder Apollon noch Artemis seinen Witz besonders lustig fanden. »Schade, dass Bogenschießen keine olympische Disziplin ist. Darin wäre Apollon unschlagbar, weil du ja nicht mitmachen darfst.« Artemis starrte ihn finster an. Warum waren Jungen so schwer von Begriff? Herakles merkte offenbar gar nicht, dass er mit seinen Worten nicht nur sie, sondern auch Apollon verletzte!

Für einen Moment herrschte betretenes Schweigen. »Äh, also dann, bis später«, sagte Herakles schließlich und winkte zum Abschied, während er mit großen Schritten aufs Bronzetor des Götterinternats zuging.

Apollons Gesicht war fleckig vor Wut und Scham.

»He, er hat es sicher nicht so gemeint«, versuchte ihn Artemis zu trösten.

Aber ihr Bruder wich mürrisch ihrem Blick aus und knurrte: »Vielleicht wird es allmählich Zeit, dass wir getrennte Wege gehen. Am besten fangen wir sofort damit an.« Mit diesen Worten drehte er ihr den Rücken zu und stolzierte auf einen Pfad zu, der jenseits des Schulhofs begann. Artemis rannte hinter ihm her. »Aber –«

»Hör auf, mir zu folgen!«, herrschte Apollon sie an.

»Schön, dann sei halt beleidigt!«, rief sie und war plötzlich so sauer, dass ihr völlig egal war, ob er jemals zurückkam. Trotzdem hatte sie einen Kloß im Hals, als sie auf dem Absatz kehrtmachte, den Schulhof überquerte und die Granitstufen zu den massiven Bronzetüren der Schule hinaufstapfte. Sie ließ ihren Frust am Türflügel aus und riss ihn energisch auf.

In der Eingangshalle hatte sich eine Gruppe Schüler um ein Plakat geschart, das neben dem Schaukasten mit Olympia-Trophäen an einer riesigen Säule hing. Als sie näher kam, sah sie, dass darauf eine Veranstaltung angekündigt wurde, die den feierlichen Abschluss der diesjährigen Olympischen Spiele bilden würde.

»Was ist denn ein *Python-o-thon*?«, hörte sie jemanden raunen. Weil die Frage sie neugierig machte, las sie nun auch den Rest des Plakats:

Aufgepasst, liebe Athleten:
Die diesjährigen Olympischen
Spiele umfassen eine neue Disziplin,
DEN PYTHON-O-THON!
Wenn ihr mutig seid und glaubt, dass ihr es mit
PYTHON von Parnass aufnehmen könnt, der
größten, hinterlistigsten und trickreichsten Schlange
der Welt, dann meldet euch zu dieser Disziplin.
Doch Vorsicht!
Allein mit Körperkraft und sportlichem Geschick
werdet ihr nicht weiterkommen. Ebenso wichtig ist
ein scharfer Verstand.
Wenn ihr die beiden kniffligen Rätselfragen, die
Python euch stellt, korrekt beantwortet,
könnt ihr folgenden tollen Preis gewinnen:
*EUREN EIGENEN TEMPEL!**

Artemis schnappte nach Luft. Ein eigener Tempel – das war wirklich ein toller Preis! Kein Wunder, dass alle so aufgeregt um das Plakat herumstanden. Als ihr das Sternchen am Ende der Ankündigung auffiel, wanderte ihr Blick automatisch zum Kleingedruckten hinunter. Dort stand:

** Warnung: Es ist schwieriger, als ihr glaubt, diesen Preis zu gewinnen. Hunderte haben es bereits probiert und sind gescheitert. Viel Glück allen Athleten, die es dennoch versuchen wollen!*

Darunter hatte jemand von Hand vier Wörter geschrieben: *Mädchen sind nicht zugelassen.*

Sie knirschte wütend mit den Zähnen und fragte sich, welcher Götterjunge wohl diese Sonderklausel hinzugefügt hatte. Es hätte sie nicht überrascht, wenn es Aktaion gewesen wäre. Oder einer der Giganten. Oder Ares. Vielleicht sogar Apollon, falls er in der Eingangshalle vorbeigekommen war, bevor er sie auf dem Schulhof zur Rede gestellt hatte.

»Ich wünschte, ich könnte mich dafür anmelden«, sagte eine sehnsüchtige Stimme neben ihr. Artemis sah sich um und entdeckte Medusa. »Gegen mich hätte dieser Python bestimmt keine Chance. Ich habe keine Angst vor Schlangen.« Medusa hob ihre grüne Hand und streichelte die Schlangen, die sie statt Haaren auf dem Kopf trug. Die Reptilien ringelten sich sofort zärtlich um ihr Handgelenk.

Da hatte sie ja eine seltsame Verbündete gefunden! Medusa und sie waren sonst nur selten einer Meinung. Artemis selbst war nicht am Python-o-thon interessiert, weil sie nicht gern gegen Ungeheuer kämpfte, aber warum sollte nicht ein Mädchen wie Medusa an dieser Disziplin teilnehmen, oder Athene, die schlauer war als alle Jungen der Olymp High zusammen?

»Ich finde, es wäre dein gutes Recht, gegen Python anzutreten«, sagte sie nachdrücklich zu Medusa.

Das Mädchen mit den Schlangenhaaren lächelte sie unsicher an. »Meinst du?«

»Auf jeden Fall«, antwortete Artemis. Irgendjemand musste endlich für die Rechte der Mädchen eintreten, und warum sollte nicht *sie* diese Aufgabe übernehmen? »Es ist ungerecht, dass wir Mädchen nicht auch bei den Olympischen Spielen mitmachen dürfen. Ich werde Direktor Zeus darauf ansprechen, und zwar sofort!«

4

Gespräch mit Zeus

»Halt! Du kannst da nicht einfach reingehen!« Alle neun Köpfe von Fräulein Hydra drehten sich zu Artemis um, als sie an der Sekretärin vorbeistürmte und unangekündigt in Zeus' Büro platzte.

Bevor der Mut sie verließ, sprudelte Artemis schnell hervor: »Ich habe etwas Wichtiges zu sagen! Es geht um die –« Sie brach ab, als ihr auffiel, dass der goldene Thron hinter dem Schreibtisch des Direktors leer war. Zeus war offenbar nicht da.

Aber dann hörte sie seine unverwechselbare donnernde Stimme hinter sich: »WAS UM ALLES …?«

Artemis fuhr herum und schnappte erschrocken nach Luft. Nicht wegen Zeus' beeindruckender Erscheinung, auch wenn der Herrscher des Olymps durchaus furchteinflößend war mit seinem stattlichen, muskelbepackten Körper, seiner wilden roten Lockenmähne und seinen stechend blauen Augen. Nein, das war es nicht. Artemis' Schreck rührte daher, dass Zeus breitbeinig vor ihr stand und einen riesigen Aktenschrank quer über den Kopf gestemmt hatte, offenbar mit der Absicht, ihn auf sie zu schleudern!

»FRÄULEIN HYDRA?«, brüllte er Richtung Tür. »ICH HATTE SIE DOCH GEBETEN, NIEMANDEN IN MEIN BÜRO ZU LASSEN, BIS ICH MEINE TRAININGSEINHEIT BEENDET HABE!«

Fräulein Hydras mürrischer grüner Kopf mit dem langen Hals guckte stirnrunzelnd zur Tür herein. »Mir dürfen Sie nicht die Schuld geben! Ich habe versucht, sie aufzuhalten, aber sie wollte nicht hören.«

»Es ist wichtig, Direktor Zeus!«, wiederholte Artemis händeringend.

Während Zeus Artemis prüfend ansah, setzte er sein Muskeltraining fort und stemmte den Aktenschrank über seinem Kopf hoch und runter. Dann seufzte er schwer. »Also gut, ausnahmsweise. Das geht in Ordnung, Fräulein Hydra.« Fräulein Hydras Kopf zog sich aus dem Türrahmen zurück, und Zeus warf den Aktenschrank einfach über die Schulter nach hinten, wo er krachend auf dem Boden landete. RUMMS!

»Nimm doch Platz«, forderte er Artemis auf und wies auf einen kleinen Sessel vor seinem Schreibtisch, den er nun umrundete, um zu seinem Thron zu gelangen. Das geblümte Sitzpolster des Sessels hatte ein Loch, aus dem das Füllmaterial quoll. Einer von Zeus' kleinen Brandunfällen, vermutete Artemis. Mit den Funken, die seine Fingerspitzen sprühten, setzte er ständig irgendetwas in Brand.

Während sie weggeworfene Donnerriegel-Verpackungen und ein Schweißhandtuch von der Sitzfläche des Sessels räumte, damit sie sich setzen konnte, blickte sie sich im Büro um. Überall lagen Akten, Zeitschriften, Papyrus-Landkarten und leere *Zapfel*-Flaschen herum (*Zapfel* war die Abkürzung von *Zeus-Apfelsaft*). Überall dort, wo die von Zeus geschleuderten Blitze eingeschlagen hatten, prangten Brandflecken auf Wänden und Möbeln.

Als der Schuldirektor Artemis' neugierige Blicke bemerkte, fragte er: »Stimmt etwas nicht?«

»Doch, doch«, antwortete sie. Zeus' Büro sah absolut okay aus. Ihr eigenes Zimmer war schließlich auch nicht aufgeräumter!

Der König der Götter ließ sich majestätisch auf seinem riesigen goldenen Thron nieder. »Also, was ist der Grund dafür, dass du einfach so mein Büro stürmst, äh ...« Er sah sie fragend an.

»Artemis«, half sie ihm auf die Sprünge.

»Stimmt. Die Bogenschützin«, sagte er. Es war allgemein bekannt, dass er sich keine Namen merken konnte, daher war sie nicht beleidigt, weil er ihren vergessen hatte. Wenigstens war ihm ihr Geschick mit Pfeil und Bogen im Gedächtnis geblieben, das war viel wichtiger. Jetzt beugte sich Zeus vor und verschränkte die Arme auf dem Papyrus-Stapel auf seinem Schreibtisch. Sein stechender Blick ließ sie noch tiefer in den Sessel sinken. »Also los, raus mit der Sprache! Was ist denn so wichtig?«

Artemis schluckte und starrte erst auf die breiten goldenen Armreifen um Zeus' Handgelenke und dann auf den Pokal, der neben dem Papyrusstapel auf dem Schreibtisch stand, ein goldenes, fast ein Meter hohes Ungetüm in Form eines Donnerkeils. Sie rutschte unbehaglich auf ihrem Sessel herum. Jetzt, wo sie die volle Aufmerksamkeit des Direktors genoss, war sie sich ihrer Sache plötzlich nicht mehr sicher. Es fiel schwer, selbstbewusst aufzutreten, wenn man dem König aller Götter gegenübersaß, der noch dazu Herrscher über den Himmel war! Niemand wagte es, Zeus Vorschriften zu machen. Niemand. Nicht einmal Athene, und die war seine Tochter!

»Ich, äh …« Artemis zögerte und überlegte, wie sie ihr Anliegen am besten formulierte, ohne dass er sauer wurde.

Er trommelte ungeduldig mit den Fingern auf der Tischplatte herum. Die kleinen Blitze, die dabei aus seinen Fingerspitzen schossen, steckten eine der Schriftrollen auf seinem Schreibtisch in Brand, doch bevor Artemis aufspringen konnte, um sie zu löschen, begrub Zeus die winzige Flamme unter seiner Faust. Sie war sich nicht sicher, ob er das Feuer überhaupt bemerkt hatte. Wahrscheinlich war er einfach nur genervt. Von ihr. *Schluck*.

»Ich habe diese Woche jede Menge Termine!«, polterte er. »Die Olympischen Spiele stehen vor der Tür, wie du weißt. Ich habe also nicht den ganzen Tag Zeit, um hier zu sitzen und mit dir zu plaudern!«

»Genau darüber wollte ich mit Ihnen sprechen«, sagte Artemis schnell, weil sie Angst hatte, dass er sie jeden Moment aus seinem Büro warf. »Über die Olympischen Spiele.«

Zeus hob eine seiner buschigen Augenbrauen. »Gibt es etwa Probleme beim Training? Ich hasse nichts mehr als unsportliches Verhalten! Angeblich soll es heute ein Handgemenge auf dem Sportplatz gegeben haben …« Er ließ Artemis nicht aus den Augen, während er den Pokal zur Hand nahm und anfing, damit sein Hanteltraining zu absolvieren. Artemis rutschte ein Stück nach hinten, für den Fall, dass ihm der schwere Pokal versehentlich aus den Fingern rutschte. »Aber das kann ich mir beim besten Willen nicht vorstellen. Die Olympischen Spiele sind schließlich dazu da, die teilnehmenden Schüler in Frieden und Harmonie zusammenzubringen. Oder täusche ich mich, und es ist doch etwas dran an dem Gerücht?«

Mist, dachte Artemis. Sie war nicht in Zeus' Büro gekommen, um irgendjemanden zu verpfeifen. Zumal sie mindestens so viel Schuld an den Ereignissen des Nachmittags trug wie alle anderen Beteiligten. Offenbar hatte Pheme doch nicht den Mund halten können. Typisch! »*Sie* und sich täuschen?«, antwortete sie und tat so, als wäre das ein völlig abwegiger Gedanke.

»Kommt hin und wieder vor«, gestand Zeus und zuckte bescheiden mit den Schultern. »Wenn auch nicht besonders oft«, fügte er rasch hinzu. »Schließlich bin ich der König der Götter!«

Artemis nickte und rutschte wieder ein Stück nach vorn auf ihrem Sessel. Jetzt war eine gute Gelegenheit, ihre Forderung vorzubringen. »Haben Sie zufällig noch ein anderes Gerücht gehört? Das Gerücht, dass wir Mädchen auch bei den Olympischen Spielen mitmachen wollen?«

Zeus ließ den Pokal sinken und starrte Artemis verdutzt an. Unbehagliches Schweigen machte sich breit, und Artemis befürchtete schon, dass Zeus als Strafe für ihren frechen Vorstoß einen Blitz auf sie schleudern und sie in tausend Stücke zerschmettern würde. Doch dann verzog er plötzlich den Mund zu einem breiten Grinsen und funkelte sie verschmitzt an. »Ah, ich verstehe. Das ist ein Witz, oder? Also gut, ich spiele mit. Nein, dieses Gerücht habe ich noch nicht gehört.«

Neugierig wartete er auf die Pointe ihres vermeintlichen Scherzes.

»Das ist kein Witz!«, rief Artemis verzweifelt. »Wir Mädchen sind auch gute Athletinnen. Warum dürfen wir nicht an den Spielen teilnehmen?«

Zeus blickte immer noch verwirrt drein. »Wieso solltet ihr das wollen? Glaubst du, du könntest schwerere Gewichte stemmen als Atlas? Oder beim Ringen gegen einen Giganten gewinnen?«

»Nein, das nicht, aber –«

»Na also«, unterbrach Zeus sie ungeduldig und schüttelte den Kopf. »Es gibt einen guten Grund dafür, dass Mädchen nicht bei den Olympischen Spielen mitmachen: weil ich, der König der Götter und Herrscher über den Himmel, es so bestimmt habe.«

»Aber –«

Zeus hielt eine Hand hoch, um sie zum Schweigen zu bringen. »Es ist nur zu eurem eigenen Besten. Die Wettkämpfe sind nicht ungefährlich, und ihr könntet euch verletzen. Nein, es gibt genügend andere Veranstaltungen hier am Götterinternat, bei denen ihr euch messen könnt. Die Olympischen Spiele sind nur für Jungen da, und so wird es auch bleiben.« Er bedeutete ihr mit verschränkten Armen und blitzenden goldenen Armreifen, dass dies sein letztes Wort war.

Doch Artemis gab nicht so leicht auf. Dafür war ihr dieses Thema viel zu wichtig! »Es geht aber nicht bei allen Disziplinen um Körperkraft. Was ist zum Beispiel mit den Wettläufen? Oder mit der diesjährigen Sonderdisziplin, dem Python-o-thon?«

»Die von mir aufgestellte Regel, dass die Olympischen Spiele für Jungen sind, gilt schon seit langer Zeit, und ich sehe nicht ein, warum ich sie ändern sollte. Meiner Ansicht nach bist du – sind *sämtliche* Mädchen – während der Spiele am besten auf der Tribüne aufgehoben.« Mit diesen Worten machte er es sich auf seinem Thron gemütlich, rollte ein *Göttersport-*Magazin auf und fing an zu lesen. Mit der freien Hand griff er wieder nach dem Pokal und setzte sein Hanteltraining fort.

»Klopf, klopf«, sagte plötzlich eine Frauenstimme.

Artemis und Zeus blickten zur Tür. Als Zeus sah, wer ihn besuchte, sprang er sofort auf, ließ Pokal und Schriftrolle fallen und lächelte strahlend.

»Ich hoffe, ich störe dich nicht«, sagte eine majestätische Göttin mit hoch aufgetürmten blonden Haaren. Es war Hera, die Inhaberin von *Heras Festtagsmode*, einem Brautmodengeschäft auf dem Göttermarkt. In letzter Zeit trafen Direktor Zeus und Hera sich immer häufiger. Kennengelernt hatten sie sich beim letzten Schulball, nachdem Athenes Mutter – eine Fliege namens Metis, die bis zu diesem Zeitpunkt in Zeus' Kopf gelebt hatte – mit ihren Fliegenfreunden durchgebrannt war.

»Komm doch rein«, bat Zeus. »Artemis wollte ohnehin gerade gehen.« Er bückte sich, um an einer zugedeckten Schüssel zu schnuppern, die Hera in der Hand hielt. Der köstliche Duft von süßem Nektar drang an Artemis' Nase. »Für mich?«, fragte Zeus und klang so aufgeregt wie ein kleiner Junge.

»FRÄULEIN HYDRA, EINEN LÖFFEL, BITTE!«, brüllte er nach draußen ins Vorzimmer.

»Es wird noch nicht probiert«, sagte Hera bestimmt. »Erst muss es abkühlen.« Sie eilte an ihm vorbei und stellte die Schüssel auf seinen Schreibtisch.

Als Artemis aufstand und sich auf den Weg zur Tür machte, musterte Hera sie verwundert von Kopf bis Fuß. Artemis blickte an ihrem Chiton hinunter, der von ihrem Sturz in den Brunnen steif und knittrig war. Ihre Haare waren bestimmt auch ganz strähnig. Sie hatte vollkommen vergessen, sich umzuziehen, bevor sie in Zeus' Büro gestürmt war. »Du bist doch eine von Athenes Freundinnen, nicht wahr?«, fragte Hera.

Artemis nickte. Sie strich sich, so gut es ging, den Chiton glatt und fuhr sich mit den Fingern durch die verfilzten Haare. Ob Hera wohl viel von ihrem Gespräch mit Zeus mitbekommen hatte? Falls ja, ließ sie sich jedenfalls nichts anmerken, sondern lächelte nur und sagte: »Schön, dich mal wiederzusehen!«

»Ich freue mich auch«, antwortete Artemis wahrheitsgemäß. Nachdem Metis ihn verlassen hatte, war

Zeus furchtbar schlecht gelaunt gewesen und hatte ein Gewitter nach dem anderen verursacht. Auf dem Schulhof waren immer noch die Einschläge der vielen Blitze zu sehen, die er geschleudert hatte. Seit Hera in sein Leben getreten war, hatte sich alles wieder zum Besseren gewandt.

Nachdem sie Zeus' Büro verlassen hatte, machte sich Artemis deprimiert auf den Weg in ihr Zimmer, um sich endlich umzuziehen. Vermutlich war es von Anfang an unrealistisch gewesen, eine seit langem bestehende Tradition ändern zu wollen, und das nur drei Tage, bevor die Spiele begannen. Zeus hatte nicht ganz unrecht damit, dass man sich als Mädchen verletzen konnte, wenn man im Gewichtheben oder Ringen gegen die Jungen antrat, zumal diese schon das ganze Schuljahr für die Wettkämpfe trainierten. Für die Mädchen wäre es also ohnehin zu spät gewesen, an die Leistungen ihrer männlichen Mitschüler anzuknüpfen.

Zu spät … hm …

Plötzlich wusste Artemis, wie sie für Gerechtigkeit sorgen konnte! Ihre Idee war so einfach und plausibel, dass sie sich fragte, warum sie nicht früher darauf gekommen war!

5

Zisch!

»Ihr glaubt nicht, wo ich gerade war«, sagte Artemis zu ihren Freundinnen, als sie ihr Tablett schwungvoll auf den üblichen Mensatisch der Göttergirls knallte.

Persephone hielt mit einer Gabel Nektaroni auf halbem Weg zum Mund inne und blickte neugierig zu ihr auf. »Wo denn?«

»Bei Direktor Zeus.« Artemis schob einen Teller Ambrosia-Salat von ihrem Tablett und steckte einen Strohhalm in ihr Trinkpäckchen mit Nektar.

Athene legte die Schriftrolle beiseite, in der sie gerade gelesen hatte. »Hast du Ärger gekriegt?«, fragte sie besorgt. »Ich *wusste*, dass Pheme nicht die Klappe halten kann und sofort allen erzählt, was heute Nachmittag passiert ist! Ich kann mit Papa reden, wenn du willst. Mir glaubt er bestimmt, dass Aktaion verdient hatte, was du mit ihm gemacht hast. Es ist ja zum Glück auch nichts Schlimmes passiert, und –«

»Stopp!«, rief Artemis und hob die Hand, um ihre Freundin zum Schweigen zu bringen. »Ich habe keinen Ärger gekriegt, sondern bin freiwillig zu ihm ins Büro gegangen!«

Ihre Freundinnen starrten sie sprachlos an. »Warum?«, fragte Aphrodite schließlich.

Artemis nahm einen Schluck Nektar. »Ich wollte ihn überreden, dass er Mädchen zu den Olympischen Spielen zulässt.«

»Bei allen Göttern!«, rief Aphrodite erschrocken. »Bist du verrückt?«

»Was hat er gesagt?«, fragte Persephone.

Artemis zuckte mit den Schultern und beantwortete beide Fragen mit einem Nein.

»Typisch«, murmelte Athene. »Die einzigen Ideen, die mein Vater gut findet, sind seine eigenen.« Sie hielt inne. »Und seit Neuestem vielleicht noch die von Hera.«

»Na ja, jedenfalls ist mir auf dem Weg in mein Zimmer eine viel bessere Idee gekommen«, verkündete Artemis. »Eine, zu der er nicht Nein sagen *kann*.«

»Oje, was kommt jetzt?«, stöhnte Aphrodite halb im Scherz, halb im Ernst.

»Sein Hauptargument war, dass wir Mädchen uns

bei Kontaktsportarten, in denen wir gegen die Jungen antreten, verletzen könnten.«

»Da hat er nicht ganz unrecht«, sagte Persephone.

»Stimmt, aber ich weiß, wie wir das ganz leicht vermeiden können«, erklärte Artemis. »Nämlich, indem wir unsere eigenen Olympischen Spiele nur für Mädchen abhalten!«

Am Tisch herrschte Schweigen.

»Was ist?«, fragte Artemis. »Kein Freudengeschrei? Ein bisschen mehr Begeisterung, bitte!« Zuerst fiel ihr Apollon in den Rücken, und jetzt bekam sie noch nicht mal von ihren besten Freundinnen Unterstützung!

Athene ergriff als Erste das Wort. »Und warum glaubst du, dass mein Vater mit dieser Idee einverstanden wäre?«

»Weil wir ihn gar nicht erst fragen werden«, informierte Artemis sie. »Wir machen es einfach.«

Athene sah sie skeptisch an.

»Also, *ich* finde die Idee genial!«, mischte sich Persephone ein.

»Ich auch«, stellte Athene klar. »Ich mache mir nur Sorgen, was mein Vater dazu sagt. Außerdem sind die Olympischen Spiele schon in drei Tagen. Bis dahin schaffen wir es auf keinen Fall, eigene Wettkämpfe auf die Beine zu stellen.«

»Da hast du vollkommen recht. Wir brauchen Zeit, um zu trainieren und Mädchen von anderen Schulen auf uns aufmerksam zu machen«, sagte Aphrodite langsam. »Denn ohne Konkurrenz kein Wettkampf.«

Juchhu!, dachte Artemis. Wenn sogar Aphrodite sich für die Idee erwärmte, würden sicher auch andere eher »mädchenhafte« Göttergirls mitmachen, die sonst vielleicht die Nase gerümpft hätten über einen Sportwettbewerb nur für Mädchen.

»Ein paar Monate brauchen wir bestimmt für die Vorbereitungen«, überlegte Persephone. »Das Gute daran ist, dass wir den Jungen keine Zuschauer wegnehmen, wenn unsere Spiele an einem anderen Datum stattfinden. Ich wüsste also nicht, was sie dagegen haben sollten.«

»Selbst wenn«, winkte Artemis ab. »Wen interessiert's?«

»Wenn Papa sieht, wie viel Mühe wir uns geben, lässt er sich vielleicht doch noch erweichen«, sagte Athene und klang jetzt viel begeisterter von der Idee.

Artemis hoffte, dass sie recht hatte. »Einen Versuch ist es jedenfalls wert.« Nachdem die Mädchen vereinbart hatten, sich am Abend noch einmal zu treffen, um einen Schlachtplan auszuarbeiten, sah sich Artemis nach Apollon um. Vielleicht hatte sich seine Laune ja inzwischen wieder gebessert und er war bereit, sich mit ihr zu versöhnen. Sie konnte ihn nirgendwo entdecken, aber ihr Blick fiel auf Aktaion, der mit dem Rücken zu ihr an einem Tisch saß und sich mit Hades und Poseidon unterhielt. Apollon hatte ihr Verhalten gegenüber Aktaion »unverzeihlich« genannt. Jetzt, wo ihre Wut verraucht war, begann sie zu glauben, dass er damit womöglich recht hatte. Aktaion hatte wirklich eine Entschuldigung verdient, allerdings nicht mehr heute. Sie war noch nicht bereit, ihm gegenüberzutreten, vor allem nicht, wenn die anderen Jungen dabei waren.

Als Artemis nach dem Abendessen ihr Tablett wegräumte, stieß sie mit Dionysos zusammen, dem lebenslustigen Zimmernachbarn ihres Bruders. »Weißt du, wo Apollon ist?«, fragte sie ihn.

»Als ich unser Zimmer verlassen habe, hat er gerade auf seiner Kithara geübt«, antwortete Dionysos. Apollon war ein wahrer Virtuose auf dieser siebensaitigen Leier und spielte zusammen mit Dionysos in einer Band, die sich »Die Himmelsstürmer« nannte und auf allen Schulbällen und Veranstaltungen für die musikalische Begleitung sorgte. »Er hat gesagt, dass er das Abendessen heute ausfallen lässt und stattdessen spazieren geht, weil er nachdenken muss.«

Komisch, dachte Artemis. Wie die meisten Jungen hatte Apollon ständig Hunger, besonders nach dem Sport. Normalerweise hätte er sich niemals eine Mahlzeit in der Schulmensa entgehen lassen.

»Danke«, sagte sie nachdenklich zu Dionysos und machte sich auf den Weg in ihr Zimmer, um ihre

Hunde zu holen und mit ihnen eine Runde zu drehen. Vielleicht lief sie dabei ja »rein zufällig« Apollon über den Weg. Eilig rannte sie die Marmortreppe in die vierte Etage hinauf. Sobald sie ihre Zimmertür öffnete, sprangen alle drei Hunde schwanzwedelnd an ihr hoch. »Ja, ist ja schon gut, wir machen einen Spaziergang«, sagte sie lachend und umrundete den Berg aus Wäsche, Hundespielzeug und alten Hausaufgaben, der sich in ihrer Zimmermitte türmte, um sich ihren Bogen zu schnappen. Dann wühlte sie unter den Schriftrollen auf ihrem Schreibtisch nach ihrem verzierten Lederköcher und warf ihn sich quer über den Rücken. »Okay, Jungs, los geht's!«

Nachdem sie aus dem Bronzetor des Götterinternats getreten war, kniff sie die Augen zu und konzentrierte sich darauf, in Gedanken Apollons derzeitigen Aufenthaltsort heraufzubeschwören. Langsam sagte sie den Spruch auf, den Apollon und sie sich als Kinder ausgedacht hatten:

Mein lieber Zwilling, ein Hinweis nur,
damit ich dich finde in Wald und Flur!

Mit diesem Spruch konnten sie sich gegenseitig aufspüren, wo auch immer sie gerade waren – allerdings nur, wenn der gesuchte Zwilling auch gefunden werden *wollte*. Vor Artemis' innerem Auge tauchte ein dichter Wald auf, der ihr bekannt vorkam. Ein Wesen mit acht Beinen, einem glänzenden schwarzen Panzer und krebsartigen Klauen huschte durchs Bild. Ein riesiger Skorpion! Solche Kreaturen gab es nur an einem Ort – im Wald der Ungeheuer auf der Erde!

Dort steckte Apollon also. Eigentlich durften die Schüler des Götterinternats den Wald nur zu festen Unterrichtszeiten betreten. *Was für ein Idiot geht denn allein und freiwillig dorthin?*, fragte sich Artemis. Der Wald konnte gefährlich sein, das wusste sie aus eigener Erfahrung! Während des Biestologieunterrichts trainierte der Götternachwuchs der Olymp High dort, wie man mythische Wesen wie Minotauren, Geryons und natürlich Skorpione besiegte.

»Wartet hier auf mich!«, befahl sie ihren Hunden und flitzte zurück ins Schulgebäude, um sich ein Paar geflügelte Sandalen aus dem großen Korb hinter der Tür zu schnappen. Jemand hatte eine Schüssel mit Snacks für die Athleten auf einem Tisch in der Eingangshalle bereitgestellt, und sie steckte rasch ein paar Äpfel und Feigenriegel ein. Wie sie Apollon kannte, war er völlig ausgehungert.

Kaum war Artemis wieder auf dem Schulhof angekommen, schlüpfte sie in die Sandalen, deren Riemen sich sofort um ihre Knöchel schlangen. Die silbernen Flügel an ihren Fersen begannen zu flattern, und schon flog sie über den Schulhof und sauste die

Hänge des Olymps hinab zum Wald der Ungeheuer. Ihre Hunde rannten japsend hinter ihr her und hatten Mühe, mit ihrem Tempo Schritt zu halten.

Als Artemis die Erde erreicht hatte und den Waldrand vor sich auftauchen sah, hielt sie an, um auf ihre Hunde zu warten. Der immer dunkler werdende Himmel wurde lediglich von einer schmalen Mondsichel erhellt. Sie würde eine Fackel brauchen, um sich zurechtzufinden. Nachdem sie einen silbernen Pfeil aus ihrem Köcher gezogen hatte, blies sie sanft daran entlang, um die Macht des Mondes herbeizurufen. Die Federn am Ende des Pfeils begannen in einem kühlen, bläulichen Licht zu leuchten, das sich schnell den Schaft entlang zur Pfeilspitze ausbreitete. Jetzt war der Pfeil hell genug, um den in der Dämmerung liegenden Pfad zu beleuchten. Es hatte eindeutig seine Vorteile, wenn man nicht nur die Göttin der Jagd, sondern auch die des Mondes war!

Mit der freien Hand löste Artemis die Riemen ihrer Sandalen und wickelte sie um die silbernen Flügel, damit sie sich wieder normal fortbewegen konnte. Dann hob sie ihre Pfeilfackel hoch in die Luft und betrat den Wald, dicht gefolgt von ihren Hunden.

Während sie den Pfad entlanglief, drang hin und wieder der Ruf eines Ungeheuers an ihr Ohr, was ihr jedes Mal einen Schauder über den Rücken jagte und auch die Hunde unruhig die Ohren spitzen ließ. Nur weil sie die Göttin des Mondes und der Jagd war, hieß das noch lange nicht, dass es ihre Lieblingsbeschäftigung sein musste, nachts im Dunkeln durch den Wald der Ungeheuer zu streifen! Es waren natürlich keine echten Monster, die sich hier tummelten, sondern Kopien, die der Biestologielehrer der Olymp High für seine Schüler angefertigt hatte. Furchteinflößend waren sie trotzdem. Artemis' Aufenthalt im Wald der Ungeheuer war schon einmal ziemlich schiefgegangen, und das konnte auch ein zweites Mal passieren, wie sie wusste.

Sie blickte sich nach ihren Hunden um und sah, dass Suez (»Zeus« rückwärts geschrieben) den Kopf hob und in die Luft schnüffelte. Dann knurrte er leise.

»Was ist los, Junge?«, flüsterte sie. Als sie wieder nach vorn guckte, entdeckte sie keine fünf Meter entfernt ein eigenartiges Wesen mit dem Körper eines Löwen und den Flügeln eines Adlers, das völlig unbeweglich dastand. Ein Griffin! Obwohl Artemis genau wusste, dass das Ungeheuer nicht echt war – im Moment war es sogar komplett ausgeschaltet –, bekam sie einen gehörigen Schreck. Sobald sich ihr Puls wieder ein wenig beruhigt hatte, schlich sie an dem unheimlichen Wesen vorbei und drang immer tiefer in den Wald ein. Alles war still, bis sie auf einen Ast trat. *Knacks!*

Zisch! Ein goldener Pfeil sauste an ihrem Ohr vorbei und sang dabei eine Zeile aus einem Lied der »Himmelsstürmer«:

Ich gehe niemals von dir fort,
denn du hast mein Herz durchbohrt!

Nur Apollon hatte Pfeile, die singen konnten! Seine Freunde hatten sie ihm zu seinem letzten Geburtstag geschenkt.

»Beim Gipfel des Olymps!«, rief Artemis und kauerte sich auf den Boden. »Hör auf zu schießen, Apollon! Ich bin es!«

Zum Glück hatte er sie verfehlt. Die goldenen Pfeile ihres Bruders konnten sie zwar nicht wirklich verletzen, weil er sie in den magischen Teich getaucht hatte, aber selbst Zauberpfeile brannten höllisch, wenn man sie abbekam.

»Artemis?«, fragte Apollon erschrocken und rannte auf sie zu. »Was machst *du* denn hier?«

»Dich suchen«, gab Artemis mürrisch zurück und fuchtelte mit ihrem Leuchtpfeil vor seinem Gesicht herum. »Hast du mich denn nicht gesehen?«

»Ich muss dich wohl mit einem Ungeheuer verwechselt haben, sorry. In diesem Wald bin ich irgendwie immer wahnsinnig schreckhaft.« Apollon fragte gar nicht erst, woher sie gewusst hatte, wo er war. Auch er hatte sich die gedankliche Verbindung, die zwischen ihnen bestand, schon oft zunutze gemacht.

»Warum bist du dann hier?«, fragte Artemis. Ihre Hunde waren sofort freudig an Apollon hochgesprungen, als er zwischen den Büschen aufgetaucht war, und leckten ihm jetzt Gesicht und Hände ab, als hätten sie ihn seit Ewigkeiten nicht mehr gesehen.

Apollon kniete sich hin, um Suez den Kopf zu streicheln. Dann wuschelte er mit der einen Hand durch Ambys Fell und kraulte mit der anderen Nektar hinter den Ohren. »Um … äh … meine Pfeile zu trainieren.«

Artemis hob eine Augenbraue. »Dazu hättest du ja wohl nicht in den Wald der Ungeheuer gehen müssen. Auf dem Bogenschießgelände der Olymp High gibt es genug Zielscheiben.«

Apollon biss sich auf die Unterlippe und schien krampfhaft nach einer anderen Ausrede zu suchen. »Äh …«

»Spar dir die Mühe. Dass du ein mieser Lügner bist, ist allseits bekannt«, informierte ihn Artemis und klopfte sich den Dreck von den Knien.

Apollon ließ den Kopf hängen. »Ich weiß«, seufzte er. »Das ist echt ein Fluch.« Als Gott der Wahrheit und der Prophezeiung hatte er noch nie besonders glaubhaft lügen können. »Also gut, wenn du es unbedingt wissen willst: Ich war hier, um Wortgefechte mit den Ungeheuern auszutragen.«

Artemis runzelte die Stirn. »Wortgefechte mit Ungeheuern? Die noch dazu ausgeschaltet sind?«

Apollon stöhnte frustriert und sagte dann: »Es geht dich zwar nichts an, aber ich wollte an ihnen üben … Damit ich abgehärtet bin, wenn ich Python von Parnass gegenüberstehe.«

Artemis starrte ihn entsetzt an. »Du willst dich für den Python-o-thon anmelden?«

»Ja. Na und?«

»Nichts für ungut, aber wenn du eins nicht kannst, dann ist das Rätsel lösen«, sagte sie. »Ich habe das Plakat auch gelesen. Dieser Python ist eine Riesenschlange! Er hat dich schneller erwürgt, als du blinzeln kannst! Und er ist keine Kopie wie die Ungeheuer hier im Wald!«

»Siehst du? Genau deshalb habe ich es dir nicht erzählt«, beschwerte sich Apollon. »Weil ich genau wusste, dass du versuchen würdest, es mir auszureden.« Er bückte sich und band die Riemen seiner Sandalen los, woraufhin die Flügel an seinen Fersen langsam zu flattern anfingen.

»Ja, und zwar aus gutem Grund! Das ist keine gute Idee, Apollon«, sagte Artemis eindringlich und löste ebenfalls ihre Riemen. Nachdem sie mit einem Pfiff ihre Hunde herbeigerufen hatte, machten sich die Zwillinge auf den Rückweg zum Götterinternat.

»Das Reglement der Olympischen Spiele besagt nun mal, dass ich in mindestens einer Disziplin antreten muss«, verteidigte sich Apollon, während sie nebeneinander herflogen. »Und ich fand, dass ich im Python-o-thon immer noch die besten Chancen habe, auch wenn du offenbar anderer Meinung bist.« Er runzelte die Stirn und wich nach links aus, weil ein Ast quer über den Pfad hing. »Wenn Bogenschießen olympisch wäre, würde ich mühelos gewinnen, aber nur, weil *du* nicht gegen mich antreten könntest. Ich will mich endlich in einer Disziplin beweisen, die nichts mit dir zu tun hat. Ich will herausfinden, wozu ich ganz allein in der Lage bin!«

Hinter ihm wich Artemis nun ebenfalls nach links aus. Was ihr Bruder gerade gesagt hatte, war zwar schmerzlich für sie, aber sie verstand ihn. »Der Python-o-thon verlangt neben einem scharfen Verstand aber auch enorme körperliche Kräfte«, warnte sie ihn.

»Du meinst Kräfte, wie sie Herakles hat?«, fragte er verbittert.

Der Pfad wurde breiter, und Artemis flog wieder neben ihn. Sie hielt ihren Leuchtpfeil hoch, um prüfend sein Gesicht zu betrachten. »Du bist doch wohl hoffentlich nicht neidisch auf Herakles, oder?«, fragte sie. »Er ist nur ein Sterblicher, während du ein *Gott* bist!«

»Natürlich bin ich nicht neidisch auf ihn«, versicherte Apollon ein wenig zu schnell. »Aber von *mir* gibt es keine Heldentafeln in irgendwelchen Tempeln, während Zeus' neuer Tempel geradezu tapeziert ist mit Herakles' heroischen Taten!«

Artemis drehte sich um und flog rückwärts weiter, um ihrem Bruder ins Gesicht blicken zu können. »Das ist es also! Du willst einen eigenen Tempel!«

Apollon schob trotzig das Kinn vor. »Vielleicht. Du etwa nicht?«

»Doch, klar. Aber selbst wenn ich teilnehmen dürfte, wäre ich nicht verrückt genug, gegen Python zu kämpfen. Nicht mal für einen Tempel!« Apollon war schlau, aber seine Unfähigkeit, überzeugend zu lügen, war im Kampf gegen die listige Schlange ein großer Nachteil. Wenn man den Gerüchten glaubte, war sie ebenso doppelzüngig wie rücksichtslos und brutal. Artemis wollte auf keinen Fall, dass ihr Bruder gegen dieses Biest den Kürzeren zog!

»Ein eigener Tempel bedeutet, dass man sich *Respekt* erworben hat«, beharrte Apollon. »Und jetzt hör endlich mit dem Rückwärtsfliegen auf! Das ist gefährlich!«

Artemis drehte sich wieder nach vorn. »Du bist ein Gott. Da gehört Respekt automatisch dazu«, erklärte sie. »Wen versuchst du zu beeindrucken? Ein Mädchen?«

Apollon lief rot an. »Nein! Kopf!«

»Hä?« Er wollte einen *Kopf* beeindrucken?

Apollon griff mitten im Flug zu ihr hinüber und

drückte ihren Kopf nach unten, damit sie nicht von einem tief hängenden Ast erwischt wurde.

»Ach, *das* meintest du. Danke«, sagte Artemis und richtete sich wieder auf.

»Von Mädchen habe ich die Nase voll, seit …« Er brach ab. Seine erste Schwärmerei für ein Mädchen war gründlich in die Hose gegangen. Daphne, die Waldnymphe, der seine Zuneigung gegolten hatte, hatte sich in einen Lorbeerbaum verwandelt, um ihn loszuwerden, statt ihm ehrlich zu sagen, dass sie nichts für ihn empfand.

Die Waldnymphen standen unter Artemis' persönlichem Schutz, weil sie die Göttin der Jagd war, aber Daphnes Verhalten hatte ihr gar nicht gefallen. Nymphen waren manchmal etwas impulsiv, dagegen konnte man nichts tun. Sie dachte an Orion, den Jungen, in den sie selbst sich vor einiger Zeit verliebt hatte. Auch diese Schwärmerei hatte ein böses Ende gefunden. »Du bist nicht der Einzige, der Pech in der Liebe hat«, murmelte sie.

Sie schwiegen. Dann knurrte Apollons Magen, als wollte er die unbehagliche Stille unterbrechen. »Ich bin kurz vor dem Verhungern«, gab er zu.

Artemis fielen die Äpfel und Feigenriegel wieder ein, die sie eingesteckt hatte. Sie verlangsamte ihren Flug. »Warte, ich habe dir was zu essen mitgebracht.«

»Oh! Das ist aber nett von dir«, sagte er dankbar und wurde ebenfalls langsamer. Gierig verschlang er mehrere Feigenriegel und ließ sich einen Apfel schmecken, bevor sie weiterflogen.

»Als ich dich beim Abendessen nicht in der Mensa gesehen habe, habe ich mir schon gedacht, dass du Hunger hast«, erklärte Artemis. »Gut, dass ich dir was mitgebracht habe, was?«

Apollon schluckte den letzten Rest Apfel hinunter. »Hör zu, Artemis«, sagte er ernst. »Ich bin dir wirklich dankbar für das Essen, und ich weiß es auch zu schätzen, dass du dich für mich verantwortlich fühlst. Du warst immer schon die treueste Zwillingsschwester, die man sich nur wünschen kann, aber ...« Er hielt inne.

»Aber was?«, fragte Artemis.

Er warf den Apfelbutzen über die Schulter. Einer der Hunde fing ihn aus der Luft und ließ ihn enttäuscht fallen, als er merkte, dass es kein Knochen war. »Aber du musst aufhören, mir ständig helfen zu wollen«, fuhr er fort. »Manchmal benimmst du dich, als wärst du meine Mutter und nicht meine Schwester!«

Artemis starrte im trüben Licht ihrer Pfeilfackel zu ihm hinüber. Sie war verletzt und wäre am liebsten abgehauen, aber das war noch nie ihre Art gewesen.

Apollon fuhr sich mit der Hand durch seine welligen schwarzen Haare. »Ist dir noch nie in den Sinn gekommen, dass ich deine Hilfe vielleicht gar nicht will?«

»Dann solltest du mir vielleicht auch meinen letzten Apfel zurückgeben!«, schnauzte Artemis und streckte die Hand aus.

Apollon hielt den Apfel grinsend von ihr weg. »Na gut, einmal nehme ich deine Hilfe noch an«, sagte er und biss herzhaft in den Apfel.

»Ganz wie du willst: Ich verspreche hiermit feierlich, dass ich dir nie wieder helfe!« Sie erwartete, dass er lautstark protestierte, aber er blieb stumm. Ihr wurde schwer ums Herz.

Der Pfad verengte sich wieder, und Apollon übernahm die Führung. Kurz darauf sahen sie die funkelnden Lichter des Götterinternats vor sich auftauchen. Den Rest des Weges legten sie in völligem Schweigen zurück. Fast so, als wären sie Fremde.

6

Nur für Mädchen

Artemis öffnete die Tür zum Mädchenflur und machte sich auf den Weg zu ihrem Zimmer. Ihre hechelnden Hunde tapsten mit hängenden Zungen neben ihr her. Sie waren völlig erschöpft, nachdem sie ihrem Frauchen und Apollon den ganzen Weg von der Erde zum Olymp hinterhergerannt waren. Sobald Artemis die Zimmertür aufmachte, trotteten die Hunde zu ihren Wasser- und Futternäpfen und ließen sich Minuten später auf dem zweiten Bett nieder, um sich zum Schlafen zusammenzurollen.

In diesem Moment klopfte es, und Aphrodite steckte den Kopf zur Tür herein. »Dann haben wir also richtig gehört, du bist wieder da«, sagte sie. Hinter ihr stand Persephone. »Wir sind in meinem Zimmer und machen ein Brainstorming für unsere Olympischen Spiele. Athene ist auch da. Kommst du rüber?«

Persephone hielt einen Kartoffelchip hoch und fügte hinzu: »Es gibt auch was zu knabbern!« Sie warf sich den Chip in den Mund und kaute ihn krachend. Bei diesem Geräusch hoben Artemis' Hunde interessiert die Köpfe, sprangen aus dem Bett und umkreisten schwanzwedelnd die Mädchen, bevor sie dem köstlichen Geruch folgten und schnurstracks in Aphrodites Zimmer rannten. Die Göttergirls nahmen eilig die Verfolgung auf.

»Nein, Amby! Stehen bleiben, Nektar! Platz, Suez!«, rief Artemis, aber ihre verfressenen Vierbeiner waren bereits durch die offene Tür verschwunden. Drinnen versuchte Athene verzweifelt, die Schüsseln mit den Chips und dem Ambrosia-Dip zu retten, die auf dem Bett standen, aber eine davon landete auf dem Boden und zerbrach. Aphrodite war die ordentlichste Person, die Artemis kannte, und sie wirkte ganz und gar nicht erfreut über das Chaos, das die Hunde angerichtet hatten.

Artemis packte ihre Vierbeiner und brachte sie zurück in ihr Zimmer. »Tut mir echt leid«, entschuldigte sie sich, als sie wieder zu ihren Freundinnen kam. »Ich liebe die drei über alles, aber wenn sie etwas zu knabbern wittern, kennen sie kein Halten mehr.«

Nachdem die Mädchen die Unordnung beseitigt hatten, blickte Persephone Artemis fragend an. »Wo warst du eigentlich?«

»Ja, du hattest es so eilig nach dem Abendessen«, fügte Aphrodite hinzu.

Artemis zuckte mit den Schultern. »Ich musste mit den Hunden raus.«

»Dafür warst du aber ganz schön lange weg«, merkte Aphrodite an. Sie tauschte vielsagende Blicke mit Persephone und Athene aus, die Artemis nicht so recht zu deuten wusste. »Hattest du einen schönen Spaziergang?«

Artemis ließ sich auf Aphrodites Ersatzbett fallen, das jetzt wieder frei von Scherben und Krümeln war, und machte es sich auf der kuscheligen roten Steppdecke gemütlich. »Ja, hatte ich«, antwortete sie und musterte ihre Freundinnen verwirrt. Was war hier eigentlich los?

Aphrodite betrachtete ihre perfekt gefeilten, blau lackierten Fingernägel. »Du bist auf deinem Abendspaziergang nicht zufällig jemandem begegnet?«

Athene grinste und riss eine neue Tüte Chips auf. »Zum Beispiel einem süßen Götterjungen?«

Alle drei Göttergirls blickten Artemis erwartungsvoll an.

Zum Donnerkeil!, dachte Artemis und verdrehte genervt die Augen. Ihre Freundinnen hatten sich in ihrer Abwesenheit offenbar ein romantisches Szenario ausgemalt, das von der Wahrheit – nämlich dass sie Apollon im Wald der Ungeheuer getroffen hatte – so weit entfernt lag wie der Mond von der Erde. Die drei waren manchmal wirklich zu sehr auf Jungen fixiert, vor allem Aphrodite. Allerdings war das bei der Göttin der Liebe wohl auch zu erwarten.

Artemis nahm sich eine Handvoll Chips. »Wie habt ihr das nur erraten?«, fragte sie und stopfte sich die Chips knuspernd in den Mund.

»Ich wusste es!«, flohlockte Aphrodite. »Wer ist es? Komm, sag schon!«

»Na ja«, nuschelte Artemis kauend. »Er ist groß, dunkelhaarig und gutaussehend.«

»Diese Beschreibung trifft auf die Hälfte aller Götterjungen auf der Olymp High zu«, bemerkte Athene.

»Jetzt sag schon«, drängte Persephone. »Wir wollen einen Namen hören!«

Artemis schluckte die Chips hinunter und trank aufreizend langsam aus der Nektarflasche. »Seid ihr euch sicher?«, zog sie ihre Freundinnen auf. »Nicht, dass ihr enttäuscht seid, wenn ich euch den Namen sage.«

Aphrodite warf ihr einen bösen Blick zu. »Hör auf, uns so zappeln zu lassen!«, beschwerte sie sich.

Artemis zuckte mit den Schultern. »Also gut, aber behauptet hinterher nicht, ich hätte euch nicht gewarnt. Der Junge, mit dem ich spazieren war, heißt …« Sie legte eine dramatische Pause ein. »Apollon!« Dann rollte sie sich lachend auf die Seite.

»Du bist doch …!« Als Aphrodite aufging, dass Artemis sie an der Nase herumgeführt hatte, warf sie ein herzförmiges Kissen nach ihrer Freundin, die es auffing und zurückwarf. Es erwischte Aphrodite an der Brust, woraufhin eine wilde Kissenschlacht losbrach. Die vier Göttergirls kringelten sich vor Lachen.

Als sie sich endlich ein wenig beruhigt hatten, sagte Athene: »Du hast echt Glück, dass ihr beide hier zur Schule gehen dürft, Apollon und du.« Artemis vermutete, dass Athene an Pallas dachte, ihre beste Freundin auf der Erde, die sie hatte zurücklassen müssen, als Zeus sie aufs Götterinternat zitiert hatte.

»Ja, es muss schön sein, einen Zwilling zu haben«, seufzte Aphrodite wehmütig, die aus Meeresgischt geboren worden war und daher weder Eltern noch Geschwister hatte.

Persephone nickte. »Du und Apollon, ihr seid echt ein Herz und eine Seele.«

»Beziehungsweise ein Herz und ein Gedanke«, sagte Athene. »Dieser Trick, den ihr immer macht, um euch gegenseitig zu finden, ist echt genial.«

»Hin und wieder kann er ganz praktisch sein«, gab Artemis zu.

»Siehst du Apollon jetzt gerade in Gedanken?«, fragte Persephone.

»Ich könnte, wenn ich wollte. Und wenn er es zulassen würde.«

»Heißt das … Könnte Apollon dich auch sehen, wie du hier mit uns zusammensitzt?«, wollte Aphrodite wissen und spähte in den Spiegel, um sich zu vergewissern, dass ihre Frisur saß. Sicher war sicher.

»Kann er uns auch hören?«, fragte Athene mit gedämpfter Stimme. Die Fähigkeit, die ihre drei Freundinnen gerade noch so cool gefunden hatten, schien ihnen nun ein wenig unheimlich zu sein.

»Nein, hören können wir uns nicht gegenseitig«, beruhigte Artemis sie. »Wir kriegen auch nur schemenhafte Hinweise darauf, wo sich der jeweils andere befindet. Apollon könnte also vermutlich sehen, dass ich mit euch zusammen bin, aber nicht, was wir genau machen. Voraussetzung ist sowieso, dass ich ihm *erlaube*, mich zu sehen, und das tue ich natürlich nicht.« Sie hielt inne. »Ich kann meine Gedanken nämlich ein bisschen besser kontrollieren als er. Vielleicht, weil ich älter bin – zwar nur zehn Minuten, aber immerhin.«

Athene tunkte einen Kartoffelchip in die Schüssel mit Ambrosia-Dip und nickte. »Man hat generell immer den Eindruck, dass du die große Schwester bist, die Chefin.«

Die Göttergirls lachten. Nur Artemis blieb ernst, weil ihr Apollons Worte von vorhin wieder einfielen: *Manchmal benimmst du dich, als wärst du meine Mutter und nicht meine Schwester.* Kommandierte sie ihn wirklich zu sehr herum? Darüber wollte sie lieber nicht genauer nachdenken. »Also, was habt ihr bis jetzt für Ideen gesammelt?«, wechselte sie das Thema.

»Oh, du wirst begeistert sein! Mir ist die perfekte olympische Disziplin eingefallen!«, jubelte Aphrodite und vergaß das Thema Apollon sofort. »Wir könnten einen Staffellauf machen, bei dem man keinen Staffelstab, sondern ein kleines Stofftier übergibt.«

»Klingt das nicht wahnsinnig süß?«, schwärmte Persephone.

Artemis verdrehte die Augen. »Ich weiß nicht«, sagte sie zweifelnd. Sie wollte die Gefühle ihrer Freundinnen nicht verletzen, aber war es nicht Sinn und Zweck reiner Mädchen-Wettkämpfe, sich den Respekt der Jungen zu erwerben, damit diese sie in Zukunft ernster nahmen? Zumindest war das *ihr*, Artemis', erklärtes Ziel. Apollon hatte etwas davon gesagt, dass er sich *Respekt* verdienen wollte. Sie verstand genau, was er damit meinte.

Aber Aphrodite fuhr unbeirrt fort: »Und die Weitsprunggrube könnten wir mit glitzerndem Zaubersand füllen, der nach jedem Sprung die Weite anzeigt!«

»Geniale Idee!«, lobte Athene begeistert.

Artemis' Skepsis war ihr offenbar anzusehen, denn Athene fügte diplomatisch hinzu: »Bevor wir die einzelnen Disziplinen festlegen, sollten wir vielleicht erst mal für möglichst große Unterstützung werben.

Vielleicht ist Papa eher bereit, eigene Olympische Spiele für Mädchen zu erlauben, wenn er sieht, wie viele Schülerinnen und Schüler hinter der Idee stehen.«

»Wir könnten Unterschriften sammeln!«, rief Persephone.

»Gute Idee«, lobte Artemis, die sich sehr über den begeisterten Einsatz ihrer Freundinnen freute. Ihr Enthusiasmus sprach dafür, dass auch andere Schülerinnen des Götterinternats die Idee gut finden würden, wenn sie erst davon erfuhren.

Aphrodite tippte sich nachdenklich mit dem Finger ans Kinn. »Allerdings sollten wir uns vielleicht einen eingängigeren Namen überlegen als ›Olympische Spiele nur für Mädchen‹. Das ist eindeutig zu lang!«

»Ich weiß einen! Wie wäre es mit ›Girlympia‹?«, schlug Artemis vor.

Ihre Freundinnen starrten sie verständnislos an.

»Ihr wisst schon: Eine Verschmelzung von ›Girl‹ und ›Olympia‹.«

»Äh …«, machte Aphrodite.

»Na ja«, sagte auch Persephone ausweichend.

»Gefällt euch der Name nicht?«

»Klingt irgendwie komisch«, lautete Athenes Urteil.

»Hat jemand eine bessere Idee?«, fragte Artemis. Die anderen drei Göttergirls schwiegen.

»Dann bleibt es vorläufig bei ›Girlympia‹«, erklärte Athene.

»Wir können den Namen ja später noch ändern«, stimmte ihr Artemis zu.

»Lasst uns sofort anfangen, die Unterschriftenaktion vorzubereiten«, schlug Athene vor. »Denn ohne genügend Unterstützung kein Girlympia.«

Aphrodite holte ihren roten Lieblingsfederkiel sowie mehrere rosafarbene Papyrusbögen, und zusammen überlegten die Mädchen, wie sie ihr Anliegen am besten formulierten. Nachdem sie den ersten Unterschriftenbogen fertig hatten, stellte Artemis drei Kopien davon her, während die anderen ein großes, farbenfrohes Plakat bastelten. Darauf stand:

UNTERSTÜTZT UNS BEI UNSEREM
ANLIEGEN, OLYMPISCHE SPIELE
NUR FÜR MÄDCHEN INS LEBEN ZU RUFEN,
UND UNTERSCHREIBT FÜR GIRLYMPIA!

Anschließend verzierten Aphrodite und Persephone das Plakat mit glitzernden Herzen und Blumen, um es noch auffälliger zu machen. Artemis hätte Motive vorgezogen, die mit Sport zu tun hatten – zum Beispiel Bälle oder Trikots –, verkniff sich ihre Meinung aber.

Nachdem die Mädchen mit allem fertig waren, beschlossen sie, ihre Unterschriftenaktion gleich am nächsten Tag nach dem Unterricht zu starten.

»Meint ihr, wir können auch ein paar Jungs

überreden, für uns zu unterschreiben?«, fragte Artemis, als sie ihre Sachen zusammenpackten.

»Hades unterschreibt auf jeden Fall«, sagte Persephone.

»Herakles auch«, erklärte Athene zuversichtlich.

Aphrodite runzelte die Stirn. »Bei Ares ist wahrscheinlich ein bisschen Überzeugungsarbeit nötig, aber wenn er schlau ist, ziert er sich nicht allzu lange!«

Artemis hätte gern hinzugefügt, dass auch Apollon unterschreiben würde, aber stimmte das überhaupt? Sie hatte seine Unterstützung und Loyalität immer als selbstverständlich betrachtet, doch in letzter Zeit reagierte er ziemlich gereizt auf sie. Na ja, wenn er schon nicht unterschrieb, legte er der Aktion hoffentlich zumindest keine Steine in den Weg!

7

Gigantischer Ärger

Als Artemis am nächsten Morgen vor der zweiten Unterrichtsstunde zum Heldologiezimmer unterwegs war, flitzten ihre Hunde wie immer zwischen den vielen in Sandalen steckenden Füßen herum und spielten ihr Lieblingsspiel: Schülerlabyrinth. Plötzlich hörte sie vor sich aufgeregte Schreie.

»Ja! Gib's ihm!«, brüllte jemand. Darauf folgte ein lautes Klatschen.

»Autsch! Das hat sicher wehgetan!«, rief jemand anders bewundernd. Offenbar fand auf dem Schulflur eine Prügelei statt! Artemis stellte sich auf die Zehenspitzen, um über den Pulk aus Schülern hinwegzuspähen, der sich um die Streithähne gebildet hatte, konnte jedoch nichts erkennen. »Ihr bleibt hier!«, befahl sie ihren Hunden.

Nachdem sie sich durch die Menge nach vorn

gekämpft hatte, sah sie, dass Ares und Poseidon sich erneut mit einem der Giganten angelegt hatten und von den umstehenden Götterjungen lautstark angefeuert wurden. Zum Glück war Apollon weder unter den Kämpfenden noch unter den Jungen, die sie anstachelten, da seine zweite Schulstunde in einem anderen Gebäudeteil stattfand.

Was machte dieser Gigant überhaupt innerhalb der Mauern des Götterinternats? Als sie sich unter den Zuschauern umsah, entdeckte Artemis noch weitere Athleten, die nicht auf die Olymp High gingen. Ihr fiel ein, dass alle Olympia-Teilnehmer während der Trainingswoche den hiesigen Unterricht besuchen durften, damit sie keinen Stoff verpassten.

»Du siehst aus wie ein schlauer Kerl, Gigant. Eine beeindruckende schauspielerische Leistung«, zog Ares den Riesen auf. »Was für Rollen hast du noch drauf?« Ein Großteil der Zuschauer brach in Gelächter aus.

»Und *du* siehst noch nicht mal aus, als wärst du schlau«, konterte der Gigant mit hoher, mädchenhafter Stimme. Es handelte sich also um Ephialtes. Sein Gegenschlag lief ins Leere, niemand lachte.

»Ich würde ja gern behaupten, dass du mir nur auf die Nerven gehst«, scherzte Ares weiter, »aber du gehst mir noch auf einen anderen Körperteil, den ich jetzt lieber nicht nenne.« Seine Freunde krümmten sich vor Lachen.

Jetzt reichte es Ephialtes. Er stürzte sich auf Ares, der in letzter Sekunde auswich, seinen Widersacher umrundete und ihn von hinten mit Boxhieben bombardierte. Artemis beobachtete besorgt, wie der Kampf immer erbitterter wurde. Wie hatte Zeus in seinem Büro gesagt? *Die Olympischen Spiele sind dazu da, die teilnehmenden Schüler in Frieden und Harmonie zusammenzubringen.* Das klappte ja prima! Es gab offenbar noch andere Zuschauer, denen bei der Sache nicht wohl war, denn ein Götterjunge namens Eros mischte sich ein: »He! Können wir nicht einfach versuchen, miteinander auszukommen?«

In diesem Moment schlich sich Poseidon hinter dem Rücken des Giganten an. »Ja, genau! Piks ihn in den Hintern!«, rief jemand, und Poseidon brachte prompt seinen Dreizack zum Einsatz.

Der Gigant hielt schützend die Hände vor sein Hinterteil und wirbelte herum. »Du … du …!« Er packte Poseidon und hob ihn so mühelos über den Kopf wie Zeus seinen Aktenschrank.

»Aua! Lass mich sofort wieder runter!«, schrie Poseidon, als er mit dem Kopf gegen die Decke knallte.

»Ja, genau, lass ihn runter!«, forderte auch Ares und tänzelte wie ein Boxer um Ephialtes herum. »Du hast es doch eigentlich auf *mich* abgesehen, oder?« Der Gigant grinste nur und fing an, Poseidon über seinem

Kopf kreisen zu lassen, während er mit der anderen Hand Ares von sich fernhielt. Der herumwirbelnde Poseidon sah aus wie ein Deckenventilator.

»Huhuuu! Hier drüben bin ich, du dämlicher Gigant!«, rief Medusa plötzlich und hüpfte hinter den anderen Zuschauern winkend auf und ab. Als die sterblichen Schüler der Olymp High ihre Stimme hörten, setzten sie schnell ihre Steinbrillen auf. Diese von Athene erfundenen Brillen bewahrten ihre Träger davor, von Medusa zu Stein verwandelt zu werden. Ephialtes ließ sich ablenken und starrte in Medusas Richtung.

Obwohl sie ihn mit ihrem berüchtigten bösen Blick fixierte, passierte nicht das Geringste. Ephialtes wirbelte ungerührt weiter Poseidon in der Luft herum, dem bereits ganz schwindelig sein musste. Medusas Fähigkeit, ihr Gegenüber allein durch ihren Blick zu Stein werden zu lassen, funktionierte nur bei Sterblichen, und Ephialtes war wie die meisten Giganten unsterblich. Wenn Artemis in Historienkunde besser aufgepasst hätte, wäre ihr das bekannt gewesen, dachte Artemis.

Plötzlich wünschte sie sich Apollon an ihre Seite. Dann hätte er gesehen, dass sie nicht das einzige Mädchen war, das sich für einen Götterjungen einsetzte. Medusa hatte versucht, Poseidon aus den Fängen des Giganten zu retten, genau wie sie gestern versucht hatte, Apollon zu helfen. Allerdings war Medusas Motiv ein anderes, denn sie war schon seit Jahren in Poseidon verknallt. Er war der einzige Schüler der Olymp High, zu dem sie nett war.

Auf einmal bebte der Boden, und Artemis wurde jäh aus ihren Gedanken gerissen. Sie hatte sich von Anfang an gewundert, wo Ephialtes' Zwillingsbruder steckte, und sah ihn nun auf dem Schulflur heranstapfen. Um nicht von ihm zertrampelt zu werden, wichen die Zuschauer zur Seite und drängten sich möglichst dicht an die Schließfächer an den Wänden.

Kaum war Otos vor den Streithähnen zum Stehen gekommen, flog die Tür des Heldologiezimmers auf, und Herr Zyklop stürmte heraus. »Was in Zeus' Namen ist hier draußen eigentlich los?«, wollte er wissen.

Bis auf Ares und Poseidon mischten sich alle Götterjungen unauffällig unter die Zuschauer an den Wänden, auch diejenigen, die den Kampf lautstark angefeuert hatten. Ephialtes wies mit dem Kinn auf Ares und rief: »Der da hat angefangen!«

»Stimmt doch gar nicht!«, brüllte Ares zurück.

»Stimmt wohl!«, schrie Ephialtes.

»Gar nicht!«, protestierte Poseidon, der immer noch unter der Decke hing.

Otos stand einfach nur da und blickte verwirrt vom einem zum anderen.

Herr Zyklop richtete den Zeigefinger auf Ephialtes. »Du da: Lass sofort Poseidon runter.« Dann zeigte er auf Ares: »Und du ziehst dich zurück. Es ist mir egal, wer angefangen hat. Der Kampf ist hiermit zu Ende.« Eine Ader auf Herrn Zyklops Stirn pulsierte, und sein riesiges Auge sprang ihm fast aus dem Kopf. Alle drei Jungen waren klug genug, den Mund zu halten und ihm nicht zu widersprechen. Poseidon landete wieder auf dem Boden, und Ares machte zwei Schritte nach hinten. Auch die Schüler an den Schließfächern waren mucksmäuschenstill und beobachteten gespannt, was der Lehrer wohl als Nächstes tun würde.

Herr Zyklop warf Ares einen strengen Blick zu. »Herzlichen Glückwunsch. Du und Poseidon, ihr habt euch gerade eine Verabredung mit Direktor Zeus verdient.«

»Aber ich … wir …«, setzte Ares an. Herr Zyklop wies mit dem Finger den Flur entlang, an dessen Ende sich Zeus' Büro befand. »Auf geht's!«

»Ja, Herr Zyklop«, sagten die beiden Götterjungen kleinlaut. Ephialtes grinste triumphierend.

Während Ares zusammen mit Poseidon davontrottete, warf er einen Blick über die Schulter und suchte eine ganz bestimmte Zuschauerin in der Menge. Es überraschte Artemis nicht, dass es sich dabei um Aphrodite handelte, die ihrem Freund aufmunternd zulächelte. Ob sie wohl früher da gewesen war und gesehen hatte, wer den Streit angefangen hatte? Ares war ein ziemlicher Hitzkopf, aber auch Ephialtes machte nicht gerade einen sanftmütigen Eindruck.

Medusa schob sich zu Artemis durch. »Herr Zyklop ist nur auf der Seite der Giganten, weil er selbst einer ist«, zischte sie. Ihre Schlangenhaare schienen von der Aufregung ganz erschöpft zu sein und hatten sich in ihrem Nacken zu einem Knoten zusammengerollt.

»Kann schon sein, aber im Krieg gegen die Titanen hat seine Familie auf unserer Seite gekämpft«, belehrte Artemis sie. Historienkunde war offenbar nicht gerade Medusas bestes Fach. »Außerdem ist es logisch, dass Herr Zyklop Ares und Poseidon strenger behandelt. Die Giganten sind schließlich nur Gastschüler hier.«

»Was auch immer«, knurrte Medusa, die von Artemis' Argumentation nicht überzeugt zu sein schien.

Artemis hatte den Verdacht, dass Medusa selbst dann Partei für Poseidon ergriffen hätte, wenn er klar im Unrecht gewesen wäre. Aber auch ihr taten Ares und Poseidon irgendwie leid. Sie wollte nicht in ihrer Haut stecken, wenn Direktor Zeus von der Prügelei erfuhr und ihnen eine Standpauke hielt. Hoffentlich waren sie geschickt genug, seinen Blitzen auszuweichen!

Herr Zyklop ließ den Blick über die Schüler schweifen, die immer noch auf dem Flur herumlungerten. »Die Show ist vorbei. Geht bitte zurück in eure Klassenzimmer.«

Während sich die Menge auflöste, erklang das Glockenspiel, und der Schulbote verkündete mit lauter, wichtiger Stimme: »Die zweite Schulstunde beginnt in fünf Minuten!«

Herr Zyklop wandte sich an die Giganten. »Und jetzt zu euch: Ich möchte euch beide nach dem Unterricht in meinem Zimmer sprechen.« Seinem Tonfall nach zu urteilen, handelte es sich nicht um eine Einladung zu einem freundlichen kleinen Plausch. *Sehr gut*, dachte Artemis. Die Giganten mochten Gäste der Schule sein, aber das hieß noch lange nicht, dass sie sich alles erlauben konnten.

Sie pfiff nach ihren Hunden und ging auf die Tür des Heldologiezimmers zu.

»Warte«, hielt Medusa sie zurück. »Was ist jetzt eigentlich mit Direktor Zeus?«

»Was meinst du?«, fragte Artemis.

»Du weißt schon: Was hat er zu der Frage gesagt, ob auch Mädchen zum Python-o-thon zugelassen werden?«

Artemis seufzte. »Schlechte Neuigkeiten. Er hat ein für alle Mal Nein gesagt.« Ihre Miene heiterte sich auf, als sie hinzufügte: »Aber wir machen eine Unterschriftensammlung und versuchen, Girlympia ins Leben zu rufen!«

»Girly was?«

»Girlympia.«

»Und was soll das sein?«, fragte Medusa unfreundlich.

Hm, überlegte Artemis. Vielleicht war der Name, den sie sich ausgedacht hatte, ja wirklich nicht so toll. »Das sind Olympische Wettkämpfe nur für Mädchen«, erklärte sie. »Der Name ist nur vorläufig. Wir sind noch offen für Vorschläge.«

»Wie wär's mit ›Medusische Spiele‹?«

Artemis wollte schon in Gelächter ausbrechen, bis sie sah, dass Medusa ihren Vorschlag vollkommen ernst meinte. »Hm, mal sehen«, erklärte sie ausweichend und setzte ihren Weg zum Klassenzimmer fort. »Du wirst ja auf dem Unterschriftenbogen sehen, für welchen Namen wir uns entschieden haben.«

»Okay, und wo finde ich den?«

»Wir stellen nach dem Unterricht Tische im Schulhof auf und sammeln dort Unterschriften«, antwortete Artemis und betrat das Heldologiezimmer. Dann steckte sie noch einmal den Kopf zur Tür hinaus, um hinzuzufügen: »Sag es doch bitte möglichst vielen Schülern weiter.«

Medusa nickte. »Bis später.« Während sie zu ihrem nächsten Unterrichtsfach eilte, marschierte Artemis im Heldologieraum zu ihrem Platz.

Überrascht und ein wenig beunruhigt stellte sie fest, dass einer der Giganten hinter ihr das Zimmer betreten hatte und nun durch den Mittelgang auf sie zukam. Aber ihre Hunde schienen sich keine Sorgen zu machen, sondern rollten sich zufrieden auf dem Boden zu ihren Füßen zusammen.

Nachdem er sich an den freien Tisch vor Artemis gezwängt hatte, stand der Gigant wieder auf und drehte sich zu ihr um. *Rumms!* Sein ganzer Tisch erhob sich mit ihm in die Luft und knallte dann wieder auf den Boden. Artemis' Hunde hoben die Köpfe und knurrten.

»Verzeihung, Fräulein Artemis«, sagte der unbeholfene Koloss mit tiefer Stimme. Es handelte sich also um Otos, den netteren Bruder. »Willst du vielleicht mit mir den Platz tauschen? Sonst versperre ich dir die Sicht auf die Tafel.«

Artemis entspannte sich ein wenig, genau wie ihre Hunde. »Nein, das ist schon okay so. Vielleicht ruft Herr Zyklop mich nicht so oft auf, wenn ich mich hinter dir verstecke«, sagte sie halb im Scherz.

Der Gigant ließ seine weißen Zähne aufblitzen. Wenn er lächelte, wirkte er viel weniger furchteinflößend. Das Glockenspiel war noch nicht zum zweiten Mal ertönt, also setzte Artemis das Gespräch fort: »Du bist Otos, nicht wahr? Ephialtes' Bruder?«

Otos nickte, und seine Augen blitzten, als er antwortete: »Und du bist Artemis, stimmt's? Das Mädchen mit den Zauberkräften!«

Artemis errötete. Vermutlich bezog er sich darauf,

dass sie Aktaion in einen Hirsch verwandelt hatte. »Ja. Allerdings hätte ich Aktaion nicht verzaubert, wenn ich gewusst hätte, wie dein Bruder darauf reagieren würde.«

Otos lachte. »Wenn es eines gibt, dem mein Bruder nicht widerstehen kann, dann einem Tier, das er jagen kann«, erklärte er. »Für die Jagd würde er sogar einen Haufen Gold liegen lassen oder seine von meiner Mutter gekochte Leibspeise.«

Artemis lächelte. »Ich habe auch einen Zwillingsbruder. Er heißt Apollon. Wir sind aber keine eineiigen Zwillinge wie du und Ephialtes.«

»Ephialtes und ich sind auch nicht mehr vollkommen identisch«, erwiderte Otos. »Siehst du das hier?« Er beugte sich näher an sie heran und fuhr mit dem Finger über eine schmale weiße Narbe über seiner linken Augenbraue. »Vor ein paar Jahren ist mein Kopf bei einem Ringkampf mit den Zähnen meines Bruders kollidiert.«

»Beim Gipfel des Olymps!«, sagte sie erschrocken und musste Zeus in Gedanken recht geben: Ringkämpfe waren wirklich nichts für Mädchen. »Das muss ja wahnsinnig wehgetan haben!«

»Ephialtes hat es viel schlimmer erwischt. Sein Zahn ist herausgebrochen, sodass er jetzt im Unterkiefer eine Zahnlücke hat.« Er zeigte auf eine Stelle in der Mitte seiner unteren Zahnreihe.

Aus den Augenwinkeln nahm Artemis die missbilligenden Blicke der anderen Schüler wahr. Offenbar passte es ihnen nicht, dass sie sich mit dem »Feind« unterhielt. Sie funkelte böse zurück. Sie konnte reden, mit wem sie wollte! In diesem Moment erklang das *Pling, pling, pling* des Glockenspiels, und Herr Zyklop begann mit seinem Unterricht.

»Bis später«, flüsterte Otos und drehte sich mit einem weiteren lauten *Rumms* wieder nach vorn.

Als die Stunde zu Ende war, wartete er auf sie und blockierte den ganzen Mittelgang, sodass die Schüler, die hinter ihnen gesessen hatten, sich eine andere Route nach draußen suchen mussten. »Hättest du Lust, heute Abend zum Kampfring zu kommen und meinem Bruder und mir beim Training zuzusehen?«, fragte er.

»Danke für die Einladung. Ich überlege es mir«, antwortete Artemis höflich. Es entsprach nicht unbedingt ihrer Vorstellung von einem amüsanten Abend, einer Horde Jungen dabei zuzusehen, wie sie sich grunzend auf dem Boden wälzte.

»Oh … okay«, sagte er und ließ traurig den Kopf hängen. »Na ja, das Training beginnt jedenfalls um sieben.« Artemis sah ihm hinterher, als er aus dem Raum trottete. Irgendwie tat er ihr leid. Von Ephialtes hielt sie nicht viel, aber Otos war ein netter Kerl. Sie hoffte für ihn, dass sein Bruder nicht mehr in

Schwierigkeiten geriet, bis die Olympischen Spiele vorbei waren.

Warum hat er ausgerechnet mich angesprochen?, fragte sie sich. Wollte er einfach mit irgendjemandem Freundschaft schließen, oder fand er sie womöglich süß? Artemis war ziemlich schlecht darin, die Gefühle von Jungen zu durchschauen, hoffte jedoch inständig, dass er sich nicht in sie verknallt hatte!

8

Ungerecht!

»Oh, es ist alles so schrecklich! Wo ist Aphrodite? Ist sie bei Ares in seiner schlimmsten Stunde?«, fragte Persephone besorgt, als sie beim Mittagessen zu Artemis an den Tisch kam. Außer ihnen war noch keins der Göttergirls eingetroffen.

Artemis blickte überrascht zu ihrer Freundin auf. Sie hatte keine Ahnung, wovon sie sprach. Als Persephone ihr Tablett abstellte, rutschte ihr ein Ambrosia-Muffin vom Teller und kullerte auf den Boden. Artemis' Hunde machten sich sofort darüber her.

Persephone war so aufgebracht, dass sie es gar nicht bemerkte. »Ich habe gehört, dass diese furchtbaren Giganten Ares beide Beine gebrochen haben und dass er von mehreren Götterjungen zu Zeus ins Büro getragen werden musste, damit der ihn wieder heilt für die Olympischen Spiele!« Sie blickte sich suchend in der

Schulmensa um und schien große Lust zu haben, den Giganten gehörig die Meinung zu geigen.

»Nie im Leben! Wo hast du denn das her?«, fragte Artemis. Auch sie sah sich nun nach den Giganten um und stellte erleichtert fest, dass sie nirgendwo zu sehen waren. Aber Pheme, die Göttin der Gerüchte, war in der Mensa und lief mal wieder zur Hochform auf. Während sie von Tisch zu Tisch eilte und die abenteuerlichsten Geschichten über den Kampf am Vormittag verbreitete, stiegen die Wörter wie kleine Rauchwolken von ihren orange glänzenden Lippen auf.

»Hat Pheme dir diesen Unsinn erzählt?«, fragte sie Persephone.

»Nicht mir direkt, nein. Aber ich habe gehört, wie sie es ein paar anderen Schülern erzählt hat.« Persephone hielt inne. »Willst du damit sagen, dass es gar nicht stimmt?«

Artemis nickte. »Nein!«

»Du willst damit sagen, dass es stimmt?«

»Nein! Ich meine, ja! Ich meine, dass es *nicht* stimmt. Ich war nämlich bei der Prügelei vor Ort, im Gegensatz zu Pheme.«

»Da bin ich aber erleichtert«, sagte Persephone und sah schon ein wenig entspannter aus.

»Na ja, ein Teil der Geschichte stimmt schon«, gab Artemis zu. »Ares musste tatsächlich in Zeus' Büro, aber er wurde nicht getragen, sondern ist zu Fuß gegangen. Soweit ich weiß, geht es seinen Beinen ausgezeichnet.« *Allerdings sollte sich vielleicht mal jemand seinen Kopf angucken*, hätte sie am liebsten hinzugefügt. *Wenn sein Gehirn auch nur halbwegs funktioniert hätte, wäre er nämlich gar nicht erst in eine Rauferei mit Ephialtes geraten.*

Kaum hatte sie diesen Gedanken zu Ende gedacht, fiel ihr Blick zufällig auf Aktaion, was sie daran erinnerte, wie unbesonnen sie selbst bei ihrem »Hirsch-Zwischenfall« reagiert hatte, wie Aphrodite die Episode vom Vortag inzwischen nannte. (Andererseits bezeichnete Aphrodite auch den Trojanischen Krieg, den sie versehentlich ausgelöst hatte, als »kleinen Zwischenfall«.) Aktaion stand mit einem leeren Tablett an der Essensausgabe an, wo eine achtarmige Mensamitarbeiterin Lammbrosia in Schüsseln füllte und sie an jeweils acht Schüler gleichzeitig ausgab.

Artemis blies auf ihren Löffel mit Eintopf, um ihn abzukühlen, und behielt Aktaion dabei im Auge. Während Apollon ihr Verhalten ihm gegenüber unverzeihlich genannt hatte, war Athene der Meinung, dass er diese Behandlung verdient hatte. Artemis war sich unschlüssig, wer von beiden recht hatte. Jedes Mal, wenn sie zu Apollons Sicht der Dinge tendierte und sich entschuldigen wollte, fiel ihr wieder ein, wie Aktaion sie in den Brunnen geschubst und hinterher ausgelacht hatte!

Auch jetzt kochte wieder die Wut in ihr hoch, und sie sah ihm finster hinterher, während er mit seinem vollen Tablett zu seinem Tisch ging. Er musste ihren Blick im Rücken gespürt haben, denn er drehte den Kopf und guckte in ihre Richtung. Allein ihr Anblick schien ihm Angst zu machen, denn er stolperte und ließ sein Tablett fallen, woraufhin sich seine Schüssel Lammbrosia über den Boden ergoss. Erst als sich der Götterjunge hinter Aktaion entschuldigte, ging Artemis auf, dass er angerempelt worden war. Sie war also doch nicht der Grund für sein Missgeschick.

»Geiler Trick, Aktaion!«, grölte Atlas. Die Götterjungen an seinem Tisch lachten, und auch die Schüler an den anderen Tischen reckten die Hälse. Statt sauer zu werden, grinste Aktaion und verbeugte sich tief. »Und mein nächster Trick besteht darin, eine neue Schüssel Lammbrosia herbeizuzaubern!« Er stimmte in das Lachen der anderen ein und ging zurück zur Essensausgabe.

Inzwischen hatte sich auch Aphrodite zu Artemis und Persephone an den Tisch gesellt. »Der arme Aktaion«, sagte sie. »Irgendwie verfolgt ihn in letzter Zeit das Pech.«

»Was meinst du damit?«, fragte Artemis defensiv. Bisher hatten ihre Freundinnen sie nicht auf den »Hirsch-Vorfall« angesprochen, weil sie vermutlich spürten, dass sie nicht darüber reden wollte.

»Ach, egal«, antwortete Aphrodite und tauchte ihren Löffel in ihre Schüssel mit Lammbrosia. »Es ist nur so, dass …« Sie zögerte.

Artemis starrte sie herausfordernd an. »Was?«

Aphrodite zuckte mit den Schultern. »Ich dachte immer, dass er auf dich steht. Und für solche Dinge habe ich normalerweise ein Gespür.«

»Ich hatte den gleichen Eindruck«, stimmte ihr Persephone zu.

Auch Apollon hatte diesbezüglich eine Andeutung gemacht, wie Artemis nun einfiel. »Dann hat er aber eine seltsame Art, seine Zuneigung zu zeigen. Schubst mich einfach in den Brunnen!«, schnaubte sie empört.

»Vielleicht war es ja ein Unfall«, mutmaßte Persephone. »Schließlich war gerade eine Schlägerei im Gange. Es könnte doch sein, dass ihn jemand von hinten gestoßen hat.«

»Ja, so wie gerade, als ihm das Tablett runtergefallen ist.« Aphrodite wies mit dem Kinn auf Aktaions Schüssel, die immer noch umgekippt auf dem Boden lag. Inzwischen war eine Mitarbeiterin der Mensa herbeigeeilt, die ein bisschen aussah wie ein Frosch. Sie ließ ihre lange, klebrige Zunge hervorschnellen und schlabberte schnell und effektiv das verschüttete Lammbrosia auf. *Igitt!* Artemis schob ihre Schüssel beiseite. Ihr war der Appetit vergangen.

»Er hätte trotzdem nicht lachen dürfen«, murmelte sie. Allerdings hatte sie wahrscheinlich wirklich ziemlich lustig ausgesehen mit ihren triefnassen Haaren und dem Zauberfisch, der auf ihrem Kopf herumgehüpft war. Wenn dieses Missgeschick jemand anders passiert wäre, hätte sie vermutlich auch gelacht. Aber sie wollte nicht zugeben, dass ihre Wut auf ihn womöglich nicht gerechtfertigt war. »Lasst uns das Thema wechseln.«

»Stimmt es, was ich über Poseidon und die Giganten gehört habe?«, fragte Athene, die in diesem Moment an den Tisch der Göttergirls kam.

Artemis stöhnte und ließ den Kopf in ihre Hand sinken. »Das war eigentlich nicht das Thema, das ich im Sinn hatte.«

»Wenn du es von Pheme weißt, bezweifle ich, dass es stimmt«, antwortete Persephone. »Was hast du denn genau gehört?«

»Nein, Pandora hat mir davon erzählt. Sie meinte, Poseidon hätte Ares im Alleingang aus den Fängen der Giganten gerettet.« Pandora war Athenes sterbliche Zimmernachbarin und sprach grundsätzlich in Fragezeichen, weshalb Artemis sich genau vorstellen konnte, wie sie das Gerücht formuliert hatte: *Poseidon? Hat er Ares vor den Giganten gerettet?!*

»Ausgerechnet Poseidon!«, schnaubte Aphrodite entrüstet. »Pandora sollte mal wieder ihre Steinbrille putzen! Ares kann wunderbar auf sich selbst aufpassen. Ist ja klar, dass Pandora Poseidon als Held hinstellt. Sie ist genauso in ihn verknallt wie Medusa.«

Artemis musste zugeben, dass Poseidon ziemlich gut aussah, auch wenn er in ihren Augen ein ziemlicher Waschlappen war, und zwar im wahrsten Sinne des Wortes: Seine Füße machten platschende Geräusche beim Gehen, und er hinterließ überall nasse Abdrücke. Nein, wenn *sie* sich einen Jungen zum Verlieben hätte aussuchen müssen, dann wäre es jemand gewesen wie … wie … Sie blinzelte, weil sie in Gedanken plötzlich Aktaion mit seinen neugierigen grauen Augen und seinen hellbraunen Haaren vor sich sah. Beim Donnergott! Sie schüttelte den Kopf, um das Bild wieder loszuwerden.

Dann erzählten Aphrodite und sie den anderen beiden Göttergirls, was an diesem Vormittag wirklich passiert war. Ihre Berichte ähnelten sich weitgehend, bis auf die Tatsache, dass Aphrodite Ares als großen Held darstellte. Artemis nahm es überrascht zur Kenntnis, aber vielleicht sah ihn Aphrodite ja wirklich so. Schließlich war sie in ihn verliebt.

Als sie ihr Mittagessen beendet hatten und zusammen die Schulmensa verließen, erinnerte Artemis ihre Freundinnen daran, dass sie sich nach dem Unterricht auf dem Schulhof treffen wollten, um dort ihre Unterschriftenaktion zu starten.

Am Nachmittag traf sie Aphrodite auf dem Flur, und sie gingen zusammen zu ihrer letzten Unterrichtsstunde des Tages: Rachekunde. Ihre Lehrerin Fräulein Nemesis stand normalerweise an der Tür und begrüßte jeden Schüler einzeln, aber heute war nichts von ihr zu sehen.

Stattdessen war das Erste, was sie im Klassenzimmer erblickten, einer der Giganten. Er stand auf der anderen Seite des Raumes und unterhielt sich mit Atlas. Als er über irgendetwas lachte, was Atlas sagte, fiel Artemis seine Zahnlücke auf.

»Sieht aus, als hätte zumindest einer der Giganten einen Freund gefunden«, flüsterte Aphrodite. »Allerdings habe ich keine Ahnung, welcher von beiden es ist.«

»Ephialtes«, antwortete Artemis.

Aphrodite legte fragend den Kopf schief. »Woher weißt du das?«

»Weil ihm ein Zahn fehlt. Das hat mir Otos verraten.«

»Du hast mit einem der Giganten *gesprochen*?« Aphrodite starrte ihre Freundin ungläubig an.

Artemis zuckte mit den Schultern. »Otos war heute Morgen mit mir im Heldologieunterricht. Er ist echt nett. Ephialtes ist der Aufbrausende von den beiden.«

In diesem Moment ging die Tür auf, und Hera betrat das Klassenzimmer. Die elegante Göttin zog sämtliche

Blicke auf sich, während sie zum Lehrerpult schritt. Sie machte sich gar nicht erst die Mühe, sich vorzustellen, weil sie vermutlich wusste, wie bekannt sie inzwischen an der Schule war. Sogar die Gastschüler wussten, dass sie die neue Lebensgefährtin von Direktor Zeus war.

»Fräulein Nemesis musste heute Nachmittag zu einem dringenden Termin, und Direktor Zeus hat mich gebeten, sie zu vertreten«, erklärte sie und strich sich eine blonde Locke aus dem Gesicht, die sich aus ihrer perfekten Frisur gelöst hatte. *Hera ist so wunderschön, dass sie problemlos als Aphrodites Mutter durchgehen würde*, dachte Artemis.

»Leider hatte Fräulein Nemesis keine Zeit mehr, mich über den für heute geplanten Unterrichtsstoff in Kenntnis zu setzen. Ich habe daher beschlossen, dass wir uns mit dem Thema ›Gerechtigkeit‹ beschäftigen.« Sie lächelte der Klasse verschmitzt zu. »Und um die Diskussion ein bisschen interessanter zu gestalten, habe ich mir überlegt, dass wir ein aktuelles Ereignis als Aufhänger nehmen könnten – zum Beispiel die bevorstehenden Olympischen Spiele.« Aus irgendeinem Grund sah sie bei diesen Worten Artemis an.

»Sie meinen, ob wir es gerecht finden, dass Giganten an den Spielen teilnehmen dürfen?«, rief ein Götterjunge aus einer der hinteren Reihen nach vorn. »Ich sage Nein!«

Artemis warf Ephialtes einen besorgten Blick zu, weil sie befürchtete, dass er entrüstet vom Stuhl aufsprang – beziehungsweise seinen Tisch abschüttelte, so wie Otos an diesem Morgen – und sich auf den Götterjungen stürzte. Aber der Gigant hielt sich zurück und starrte nur finster vor sich hin. Sein Gesichtsausdruck entspannte sich sichtlich, als Hera den Götterjungen streng zurechtwies: »Sämtliche Athleten von anderen Schulen sind zu den Olympischen Spielen eingeladen und somit unsere rechtmäßigen Gäste. Das solltest du dir hinter die Ohren schreiben.«

Sie machte eine Pause, um die Zurechtweisung auch auf die anderen Götterjungen wirken zu lassen, und kehrte dann zum Thema Gerechtigkeit zurück. »Das Problem, das ich bei den Olympischen Spielen in puncto Gerechtigkeit sehe, betrifft die Hälfte aller Schüler des Götterinternats und vermutlich auch der anderen Schulen, die hier zu Gast sind. Kann sich irgendjemand vorstellen, was ich meine?« Wieder sah sie Artemis dabei an, und Artemis wusste plötzlich, warum. Hera musste den entscheidenden Teil ihres Gesprächs mit Zeus mit angehört haben!

Ihre Hand schoss nach oben. »Sie meinen die Tatsache, dass Mädchen nicht an den Olympischen Spielen teilnehmen dürfen. Wenn Sie mich fragen, ist das mehr als ungerecht!« Sofort brach lautes Getuschel im Klassenzimmer aus.

Ephialtes warf ihr zwar einen genervten Blick zu, beteiligte sich jedoch nicht an den lautstarken Protesten der anderen Jungen, was überraschend war, wenn man bedachte, dass er Mädchen sogar von den Zuschauertribünen verbannen wollte. Er schüttelte nur herablassend den Kopf, als hielte er es für reine Zeitverschwendung, mit Mädchen oder Frauen zu diskutieren, egal über welches Thema.

»Einer nach dem anderen, bitte!«, ermahnte Hera die Klasse. Als Erstes rief sie Atlas auf.

»Warum sollten Mädchen gegen so etwas antreten wollen?«, fragte er und spannte grinsend seinen beachtlichen Bizeps an. »Sie hätten doch sowieso keine Chance!«

»Nicht die geringste!«, riefen die anderen Jungen im Chor. »Gut gemacht, Atlas!«

Artemis sah sich nach Apollon um. Dieser Idiot nickte doch tatsächlich! War er wirklich der gleichen Meinung wie Atlas und die anderen Götterjungen? Sie musste zugeben, dass kein Mädchen bei einem direkten Kräftemessen mit Atlas eine Chance gehabt hätte. Er war der stärkste Götterjunge der ganzen Schule. Aber es gab noch viele andere Disziplinen, in denen Mädchen durchaus glänzen konnten.

Aphrodite warf ihre langen goldblonden Haare zurück und brachte die Jungen, die in ihrer Nähe saßen, damit völlig aus dem Konzept. Sie hörten auf,

Atlas' Diskussionsbeitrag zu bejubeln, und schmachteten sie verliebt an. »Ach ja?«, fragte sie. »Wer von euch allen – Apollon ausgenommen – hätte denn Lust, gegen Artemis im Bogenschießen anzutreten?« Nicht ein einziger Junge meldete sich, weil alle wussten, dass sie keine Chance gehabt hätten.

Artemis beugte sich über den Mittelgang zu ihrer Freundin hinüber und klatschte sie ab. »Juchhu! Du bist die Beste!«

Von ganz hinten rief ein bulliger Götterjunge namens Kydoimos nach vorn: »Bogenschießen ist aber keine olympische Disziplin. Wie weit kannst du einen Diskus werfen, Artemis?«

»Keine Ahnung, ich konnte es ja noch nie ausprobieren!«, rief sie zurück.

Plötzlich brachen überall im Klassenzimmer Diskussionen aus. Jeder wollte seine Meinung zu diesem Thema sagen. Einige Mädchen kicherten nur unsicher, aber andere riefen: »Ja! Artemis hat recht! Wir haben endlich eine Chance verdient!«

Hera rief die Klasse zur Ordnung. »Lasst uns zunächst den Jungen das Wort erteilen. Mich würde interessieren, welche Einwände sie gegen die Teilnahme von Mädchen an den Olympischen Spielen haben.«

Artemis warf Apollon einen herausfordernden Blick zu und hoffte inständig, dass er ihr und den anderen

Mädchen den Rücken stärkte. Als er tatsächlich die Hand hob, lächelte sie ihn erleichtert an. Bestimmt sagte er seinen Freunden nun, dass sie im Unrecht waren.

Doch stattdessen erklärte er: »Die Mädchen können auf keinen Fall in denselben Disziplinen gegen uns antreten, weil sie sich verletzen würden. Und damit basta.« Er wich Artemis' Blick aus, während er die Arme verschränkte, als wäre das Thema damit abschließend behandelt.

Artemis hatte nicht vor, ihm zu zeigen, wie sehr er sie verletzt hatte. »Kein Problem!«, konterte sie hitzig. »Wir veranstalten sowieso lieber unsere eigenen Spiele und suchen uns die Disziplinen selbst aus. Und die werden viel cooler sein als alles, was *ihr* je haben werdet!«

Ein Götterjunge namens Makhai grinste höhnisch und fragte: »Was denn, zum Beispiel? Cheerleading?« Die Jungen lachten schallend, und auch Ephialtes stimmte mit seiner hohen Stimme kichernd in die allgemeine Erheiterung ein.

Nun meldete sich voller Entrüstung Stheno zu Wort, eine der beiden Schwestern von Medusa. »Fürs Cheerleading braucht man jede Menge Kondition. Die Hälfte der Götterjungen an der Olymp High würde nicht einmal das Training durchstehen!«

»So ist es!«, riefen die Mädchen.

Bevor die Dinge vollkommen aus dem Ruder liefen, mischte sich Hera in die Diskussion ein. »Denkt dran«, ermahnte sie die Schüler mit ruhiger Stimme, »dass das heutige Thema Gerechtigkeit ist. Kann jemand diesen Begriff für mich definieren?«

»Etwas ist gerecht, wenn es den Regeln entspricht«, lautete Atlas' Definition.

»Und die Regeln besagen, dass die Olympischen Spiele nur für Jungen sind!«, fügte Kydoimos hinzu.

»Aber bedeutet Gerechtigkeit nicht auch, dass man nicht eine Gruppe bevorzugen und die andere benachteiligen darf?«, fragte ein Mädchen namens Aglaia und sah Hera fragend an.

Hera nickte. »Ja, auch das ist eine gültige Definition.«

»Und die Regeln der Olympischen Spiele bevorzugen eindeutig die Jungs«, sagte Aphrodite. »Also sind sie ungerecht!«

Apollon zuckte mit den Schultern. »Regeln sind Regeln. Direktor Zeus hat sie aufgestellt, jetzt müsst ihr damit klarkommen!«

»Jawoll! Gib's ihnen, Apollon!«, riefen die Jungen.

Artemis' Augen funkelten vor Zorn. »Keine Sorge. Wir kommen damit klar! Wartet's nur ab.«

Die Mädchen johlten begeistert. »Zeig's ihnen, Artemis!«, rief ein Göttermädchen mit großen rosafarbenen Flügeln, das Artemis nur vom Sehen kannte.

»Wir sollten unsere eigenen Olympischen Spiele abhalten! Wer braucht schon Jungs?«

Die Götterjungen und Ephialtes lachten. »Träum weiter!«, rief einer der Jungen.

Oh Mann! Diese Jungs konnten dermaßen nerven! Artemis wollte eigentlich nicht, dass Hera schon jetzt von der Unterschriftenaktion erfuhr. Schließlich bestand die Gefahr, dass sie es Zeus verriet und dass der die Aktion beendete, noch bevor sie richtig angefangen hatte. Doch bevor sie sich zügeln konnte, platzte sie heraus: »Von träumen kann keine Rede sein! Kommt einfach nach dem Unterricht auf den Schulhof, dann seht ihr es!«

Sie konnte es kaum erwarten, die Gesichter der Jungen zu sehen, wenn sie erfuhren, was sie und ihre Freundinnen vorhatten. Wenn sie ehrlich war, hatte sie ein wenig Angst gehabt, dass die anderen Mädchen – vor allem die unsportlichen – sich nicht genug für die Aktion interessierten, um für sie zu unterschreiben, aber die Diskussion im Rachekundeunterricht hatte ihren Plänen unerwartet Auftrieb gegeben. Es schien fast so, als wäre Hera auf ihrer Seite und hätte das Thema mit Absicht angeschnitten. Hinzu kam, dass Pheme ebenfalls im Raum war und alles mit angehört hatte. Das ungerechte Verhalten der Jungen würde sich in weniger als einer Stunde im ganzen Schulgebäude herumgesprochen haben. Was für ein Glücksfall!

9

Unterschriftensammlung

Sobald die Rachekundestunde vorbei war, brachten Artemis und Aphrodite ihre Schulsachen in die Schließfächer und eilten dann in die Mensa, um sich Tische für ihre Unterschriftenaktion auszuleihen. Sie wollten die Tische auf dem Schulhof aufstellen, weil sie dort sämtliche Schülerinnen und Schüler abfangen konnten, die die Schule betraten oder verließen. »Braucht ihr Hilfe?«, fragten einige Götterjungen, die sich in der Schulmensa ein paar Snacks holten. Wenn Aphrodite dabei war, boten ständig irgendwelche Jungen ihre Hilfe an.

»Gern«, sagte Aphrodite und zeigte auf zwei Tische, die zusammengeklappt an der Wand lehnten. »Könntet ihr die bitte raus auf den …« Sie brach ab und schüttelte entschlossen den Kopf. »Nein, vielen Dank, wir kommen schon allein zurecht.

»Seid ihr sicher?«, fragte einer der Jungen zweifelnd. »Die Dinger sind wahnsinnig schwer.«

»Und wir sind wahnsinnig stark«, erwiderte Artemis mit Nachdruck.

Aber die Jungen hatten recht: Die Tische waren tatsächlich furchtbar schwer, und Artemis' Hunde waren auch keine Hilfe, denn sie sprangen unermüdlich an den Beinen der Mädchen hoch oder zwängten sich unter dem ersten Tisch durch, den die Mädchen mühsam durch das Hauptportal der Schule nach draußen schleppten.

Zum Glück erschienen kurz darauf Persephone und Athene mit den Unterschriftenlisten und dem Plakat, das sie gebastelt hatten. Aphrodite und Artemis setzten sie rasch darüber ins Bild, was in der Rachekundestunde passiert war, die Hera als Vertretung für Fräulein Nemesis gegeben hatte. Zu viert hatten sie im Handumdrehen einen zweiten Tisch und vier Stühle die Granittreppe hinuntergetragen und auf dem Schulhof aufgestellt.

»Ich hoffe inständig, dass unsere Aktion ein Erfolg wird«, sagte Persephone, während sie das Plakat neben den Tischen auf eine Staffelei stellte, damit es jeder schon von weitem lesen konnte.

»Das wird sie auf jeden Fall«, versicherte Artemis und verdrängte ihre Sorge, dass Direktor Zeus mitkriegte, was sie hier machten. Wie hatte er noch mal im Büro gesagt? *Meiner Ansicht nach bist du – sind sämtliche Mädchen – während der Spiele am besten auf der Tribüne aufgehoben.* War ihm denn nicht klar, wie herabwürdigend das war? Ihre Unterschriftenaktion *musste* einfach ein Erfolg werden, damit sie ihn eines Besseren belehren konnten!

Sobald die Mädchen auf ihren Stühlen Platz genommen hatten, rollten sich Artemis' Hunde im Schatten unter den Tischen zusammen. Bewaffnet mit vier rosa Unterschriftenbögen und je einem Federkiel warteten die Göttergirls auf »Kundschaft«, und es dauerte nicht lange, bis sich ihnen neugierig zwei Mädchen näherten. »Worum geht es bei eurer Aktion?«, fragte eine junge Göttin in einem mit lila Blumen bedruckten Chiton. Ihre Haare schmückte ein Kranz aus violetten Krokussen.

»Wir sammeln Unterschriften, um Direktor Zeus davon zu überzeugen, dass wir Mädchen unsere eigenen Olympischen Spiele abhalten dürfen«, erklärte Artemis. »Habt ihr Lust zu unterschreiben?«

»Was für ein Zufall!«, sagte das zweite Göttermädchen, dessen Chiton in allen Regenbogenfarben schillerte. »Wir haben heute beim Mittagessen darüber geredet, wie unfair es doch ist, dass nur Jungs bei den Olympischen Spielen mitmachen dürfen.« Sie runzelte die Stirn. »Ich hätte den Götterjungen am Nebentisch am liebsten geohrfeigt! Er sagte, er könnte sich lebhaft vorstellen, welche bescheuerten Disziplinen wir Mädchen uns ausdenken würden.«

»Und welche waren das?«, fragte Athene neugierig.

»Ich kann mich nicht mehr an alle erinnern, aber ein Vorschlag war Fingernägel-Wettlackieren!«

»Lächerlich!«, schnaubte Aphrodite abfällig, bevor sie nachdenklich ihre eigenen, in glitzerndem Pink lackierten Fingernägel betrachtete, die gestern noch blau gewesen waren, wenn Artemis es richtig in Erinnerung hatte. »Andererseits hätte ich in dieser Disziplin durchaus Siegchancen«, witzelte sie.

Die Mädchen lachten. »Wo müssen wir unterschreiben?«, fragten sie. Artemis und Persephone schoben ihnen eilig ihre Unterschriftenlisten hin. Das Mädchen mit dem lila Krokuskranz schnappte sich Artemis' grünen Federkiel und schrieb schwungvoll seinen Namen: *Antheia*. Das andere Mädchen borgte sich alle vier Federkiele aus, um bei ihrem Namen – *Iris* – für jeden Buchstaben eine andere Farbe zu nehmen.

»Ich wünschte, wir könnten auch Hera um ihre Unterschrift bitten«, sagte Athene, sobald die Mädchen weg waren.

Artemis schüttelte den Kopf. »Dann findet Zeus bestimmt sofort heraus, was wir hier machen. Wir brauchen erst möglichst viele Unterschriften, die wir ihm vorlegen können.«

In diesem Moment tauchten Medusa und ihre beiden Schwestern Stheno und Euryale auf und kamen schnurstracks auf die Tische zu marschiert. »Her mit dem Federkiel!«, forderte Medusa in ihrem üblichen herrischen Tonfall. Die Göttergirls gehorchten ausnahmsweise gern und schoben den drei Schwestern jeweils eine Liste und einen Federkiel hin. Als Medusa auf Aphrodites Unterschriftenliste unterschrieb, drückte sie so stark auf, dass die Spitze des Federkiels den Papyrusbogen durchbohrte. Verlegen hob sie den Kopf und sah Aphrodite an.

»Kein Problem«, versicherte diese und drehte die Liste um, um eine Fingerspitze auf das Loch zu legen und es mit einem schnellen Zauber auszubessern. »Siehst du, alles wieder gut.«

Medusa erholte sich überraschend schnell von ihrer Verlegenheit und knurrte: »Du solltest beim nächsten Mal vielleicht dickeren Papyrus nehmen!« Nachdem sie und ihre Schwestern unterschrieben hatten, stolzierten sie wieder davon.

Die Göttergirls blickten sich an. »Mir soll's recht sein«, sagte Persephone und brachte damit alle zum Lachen.

Schon bald standen die Mädchen vor den Tischen Schlange und warteten ungeduldig darauf, endlich unterschreiben zu dürfen. Artemis registrierte vergnügt, wie ihre Liste immer länger wurde. Sie selbst hatte bereits fünfzehn Unterschriften vorzuweisen, darunter die von Aglaia und Pandora. Wenn die anderen drei Göttergirls genauso viele hatten, waren es schon sechzig! Sie überlegte, wie viele Schülerinnen wohl insgesamt auf die Olymp High gingen. Gerade wollte sie Athene fragen, die solche Dinge am besten wusste, als einige Mädchen in der Schlange zu kichern anfingen. Als sie aufblickte, sah sie, dass sich ein Junge unter die Wartenden geschmuggelt hatte.

»Hallo, Artemis«, sagte Aktaion. »Wie geht's dir?«

Artemis spürte, wie ihr Herz schneller schlug, beschloss jedoch, sich von Aktaions freundlicher Begrüßung nicht erweichen zu lassen. »Bist du hier, um dich wieder über mich lustig zu machen?«

Aktaion grinste und schlug mit gespieltem Entsetzen die Hände vor die Brust. »Bist du wahnsinnig? Das würde ich niemals wagen! Sonst verwandelt du mich vielleicht diesmal in etwas noch Schlimmeres!«

Artemis konnte sich ein Lächeln nicht verkneifen. »Was denn, zum Beispiel? Nur für den Fall, dass du mich wieder ärgerst und ich ein paar Anregungen brauche.«

Sein Grinsen wurde noch breiter. »Hm, ich glaube, ich wäre nächstes Mal gern was richtig Imposantes. Vielleicht ein Geryon?«

Artemis strich sich mit dem Ende ihres Federkiels übers Kinn und tat so, als würde sie ernsthaft über diesen Vorschlag nachgrübeln. »Nein, ich nehme lieber etwas weniger Furchteinflößendes. Eine Kröte!«

Er lachte laut auf. »Eine Kröte? Jetzt mach aber mal halblang!« In diesem Moment schlängelte sich Suez zwischen den Tischbeinen hervor und presste seinen Kopf gegen Aktaions Bein. »Hallo! Du bist ja ein feiner Kerl!« Aktaion bückte sich, um den Hund am Hals zu kraulen. »Meinst du, ich sollte dein Frauchen bitten, mich das nächste Mal in einen Hund zu verwandeln?« Die hinter ihm wartenden Mädchen wechselten zu Athenes Schlange, als sie merkten, dass es eine längere Unterhaltung werden würde. Plötzlich richtete sich Aktaion wieder auf und sah Artemis eindringlich an. »Hör zu«, sagte er ernst. »Ich wollte dir sagen, dass ich …«

Bevor er den Satz beenden konnte, bummelte eine Gruppe Athleten über den Schulhof, die gerade vom Training kam. Einer der Jungen zeigte auf das Plakat der Mädchen und hielt sich vor Lachen den Bauch. »Olympische Spiele für Mädchen? Ha, ha, ha!«

Artemis kannte nur zwei der Jungen – Makhai und Kydoimos –, aber alle vier hatten schimmernde Haut, was bedeutete, dass sie unsterblich waren. »Wir wissen alle, auf wessen Mist das gewachsen ist«, sagte Kydoimos und zeigte mit dem Daumen abfällig auf Artemis. Dann trat er an ihren Tisch, schnappte sich die Unterschriftenliste und überflog sie. »Sieh an. Du hast noch keinen einzigen Jungen dazu gebracht, dir seine Unterschrift zu geben! Noch nicht mal deinen eigenen Bruder!« Er warf die Liste verächtlich auf den Tisch zurück.

Artemis suchte krampfhaft nach einer schlagfertigen Antwort, doch noch bevor ihr etwas einfiel, sagte Aktaion: »Sorry, kann ich mal bitte den Federkiel haben?«

»Niemals!«, rief Makhai und bekam fast einen Anfall, als er sah, wie sich Aktaion über den Tisch beugte. »Du wirst doch wohl hoffentlich nicht zum Verräter!«

»Ja, Mann! Wir Männer müssen zusammenhalten«, fügte Kydoimos hinzu.

Artemis schob Aktaion mit herausforderndem Blick ihre Liste hin, und Aphrodite drückte ihm einen Federkiel in die Hand. Die Göttergirls hielten gespannt den Atem an.

Aktaion zögerte einige Sekunden, aber dann nahm er die Liste und setzte seine Unterschrift darunter.

»Juchhu!«, jubelte Athene.

»Du bist unser Held!«, frohlockte Aphrodite.

»Ahhhh!«, stöhnte einer der Götterjungen, als hätte er unerträgliche Schmerzen.

»Ich kann nicht glauben, dass du das gerade getan hast! Mädchen und Olympische Spiele – das gehört einfach nicht zusammen«, sagte Makhai vorwurfsvoll.

Bumm! Bumm! Die Federkiele der Mädchen hüpften auf dem Tisch herum, und als sie aufblickten, sahen sie einen Giganten auf sich zu stampfen.

»Genauso wie Götter und Giganten nicht zusammengehören«, murmelte Kydoimos.

Ein gewaltiger Schatten fiel über Artemis' Tisch, und sie blickte auf und entdeckte die Narbe auf der Stirn des Giganten. Otos! Nachdem er rasch das Plakat überflogen hatte, bückte er sich und nahm sich einen Federkiel, der zwischen seinen riesigen Fingern wie ein Zahnstocher aussah. Nachdem er seine Unterschrift unter die Liste gesetzt hatte, richtete er sich auf und warf den Götterjungen finstere Blicke zu. »Warum geht *ihr* nicht dahin zurück, wo ihr hingehört?«

Makhai wandte sich ab und zuckte mit den Schultern. »Toll. Ein Sterblicher und ein Gigant, der noch nicht mal hier zur Schule geht. Ich sehe immer noch keine Götterjungen, die für diese dämliche Aktion unterschreiben! Kommt, lasst uns gehen, Jungs.« Die vier Unsterblichen machten sich mit arroganten Gesichtern aus dem Staub.

»Kommst du jetzt heute mit zum Ringen?«, fragte Otos, während die Göttergirls tuschelnd über die überheblichen Götterjungen diskutierten.

»Hm, ich weiß nicht so recht«, antwortete Artemis, die nur halb zugehört hatte, weil sie mit einem Ohr ihren Freundinnen lauschte. »Du würdest mich bestimmt zerquetschen, meinst du nicht?«

Die dünne weiße Narbe auf Otos' Stirn wanderte nach oben, weil er belustigt die Augenbrauen hochzog. »Zum Zuschauen, meinte ich eigentlich. Heute ist doch der Trainingskampf, von dem ich dir erzählt habe.«

»Ach, stimmt ja.« Sie seufzte innerlich und sagte dann: »Gut einverstanden, ich komme.« Schließlich war sie ihm etwas schuldig, nachdem er ihr seine Unterschrift gegeben hatte. Apropos schuldig: Wo war Aktaion? Sie blickte sich um, aber er war verschwunden.

Als immer mehr Mädchen an den Tisch kamen, machte sich auch Otos aus dem Staub. »Cool! Wir sehen uns nachher«, verabschiedete er sich.

»Danke für deine Unterschrift!«, rief ihm Persephone nach. »Oh ja, vielen Dank!«, pflichtete ihr Artemis bei.

Die Stimmung der vier Göttergirls stieg mit jeder Unterschrift. Immer wenn sich ein Junge über ihre Aktion lustig machen wollte, verwiesen sie auf die beiden männlichen Unterschriften, die sie bereits vorweisen konnten. Was machte es schon, dass sie nicht von Götterjungen, sondern von einem Sterblichen und einem Giganten stammten? Junge war Junge. Als sie die Sammelaktion am frühen Abend beendeten, hatten sie seitenweise Unterschriften von Mädchen gesammelt, aber es hatte kein einziger weiterer Junge unterschrieben.

Beim Abendessen hielt Artemis Ausschau nach Apollon, aber er tauchte nicht auf. Wo konnte er nur sein? Sie wollte endlich wissen, wie er zu ihr stand, vor allem nach seinem Kommentar im Rachekundeunterricht. Galt seine Loyalität neuerdings nicht mehr seiner Zwillingsschwester, sondern seinen Freunden? Würde er sie trotzdem unterstützen und ihr seine Unterschrift geben?

Nachdem sie sich von ihren Freundinnen verabschiedet hatte, sagte sie leise ihren Zwillingsspruch auf und versuchte ein geistiges Bild von Apollons Aufenthaltsort heraufzubeschwören. Aber sie erkannte nur verschwommene Bilder. Blockierte er sie etwa? *Grrr!* Brüder konnten manchmal wirklich nerven!

Da sie Otos versprochen hatte, ihm beim Ringen zuzusehen, hatte sie keine Zeit, länger nach Apollon zu suchen. Nachdem sie ihre Hunde in ihr Zimmer gebracht hatte, machte sie sich auf den Weg in die Wettkampfarena, in der die Trainingskämpfe stattfanden.

Sie betrat die runde Arena und stellte überrascht fest, dass Athene in der dritten Reihe im Publikum saß. Erst als sie Herakles neben den anderen Ringern auf einer Bank kauern sah, verstand sie: Athene war da, um ihren Freund anzufeuern! Triathlon war ebenfalls anwesend, genau wie Direktor Zeus. *Schluck*. Hoffentlich hatte er noch nichts von ihrer Unterschriftenaktion erfahren! Artemis tauchte schnell in die dritte Reihe ab und setzte sich neben Athene.

»Meinst du, dein Vater weiß, was wir vorhaben?«, fragte sie.

Athene schüttelte den Kopf. »Glaube ich nicht. Ich habe noch vor einer Minute mit ihm gesprochen, und er hat nichts dazu gesagt.« Bevor sie das Thema weiter erörtern konnten, brandete Applaus im Publikum auf, weil die Athleten den von Fackeln beleuchteten Kampfring betraten. Artemis zählte acht Ringer: Herakles, Atlas, Otos, Ephialtes und vier Ringer von anderen Schulen, die sie nicht kannte. Die Jungen begannen, sich mit Dehnübungen aufzuwärmen.

»Gegen wen kämpft Herakles?«, fragte Artemis.

»Otos«, antwortete Athene. »Ich mache mir ein bisschen Sorgen. Herakles ist wahnsinnig stark, aber ein Gigant ist … eben ein Gigant.«

»Ich glaube nicht, dass Otos ihm ernsthaft wehtun würde.«

Athene erschauderte. »Ich bin nur froh, dass Herakles nicht mit Ephialtes in den Ring steigen muss. Für Zwillinge sind diese beiden Giganten ganz schön unterschiedlich, findest du nicht? Ephialtes hätte uns bestimmt nicht seine Unterschrift gegeben.«

Artemis nickte. »Kann ich mir auch nicht vorstellen.« *Wahrscheinlich würde es ihm ganz und gar nicht gefallen, wenn er wüsste, dass sein Bruder unterschrieben hat*, dachte sie und fragte sich, ob Otos es ihm erzählt hatte.

Der Kampf zwischen Herakles und Otos war gleich der erste. Bevor sie Aufstellung nahmen, blickten sie zu den beiden Göttergirls herüber und winkten. Dann wandten sie sich mit ernstem Gesicht einander zu.

Athene beugte sich zu Artemis. »Kennst du dich mit Ringen aus?«, fragte sie, während Otos Herakles bei der Taille packte und ihn hoch in die Luft hob.

»Nein, überhaupt nicht«, gab Artemis zu.

»Was Otos gerade macht, nennt sich *Wurf*, aus offensichtlichen Gründen«, erklärte Athene, während Otos Herakles auf die Matte schleuderte. Der Sterbliche landete auf beiden Füßen und trat behände hinter Otos, um dem Giganten die Arme um die Brust zu schlingen, wobei er sich auf die Zehenspitzen stellen musste. Anschließend lehnte er sich mit seinem ganzen Gewicht nach hinten. Otos war zwar wesentlich größer und breiter als er, aber Herakles erwies sich als ebenso stark.

»Wäre es nicht leichter, seinem Gegner ein Bein zu stellen oder ihn sonst irgendwie ins Straucheln zu bringen?«, wollte Artemis wissen.

»Das verstößt gegen die Regeln«, antwortete Athene.

»Man darf den Gegner nicht unterhalb der Taille packen und ihm auch nicht die Beine wegziehen.«

»Verstehe«, murmelte Artemis fasziniert. Ringen war viel anspruchsvoller, als sie immer geglaubt hatte. Dass Athene so viel darüber wusste, war nicht weiter überraschend. Wenn sich ihre kluge Freundin für ein Thema interessierte, tauchte sie völlig darin ein und lernte alles, was es darüber zu wissen gab.

»Ziel des Ganzen ist es, die Schultern des Gegners auf die Matte zu bekommen und ihn dort mindestens drei Sekunden festzuhalten«, erläuterte Athene, während Otos sich aus Herakles' Umklammerung löste.

Als der Kampf vorbei war, nahm Artemis überrascht zur Kenntnis, dass Herakles gewonnen hatte, obwohl es weder ihm noch Otos gelungen war, den Gegner auf der Matte zu fixieren. »Das liegt daran, dass er für seine Kampfzüge mehr Punkte bekommen hat als Otos«, erklärte Athene.

Die beiden Kämpfer schüttelten sich gutmütig die Hände und setzten sich dann wieder auf die Bank. Es freute Artemis, dass sie sich selbst in einer Wettkampfsituation mit Respekt behandelten.

Ephialtes und Atlas waren als Nächste dran. Kurz nachdem ihr Kampf begonnen hatte, betrat Hera die Arena. Als Zeus sie entdeckte, strahlte er und winkte sie zu sich in die erste Reihe. Genau in diesem Moment packte Ephialtes Atlas von hinten und hob ihn so schwungvoll über seinen Kopf, als wöge der Götterjunge weniger als der Zahn, den er beim Kampf mit seinem Bruder verloren hatte. Mit einem breiten Grinsen wirbelte er Atlas zweimal über dem Kopf herum, bevor er ihn auf die Matte warf.

»Atlas verliert den Kampf, oder?«, fragte Artemis. »Das wird deinem Vater sicher nicht gefallen.«

Die Mädchen spähten zu Zeus und Hera hinüber, aber es sah nicht so aus, als würden die beiden dem Geschehen im Kampfring besonders viel Aufmerksamkeit widmen. Sie unterhielten sich wild gestikulierend und schienen immer hitziger zu diskutieren. Plötzlich verschränkte Hera mit gerunzelter Stirn die Arme und schüttelte energisch den Kopf.

»Oje«, murmelte Athene bestürzt. »Streiten die beiden sich etwa?«

Zeus sagte etwas zu Hera, und obwohl die Mädchen nicht hören konnten, um was es ging, bestand kein Zweifel an seinem scharfen Tonfall. Hera stand auf, als wollte sie gehen, aber Zeus' nächster Kommentar schien sie zu besänftigen, denn sie setzte sich wieder hin. Der Donnergott legte ihr den Arm um die Schultern, und sie flüsterte ihm zärtlich etwas ins Ohr.

»Puh«, atmete Artemis auf. »War wohl doch nicht so schlimm.«

»Sieht ganz danach aus«, gab ihr Athene recht und entspannte sich ein wenig. »Hera macht Papa wahnsinnig glücklich, und es wäre wirklich schade, wenn die beiden sich wieder trennen würden.«

»Das wäre allerdings schade, und zwar für die ganze Schule«, stimmte ihr Artemis von ganzem Herzen zu. »Seine Laune war echt furchtbar, nachdem deine Mutter abgehauen ist.«

»Allerdings!«, sagte Athene. Nachdem Metis Zeus verlassen hatte, hatte sein ständiges Trübsalblasen sämtlichen Bewohnern des Olymps die Stimmung verhagelt. »Ich frage mich, worüber die beiden gestritten haben.«

Artemis zuckte mit den Schultern. »Wer weiß?« Als die beiden Mädchen einen dumpfen Schlag hörten, blickten sie schnell wieder zum Kampfring. Ephialtes hatte Atlas auf den Rücken geworfen und hielt seine Schultern auf der Matte fest. Er hatte den Kampf gewonnen. Nachdem er grinsend auf die Füße gesprungen war, drehte er eine schnelle Ehrenrunde um den Ring.

»Angeber!«, knurrte Athene.

Als Ephialtes seine Ehrenrunde beendete, rappelte sich auch Atlas wieder auf und hielt dem Giganten die Hand hin, um ihm zu gratulieren, wie es die sportliche Fairness verlangte. Aber Ephialtes ignorierte ihn einfach und boxte triumphierend mit den Fäusten in die Luft. »Ich bin die Nummer eins!«, brüllte er. Der arme Atlas, der sich im Rachekundeunterricht

Mühe gegeben hatte, freundlich zu Ephialtes zu sein, ließ langsam die Hand sinken und schlurfte mit hochrotem Kopf zur Bank.

»Was für ein unfairer Sportler!«, schnaubte Artemis wütend, während der Gigant sich endlich auch auf der Bank niederließ.

»Das kannst du laut sagen«, pflichtete ihr Athene bei. »Zum Glück hat Papa es nicht gesehen.«

Die Göttergirls blickten wieder zu Zeus und Hera hinüber, die nur Augen füreinander hatten. Zeus sagte etwas, das Hera zum Lachen brachte, und im Gegenzug küsste sie ihn sanft auf die Wange.

Athene seufzte entzückt. »Oh, wie süß!«

Artemis, der sonst schlecht wurde von rührseligen Szenen, nickte zustimmend. Sie war froh, dass Zeus glücklich war, denn wenn er unglücklich war, war niemand vor seinen Blitzen sicher!

10

Halt dich von mir fern

Während des dritten Kampfes stupste Artemis Athene an. »Ich gehe Apollon suchen. Wir sehen uns später.« Die beiden Mädchen winkten sich zum Abschied zu, und Artemis machte sich auf den Weg aus der Arena. Draußen kniff sie konzentriert die Augen zu und sagte ihren Spruch auf:

Mein lieber Zwilling, ein Hinweis nur,
damit ich dich finde in Wald und Flur!

Nach einigen Sekunden erschien ein geschlossener Raum vor ihrem inneren Auge. Das Bild war allerdings verschwommen. Apollon blockierte sie also immer noch, schien aber gleichzeitig auf etwas anderes konzentriert zu sein, denn sie konnte immerhin erkennen, dass er nicht im Freien, sondern von vier

Wänden umgeben war. Das war ihre Chance, ihn zu finden!

Sie blinzelte und versuchte auszumachen, was die unscharfen Umrisse, die sie sah, zu bedeuten hatten. Es waren lange, schmale Gegenstände … Salzstangen? Nein … Trommelstöcke? Auch nicht. Nein, was sie sah, waren Schriftrollen! Unmengen von Schriftrollen, die in Regalen gestapelt waren. Apollon musste in der Bibliothek des Götterinternats sein. Vielleicht, um für die Rachekundearbeit zu lernen, die am Freitag anstand. Wenn sie ehrlich war, hätte sie dasselbe tun müssen, statt ihrem Bruder hinterherzurennen!

Trotzdem eilte Artemis zum Schulgebäude, stürmte durch das Bronzetor in die Eingangshalle, rannte einen Gang entlang und dann die Treppe zur Bibliothek hinunter. »Apollon?«, rief sie, als sie durch die Tür trat.

Herr Eratosthenes, der Bibliothekar, blickte auf. Seine Augen waren hinter einer eigenartigen Brille verborgen, die wie ein Fernglas aussah. Vor ihm auf dem Tisch lag eine Landkarte, auf der er sich Notizen zu machen schien. Seine Lippen bewegten sich, als würde er etwas zu ihr sagen, aber sie hörte nichts. Er war der stillste Bibliothekar, oder überhaupt die stillste Person, die Artemis kannte.

Sie blickte sich in der Bibliothek um, aber bis auf Herrn Eratosthenes war sie vollkommen leer. »Haben Sie meinen Bruder Apollon gesehen?«, fragte sie.

Herr Eratosthenes hob die Hand an seine Fernglasbrille und schien sie scharfzustellen, damit er Artemis besser erkennen konnte. »Götterjunge? Größer als du, aber die gleichen dunklen Haare und Augen?«

Seine Stimme war immer noch kaum zu verstehen, aber diesmal war sie vorbereitet und las seine Lippen. »Genau, das ist er.«

Der Bibliothekar sah sich im Raum um. »Hier ist er jedenfalls nicht«, erklärte er. Zumindest glaubte sie das. Es hätte allerdings genauso gut sein können, dass er »Bierliste Leseschmalz Sicht« gesagt hatte, aber das hätte keinerlei Sinn ergeben. Nachdem er sein Fernglas wieder auf die Landkarte gerichtet hatte, machte sich Herr Eratosthenes weiter Notizen. Jedes Mal, wenn er etwas schrieb, veränderte sich die Karte auf magische Weise: Die Grenzen zwischen den Ländern verschoben sich, die Meere wurden größer oder kleiner, und es erhoben sich Bergketten, wo vorher keine gewesen waren.

»War mein Bruder heute schon hier?«, bohrte Artemis weiter. Musste sie diesem Bibliothekar denn alles aus der Nase ziehen? Dabei war es doch eigentlich seine Aufgabe, Schülern bei der Informationsbeschaffung zu helfen!

»Kann schon sein«, flüsterte er, ohne von seiner Arbeit aufzublicken. »Aber ich kann mir wirklich nicht jeden merken, der hier ein- und ausgeht.«

Beim Gipfel des Olymps!, dachte Artemis. In der Bibliothek herrschte gähnende Leere. Offenbar war Herr Eratosthenes so sehr in seine Arbeit vertieft, dass er nicht einmal das Kommen und Gehen eines einzigen Schülers bemerkt hatte!

Sie drehte vorsichtshalber noch eine kleine Runde durch die Bibliothek, aber Apollon war nirgendwo zu finden. Sie war sich ganz sicher, dass er hier gewesen war, schließlich hatte sie die Bibliothek in Gedanken vor sich gesehen! Die Regale, die hier standen, waren bis oben hin voll mit Schriftrollen, aber die wertvollsten und seltensten Papyrusrollen lagerten in abschließbaren Schränken, die sich Armaria nannten. Als Artemis sah, dass einer dieser Schränke halb offen stand und dass eine Schriftrolle hervorlugte, trat sie heran und schielte auf den Titel: *Die Höhlen von Parnass.* Parnass? Hm. Warum kam ihr dieser Name so bekannt vor?

Sie zog die Schriftrolle heraus und breitete sie auf dem nächsten Tisch aus, um sie sich genauer anzusehen. Ihr sprangen sofort sechs furchterregende Wörter ins Auge: »Die Höhle des Python von Parnass.« Aha! Jetzt wusste sie wieder, woher sie den Namen Parnass kannte: Von dort stammte die berüchtigte Riesenschlange! Apollon war also nicht in der Bibliothek gewesen, um für die Rachekundearbeit zu lernen, sondern um Informationen über das schreckliche

Ungeheuer zu sammeln, mit dem er sich in der wichtigsten und gefährlichsten Disziplin der Olympischen Spiele messen wollte: dem Python-o-thon!

Hatte er herauszufinden gehofft, welche Schwachstellen Python besaß? Falls das sein Ziel gewesen war, konnte ihm diese Schriftrolle nicht weitergeholfen haben. Darin wurde Python als »schreckenerregendes Monster« beschrieben, das in den Höhlen des Berges Parnass lauerte und »dünnbeinigen Schafen und ihren Besitzern Fürchterliches antat«.

Bei allen Göttern! Apollon besaß zwar keine Schafe, aber seine Beine waren auch ziemlich mager. Ihre Angst um ihn wurde immer größer. Würde Python ihren Bruder bei lebendigem Leib verschlingen, wenn dieser sich mit ihm anlegte?

Töten konnte Python Apollon nicht, schließlich war er genau wie sie unsterblich, aber was, wenn er ihn am Stück hinunterschluckte? Dann musste ihr armer Bruder im Magen der Schlange ausharren, bis sie sich dazu bequemte, ihn wieder hervorzuwürgen, was ihn vor seinen Freunden endgültig blamiert hätte. Von dieser Schande würde er sich bestimmt nicht so bald erholen. Außerdem: Wer war schon gern der Mageninhalt einer Schlange, und sei es nur vorübergehend?

Artemis rollte den Papyrusbogen wieder zusammen und verstaute ihn im Schrank. Dann kniff sie die Augen zusammen und flüsterte den Zwillingsspruch, aber es erschien kein einziges Bild vor ihrem inneren Auge. Das konnte nur eines bedeuten: Apollon spielte ein Spiel mit ihr, das »Halt dich von mir fern« hieß.

Deshalb hatte der Bücherschrank also offen gestanden: Er hatte gespürt, dass sie ihm auf der Spur war, und war deshalb in aller Eile abgehauen, bevor sie ihn aufspüren konnte! Befürchtete er, dass sie erneut versuchen wollte, ihm eine Teilnahme am Python-o-thon auszureden? Oder hatte er von ihrer Unterschriftenaktion gehört und wollte vermeiden, dass sie ihn zur Teilnahme überredete? Was auch immer der Grund war, Artemis hatte keine Lust mehr, ihrem Bruder nachzulaufen. Er war nicht der Einzige, dessen Gefühle verletzt waren. Wenn er nicht mit ihr reden wollte, dann eben nicht. Sollte er doch sehen, wie er ohne sie klarkam!

Als sie zurück in ihr Zimmer kam, warfen ihre Hunde sie vor Begeisterung beinahe um. Wenigstens freuten *sie* sich, sie zu sehen! Sie setzte sich auf den Boden, umarmte alle drei Hunde gleichzeitig und vergrub ihr Gesicht in ihrem Fell. Aus irgendeinem Grund war ihr nach Heulen zumute. Sie hasste es, wenn sie Streit mit Apollon hatte. Aber Tiere hatten immer schon eine tröstende Wirkung auf sie gehabt, und auch jetzt besserte sich ihre Laune sofort.

Während sie ihren Vierbeinern Hundefutter und Wasser hinstellte, klopfte es an der Tür. Voller

Hoffnung hob sie den Kopf. »Apollon?«, fragte sie. Jungen durften den Mädchenflur zwar eigentlich nicht betreten, setzten sich aber in dringenden Fällen über dieses Verbot hinweg. Zum Beispiel, wenn sie sich bei ihren Schwestern entschuldigen mussten.

»Nein, ich bin's«, ertönte Aphrodites Stimme.

»Ach so. Komm rein!«, rief Artemis und hoffte, dass ihre Freundin ihr die Enttäuschung nicht anmerkte.

Aphrodite öffnete die Tür nur einen Spalt und schob sich vorsichtig ins Zimmer, wobei sie die Hunde nicht aus den Augen ließ. Sie war zwar nicht unbedingt eine Hunde*hasserin*, aber auch nicht so ein Hundefan wie die anderen Göttergirls. Alles, woran man sich schmutzig machen konnte, war ihr zuwider. Artemis musste schmunzeln. Ein Wunder, dass Aphrodite *sie* mochte!

»Willst du dich setzen?« Schwungvoll schob Artemis den zerschlissenen Chiton, in dem sie nachts schlief, einige Pfeile, deren Spitzen sie schärfen wollte, und ein paar andere Gegenstände von ihrem ungemachten Bett auf den Boden.

Sie wusste genau, dass es Aphrodite in den Fingern juckte, weil sie Unordnung nicht ertrug und am liebsten klar Schiff gemacht hätte. »Äh nein, lieber nicht. Trotzdem danke«, antwortete Aphrodite. »Ich habe nur ganz kurz Zeit, weil ich unten mit Ares verabredet bin. Ich soll seine Laufzeit stoppen.«

»So spät noch?«, fragte Artemis überrascht und warf einen Blick nach draußen, wo es bereits dunkel war. Allerdings wurden die Sportanlagen abends von Fackeln beleuchtet.

»Das ist Sinn und Zweck des Ganzen«, erklärte Aphrodite. »Um diese Zeit hat er die Laufbahn für sich allein. Er sagt, dass er tagsüber nicht so gut trainieren kann, weil die Giganten ständig den Boden zum Beben bringen.«

»War das der Grund für die Prügelei auf dem Schulflur?«

Aphrodite schüttelte den Kopf. »Nein. Laut Ares ist ihm Ephialtes von hinten auf die Sandale getreten und hat ihn zum Stolpern gebracht. Ephialtes behauptet, es wäre ein Unfall gewesen, aber Ares glaubt, dass es Absicht war.« Sie seufzte. »Wenn zwei Hitzköpfe aufeinandertreffen, ist die Katastrophe vermutlich vorprogrammiert. Besonders, wenn einer davon der Gott des Krieges und der andere ein übellauniger Gigant ist. Wie auch immer«, wechselte sie das Thema. »Ich wollte dich fragen, ob du meinst, dass wir morgen noch einmal unsere Tische auf dem Schulhof aufstellen sollten?«

»Auf jeden Fall«, antwortete Artemis. »Wir haben zwar heute schon jede Menge Unterschriften gesammelt, aber ein paar mehr könnten nicht schaden. Ich würde vorschlagen, dass wir uns abwechseln und das ganze Wochenende unsere Listen auslegen. Sag doch bitte auch Athene und Persephone Bescheid, wenn du sie zuerst siehst. Sonst sage ich es ihnen.«

»Geht klar«, erwiderte Aphrodite und wandte sich zum Gehen.

»Apropos: Ist das eine von unseren Unterschriftenlisten?«, fragte Artemis, als sie die rosafarbene Schriftrolle unter Aphrodites Arm bemerkte. Die anderen drei Listen steckten in ihrem Köcher, damit sie nicht verloren gingen.

»Gut erkannt«, antwortete Aphrodite und lächelte verschmitzt. »Ich habe Ares nämlich einen Deal vorgeschlagen: Wenn ich heute Abend seine Zeit stoppe, gibt er uns im Gegenzug seine Unterschrift.«

Artemis hob überrascht den Kopf. »Und darauf hat er sich eingelassen?«

Aphrodite nickte.

»Das ist ja Wahnsinn! Damit wäre er der erste Unsterbliche, der für uns unterschreibt! Und dafür musst du wirklich nur seine Laufzeit stoppen?«

Aphrodite grinste. »Na ja, ich habe damit gedroht, dass ich Ephialtes am Samstagabend zu einem Nektar-Shake im Markt der Köstlichkeiten einlade, wenn er nicht unterschreibt.«

»Ha! Das zieht natürlich«, lobte Artemis sie.

Nachdem Aphrodite gegangen war, fing Suez an zu jaulen und an der Tür zu kratzen, weil er unbedingt raus wollte. »Also gut«, willigte Artemis ein. »Aber nur auf eine ganz kurze Runde.« Sie warf sich ihren Köcher über die Schulter und schnappte sich ihren Bogen. Sobald sie die Tür aufgemacht hatte, schossen alle drei Hunde vor ihr den Flur entlang und die Marmortreppe hinunter. Erst am Fuß der Treppe holte Artemis ihre Hunde wieder ein, die schwanzwedelnd Aktaion umlagerten und an ihm hochsprangen.

»Sitz, ihr drei!«, befahl Artemis. Die Hunde gehorchten, schnüffelten aber immer noch neugierig an Aktaions Beinen. »Tut mir leid«, sagte Artemis. »Keine Ahnung, was heute mit ihnen los ist.«

Aktaion zuckte gutmütig mit den Schultern. »Vielleicht ist es der anhaltende Duft von *Eau de Hirsch*, der mich umweht?«

Ihr schoss das Blut in die Wangen, und sie senkte verlegen den Blick. »Ich … ich muss mich wirklich bei dir entschuldigen. Dafür, dass ich dich in einen Hirsch verwandelt habe, meine ich. Da habe ich wohl ein bisschen überreagiert.«

»Schon okay.« Aktaion kniete sich hin, um Nektar hinter den Ohren zu kraulen. Suez ergriff die Gelegenheit und rollte sich auf den Rücken, und auch Amby stützte seine Vorderpfoten gegen Aktaions Bein und streckte ihm begeistert den Kopf entgegen. »Eigentlich war es eine ganz interessante Erfahrung«, sagte Aktaion, der es irgendwie schaffte, alle drei Hunde gleichzeitig zu streicheln. »Warst du schon mal ein Hirsch?«

»Äh, nein.«

»Du kannst dir nicht vorstellen, wie schwer so ein Geweih ist! Und wie flink Hirschbeine sind. Wenn ich immer so schnell rennen könnte, hätte ich bei den Laufwettbewerben am Samstag gute Chancen gegen Ares.«

Artemis lachte. Nachdem Aktaion sich wieder aufgerichtet hatte, machte sich verlegenes Schweigen zwischen ihnen breit.

»Tja, also …«, sagte sie und schob sich unauffällig Richtung Bronzetor.

»Warte.« Er machte einen Schritt auf sie zu. »Ich wollte dich gestern nicht in den Brunnen stoßen. Es war ein Unfall, weil mich jemand von hinten geschubst hat. Und ich war auch nicht derjenige, der gerufen hat, dass du ihn beschützen sollst.«

»Gut zu wissen«, sagte sie und nickte. »Ich hatte mich schon gewundert.«

»Und es tut mir leid, dass ich über dich gelacht habe.«

»Schon gut. Ich sah wahrscheinlich ziemlich lustig aus.«

»Du darfst mich gern auch in einen Brunnen schubsen, wenn du willst«, bot Aktaion an.

Artemis grinste. »Danke, aber ich glaube, wir sind

quitt.« Ihre Hunde rannten zum Schultor, begierig darauf, endlich nach draußen zu kommen.

»Gehst du spazieren?«, fragte Aktaion.

»Ja, die Hunde müssen raus.«

»Hättest du gern ein bisschen Gesellschaft?«

»Ich gehe bloß ganz kurz raus. Nur so lange, bis die Hunde … du weißt schon.« Sie errötete erneut. Warum hatte sie das gesagt?

»Oh«, antwortete Aktaion und machte einen Schritt nach hinten. »Verstehe. Dann vielleicht ein anderes Mal.« Er drehte sich um und wollte gehen.

»Ach ja, fast hätte ich es vergessen«, rief Artemis. »Danke für deine Unterschrift!«

»Gern geschehen«, sagte er. »Ich hoffe, sie hilft euch weiter.« Während er die Marmortreppe hinaufging, pfiff er ihr Lieblingslied von den »Himmelsstürmern« vor sich hin.

Bei allen Göttern!, dachte Artemis und blickte ihm sehnsüchtig hinterher. Warum hatte sie nicht einfach Ja gesagt, als er gefragt hatte, ob er sie begleiten sollte? Kein Wunder, dass sie die einzige von ihren Freundinnen war, die noch keinen Freund hatte! Nicht, dass sie einen wollte. Natürlich nicht. Aber Aktaion war wirklich süß. Und nett. Und ihre Hunde mochten ihn auch.

Sie ging mit ihren Vierbeinern auf die Wiese hinter dem Schulhof und rief sie wieder zu sich, sobald sie ihr Geschäft erledigt hatten. »Morgen gehen wir länger spazieren«, versprach sie. Während sie zurück ins Schulgebäude trat und die Treppe zu den Schlafräumen hinaufging, hoffte sie, erneut Aktaion über den Weg zu laufen. *Was erwartest du eigentlich?*, schimpfte sie mit sich selbst. *Dass er die ganze Zeit auf der Treppe sitzen bleibt und auf dich wartet?* Außerdem hätte sie überhaupt nicht gewusst, was sie mit ihm reden sollte. Sie hätte es nur einfach … na ja … schön gefunden, noch ein wenig Zeit mit ihm zu verbringen.

Nachdem sie die Hunde in ihr Zimmer gebracht hatte, klopfte sie an Athenes Tür, weil sie noch keine Lust hatte, ins Bett zu gehen. Sie hörte Stimmen im Zimmer. Dann öffnete Pandora, Athenes Zimmernachbarin, die Tür. Sie trug einen blauen Pyjama, der mit goldenen Fragezeichen bedruckt war. »Willst du reinkommen?«, fragte sie. »Ich wollte eigentlich gerade duschen gehen … oje, habe ich etwa meine Zahnbürste vergessen?« Pandora schaffte es, jede Aussage in eine Frage zu verwandeln.

»Danke«, sagte Artemis und betrat das Zimmer, während Pandora auf dem Flur verschwand.

Athene saß an ihre Kissen gelehnt auf dem Bett und hatte ihre violette Rachekundeschriftrolle auf den Knien, was Artemis sofort daran erinnerte, dass sie ebenfalls noch für die bevorstehende Arbeit lernen musste. »Hi!«, begrüßte Athene sie. »Nach dem Ringkampf sind wir alle noch zum Markt der Köstlichkeiten gegangen, um uns Nektar-Shakes zu holen.« Sie legte die Schriftrolle beiseite und schlang die Arme um die Knie. »Die Jungs haben erzählt, dass Apollon sich für den Python-o-thon angemeldet hat.«

Artemis ließ sich auf Pandoras Bett plumpsen. »Ja, ich weiß.« Sie nahm die glitzernde Orakelkugel in die Hand, die auf Pandoras Bett lag. Diese Kugeln, die ungefähr die Größe von Melonen hatten und von Wahrsagern hergestellt wurden, konnte man auf dem Göttermarkt kaufen. »Gibt es eine Möglichkeit, wie mein Bruder Python besiegen kann?«, fragte sie die Kugel und warf sie in die Luft. Dann hielt sie gespannt die Luft an, und auch Athene beugte sich neugierig nach vorn.

Nachdem die Kugel sich einige Sekunden rasend schnell im Kreis gedreht hatte, sprach sie ihre magische Antwort: »Richtig und falsch.«

»Na toll! Was soll denn das heißen?«, fragte Artemis entrüstet.

Athene lachte. »Typisch Orakel! Man kann froh sein, wenn man die Antwort versteht.«

Artemis fing die Orakelkugel wieder ein und murmelte kopfschüttelnd: »Also, ich verstehe sie nicht.«

Athene nahm ihr die Kugel aus der Hand und legte sie beiseite. »Apollon ist doch lebensmüde, dass er bei diesem Wettkampf mitmachen will! Ich bin nur froh, dass sich Herakles nicht dafür angemeldet hat.

Er ist sterblich, und Python presst angeblich innerhalb von Sekunden jedes Leben aus einem menschlichen Körper … entschuldige.« Sie hielt sich die Hand vor den Mund, als sie merkte, dass Artemis' Augen sich vor Angst weiteten. »Keine Sorge: Apollon ist unsterblich«, beruhigte sie ihre Freundin. »Die Schlange kann ihn also nicht ernsthaft verletzen.«

»Vielleicht nicht körperlich, aber wenn er gegen Python verliert, schämt er sich bestimmt so, dass er nie wieder glücklich wird.«

»Warum geht er das Risiko dann überhaupt ein?«

Artemis streckte sich auf dem Bett aus und stützte den Kopf in die Hand. »Weil er neidisch auf Herakles ist.«

»Neidisch auf Herakles?«, fragte Athene überrascht.

Artemis nickte. »Weil er doch alle diese wilden, furchteinflößenden Ungeheuer besiegt hat, als er für Zeus die zwölf Aufgaben absolvieren musste. Und dann hat Zeus auch noch seinen Tempel mit Herakles' Heldentaten dekoriert. Von so viel Ruhm und Ehre träumen natürlich alle Jungs.«

»Aber Apollon ist ein Gott!«, rief Athene. »Auch wenn Herakles nicht gern darüber spricht: Er wünscht sich nichts sehnlicher, als auch ein Gott zu werden.« Sie hielt inne und fügte dann hinzu: »Welcher Sterbliche würde sich das nicht wünschen?«

»Meinem Bruder reicht es eben nicht, ein Gott zu

sein. Er will sich seinen eigenen Tempel verdienen und glaubt, dass ihm ein Sieg gegen Python mehr Respekt einbringen würde.«

»*Respekt*«, wiederholte Athene kopfschüttelnd. »So etwas kann nur Männern einfallen.«

Artemis nickte. »Ich mache mir wirklich Sorgen um ihn.«

»Verständlicherweise«, sagte Athene mitfühlend. »Ist doch klar, wo ihr beide euch so nahesteht.«

Artemis wandte den Blick ab und kämpfte gegen die Tränen an. »So nah sind wir uns leider auch nicht mehr. In letzter Zeit scheine ich in seinen Augen einfach alles falsch zu machen«, gestand sie und fuhr mit dem Finger das Muster auf Pandoras gold-blauer Tagesdecke nach. »Wenn ich versuche, ihm zu helfen, schämt er sich und wird wütend. Er findet, dass ich mich manchmal eher wie eine Mutter benehme als wie eine Schwester.«

»Autsch!«, machte Athene.

»Ja«, sagte Artemis. »Und als ich heute versucht habe, ihn mithilfe unserer gedanklichen Verbindung aufzuspüren, hat er mich blockiert.«

»Wahrscheinlich hatte er Angst, dass du ihn um seine Unterschrift bittest«, witzelte Athene.

»Das hatte ich auch vor«, gab Artemis grinsend zu. »Aber ich glaube, er weiß noch gar nichts von unserer Aktion.«

In diesem Moment klopfte es leise an Athenes Fenster. Beide Göttergirls hoben die Köpfe und sahen ein zusammengerolltes Stück Papyrus vor der Fensterscheibe schweben.

»Moment, ich komme!«, rief Athene und eilte zum Fenster. Sobald sie es aufgemacht hatte, blies eine stürmische Windböe die Schriftrolle ins Zimmer und ließ sie auf den Boden fallen.

Wieder einen Brief gebracht, schnell weiter in die Nacht, murmelte der magische Wind und eilte davon.

Athene hob den Brief vom Boden auf, ließ ihn jedoch mit einem Schrei wieder fallen, weil er Funken sprühte. »Oh-oh.«

»Von Direktor Zeus?«, fragte Artemis und sprang vom Bett auf. Nachdem sich der Brief abgekühlt hatte, hob ihn Athene erneut vom Boden auf.

Sie nickte, rollte den Papyrusbogen auf und überflog seinen Inhalt. »Oje, keine guten Neuigkeiten«, sagte sie und gab den Brief an Artemis weiter. Darin stand:

Liebe Theni,

mir ist das Gerücht zu Ohren gekommen, dass du Unterschriften für Olympische Spiele nur für Mädchen sammelst. Als König der Götter und Herrscher über den Himmel befehle ich dir, sofort damit *aufzuhören. Wie viele Unterschriften du auch vorzuweisen hast, sie werden mich nicht umstimmen. Es wird keine Mädchen-Wettkämpfe an der Olymp High geben, und das ist mein letztes Wort.*

Dein dich liebender Papa,

Zeus

Artemis sog scharf die Luft ein. »Beim Gipfel des Olymps! Was sollen wir denn jetzt machen?«

Athene seufzte. »Gar nichts. Mein Papa ändert nie seine Meinung, wenn er einmal eine Entscheidung getroffen hat.« Sie runzelte die Stirn. »Wer, glaubst du, hat ihm von unserer Unterschriftenaktion erzählt?«

»Pheme auf keinen Fall«, antwortete Artemis. »Sie fand unsere Idee gut und hat selbst unterschrieben.«

»Dann vielleicht ein Junge?«, mutmaßte Athene.

Artemis nickte. »Gut möglich.« Sie hoffte nur, dass es nicht Apollon gewesen war. Sie selbst hatte ihm zwar nichts von der Aktion gesagt, aber seine Freunde waren im Bilde und hatten ihm vielleicht davon erzählt.

Das spielte jetzt allerdings auch keine Rolle mehr. Offenbar war ihr Vorhaben, Olympische Spiele nur für Mädchen ins Leben zu rufen, gescheitert. Die

Aussicht, ihren vielen Unterstützerinnen die schlechte Nachricht überbringen zu müssen, behagte Artemis gar nicht. Bestimmt waren sie genauso enttäuscht wie sie selbst!

11

Hochzeitsbräuche

»Ich habe Neuigkeiten, die euch bestimmt alle aufheitern!«, verkündete Persephone am Freitag beim Mittagessen.

»Das können wir gut gebrauchten«, sagte Artemis seufzend. Beim Frühstück hatte es sich rasch in der ganzen Mensa herumgesprochen, dass Zeus die Hoffnung der Mädchen auf eigene Sportwettkämpfe zunichtegemacht hatte, und jetzt ließen viele Mädchen die Köpfe hängen.

Einige von ihnen – darunter Medusa – waren sauer auf Artemis, weil sie die Hoffnung auf eigene Olympische Spiele überhaupt erst in ihnen geweckt hatte.

»Fräulein Nemesis wird heute schon wieder von Hera vertreten«, erklärte Persephone, die bereits in der ersten Stunde Rachekunde gehabt hatte. »Und da morgen die Olympischen Spiele anfangen …« Sie machte eine effektvolle Pause, bevor sie fortfuhr: »… wurde die Arbeit auf Montag verschoben!«

Aphrodite jauchzte. »Den Göttern sei Dank! Wenigstens *etwas* Positives, was heute passiert.«

»Juchhu!«, freute sich auch Artemis. Ihre Enttäuschung über die gestoppte Unterschriftenaktion hatte es ihr am Vorabend schwer gemacht, sich zu konzentrieren, und so hatte sie kaum für die Arbeit gelernt. Zumal sie sich den Kopf darüber zerbrochen hatte, wie sie Zeus doch noch umstimmen konnte.

Nur Athene, die gleich nach der Mittagspause Rachekunde hatte, war enttäuscht über die verschobene Arbeit. »Ich verstehe nicht, warum wir noch drei Tage warten sollen! Warum stellt Hera uns nicht einfach die Prüfungsfragen?«, beschwerte sie sich.

Nur Athene bringt es fertig, sich tatsächlich auf eine Arbeit zu freuen, dachte Artemis. Aber vielleicht wäre sie selbst auch enttäuscht gewesen, wenn sie so viel gepaukt hätte wie Athene.

Als Artemis am späten Nachmittag das Rachekundezimmer betrat, sah sie sich sofort nach Apollon um, aber er war noch nicht eingetroffen. Ephialtes starrte sie finster an, als sie an ihm vorbei zu ihrem Platz ging. »Ich habe von deiner bescheuerten Unterschriftenaktion gehört«, sagte er mit seiner lächerlich hohen Stimme. »Ich wette, du kriegst nicht *einen* Jungen dazu, für dich zu unterschreiben!«

Er war offensichtlich noch nicht über die neuesten Entwicklungen informiert, und Artemis würde bestimmt nicht diejenige sein, die ihm von Zeus' Machtwort erzählte. Stattdessen sagte sie ohne nachzudenken: »Oh doch. *Otos* hat zum Beispiel unterschrieben.« Sobald die Wörter ihren Mund verlassen hatten, bereute sie sie auch schon. Ephialtes wirkte völlig schockiert. Wenn sie nicht wollte, dass Otos Ärger bekam, erklärte sie Ephialtes wohl am besten schnell, dass Zeus die Unterschriftenaktion ohnehin gestoppt hatte. Aber bevor sie etwas sagen konnte, betrat Hera das Klassenzimmer und bat um Ruhe.

»Wie die meisten von euch bestimmt schon gehört haben, wurde die angekündigte Arbeit auf Montag verschoben«, erklärte sie. Während ihre Mitschüler jubelten, ließ Artemis den Blick durch den Raum schweifen, aber Apollon war immer noch nicht da. Er schwänzte sonst nie den Unterricht. Was war nur mit ihm los? »Da ich keine Expertin auf dem Gebiet der Rachekunde bin«, fuhr Hera fort, »habe ich mir für heute überlegt, dass wir über Hochzeitsbräuche in den verschiedenen Kulturen sprechen.«

Die Jungen stöhnten genervt, wohingegen die Mädchen sofort aufgeregt zu tuscheln begannen. Vor allem Aphrodite spitzte begeistert die Ohren. Artemis fand es ein wenig seltsam, in einer Rachekundestunde über Hochzeiten zu sprechen, aber immerhin hatte Hera ein Thema ausgewählt, mit dem sie sich als Inhaberin eines Brautmodengeschäfts hervorragend auskannte.

»Mir ist bewusst, dass Hochzeitsbräuche oberflächlich betrachtet wenig mit Rachekunde zu tun haben«, sagte Hera, als könnte sie Artemis' Gedanken lesen. »Ich glaube jedoch fest daran, dass es Missverständnisse verhindern hilft, wenn die verschiedenen Kulturen mehr übereinander wissen, und wenn es weniger Missverständnisse gibt, besteht auch weniger Anlass für Rachegefühle. Lasst uns mit den griechischen Hochzeitsbräuchen beginnen«, schlug sie vor. »Wie ihr wisst, beginnt eine griechische Trauungszeremonie nach Sonnenuntergang, wenn die verschleierte Braut im Streitwagen zum Haus ihres Bräutigams fährt.«

Einige Mädchen seufzten hörbar.

»Neben dem Wagen laufen ihre Familienmitglieder und Freunde her, um ihr mit Fackeln den Weg zu leuchten«, fuhr Hera fort. »Wer weiß noch mehr über die griechischen Bräuche?«

Pheme hob die Hand. »Die Braut wird außerdem von Musikern begleitet, oder?« Die Worte stiegen wie immer in kleinen Rauchwolken von ihren Lippen auf und schwebten über ihrem Kopf. »Die traditionellen Instrumente sind Leier und Flöte.«

Hera nickte.

»Und am Wegrand stehen die Frauen des Dorfes und werfen der Braut Blumen und Früchte zu«, ergänzte Aphrodite.

Ein Junge aus den hinteren Sitzreihen gab ein unterdrücktes Stöhnen von sich, was die anderen Jungen zum Kichern brachte.

»He!«, beschwerte sich Artemis. »Dasselbe machen wir übrigens auch für die siegreichen Athleten bei den Olympischen Spielen, wenn sie im Triumphzug durchs Stadion ziehen!«

Hera lächelte ihr zu. »Sehr richtig. Eine interessante Parallele, nicht wahr? Was glaubt ihr? Ist eine Hochzeit der Triumphzug einer Frau?«

Ares nickte. »Ja, für Frauen ist es ein großer Sieg, wenn sie heiraten, und für uns Männer die größte Niederlage!« Damit erntete er zustimmendes Johlen von den anderen Jungen.

Aphrodite warf Ares einen bösen Blick zu. *Er sollte lieber aufpassen*, dachte Artemis. *Sonst ist er die längste Zeit Aphrodites Freund gewesen.*

»Also, *ich* siege lieber beim Sport als in der Liebe«, behauptete Artemis.

Bevor jemand auf ihre Aussage reagieren konnte, meldete sich Ephialtes zu Wort: »Bei uns Giganten gibt es keine komplizierten Hochzeitsbräuche. Wenn wir eine Frau heiraten wollen, schleppen wir sie einfach davon.«

Die Jungen lachten, während unter den Mädchen Entrüstung ausbrach. »Ohne die Frau zu fragen, ob sie überhaupt heiraten möchte?«, protestierte Aglaia.

»Wie barbarisch!«, rief Aphrodite.

»Und erniedrigend und respektlos dazu«, gab ihr Artemis recht.

»Stimmt!«, riefen die anderen Mädchen im Chor und warfen Ephialtes wütende Blicke zu.

Er zog den riesigen Kopf ein. »Ich habe die Regeln nicht gemacht«, murmelte er mit seiner Piepsstimme. »So ist es nun mal bei uns.«

»In Sparta gibt es übrigens einen ähnlichen Brauch«, mischte sich Hera ein. »Nachdem ein Mann seine Ausdauer und Stärke in einem Schaukampf bewiesen hat, wirft er sich seine Auserwählte über die Schulter und trägt sie davon.«

Artemis runzelte die Stirn. Auf welcher Seite stand Hera eigentlich? Ephialtes drehte sich zu ihr um und grinste triumphierend.

»Welchen Hochzeitsbrauch würde Zeus befolgen, wenn er wieder heiraten würde, was glauben Sie?«, fragte Pheme hinterlistig. Ihre Worte, die mit Hochzeitsglocken und weißen Tauben verziert waren, hingen einige Sekunden in der Luft, bevor sie sich auflösten.

Hera hob streng eine Augenbraue. »Diese Frage

wird er wohl mit seiner zukünftigen Braut erörtern müssen.«

Die Diskussion wurde lebhaft fortgeführt, und die Unterrichtszeit verging wie im Flug. Als das Glockenspiel das Ende der Stunde verkündete, gingen Artemis und Aphrodite gemeinsam Richtung Tür. »Zeus und Hera sind so ein hübsches Paar!«, schwärmte Aphrodite. »Ich wette, sie heiraten bald.«

Artemis dachte daran, wie Hera Zeus während des Ringkampfes auf die Wange geküsst hatte. »Ja, das würde mich auch nicht überraschen«, gab sie ihrer Freundin recht und spähte zu Hera hinüber, die sich an Fräulein Nemesis' Schreibtisch etwas notierte. Plötzlich fasste sie einen Entschluss und sagte zu Aphrodite: »Wir sehen uns später, ja? Ich will noch kurz mit Hera sprechen.«

Ohne Aphrodite Gelegenheit zu geben, sie nach dem Grund zu fragen, ging sie schnurstracks auf Fräulein Nemesis' Schreibtisch zu. Hera blickte auf und lächelte.

»Kann ich Sie eine Minute sprechen?«

»Natürlich, Artemis, worum geht es denn?«

Artemis ließ ihren Köcher von der Schulter gleiten, zog die silbernen Pfeile heraus und wühlte nach den völlig zerknitterten Papyrusbögen. »Darum«, sagte sie und hielt die Bögen hoch. »Wir haben Unterschriften gesammelt, weil wir Olympische Spiele nur für Mädchen durchsetzen wollen.«

Hera nahm ihr die knittrigen Bögen aus der Hand, strich sie auf dem Schreibtisch glatt und studierte sie.

Artemis hätte nicht zu sagen vermocht, ob sie die Unterschriften mit Wohlwollen oder Missbilligung zur Kenntnis nahm. »Die Idee stammt nicht nur von mir«, sagte sie schnell. »Athene, Aphrodite und Persephone haben mir geholfen, und viele andere Mädchen haben uns ebenfalls unterstützt. Wir konnten sogar zwei Jungen überreden, uns ihre Unterschrift zu geben, sehen Sie?« Sie zeigte auf die Jungennamen auf der Liste. »Aber Direktor Zeus ist das völlig egal. Er sagt, dass ihn die Unterschriften auch nicht umstimmen werden, weil er seine Entscheidung bereits getroffen hat.«

Hera zog die Augenbrauen hoch. »Ist das wahr?«

Artemis frohlockte innerlich, weil sie spürte, wie sehr sich die Göttin über Zeus' Reaktion ärgerte. »Ich hatte gehofft, dass *Sie* vielleicht noch einmal mit ihm sprechen könnten«, sagte sie. »Ich weiß, dass er seine Meinung normalerweise nicht ändert, aber wenn *Sie* ihm sagen, dass Olympische Spiele nur für Mädchen eine gute Idee wären, hört er vielleicht zu.«

Hera seufzte und tippte mit dem Federkiel auf die Unterschriftenlisten. »Ich halte eure Idee tatsächlich für ausgezeichnet, aber Zeus und ich haben bereits …«

»Und für Gerechtigkeit würde sie auch endlich sorgen!«, unterbrach Artemis sie aufgeregt.

»Weißt du was?«, sagte Hera und schob die Papyrusbögen zusammen. »Wenn du mir die Listen für ein paar Tage ausleihst, werde ich sehen, was ich tun kann.«

Bingo!, dachte Artemis. Vielleicht war ihre Idee ja doch noch nicht ganz gestorben! »Eine Frage hätte ich noch«, stammelte sie. »Wenn Direktor Zeus sieht, wer alles unterschrieben hat, bringe ich diejenigen doch hoffentlich nicht in Schwierigkeiten, oder?«

»Nein, darauf gebe ich dir mein Wort«, versprach Hera feierlich.

Nachdenklich schob sich Artemis den Köcher über die Schulter. Hatte Hera sie vorhin darauf aufmerksam machen wollen, dass sie bereits mit Zeus über Olympische Spiele für Mädchen diskutiert hatte? Das hätte jedenfalls den Streit erklärt, den sie und Athene am Vorabend beim Ringkampftraining beobachtet hatten.

Artemis wollte auf keinen Fall, dass Hera noch mehr Ärger bekam. Andererseits wirkte sie wie eine Göttin, die sich von niemandem den Mund verbieten ließ. »Danke«, sagte Artemis. »Ich … wir alle wissen es wirklich zu schätzen, dass Sie sich für uns einsetzen.«

Hera nickte. »Wie gesagt: Ich gebe mein Bestes.« Nach einer kurzen Pause fügte sie hinzu: »Ich kann dir allerdings leider nicht versprechen, dass bei meinen

Bemühungen etwas herauskommt. Das weißt du hoffentlich?«

Artemis nickte. »Wie auch immer es ausgeht, wir sind Ihnen dankbar, dass Sie es wenigstens versucht haben.« Trotz Heras Warnung verließ sie voller Hoffnung das Klassenzimmer. Sie wusste, dass sie den Hoffnungsschimmer für sich behalten musste, wenn sie ihre Freundinnen und die anderen Mädchen nicht schon wieder enttäuschen wollte. Hera war ihre letzte Chance. Wenn selbst *sie* es nicht schaffte, Zeus umzustimmen, dann war ihre Idee ein für alle Mal gestorben.

12

Python

Als Artemis nach dem Unterricht aus dem Gang in die Eingangshalle trat, verließ gerade einer der Giganten durch die Bronzetür das Schulgebäude. Sie wusste zwar nicht, ob es Ephialtes oder Otos war, eilte aber dennoch hinterher. Vielleicht konnte sie den größten Ärger zwischen den Brüdern noch verhindern!

Auf der Granittreppe blieb sie abrupt stehen. Überall auf dem Schulhof standen Schülergrüppchen herum, die gebannt in den Himmel starrten. Was gab es da zu sehen? Artemis blickte ebenfalls nach oben.

Hoch über ihr verschwand der geflügelte Streitwagen von Hermes in den Wolken. Offenbar hatte er gerade vom Schulgelände abgehoben. Als Artemis ein paar Stufen unter sich Pheme entdeckte, ergriff sie die Gelegenheit und gesellte sich zu ihr. Die Göttin der Gerüchte wusste immer, was los war!

Sobald Pheme sie sah, quollen die Wörter nur so zwischen ihren orangenen Lippen hervor: »Hermes hat gerade Python gebracht! Er soll versucht haben, ihn mitten im Flug hinterrücks zu überfallen und aufzufressen!« Die Schüler, die in der Nähe standen, lasen die in der Luft schwebenden Wörter und schnappten entsetzt nach Luft.

Hm, dachte Artemis. Der erste Teil von Phemes Behauptung stimmte vermutlich, nämlich dass Python auf dem Schulgelände eingetroffen war. Was den zweiten Teil betraf, war Artemis skeptisch. Dennoch bekam sie eine Gänsehaut, wenn sie an ihren Bruder dachte. Wo steckte er eigentlich?

»Der Python-o-thon wird bestimmt so was von spannend!«, rief Pheme. »Zu schade, dass ich nicht dabei sein kann …« Offenbar erwartete sie von Artemis, dass sie nach dem Grund fragte, denn sie starrte sie erwartungsvoll an.

Artemis tat ihr den Gefallen. »Und wieso kannst du nicht dabei sein? Hast du etwas anderes vor?«

»Ach, nichts Wichtiges«, antwortete Pheme betont beiläufig.

»Wenn es nichts Wichtiges ist, warum kannst du es dann nicht einfach absagen oder verschieben?«, wollte Artemis wissen. Eine Feder schwebte vor ihren Augen vom Himmel und landete zu ihren Füßen. Vermutlich stammte sie von den Flügeln an Hermes' Streitwagen.

»Geht leider nicht. Es ist zwar nur eine kleine Feier, aber meine Anwesenheit ist unerlässlich«, erklärte Pheme, während Artemis die Feder aufhob. »Die Einwohner Athens haben nämlich beschlossen, mir zu Ehren einen kleinen Tempel zu errichten.«

»Echt?« Artemis starrte sie überrascht an. »Für welche Verdienste?« Sie hoffte, dass ihre Frage nicht unhöflich klang, aber irgendwie hatte sie den Eindruck, dass heutzutage jeder seinen eigenen Tempel bekam. Das war doch nicht normal!

»Für die harte Arbeit, die ich während der Heldenwoche geleistet habe«, sagte Pheme stolz. »Du weißt schon, als ich Aphrodites Mädchen-Casting für sie organisiert habe.«

Artemis zwirbelte die Feder zwischen ihren Fingern. Sie selbst war während der Heldenwoche in Ägypten gewesen, aber Aphrodite hatte ihr natürlich von dem Casting erzählt, das sie mit Phemes Hilfe in Athen abgehalten hatte.

Artemis wollte Pheme gerade gratulieren, als sie jemanden fragen hörte: »Wo ist Python eigentlich bis zum Wettkampf untergebracht?« Pheme flitzte davon, um auch ja die Erste zu sein, die auf diese Frage antwortete. »In der Sporthalle! Von dort ist Hermes' Streitwagen gerade gestartet.«

Das konnte durchaus stimmen, dachte Artemis. Da der Python-o-thon als einzige Disziplin des morgigen Tages in der Turnhalle stattfinden würde, war es logisch, Python direkt dort unterzubringen. Auf die Weise musste die gefährliche Würgeschlange nicht noch einmal an einen anderen Ort verlegt werden.

Ich würde zu gern mal einen Blick auf sie werfen, dachte sie und warf die Feder beiseite. Wenn sie sich die Schlange genauer ansah, fiel ihr vielleicht eine gute Strategie ein, die sie an Apollon weitergeben konnte. Er hatte zwar deutlich gemacht, dass er ihre Hilfe nicht wollte, ja ihr sogar übelnahm, wenn sie ihn unterstützte, aber er war immer noch ihr Bruder, Himmel noch eins! Er war ihr wichtig, und deshalb konnte er sich noch so querstellen – sie würde ihm trotzdem helfen!

Bevor sie sich auf den Weg zur Turnhalle machte, blickte sie sich nach den Giganten um und entdeckte sie sofort. Otos und Ephialtes waren wirklich nicht zu übersehen, wie sie da am Rande des Schulhofs standen und wild gestikulierend miteinander diskutierten. Es sah ganz so aus, als würden sie ernsthaft streiten. *Oh nein!*, dachte Artemis. Sie hatte Otos doch warnen und ihm gestehen wollen, dass ihr die Sache mit seiner Unterschrift versehentlich herausgerutscht war! Hoffentlich ging Ephialtes nicht zu hart mit ihm ins Gericht!

Weil sie im Moment nichts tun konnte, setzte Artemis ihren Weg zur Turnhalle fort, aber als sie den Rand der Sportanlagen erreicht hatte, begann der Boden unter ihren Füßen zu beben. Sie drehte sich um und sah Otos den Abhang zu den Sportplätzen hinunterstapfen.

»War dein Bruder sehr sauer, weil du unterschrieben hast?«, fragte sie besorgt, nachdem sie ihn durch Winken auf sich aufmerksam gemacht hatte.

Otos seufzte. »Begeistert war er nicht.«

»Tut mir leid. Ich wollte es ihm eigentlich gar nicht sagen, aber es ist mir herausgerutscht.«

»Mach dir deswegen keine Gedanken«, beschwichtigte Otos sie mit einem Schulterzucken. »Irgendwann hätte er es sowieso erfahren. Er kriegt sich schon wieder ein.« Nach kurzem Zögern fuhr er fort: »Ephialtes kann sehr jähzornig sein, und wir sind nicht immer einer Meinung, aber als Zwillinge haben wir trotzdem eine ganz besondere Verbindung.« Er sah Artemis forschend in die Augen. »Verstehst du?«

Sie nickte und wusste genau, was er meinte. »Zwischen mir und meinem Bruder ist es genauso.« *Zumindest war es genauso*, dachte sie traurig. *Sie* spürte die Verbindung immer noch – eine Mischung aus Geschwisterliebe und Loyalität –, aber empfand Apollon genauso?

Auf dem Sportplatz rannten einige Läufer ins Ziel, und es brandete Applaus auf. »Du bist wirklich nett, Artemis«, sagte Otos. »Die meisten Schüler der Olymp

High reden nicht mal mit mir. Es ist schön zu wissen, dass ich hier wenigstens *eine* Freundin habe.«

»He, Otos!«, rief Herakles von der anderen Seite des Sportplatzes. »Komm rüber, Großer!«

Artemis lächelte. »Das wären dann wohl schon *zwei* Freunde.«

Otos erwiderte ihr Lächeln und winkte zu Herakles hinüber. »Bin gleich bei dir!« Dann wandte er sich wieder an Artemis. »Sehen wir uns später?«

»Ich hoffe es«, antwortete Artemis und meinte es auch so. Besonders jetzt, wo sie wusste, dass sie für ihn nur eine ganz normale Freundin war, auf einer Stufe mit Herakles. *Puh, den Göttern sei Dank!*

Nachdem er gegangen war, legte sie so unauffällig wie möglich den restlichen Weg zur Turnhalle zurück. Da niemand in der Nähe war, wollte sie durch den Vordereingang eintreten, aber die Tür war abgeschlossen. Auf einem großen Schild stand: LEBENSGEFAHR! BETRETEN VERBOTEN. Ihr lief ein eiskalter Schauder über den Rücken.

Doch statt vernünftig zu sein und das Weite zu suchen, schlich sie um die Turnhalle herum und blieb zögernd vor dem Seiteneingang stehen, der aus mehreren Türen bestand. *Wenn ich schon mal hier bin, kann ich auch kurz testen, ob eine der Türen offen ist*, dachte sie. *Nur so, aus Neugier.* Sie streckte die Hand aus und drückte die Klinken herunter, bis es bei der letzten

Tür plötzlich *klick!* machte. Jemand hatte vergessen, sie abzuschließen, was natürlich eine Gefahr für die ganze Schule darstellte! Allein deshalb musste sie hineingehen und nach dem Rechten sehen.

Zumindest würde sie diesen Grund vorschieben, falls sie erwischt wurde.

Knarz! Artemis schob die Tür auf und schlüpfte ins Gebäude. Durch den Seiteneingang gelangte man zunächst in einen dunklen Flur, und sie zog rasch einen silbernen Pfeil aus ihrem Köcher und blies darauf, damit er ihr den Weg leuchtete. Ihre Hände zitterten leicht, als sie ihn vor sich hielt und zögernd den Flur entlangging. So ganz allein war es hier wirklich unheimlich.

Der erste Flur mündete in einem zweiten, beleuchteten Gang, der direkt in die Halle führte. Hier würde morgen der Wettkampf stattfinden. Stufenförmige Tribünen waren entlang der Wände aufgebaut und umgaben eine Bühne in der Mitte. Und auf dieser Bühne lag das Ungeheuer, zusammengerollt wie eine riesige, schuppige, erbsengrüne Zimtschnecke. Eine Zimtschnecke mit gelben Augen.

Augen?! Artemis blieb vor Schreck wie angewurzelt stehen. Die Schlange starrte direkt in ihre Richtung!

Sie wich langsam zurück, aber das Ungeheuer rührte sich nicht. Warum reagiert es nicht? Ihr fiel auf, dass es ein eigenartiges Geräusch von sich gab, das halb Zischen, halb Knurren war. Die Schlange schlief! Natürlich: Weil Schlangen keine Lider hatten, blieben ihre Augen beim Schlafen offen. Das wusste sie von Medusa.

Artemis schlich leise wieder näher heran, wobei sie das eingekerbte Ende ihres Leuchtpfeils an die Bogensehne legte und diese spannte. Mit ihrem Bogen im Anschlag fühlte sie sich ein wenig sicherer, während sie langsam und vorsichtig die Treppe zur Bühne erklomm. Sie war hin- und hergerissen zwischen Furcht und Nervenkitzel. Irgendetwas Neues würde sie schon über Python herausfinden, egal was. Hauptsache, es half Apollon, wenn er morgen gegen dieses Ungeheuer in den Ring stieg!

Die Riesenschlange war an einer Seite der Bühne an eine Säule gekettet, und der Boden war mit Sägespänen bedeckt, damit sie es bequem hatte. Python war Mitglied der IUV, der Internationalen Ungeheuer-Vereinigung, deren Mitglieder allesamt in der Lage waren, Unheil und Verwüstung anzurichten. Deshalb mussten sie es akzeptieren, in Ketten gelegt und weggesperrt zu werden, wenn sie für öffentliche Veranstaltungen wie diese Olympischen Spiele gebucht wurden.

Aber Artemis hatte immer schon eine Schwäche für wilde Tiere gehabt und wusste, dass Freiheit für sie das Wichtigste war. Außerdem sah diese Schlange wirklich nicht besonders gefährlich aus, wie sie da zu einem Knäuel zusammengerollt dalag und friedlich schlummerte. Vielleicht hätte sie unter anderen Umständen sogar den Wunsch verspürt, diese Würgeschlange zu zähmen und als Haustier zu halten, wie Medusa es mit ihren Schlangenhaaren tat.

In diesem Moment bewegte sich Python im Schlaf und wirbelte mit einer trägen Schwanzbewegung eine Sägemehlwolke auf. Artemis' Nase fing an zu jucken, und sie presste ihr Handgelenk dagegen, um das Niesen zurückzuhalten. Aber es war bereits zu spät. *Haaaaa-tschiiiii!*

Ihr Niesen schallte durch die ganze Turnhalle. Das Schnarchen der Schlange verstummte, und ihr riesiger Kopf zuckte nach oben. Innerhalb von Sekundenbruchteilen hatte sich Python entknotet und holte mit der Schwanzspitze nach Artemis aus. Er packte sie und riss sie in die Luft, um sie aus grausamen gelben Augen anzustarren.

»Nein, lass mich runter!«, schrie sie verzweifelt. Dieses Ungeheuer war ganz und gar nicht als Haustier geeignet, das sah sie jetzt ein.

»Und wenn nicht? Erschiesssst du mich dann?«, zischte Python amüsiert. Seine lange, gespaltene Zunge schnellte nach vorn und schlug ihr den Leuchtpfeil aus der Hand. »Nicht doch! Damit würdessst du den morgigen Wettkampf gefährden, und dasss wollen wir doch nicht, meine Hübsche!« Er grinste, und seine spitzen Fangzähne schimmerten im Halbdunkel.

»Hübsch? Du musst mich mit meiner Freundin Aphrodite verwechseln. Wenn du mich gehen lässt, hole ich sie«, log Artemis und hoffte, dass sich die Würgeschlange austricksen ließ und sie freigab. Sie versuchte verzweifelt, die Schlangenwindungen, die sich um ihren Körper gelegt hatten, wegzuschieben, aber sie rührten sich keinen Zentimeter. Was hatte sie sich nur dabei gedacht, allein in die Turnhalle zu schleichen? Aus der Nähe war Python noch viel furchteinflößender, als sie es sich jemals hätte vorstellen können. Sein Maul war so breit, dass er sie problemlos am Stück hätte verschlingen können!

»Mit Vergnügen«, versprach die Schlange scheinbar liebenswürdig, aber in Artemis' Ohren klang es kein bisschen beruhigend. »Doch zuersssst musssst du mir zwei schnelle Fragen beantworten.«

»Fragen?« Artemis starrte in die listigen Augen der Schlange. Diese Augen waren so faszinierend … so hypnotisierend … Sie war unfähig, den Blick abzuwenden, unfähig zu kämpfen oder sich zu widersetzen.

»Frage Nummer einssss«, zischte Python und schlug dabei rastlos mit dem Schwanz. »Ausss welchem Grund bisst du hier?«

Artemis geriet in Panik und überlegte fieberhaft,

welchen Grund sie vorschieben könnte. Bevor sie etwas sagen konnte, warnte Python: »Ich merke esss, wenn du lügssst.«

»Woran?«, fragte Artemis, die zwar Angst hatte, aber auch neugierig war und die Würgeschlange immer faszinierender fand.

»Du hast vollkommen recht: Ich bin wahnsinnig fassszinierend«, brüstete sich Python, dessen unnachgiebige gelbe Augen nun zufrieden funkelten. Sein monströses Maul verzog sich zu einem unheimlichen, bedrohlichen Grinsen.

Artemis schnappte nach Luft. »Kannst du etwa … meine Gedanken lesen?« Beim letzten Wort war ihre Stimme nur noch ein verängstigtes Krächzen.

»Cleveresss Mädchen. Solange du mir in die Augen blickssst, sehe ich tatsssächlich, wasss du denkssst.«

Artemis bemühte sich krampfhaft, die Augen zu schließen, doch es gelang ihr nicht. Sie versuchte sogar, sich mit den Fingern die Lider zuzupressen – vergeblich. Dann wollte sie sich wegdrehen, aber auch das ging nicht. Ihr Kopf war wie festgenagelt, und ihr Blick klebte förmlich an den Augen der Schlange. »Du hast mich hypnotisiert!«, sagte sie vorwurfsvoll.

»Ah-ha-ha-ha-haaa!« Python machte ein trockenes, rasselndes Geräusch tief in seiner Kehle, und Artemis brauchte eine Weile, bis ihr aufging, dass er lachte.

»*Ich* stelle hier die Fragen. Und du antwortessst bessser, sonssst …«, zischte er. »Diesss issst deine letzte Chance, heil hier raussszukommen: Ausss welchem Grund bissst du hier?«

Gegen ihren Willen hörte Artemis sich sagen: »Ich bin hier, um so viel wie möglich über dich herauszufinden, damit ich meinem Bruder Apollon helfen kann, dich morgen zu besiegen.« Warum hatte sie das gesagt? Sie fühlte sich, als hätte Python die Wahrheit aus ihr herausgepresst.

»Ausssgezeichnet«, zischte er aufgeregt. »Allmählich machen wir Fortschritte.« Seine gespaltene Zunge schnellte vor und zurück wie eine Peitsche, und Artemis wich jedes Mal erschrocken nach hinten aus. Wollte Python sie damit entzweiteilen?

Aber er sagte nur: »Zeit für Frage Nummer zwei: Wasss ist die grösssste Schwäche deinesss Brudersss?«

Artemis presste sich die Hände vor den Mund, um nicht darauf zu antworten, doch es half nichts. Die Antwort drängte sich trotzdem in ihre Gedanken: *Er kann nicht lügen.*

»Ist dasss ssso? Wie überausss interessssant.« Python starrte sie unbarmherzig an, während sein Schlangenkörper sich immer wieder verknotete und wieder entknotete. *Was habe ich nur getan?*, dachte Artemis verzweifelt. Sie hatte Apollon in noch größere Gefahr gebracht!

Python schien keinerlei Zweifel daran zu haben, dass sie die Wahrheit gedacht hatte, und lachte wieder sein heiseres, rasselndes Lachen. »Ich danke dir«, sagte er und lockerte seine Windungen um ihren Körper, um sie überraschend sanft auf der Bühne abzusetzen. Auch ihren Blick gab er wieder frei. »Du kanssst jetzt gehen. Dein kleiner Besssuch bleibt unter unsss, einverstanden?«

Während Artemis die Stufen hinuntertaumelte, stieg heiße Scham in ihr auf. Mit klopfendem Herzen hob sie ihren Leuchtpfeil auf, den Python vorhin beiseitegeschleudert hatte, und rannte in den Flur, der zurück zum Seiteneingang führte. Das heisere Gelächter der Schlange folgte ihr und hallte unheimlich von den Turnhallenwänden wider. »Wir sssehen unsss beim Wettkampf!«, rief sie.

Es war ein blöder Fehler, sich allein in die Turnhalle zu wagen, dachte Artemis, während sie die Tür aufstemmte und nach draußen trat. Welche Chancen Apollon auch auf den Sieg gehabt haben mochte, sie hatte sie endgültig zunichte gemacht.

13

Griechische Philosophie

Artemis war sich sicher, dass Apollon fuchsteufelswild werden würde, wenn er erfuhr, was sie getan hatte, aber sie musste es ihm trotzdem erzählen. Wenn er sich Python stellte, ohne zu wissen, dass dieser seine größte Schwäche kannte, war er in noch größerer Gefahr als ohnehin schon. Doch sie wusste immer noch nicht, wo er steckte. Sie versuchte ihn mithilfe des Zwillingsspruchs aufzuspüren, aber er blockierte sie weiterhin, dieser Holzkopf!

Sie musste also auf die herkömmliche, anstrengende Methode zurückgreifen und das ganze Schulgelände nach ihm durchkämmen. Nachdem sie vergeblich sämtliche Sportplätze abgesucht hatte, kniff sie die Augen zusammen und versuchte es noch ein letztes Mal mit ihrem Gedankentrick. Dieses Mal funktionierte es! Wahrscheinlich konzentrierte er sich gerade so sehr auf etwas anderes, dass seine Aufmerksamkeit nachließ und er vergaß, sie zu blockieren. Sie sah eine Steinbank vor sich, die von Olivenbäumen umgeben war. Der Olivenhain! Er lag direkt neben dem Schulhof, und sie machte sich schnurstracks auf den Weg dorthin.

Tatsächlich fand sie Apollon dort auf einer Bank vor, wo er seine Nase so tief in eine Schriftrolle steckte, dass er sie zunächst überhaupt nicht bemerkte. Artemis las den Titel der Schriftrolle ab: *Die Paradoxe des Philosophen Eubulides.* »Hier bist du also!«, sagte sie.

Apollon erschrak und ließ die Schriftrolle los, die mit einem lauten Knall zuschnappte und von seinem Schoß auf den Boden fiel. »He! Wegen dir kriege ich noch irgendwann einen Herzinfarkt!«, beschwerte er sich, aber dann grinste er, als wäre alles wie immer zwischen ihnen. Artemis war sich sicher, dass er Rachekunde nur geschwänzt hatte, um ihr aus dem Weg zu gehen, doch sie war froh, dass sich seine Laune wieder gebessert hatte. Das konnte sich allerdings ganz schnell ändern, sobald sie ihm beichtete, dass sie seine Siegchancen beim Python-o-thon – so winzig diese gewesen sein mochten – unwiderruflich zerschlagen hatte.

Um ihr Geständnis noch ein wenig hinauszuzögern, zeigte sie auf die Schriftrolle, nach der ihr Bruder sich gerade bückte, und fragte: »Was ist ein Paradox?«

Wenn sie in der Schule bereits Philosophologie belegt hätte, wäre ihr dieser Begriff bestimmt bekannt gewesen, aber bisher waren ihr andere Unterrichtsfächer wichtiger gewesen.

»Ein Paradox ist eine widersprüchliche Aussage, die auf den ersten Blick wahr zu sein scheint. Aber wenn man sich näher damit beschäftigt, ergibt sie keinen Sinn mehr.« Apollon warf die Schriftrolle neben sich auf die Bank und schob die Hände in die Taschen seiner Tunika. »Du fragst dich sicher, warum ich das lese.«

Artemis zuckte mit den Schultern. »Für die Schule?«

An seinem Zögern merkte sie, dass er am liebsten Ja gesagt hätte, diese Lüge jedoch nicht über die Lippen brachte. Er las den Text also nicht für den Unterricht. *Muss ganz schön lästig sein, nicht einmal eine kleine Notlüge erzählen zu können*, dachte Artemis.

»Na gut«, sagte er schließlich widerwillig. »Wenn du es unbedingt wissen musst: Ich versuche mich bestmöglich auf den Kampf gegen Python vorzubereiten.«

»Apropos«, erwiderte Artemis und schluckte. »Ich muss dir etwas sagen, was dir gar nicht gefallen wird.«

Sein Blick verfinsterte sich sofort. »Falls du mir schon wieder ausreden willst, am Python-o-thon teilzunehmen, spar dir die Mühe.«

Artemis verdrehte genervt die Augen. »Hör mir einfach nur zu, ja? Und wenn ich fertig bin, vergiss nicht, dass ich deine Schwester bin, und nicht deine Feindin.«

»Oje, jetzt machst du mir aber Angst«, sagte Apollon halb im Scherz. »Na los, raus mit der Sprache. Ich komme schon damit klar.«

Sie lehnte sich gegen den Stamm eines Olivenbaums, der wie alle anderen Bäume des Hains von Athene gepflanzt worden war. Nachdem sie tief Luft geholt hatte, sprudelte die ganze Geschichte aus ihr hervor: Wie sie der Schlange einen Besuch abgestattet und sie versehentlich geweckt hatte, und wie Python sie in die Luft gerissen und seinen hypnotischen Blick auf sie gerichtet hatte.

»Beim Gipfel des Olymps!«, rief Apollon besorgt. »Dieses hinterlistige Biest hat dich doch hoffentlich nicht verletzt, oder?«

»Nein.«

»Den Göttern sei Dank! Es war unendlich leichtsinnig, dass du dich allein in Pythons Nähe gewagt hast. Ich kann nicht glauben, dass du das getan hast!« Er fuhr sich mit der Hand durch die Haare. »Zum Glück ist dir nichts passiert.«

»Nein«, sagte sie und stieß sich vom Baumstamm ab. »Aber da gibt es noch etwas, was ich dir erzählen muss. Als Python mich hypnotisiert hatte und ich ihm voll ausgeliefert war, hat er mich gefragt, was deine größte Schwäche ist.«

»Jetzt sag bitte nicht, dass du es ihm verraten hast!«, flehte Apollon.

»Nein! Bist du verrückt? Das würde ich niemals tun. Aber er hat es trotzdem rausgekriegt, indem er meine Gedanken gelesen hat.«

Apollon runzelte die Stirn. »Eine Schlange, die Gedanken lesen kann? Sag schon, was hast du gedacht? Was ist deiner Meinung nach meine größte Schwäche?«

Artemis scharrte mit der Sandalenspitze in der Erde herum und hoffte, dass er nicht beleidigt reagierte. »Dass du nicht lügen kannst.« Sie zog den Kopf ein und machte sich auf eine wütende Standpauke gefasst.

Doch statt sauer zu werden, fing Apollon an, nachdenklich auf- und abzugehen. Schließlich blieb er stehen und drehte sich zu ihr um. »Meinst du, dass Python dir geglaubt hat?«

Artemis nickte. »Ja. Er wusste sofort, dass es die Wahrheit war.«

Nun tat Apollon etwas, mit dem Artemis niemals gerechnet hätte. Er trat an sie heran und umarmte sie fest. »Danke, Schwesterherz! Du hast mir damit mehr geholfen, als du ahnst.«

»Wie …?« Bevor sie ihn um eine Erklärung bitten konnte, hörten sie, wie sich Schritte näherten. Kurz darauf kam Aktaion zwischen zwei Bäumen hervor und blieb abrupt vor ihnen stehen. »Oh, hi«, sagte er und blickte zwischen Artemis und Apollon hin und her.

»Was ist los?«, fragte Apollon. »Kann ich dir irgendwie helfen?«

»Äh, eigentlich wollte ich mit Artemis sprechen«, sagte Aktaion und bekam rote Ohren.

»Dann schieß mal los. Hier steht sie«, erwiderte Apollon und zeigte auf seine Zwillingsschwester. Artemis' Wangen fühlten sich heiß an. *Bestimmt sind sie genauso rot wie Aktaions Ohren*, dachte sie. Apollon war dieser Umstand offensichtlich nicht entgangen, denn er grinste spöttisch.

Aktaion trat unterdessen nervös von einem Fuß auf den anderen und schien zu überlegen, wie er aus der Sache wieder herauskam. Dann sah er Artemis an und sagte: »Ich … äh … habe deine Stimme gehört, und da … äh … wollte ich dir sagen, wie schade ich es finde, dass Zeus euch nicht mit eurer Unterschriftenaktion weitermachen lässt.«

»Was für eine Unterschriftenaktion?«, fragte Apollon. Er war in den letzten Tagen offenbar so sehr in seine Vorbereitungen abgetaucht, dass er nichts mehr um sich herum mitbekommen hatte.

»Meine Freundinnen und ich haben Unterschriften gesammelt, um sie Direktor Zeus vorzulegen. Damit er uns erlaubt, Olympische Spiele nur für Mädchen ins Leben rufen«, erklärte Artemis. »Wir hatten schon nach dem ersten Tag über sechzig Unterschriften zusammen, aber als Zeus von unserer Aktion erfahren hat, hat er uns befohlen, sofort damit aufzuhören.«

Apollon rollte mit den Augen. »Ich hätte euch gleich sagen können, dass das eine bescheuerte Idee ist.«

»Tja, dieser Meinung waren zum Glück nicht alle Jungen«, gab Artemis würdevoll zurück. »Aktaion hat zum Beispiel unterschrieben!«

»Was?!« Apollon starrte ihn an wie einen Verräter. »Warum hast du das getan?«

»Weil ich immer auf der Seite der Gerechtigkeit stehe«, verteidigte sich Aktaion und schob sich eine hellbraune Strähne aus den Augen. »Die Mädchen sollten auch ihre Olympischen Spiele kriegen, wenn sie das wollen. Warum nicht?«

Jetzt mochte Artemis ihn *noch* lieber als vorher! »Ich habe übrigens noch nicht aufgegeben. Der Kampf geht weiter«, sagte sie zu ihm, wobei sie ihrem Bruder einen trotzigen Blick zuwarf.

Apollon hob eine Augenbraue. »Sag bitte nicht, dass du vorhast, dich über Zeus' Befehl hinwegzusetzen!«

»Nein«, antwortete sie. »Aber ich …« Sie hielt inne, weil es womöglich zu früh war, Apollon und Aktaion von Heras Unterstützung zu erzählen. Schließlich hatte Hera betont, dass sie nichts versprechen konnte.

»Damit wollte ich nur sagen, dass ich die Hoffnung noch nicht aufgegeben habe«, korrigierte sie sich. »Vielleicht überlegt Zeus es sich ja doch noch anders.«

Apollon schnaubte. »Wohl kaum.«

»Wenigstens hast du für deine Überzeugung gekämpft«, tröstete Aktaion sie. »Du hast versucht, etwas zu verändern. Dafür bewundere ich dich.«

»Echt? Danke!«, sagte Artemis. Aktaion war wirklich ein netter Kerl. Und hübsch noch dazu. Aber nicht auf eine so protzige, auffällige Art wie Orion, der erste Junge, in den sie sich verknallt hatte. Nett war um Längen besser als protzig, beschloss sie.

»Ähem.« Apollon räusperte sich geräuschvoll, um sie daran zu erinnern, dass er auch noch da war. Artemis ging erst jetzt auf, dass Aktaion und sie minutenlang dagestanden und sich in die Augen gestarrt hatten. Was war nur los mit ihr? Sie war vielleicht die Göttin der Jagd, aber Jungen nachzujagen war nun wirklich nicht ihre Art!

»Nur aus Neugier«, sagte Apollon. »Wie viele Jungs haben für euch unterschrieben?«

»Das weiß ich ehrlich gesagt nicht genau«, antwortete Artemis wahrheitsgemäß. Sie hatte keine Ahnung, ob Hades und Herakles noch rechtzeitig unterschrieben hatten, bevor Zeus die Pläne der Mädchen durchkreuzt hatte.

»Zehn?«, schätzte Apollon.

»Vielleicht nicht ganz so viele«, gab Artemis zu.

»Mehr als fünf?«

»Äh … mindestens drei.«

»Und ich bin stolz darauf, dass ich der Erste war«, mischte sich Aktaion ein.

Apollon wirkte nicht besonders beeindruckt. Er setzte sich wieder auf die Steinbank und öffnete seine Schriftrolle. »Nichts gegen euch, aber ich brauche jetzt ein bisschen Ruhe. Es gibt noch viel zu tun vor dem morgigen Wettkampf.«

»Klar, kein Problem.« Aktaion warf Artemis einen fragenden Blick zu. »Ich wollte zurück ins Internat. Was ist mit dir?«

»Ich komme mit«, sagte Artemis rasch, worüber sich Aktaion sichtlich freute.

»Dann bis später. *Viel Spaß euch*!«, rief ihnen Apollon mit einem vielsagenden Grinsen hinterher.

Artemis ignorierte seinen Spott und rief beiläufig zurück: »Na klar. Tschüss, wir sehen uns.« Sie war froh, dass ihr Bruder Aktaion zu mögen schien, wohingegen er Orion von Anfang an abgelehnt hatte. Zu Recht. Apollons Meinung war ihr sehr wichtig, auch wenn *ihm* nicht besonders viel an *ihrer* Meinung zu liegen schien. Zumindest nicht, was die Themen Python und Girlympia anging.

Als Artemis neben Aktaion über den Schulhof ging, stolperte sie über eine unebene Bodenplatte, die noch aus der Zeit stammte, als der übellaunige Zeus den Schulhof mit Blitzen bombardiert hatte. Aktaion packte ihre Hand und hielt sie fest. »Alles okay?«

»Ja.« Sie lächelte ihn an. Statt ihre Hand wieder loszulassen, hielt Aktaion sie fest umschlossen, während sie ihren Weg fortsetzten. Artemis' Augen weiteten sich vor Überraschung, und ihre Gedanken rasten. Diese Geste bedeutete definitiv, dass er sie mochte, dazu brauchte sie keinen Hinweis von Aphrodite!

Erst als sie das Bronzetor erreicht hatten, ließ Aktaion ihre Hand los, um das Tor zu öffnen, aber Artemis war schneller. »Ich mach das schon.«

»Danke«, sagte er und ging durch die Tür, die Artemis für ihn aufhielt.

»Gern geschehen«, erwiderte sie. Dann dämmerte ihr, dass er vermutlich gern die Tür für *sie* aufgehalten hätte. »Bei der nächsten Tür bist du dran«, sagte sie rasch.

Er lachte. »Na klar!« Ungezwungen plaudernd gingen sie nebeneinander die Marmortreppe hoch. Am Eingang des Mädchenflurs hielt Aktaion ihr betont galant die Tür auf, bevor sich ihre Wege trennten. Artemis lächelte ihm zum Abschied zu und schwebte dann wie auf Wolken zu ihrem Zimmer. So leicht hatte sie sich noch nie gefühlt, noch nicht einmal bei Orion! Aktaion hatte gesagt, dass er sie für ihre Überzeugungen und ihren Kampfgeist bewunderte. War das nicht wahnsinnig nett von ihm? Sie musste grinsen, wenn sie daran dachte, wie grundlegend sie ihre Meinung über ihn geändert hatte. Noch vor zwei Tagen hatte sie ihn in einen Hirsch verwandelt!

Obwohl am nächsten Tag Samstag war, stand Artemis noch früher auf als an Wochentagen. Heute waren die Olympischen Spiele! Nachdem sie sich eilig angezogen hatte, ging sie noch vor dem Frühstück mit ihren Hunden nach draußen. Da die drei den ganzen Tag in ihrem Zimmer verbringen würden, sollten sie sich vorher noch einmal so richtig austoben. Sie mit zur Wettkampfanlage zu nehmen wäre viel zu gefährlich gewesen. Wenn sie auf den Schulfluren Schülerlabyrinth spielten, war das kein Problem, aber wenn sie zwischen den Läufern herumsprangen oder dem Diskus hinterherjagten, war das Chaos vorprogrammiert.

Als Artemis nach dem Frühstück die Ringkampfarena erreichte, sah sie, dass sie mit den farbenprächtigen Wappen aller teilnehmenden Schulen geschmückt war, darunter auch das blau-goldene Wappen der Olymp High. Athene war schon früher eingetroffen und hatte ihren Freundinnen Plätze in einer der vorderen Reihen freigehalten. Das war auch gut so, denn inzwischen waren die Zuschauerränge brechend voll.

»Entschuldigung, darf ich mal bitte durch?«, sagte Artemis immer wieder und gab sich Mühe, niemandem auf die Zehen zu treten, während sie sich zu den anderen Göttergirls durchkämpfte. Als sie endlich bei ihnen angekommen war, zwängte sie sich zwischen Persephone und Aphrodite. Der Ringkampf war die erste Disziplin des heutigen Tages, und die vier Mädchen diskutierten aufgeregt, wer ihrer Meinung nach gewinnen und von Zeus den traditionellen Siegerkranz aus Olivenzweigen aufgesetzt bekommen würde. Wie bei allen anderen Sportarten winkten den Erstplatzierten auch hier Gutscheine für verschiedene Läden des Göttermarktes sowie die Aussicht darauf, einen Monat lang keine Hausaufgaben machen zu müssen.

Ta-ta-ta-TAH! Die Ringer wurden von drei Boten angekündigt, die in ihre trompetenähnlichen Instrumente namens Salpinx bliesen. Im Publikum kehrte Ruhe ein. Kaum war die Fanfare verklungen, verlasen die Boten im Chor das Programm des heutigen Tages, wobei jeder den anderen in puncto Lautstärke und Dramatik übertrumpfen zu wollen schien.

Die ersten beiden Ringer betraten den Ring, der Kampf begann. Artemis entdeckte Direktor Zeus und Hera, die in der ersten Reihe auf zwei goldenen Thronen saßen, die mit blau-goldenem Samt bezogen waren. Zeus trug eine leuchtend weiße Tunika und eine Schärpe in Blau und Gold, die mit seinen breiten goldenen Armreifen um die Wette blitzte. Ein König der Götter, wie er im Buche stand!

Auch Hera wirkte sehr majestätisch in ihrem schimmernd blauen Chiton, der auf Taillenhöhe mit einer feinen goldenen Kette gerafft war. Ihre dichten blonden Haare waren zu einem kunstvollen Knoten gesteckt, aus dem ein Fächer aus schillernden Straußenfedern ragte.

Nach den Ausscheidungskämpfen blieben zwei Paare übrig: Otos gegen Herakles, und Ephialtes gegen Atlas. In beiden Halbfinalkämpfen wimmelte es von gekonnten Würfen, aber es gelang keinem Ringer, seinen Gegner am Boden festzuhalten. Schließlich wurde Herakles zum Sieger des einen Kampfes erklärt und Ephialtes zum Gewinner des anderen. Otos wirkte ein wenig enttäuscht, zeigte sich aber als guter Verlierer und klopfte Herakles anerkennend auf den Rücken. Jetzt war es an Herakles und Ephialtes, den Sieg unter sich auszumachen!

»Herakles, du schaffst das!«, rief Artemis laut. Im Halbfinale hatte sie sich mit dem Anfeuern zurückgehalten, weil auch Otos ihr Freund war, aber jetzt, wo sich Ephialtes und Herakles im letzten Kampf des Tages gegenüberstanden, kannte sie kein Halten mehr. Sie beugte sich über Aphrodite hinweg zu Athene hinüber. »Glaubst du, dass Herakles ihn schlagen kann?«

»Ich hoffe es«, antwortete Athene, die die Hände so fest auf ihrem Schoß verschränkt hatte, dass ihre Fingerknöchel schon ganz weiß wurden. »Ich glaube, der heutige Sieg ist ihm noch wichtiger als das Bestehen der zwölf Aufgaben, die ihm mein Vater damals aufgetragen hat.« Und das wollte etwas heißen, denn Herakles hätte nicht auf dem Götterinternat bleiben dürfen, wenn er Zeus' Aufgaben nicht erfolgreich absolviert hätte.

Artemis lehnte sich wieder auf ihrem Sitz zurück, und Aphrodite griff nach Athenes Hand und drückte sie beruhigend.

Nachdem Herakles und Ephialtes sich einige Sekunden umkreist hatten, machte der Gigant plötzlich einen Satz nach vorn, verschränkte die Hände hinter Herakles' Kreuz und presste seine Stirn gegen dessen Brust. Dann zog er Herakles' Becken nach vorn und zwang den Sterblichen auf diese Weise, sich immer weiter nach hinten zu biegen.

Athene hielt die Luft an. »Um Himmels willen! Dieser Haltegriff nennt sich *Bear Hug*, aber Ephialtes zieht nicht seine Schultern nach vorn, sondern sein Becken, damit er sich nach hinten krümmen muss!«

Die Zuschauer, von denen die meisten Herakles die Daumen drückten, stöhnten.

»Das muss höllisch wehtun«, sagte Persephone und zog den Kopf ein.

Athene hielt sich die Augen zu. »Ich kann nicht mehr hingucken! Sagt mir Bescheid, wenn es vorbei ist!«

Kurz bevor Herakles' Schultern die Matte berührten,

was ihn einer Niederlage gefährlich nahegebracht hätte, gelang es ihm, Ephialtes von sich zu stoßen und sich aus seinem Griff zu befreien. Das Publikum jubelte und grölte.

»Du kannst wieder hingucken«, sagte Aphrodite. »Alles gut.«

Athene ließ die Hände in ihren Schoß sinken. »Puh. Das war knapp.«

»Woher willst *du* denn das wissen?«, zog Artemis ihre Freundin auf. »Hast du etwa durch die Finger geschielt?«

»Vielleicht ein bisschen«, gab Athene mit einem Grinsen zu.

Herakles und Ephialtes umkreisten sich wieder, und die Göttergirls pfiffen und jubelten und schwenkten die Fahnen, die sie im Laufe der Woche gebastelt hatten. Zusammen mit den anderen Schülern des Götterinternats riefen sie im Chor:

Herakles ist unser Mann,
der einfach jeden schlagen kann!

Auf einmal stolperte Ephialtes, und bevor er sich wieder fangen konnte, hatte ihn Herakles blitzschnell gepackt und drückte seinen Kopf nach unten. Dann schlang er ihm die Arme um den Bauch und hob ihn in die Luft, wodurch Ephialtes' Füße plötzlich nach oben standen, was ein wenig seltsam aussah, weil Herakles nur halb so groß war wie er.

Eine Gruppe Zuschauer schrie:

Weiter so, gib ihm den Rest,
mach ihn fertig, Herakles!

Athenes Augen funkelten vor Stolz. »Das nenne ich einen perfekten *Vertikalen Suplex!*«, sagte sie bewundernd. Jetzt lehnte sich Herakles vor und warf Ephialtes durch sein eigenes Gewicht auf den Rücken. Triumphierend hielt er ihn volle drei Sekunden auf der Matte fest. Das genügte, er hatte gewonnen!

Sobald Triathlon den Kampf für beendet erklärt hatte, flippte die Menge völlig aus. Artemis entdeckte zwei ihr unbekannte Mädchen, die ein Schild mit der Aufschrift »Wir ♥ Herakles« hochhielten.

Tja, die beiden können Herakles so viel ♥, wie sie wollen, dachte Artemis. *Herakles wird ihre ♥ nicht erwidern, weil sein ♥ schon längst Athene gehört.*

Ephialtes lag unterdessen reglos im Kampfring und starrte in den Himmel, als könnte er nicht glauben, was gerade passiert war. Die Boten bliesen eine Fanfare auf ihren Salpinxen und verkündeten dann einstimmig das offizielle Endergebnis: »Der diesjährige Olympiasieger im Ringen ist … Herakles!«

Nun tobte das Publikum endgültig und hüpfte

jubelnd auf und ab. Die Göttergirls schlossen sich dem Applaus begeistert an. »Bravo!«, rief Athene. Artemis konnte sich nicht vorstellen, dass man nach einem Ringkampf wirklich das altmodische Wort »Bravo« rief, aber das machte nichts, weil Athenes Rufe ohnehin im Geschrei der Menge untergingen.

Plötzlich stand Ephialtes auf, stellte sich in die Mitte des Kampfrings und funkelte wütend in die Runde, als sei das Publikum für seine Niederlage verantwortlich. Selbst als Zeus von seinem Thron aufstand und in den Ring trat, um Herakles zu gratulieren und ihm den Siegerkranz aus Olivenzweigen aufzusetzen, ging Ephialtes keinen Schritt zur Seite, sondern stand nur da und blickte finster um sich.

Warum steigt er nicht von der Bühne und setzt sich neben Otos auf die Bank?, fragte sich Artemis.

Nach einer erneuten Fanfare verkündeten die Boten, dass als Nächstes die Wettläufe auf dem Programm standen, die im Leichtathletik-Stadion ausgetragen wurden. Wie es an der Olymp High üblich war, verließen Zeus und Hera zuerst die Arena, gefolgt von den Lehrern und Trainern. Die Schüler waren gerade aufgestanden, um ebenfalls zum Stadion aufzubrechen, als ein Schrei aus dem Kampfring ertönte. »He! Moment mal! Was machst du denn da?«

Artemis drehte sich um und sah gerade noch, wie Ephialtes Herakles den Ehrenkranz vom Kopf riss!

14

Ein *Hirsch* für alle Fälle

»Gib ihn sofort wieder her!«, verlangte Herakles. »Ich habe mir den Sieg auf faire und ehrliche Weise verdient.« Er versuchte sich den Kranz zurückzuholen, aber Ephialtes hielt ihn hoch in die Luft, damit Herakles nicht mehr herankam, und setzte ihn sich schließlich auf den Kopf.

»*Ich* bin der rechtmäßige Gewinner!«, rief er und drehte sich zum Publikum um.

»Ihr wisst alle, dass ich besser bin als Herakles. Wenn ich nicht gestolpert wäre, hätte er keine Chance gehabt.«

Zeus, Hera und die anderen Erwachsenen waren längst außer Hörweite, aber die zum Ausgang strebenden Schüler blieben zögernd stehen. Als die Götterjungen der Olymp High sahen, was Ephialtes gerade getan hatte, rannten sie sofort zu Herakles, um ihm den Rücken zu stärken. Bevor irgendjemand *Donnerkeil* sagen konnte, war eine erbitterte Massenschlägerei ausgebrochen.

Mehrere Götterjungen sprangen auf den Rücken des Giganten und versuchten, an den Olivenkranz heranzukommen, aber Ephialtes schüttelte sie mühelos ab. Andere Jungen klammerten sich an seinen Armen und Beinen fest. Obwohl sich Otos ebenfalls ins Getümmel stürzte, um seinen Bruder zu beschützen, war sich Artemis sicher, dass er Ephialtes' Verhalten nicht guthieß. Schließlich waren Otos und Herakles Freunde, und es war allen außer Ephialtes klar, dass Herakles der rechtmäßige Sieger war.

Die Göttergirls kämpften sich von der Tribüne zum Ring vor, und Persephone rief aufgeregt: »Die Schlägerei muss sofort aufhören, bevor Zeus Wind davon bekommt! Sonst sagt er bestimmt den Rest der Spiele ab!«

Die Spiele absagen? Das hätte immerhin den Vorteil, dass Apollon keine Niederlage gegen Python einstecken kann, dachte Artemis. Andererseits hatten die Jungen so hart trainiert! Sie fand es immer noch ungerecht, dass bei den Olympischen Spielen keine Mädchen teilnehmen durften, aber die Jungen um ihre Chance zu bringen, sich mit anderen zu messen, war auch nicht richtig. Und das alles nur, weil Ephialtes so ein schlechter Verlierer war!

Athene runzelte besorgt die Stirn. »Eine Absage der Spiele wäre ja noch nicht das Schlimmste. Der Konflikt zwischen Giganten und Göttern könnte weltweit Konsequenzen nach sich ziehen und sogar einen Krieg auslösen!«

Einen Krieg auslösen? Das wäre wirklich eine Katastrophe, dachte Artemis. *Wenn man Ephialtes doch nur irgendwie dazu bringen könnte, die Kampfarena zu verlassen …* Sie war sich sicher, dass die Prügelei dann sofort geendet hätte. Plötzlich fielen ihr Otos' Worte aus dem Heldologieunterricht wieder ein: »Wenn es eines gibt, dem mein Bruder nicht widerstehen kann, dann einem Tier, das er jagen kann. Dafür würde er sogar einen Haufen Gold liegen lassen oder seine Leibspeise.«

In diesem Fall sollte Ephialtes weder einen Haufen Gold noch seine Leibspeise zurücklassen, sondern nur einen Siegerkranz. »Ich habe eine Idee, wie wir die Prügelei beenden könnten«, sagte sie zu ihren Freundinnen.

Aphrodite zog die Augenbrauen hoch. »Was hast du …«

Bevor sie ihre Frage zu Ende stellen konnte, hatte Artemis bereits begonnen, ihren Zauberspruch aufzusagen:

»Wen meine Hand berühre,
zum Hirschbock ich ihn küre.«

Sie berührte sich selbst und kniff die Augen zusammen, um einen majestätischen Hirsch mit glattem braunem Fell und wunderschön geschwungenem Geweih heraufzubeschwören. Prompt fiel sie vorwärts auf die Hände, die genau wie ihre Füße zu Hufen wurden. Ihr Gesicht wurde länglich, und aus ihrem Kopf spross ein stattliches Geweih. Um sie herum kreischten die Schüler und wichen zur Seite.

Im nächsten Moment sprang Artemis von der Tribüne in den Kampfring. Genau wie sie gehofft hatte, vergaß Ephialtes die Prügelei, sobald er sie erblickt hatte. Sein Jagdtrieb war einfach zu groß, und er nahm sofort die Verfolgung auf. Während er mit großen Schritten hinter ihr herrannte, rutschte ihm der Kranz vom Kopf und wurde von einem Schüler aufgefangen, bevor er auf den Boden fallen konnte

Artemis flog geradezu durch die Arena und hetzte auf den Ausgang zu. Bevor sie ihn erreicht hatte, wandte sie noch einmal den Kopf, um sich zu vergewissern, dass Ephialtes nicht wieder abgedreht hatte. Aber er war nach wie vor hinter ihr, dicht gefolgt von Otos, der seinen Bruder vom Jagen abhalten wollte. Befriedigt nahm Artemis zur Kenntnis, dass der Siegerkranz von Schüler zu Schüler weitergereicht wurde und schließlich in Athenes Händen landete. Herakles beugte den Kopf, und sie setzte ihm liebevoll den Kranz auf. Jubel brandete auf. Der Kampf war vorbei!

Aber sie wollte Ephialtes so weit wie möglich von der Olymp High weglocken, damit er nicht zurückkehren und erneut für Ärger sorgen konnte. Sobald sie die Arena verlassen hatte, entfernte sie sich von den Sportanlagen und sprang auf starken, schnellen Hirschbeinen den Pfad entlang, der sich die Hänge des Olymps hinab zur Erde schlängelte. Ephialtes war ihr dicht auf den Hufen. *Bumm! Bumm! Bumm!* Seine Schritte hämmerten hinter ihr auf den Boden ein.

Als Hirsch war Artemis schneller als jeder Sterbliche oder Unsterbliche, aber Ephialtes war ein Gigant, noch dazu ein besonders sportlicher! Und Aktaion hatte recht: Das Geweih war wirklich furchtbar schwer! Außerdem verhedderte es sich immer wieder in herunterhängenden Ästen oder Kletterpflanzen. Hirsche hatten es wirklich nicht leicht!

Erst als Artemis einen Fluss überquerte, wurde Ephialtes ein wenig langsamer, weil seine riesigen Beine dem Wasser mehr Widerstand boten als Artemis' schlanke Fesseln. Sie gewann endlich einen kleinen Vorsprung und verschwand leichtfüßig zwischen den Bäumen am gegenüberliegenden Flussufer. Nachdem sie sich eine Weile im Zickzack bewegt hatte, war sie sicher, dass sie Ephialtes abgehängt hatte. Hoffentlich gab er irgendwann auf und machte sich auf den Weg nach Hause. Auf einer Lichtung blieb Artemis stehen und verschnaufte.

Plötzlich tauchte Otos hinter einem Baum am anderen Ende der Lichtung auf. »Artemis?«, rief er.

Kaum hatte sie sich zu ihm umgedreht und ein Ja geblökt, ertönte hinter ihr ein triumphierender Schrei. Ephialtes! Er stürmte direkt auf sie zu. »Lauf!«, rief Otos und rannte ebenfalls auf sie zu, um sie falls nötig zu beschützen. Kurz bevor die beiden Brüder bei ihr angekommen waren, verwandelte sich Artemis in einen Habicht und flog davon. Die Zwillinge konnten nicht schnell genug abbremsen und stießen krachend mit den Köpfen zusammen, bevor sie zu Boden sanken.

Artemis drehte eine Runde durch die Luft und ließ sich in sicherer Entfernung auf einem Ast nieder, um sich zu vergewissern, dass Ephialtes nicht zur Olymp High zurückkehrte und dass Otos nicht ernsthaft verletzt war.

»Autsch«, stöhnte Ephialtes mit seiner mädchenhaften Stimme und setzte sich auf, die Hand an die Stirn gepresst.

»Du blutest«, sagte Otos zu ihm und zeigte auf eine Wunde über seiner linken Augenbraue.

»Und du hast einen Zahn verloren«, entgegnete Ephialtes und zeigte auf Otos' Mund.

»Wo?«, fragte Otos und setzte sich ebenfalls auf.

»Unten, in der Mitte.« Plötzlich brach Ephialtes in schrilles Gelächter aus.

Otos starrte ihn fassungslos an. »Was ist denn daran so lustig?«

»Jetzt sind wir wieder absolut identisch«, klärte ihn Ephialtes auf. Auch auf Otos' Gesicht breitete sich nun ein Grinsen aus.

Wie kleine Kinder kugelten sich die Zwillinge zwischen den Büschen herum und hielten sich die Bäuche vor Lachen.

Als sie sich ein wenig beruhigt hatten, sagte Ephialtes seufzend: »Weißt du, worauf ich Lust hätte?«

Artemis drückte die Krallen, dass er nicht Lust hatte, zur Olymp High zurückzukehren und Herakles erneut seinen Siegerkranz wegzunehmen.

»Auf eine richtige Mahlzeit«, fuhr der Gigant fort. »In der Schulmensa des Götterinternats gab es immer nur so winzige Portionen. Ich hatte ständig Hunger, obwohl ich mich bei jeder Mahlzeit sechsmal angestellt habe. Kein Wunder, dass ich beim Ringen gestolpert bin. Ich war völlig geschwächt vor Hunger!«

»Das war bestimmt der Grund«, stimmte ihm Otos zu. »Wenn wir uns jetzt sofort auf den Weg nach Hause machen, schaffen wir es gerade rechtzeitig zum Abendessen. Ein riesiger Teller von Mamas Kohleintopf, und du bist wieder so gut wie neu.«

Ephialtes machte ein unschlüssiges Gesicht, aber Otos sprang auf. »Wer zuerst da ist, kriegt die größere Portion!«, forderte er seinen Bruder heraus und begann, zielstrebig durch den Wald davonzustapfen. Ephialtes konnte der Aussicht auf Kohleintopf nicht widerstehen und sprang auf, um Otos zu folgen.

Während die beiden Brüder im Laufschritt Richtung Heimat aufbrachen, kreiste Artemis über ihnen und gab ein lautes *Gik-gik-gik* von sich. Otos hob den Kopf und zwinkerte ihr verschwörerisch zu.

Jetzt war sich Artemis sicher, dass er seinen Bruder absichtlich zu dem Wettrennen nach Hause aufgefordert hatte, damit er nicht mehr zur Olymp High zurückkehrte. Sie verzog ihren Schnabel zu einem Lächeln und zwinkerte zurück. Als Otos ihr zuwinkte, schlug sie flatternd mit den Flügeln. Es machte sie ein bisschen traurig, sich so plötzlich von ihm verabschieden zu müssen, aber sie nahm sich vor, ihm nach den Olympischen Spielen einen Brief zu schreiben und von den Ergebnissen der restlichen Disziplinen zu berichten.

Während sie zurück zur Schule flog, dachte Artemis darüber nach, wie unterschiedlich Zwillinge sein konnten. Otos war freundlich und großherzig, wohingegen Ephialtes jähzornig und rücksichtslos war. Trotzdem waren sie Geschwister und hielten zusammen. Genau wie sie und Apollon bis vor kurzem. Sie wünschte sich so sehr, dass sie wieder Freunde wurden!

Das Stadion war leer, als sie dort eintraf, was nur

bedeuten konnte, dass die Wettläufe und die anderen Leichtathletik-Disziplinen bereits vorbei waren. Oh nein! Der Python-o-thon! Mit pochendem Herzen landete sie vor der Turnhalle und verwandelte sich zurück in ein Göttermädchen. Dann riss sie mit einem Ruck die Tür auf und rannte durch den Gang zum Ort des Geschehens.

Auf der Tribüne war es so voll, dass die Zuschauer sich sogar in den Gängen zwischen den Sitzreihen drängten. Artemis konnte vor lauter Köpfen kaum die Bühne erkennen. Während sie sich einen Weg durch die Menge bahnte, hörte sie eine Jungenstimme schreien: »Hör auf! Ich flehe dich an, Python! Ich ertrage das nicht mehr!«

Ihr blieb das Herz stehen, bis ihr klar wurde, dass die Stimme nicht Apollon gehörte, sondern einem anderen Unglückseligen, der die Schlange herausgefordert hatte. Als sie sich endlich in die Nähe der Bühne durchgekämpft hatte, sah sie, dass Python einen sterblichen Jungen mit seinem Schlangenkörper umwickelt hatte. Da sie den Jungen nicht kannte, musste er wohl von einer anderen Schule stammen. Getreu den Wettkampfregeln, die vorsätzliche Körperverletzung eindeutig verboten, ließ Python wieder ein wenig lockerer, ohne den Jungen gänzlich freizulassen. Dann wirbelte er seine Schwanzspitze wie ein Lasso in der Luft herum und rief grinsend: »Jiiie-ha! Beantworte meine Frage, oder ich mache Hackfleisch ausss dir, Sterblicher!«

Die Zuschauer neben Artemis buhten. »Fiese Schlange! Buh!« Ein Junge ahmte sogar Pythons Zischen nach.

Pythons grausame Augen leuchteten auf. »Zissssch? Jetzt sprecht ihr alssso schon meine Sprache, oder wie?« Das vertraute heisere Rasseln seines Lachens hallte durch die Turnhalle. »Gibssst du auf?«, fragte er den Jungen höhnisch.

Der arme Sterbliche war so fest eingewickelt, dass er kaum nicken konnte. »Dann sssag *Theosss!*«, forderte ihn Python auf. *Theos* war das griechische Wort für *Onkel*.

»*Theos!*«, schrie der Junge verzweifelt.

Python lachte boshaft und ließ ihn zu Boden, um ihn mit dem Schwanz Richtung Ausgang zu schieben. »Hinfort mit dir, du Dummkopf! Du kanssst dich glücklich schätzen. So mancher, der seinen Verstand mit mir misssst, überlebt dasss Duell nicht!« Der Junge wankte hustend und keuchend von der Bühne.

Die Riesenschlange hob den Kopf hoch in die Luft und schwenkte ihn von links nach rechts. »Issst dasss etwa dasss Bessste, wasss ihr zu bieten habt?«, verhöhnte sie das Publikum. Ihre gelben Augen suchten die Turnhalle nach möglichen Herausforderern ab.

»Nicht ssso schüchtern! Der nächsssste Kandidat möge auf die Bühne kommen!«

Artemis erschauderte.

Ta-ta-ta-TAH!, trompeteten die Boten auf ihren Salpinxen. »Und nun«, verkündeten sie im Chor, »der nächste Bewerber: der frischgebackene Olympiasieger im Ringkampf … *Herakles!*«

Herakles? Artemis zuckte erschrocken zusammen. Was machte er denn hier? Athene hatte doch erzählt, dass er nicht am Python-o-thon teilnehmen würde! Aus dem überraschten Getuschel im Publikum schloss sie, dass auch sonst niemand von seiner Teilnahme gewusst hatte.

Sie sah zu, wie Herakles selbstsicher die Stufen zur Bühne erklomm. Wenn Herakles Python besiegte und Apollon so um seine Chance brachte, war ihr Bruder sicher enttäuscht. Ganz im Gegensatz zu ihr!

Sie wusste, dass Apollon Herakles eigentlich ganz gern mochte, auch wenn er ein wenig neidisch auf seine Heldentaten war. Dennoch würde er ihm nicht die Daumen drücken, da war sie sich sicher. Schließlich wollte er unbedingt selbst gegen die Riesenschlange antreten.

Artemis sah sich im Publikum um, konnte ihren Bruder aber nirgendwo entdecken. Stattdessen fiel ihr Blick auf Athene, die sich mit Persephone und Aphrodite im Schlepptau näher an die Bühne herankämpfte.

Aus ihrem entsetzten Gesichtsausdruck schloss Artemis, dass Herakles' Teilnahme auch für sie völlig überraschend gekommen war. Bestimmt starb sie fast vor Angst um ihn!

15

Der Kampf mit der Sssschlange

»Hier drüben!«, rief Artemis ihren Freundinnen zu. Sie hüpfte so lange auf und ab, bis die drei sie sahen und in ihre Richtung abbogen.

Alle drei Göttergirls wirkten erleichtert darüber, sie gesund und munter wiederzusehen, stellten aber keine Fragen. Jetzt gab es dringendere Sorgen. »Ich habe keine Ahnung, warum Herakles das macht!«, jammerte Athene.

»Vielleicht hat ihm dein Vater diesen Floh ins Ohr gesetzt, als er ihn nach dem Ringen zum Sieger gekrönt hat?«, mutmaßte Persephone. Sie blickten alle vier zum Direktor des Götterinternats hinüber, der neben Hera in der ersten Reihe saß.

Zeus lächelte Herakles aufmunternd zu und hielt

sogar beide Daumen hoch, um ihn anzuspornen. Er wirkte vergnügt und entspannt und schien nichts von der Prügelei in der Ringkampfarena mitgekriegt zu haben. *Zum Glück ist Pheme verhindert und kann den Spielen nicht beiwohnen,* dachte Artemis.

»Ich wette, du hast recht«, sagte Aphrodite. »Zeus dachte sich vermutlich, dass ein Kampf zwischen dem Olympiasieger im Ringen und Python ein sehenswertes Spektakel werden würde.«

Das klang durchaus einleuchtend, wie Artemis fand. Dass Zeus Herakles zur Teilnahme ermuntert hatte, bedeutete allerdings auch, dass er Apollons Siegchancen äußerst gering einschätzte und auch nicht glaubte, dass er eine ernsthafte Herausforderung für die listige Schlange war. Autsch, das tat weh. Aber sie verstand Zeus' Vorliebe für Herakles auch irgendwie. Schließlich hatte dieser bei seinen zwölf Aufgaben gleich gegen mehrere Ungeheuer gekämpft und hinlänglich bewiesen, was er konnte. *Wenn* jemand Chancen gegen Python hatte, dann er.

Persephone legte den Arm um Athene und drückte sie an sich, damit sie sich ein wenig beruhigte. Auf der Bühne trat Herakles unterdessen näher an die Riesenschlange heran, wobei er seinen geliebten Holzknüppel über die Schulter gelegt hatte und den Siegerkranz immer noch auf dem Kopf trug. Als Python den Knüppel sah, blickte er zu Direktor Zeus hinüber.

»Die Wettkampfregeln bessagen, dasss keinerlei Waffen erlaubt sind.«

Zeus nickte. »Tut mir leid, Herakles«, sagte er mit seiner donnernden, unerbittlichen Stimme. »Python hat recht.« Wie üblich sprach er so laut, dass es jeder in der Turnhalle mühelos verstand.

Während Herakles seinen Knüppel widerwillig an den Rand der Bühne rollte, flüsterte Aphrodite Artemis zu: »Alles in Ordnung bei dir? Wir haben nach dir gesucht, als wir aus der Ringkampfarena kamen, aber du warst nirgendwo zu finden. Was ist mit den Giganten passiert?«

»Das erkläre ich euch später«, flüsterte Artemis zurück. Sie war froh, dass sie mit ihrem kleinen Manöver erfolgreich die Prügelei beendet hatte. »Wer hat denn die anderen Sportarten gewonnen?«

Aphrodite strahlte. »Ares hat alle drei Wettrennen gewonnen.«

»Cool!«, sagte Artemis. »Und die restlichen Leichtathletik-Disziplinen?«

Persephone hatte ihre Frage gehört und antwortete stolz: »Hades hat den Weitsprung gewonnen. Er behauptet, dass er so weit springen kann, weil er ständig in der Unterwelt über heiße Lavaströme hüpfen muss.«

»Und Hyazinth, ein Sterblicher von der Erde, ist Sieger im Diskuswerfen geworden«, erklärte Aphrodite.

»Zeus ist bestimmt hochzufrieden«, sagte Artemis. »Drei von vier Olympiasiegern stammen von der Olymp High!«

»Und es steht ja noch der Wettkampf gegen Python aus«, fügte Aphrodite hinzu. Alle vier Göttergirls blickten wieder zur Bühne.

Artemis erkannte sofort, dass die Schlange Herakles bereits mit ihrem hypnotischen Blick fixiert hatte. Misstrauisch umkreisten sich die beiden Kontrahenten. »Du glaubssst, dasss du mir körperlich überlegen bissst«, zischte Python. »Aber diesss issst ein geissstiger Schlagabtausch.«

Herakles merkte gerade, dass Python seine Gedanken lesen konnte, das sah Artemis an seinem verdutzten Gesicht. Auf einmal verlor er seine selbstsichere Haltung und wirkte sogar ein wenig nervös.

»Ich stelle dir jetzt zwei Fragen. Wenn du sie nicht richtig beantworten kannssst – wovon ich ausssgehe –, rufssst du *Theosss*, und ich habe gewonnen! Wie ich essss liebe, zu gewinnen!« Python zischte und schnaubte. Er machte sich über Herakles lustig! Es war zweifellos Teil seiner Strategie, ihn von Anfang an zu verunsichern.

»Na los! Her mit den Fragen!«, rief Herakles, dessen Selbstsicherheit offenbar zurückgekehrt war.

»Frage Nummer einsss«, zischte Python und läutete damit offiziell den Kampf ein. »Wassss geht morgensss auf vier Beinen, mittagsss auf zweien und abendsss auf dreien, und ist schwächer, je mehr Beine esss hat?«

Athene ballte die Hände zu Fäusten und beugte sich vor, als wollte sie Herakles durch reine Willenskraft dazu bringen, die Frage richtig zu beantworten.

Artemis war nicht besonders gut im Rätsellösen, aber Athene war eine Meisterin darin. Wenn Herakles doch nur ihre Gedanken hätte lesen können!

»Ha!«, antwortete Herakles. »Ist doch kinderleicht. Dieses Rätsel hast du nämlich von der Sphinx gestohlen, die den Eingang nach Theben bewacht.«

Als sie dies hörte, entspannte sich Athene sichtlich und lächelte sogar. »Den Göttern sei Dank, er weiß die Antwort!«

»Die Antwort lautet: der Mensch!«, verkündete Herakles vergnügt. »Als Baby krabbelt er auf allen vieren, als Erwachsener geht er auf zwei Beinen, und im Alter braucht er oft einen Gehstock – sozusagen ein drittes Bein.«

»Ich kapier's trotzdem nicht«, flüsterte Aphrodite den anderen Göttergirls zu.

»Der Morgen symbolisiert den Anfang des Lebens, wenn man noch ein Baby ist«, erklärte Athene.

»Ah!«, machte Aphrodite, die es jetzt ebenfalls verstanden hatte. »Der Mittag ist sozusagen die Lebensmitte des Menschen, wenn er erwachsen ist. Und der Abend steht für den Lebensabend.«

»Sehr gut, Heraklesss«, lobte Python und lenkte die Aufmerksamkeit der Mädchen wieder auf den Wettkampf. Die Riesenschlange senkte nun ihren Kopf und ließ die lange gespaltene Zunge vorschnellen. Artemis beobachtete, dass sie dabei sorgsam Abstand zu Herakles wahrte. Sie hatte also Angst vor ihm! Wie interessant!

»Mal sehen, wie du bei Frage Nummer zwei abschneidessst«, fuhr Python fort. »Ein zehnjähriger Junge geht mit zwei Männern auf den Markt – einer davon ist dreißig und der andere fünfzig Jahre alt. Kannssst du fünf verschiedene Verwandtschaftsssbeziehungen zwischen den dreien aufzählen, ohne dasss sich eine davon wiederholt?«

Stille machte sich im Publikum breit, weil alle über Pythons Frage nachgrübelten. Eigentlich hatte sie nicht besonders schwierig geklungen, fand Artemis. Der Junge war bestimmt der *Sohn* des dreißigjährigen Mannes, der infolgedessen der *Vater* des Jungen war. Und der fünfzigjährige Mann war der *Großvater* des Jungen. *Das sind schon drei Verwandtschaftsbeziehungen*, dachte sie und hielt drei Finger hoch. Ach ja: Der Junge war außerdem der *Enkel* des Fünfzigjährigen. Nun waren es schon vier. Aber welche Verwandtschaftsbeziehung war die fünfte? Ihr fiel ein, dass der dreißigjährige Mann ja auch der *Sohn* des Fünfzigjährigen war, aber das ergab bereits zwei Söhne, und

Python hatte betont, dass sich keine Verwandtschaftsbeziehung wiederholen durfte.

Herakles musste zu der gleichen Erkenntnis gelangt sein, denn er sagte: »Wenn der Zehnjährige der Sohn des Dreißigjährigen ist, funktioniert es nicht. Hmm …« Plötzlich schnippte er mit den Fingern. »Ich hab's! Der Junge ist überhaupt nicht sein *Sohn*, sondern sein *Neffe*!«

Pythons Schwanz peitschte heftig auf die Bühne ein und beschrieb dann wütende Kreise in der Luft. Er befürchtete offenbar, dass Herakles auch dieses Rätsel gelöst hatte, war aber noch nicht bereit aufzugeben. »Würdessst du dasss bitte näher erläutern?«

»Aber gern doch«, antwortete Herakles grinsend. »Der fünfzigjährige Mann ist der *Großvater* des Jungen, was den Jungen zu seinem *Enkel* macht. Zusammen mit dem *Neffen* sind das schon drei Verwandtschaftsbeziehungen. Der dreißigjährige Mann ist der *Sohn* des fünfzigjährigen Mannes. Macht vier. Und da der Junge der Neffe des Dreißigjährigen ist, ist dieser sein *Onkel*!«

»Sein wasss?«, fragte Python, als hätte er ihn nicht richtig verstanden.

»Sein Onkel, sein *Theos!*«, rief Herakles.

Python grinste so breit, dass er seine Fangzähne entblößte, und schob seinen Kopf direkt vor Herakles' Nase. Das Publikum schnappte nach Luft, weil es Angst um den tapferen Sterblichen hatte.

»Oh nein!«, rief Athene neben Artemis. Wie üblich hatte sie schon Sekunden vor allen anderen verstanden, was passiert war.

»Hurra! Ich habe gewonnen! Ich habe gewonnen!«, rief Python triumphierend. Er richtete seinen Schlangenkörper auf und drehte sich auf der Schwanzspitze im Kreis. Für einen Moment herrschte Verwirrung, bis auch Herakles und der Rest des Publikums verstanden hatten, warum der Kampf beendet war. Ein kollektives Stöhnen ging durch den Raum. Das Rätsel war von vornherein ein Trick gewesen! Herakles hatte unabsichtlich das Wort *Theos* gesagt und damit signalisiert, dass er aufgab.

»Der arme Herakles«, murmelte Persephone. »Er hat beide Rätsel gelöst und trotzdem verloren!«

Mit hängenden Schultern trottete Herakles zum Rand der Bühne, um seinen Knüppel zu holen. Statt ihn wie sonst über die Schulter zu schwingen, zog er ihn polternd hinter sich her, während er niedergeschlagen die Stufen hinunterschlich. Artemis warf einen Blick zu Zeus hinüber. Er zuckte nur mit den Schultern und gab Herakles mit hochgehaltenem Daumen zu verstehen, dass man schließlich nicht immer gewinnen konnte und er trotzdem stolz auf ihn war. Zeus mochte vieles sein, aber ein schlechter Verlierer war er nicht. Im Gegensatz zu Ephialtes.

Die Boten bliesen wieder in ihre Salpinxe, und das

Raunen im Publikum verstummte. »Und jetzt Bühne frei für unseren letzten Kandidaten in seiner einzigen olympischen Disziplin!«, verkündeten sie laut. »Hier ist, von der Olymp High: *Apollon!*«

Obwohl Direktor Zeus und die Zuschauer höflich applaudierten, verzog Artemis bei den Worten der Boten das Gesicht. War es wirklich nötig gewesen, zu betonen, dass dies Apollons einzige Disziplin war?

Als ihr Bruder die Stufen zur Bühne erklomm, pfiff und klatschte Artemis so laut sie konnte. Ihr fiel auf, dass seine Hände zitterten. »Komm schon, Bruderherz, du schaffst das«, murmelte sie vor sich hin.

»Lernen wir unsss alssso endlich kennen«, zischte Python, als sich Apollon näherte. Dann gab er wieder das heisere, rasselnde Geräusch von sich, das bedeutete, dass er lachte. »Ich hoffe, du bissst genauso amüsant wie deine Schwessster!« Der Kopf der Riesenschlange drehte sich ruckartig zur Seite, und ihre gelben Augen suchten das Publikum ab. Artemis ging instinktiv in die Knie. Sie würde auf keinen Fall zulassen, dass diese Schlange sie wieder hypnotisierte und ihr noch mehr Geheimnisse entlockte!

Aphrodite starrte sie überrascht an und fragte sich vermutlich, wohin der legendäre Mut ihrer Freundin verschwunden war. Artemis lugte zaghaft Richtung Bühne und stellte erleichtert fest, dass Python wieder ganz auf Apollon konzentriert war. »Nun ja, ich hoffe natürlich, dasss deine Schwesssster hier ist und zusieht. Wir wollen doch nicht, dasss sie deine vernichtende Niederlage verpassst! Zumal *sie* zum Teil daran schuld wäre!«

Jetzt starrten alle drei Göttergirls verwundert zu Artemis. »Was meint diese Schlange damit?«, fragte Athene.

Artemis schluckte. »Das erzähle ich euch später«, versprach sie und fügte ihre Begegnung mit Python gedanklich zu der Liste mit Dingen hinzu, die sie ihren Freundinnen heute Abend erklären musste.

Wie eine Peitsche schnellte Pythons Schwanz vor und schlang sich um Apollons Knie, um ihn näher an sich heranzuziehen. Dann senkte die Schlange den Kopf und schob ihn bis auf wenige Zentimeter an Apollons Gesicht heran. Ihre gelben Augen glühten und forderten Apollon dazu auf, sich in ihnen zu verlieren.

Aber wie lange und intensiv sie Apollon auch fixierten, er hielt den Kopf hartnäckig zur Seite gedreht. Der Schlangenkopf schoss hierhin und dorthin und versuchte immer wieder, Apollons Aufmerksamkeit auf sich zu ziehen. »Wasss issst mit dir losss?«, fragte Python, der bereits ein wenig frustriert klang. »Hassst du Angsst, mich anzugucken?«

»Nein, ich will nur nicht, dass du meine Gedanken liest«, antwortete Apollon wahrheitsgemäß. »Und was ist deine zweite Frage?«, wollte er von Python wissen.

Der Kopf der Riesenschlange zuckte vor Wut und Überraschung zurück, und die Göttergirls rissen die Augen auf und blickten sich aufgeregt an, als sie verstanden, was Apollon getan hatte. Er hatte Python überlistet und ihn dazu gebracht, ihm eine einfache Frage zu stellen!

Dass Apollon der Riesenschlange so mühelos gewachsen war, machte Artemis unendlich stolz. Es war sein gutes Recht, sich die Schlachten, die er schlagen wollte, selbst auszusuchen, das wurde ihr nun klar. Sie konnte und durfte ihm nicht jede Entscheidung und jeden Kampf abnehmen. Was sie für schwesterliche Loyalität gehalten hatte, war in Wirklichkeit vielleicht tatsächlich Rechthaberei und übertriebene Fürsorge gewesen. Egal wie der heutige Wettkampf ausgehen würde, sie schwor sich, Apollons Entscheidungen in Zukunft zu respektieren.

Zu seinem Pech schien Python jedoch fest entschlossen, ihn nicht ein zweites Mal mit dem gleichen Trick durchkommen zu lassen. »Du bissst mir ja ein cleveresss Bürschchen!«, zischte er sarkastisch. »Dreh ruhig weiter den Kopf weg. Ich musss deine Gedanken nicht lesen, da mir deine Schwessster bereitsss deine grösssste Schwäche verraten hat: Du bissst der Junge, der nicht lügen kann!«

Apollon hatte sein Gesicht immer noch abgewandt, als er erwiderte: »Dann solltest du vielleicht über Folgendes nachdenken, bevor du deine nächste Frage stellst: Was ich jetzt gerade sage, ist eine Lüge.«

Verdutzt von dieser seltsamen Behauptung verengte Python die Augen zu Schlitzen und ließ seine Zunge vor und zurück schnellen, während er angestrengt nachdachte. »Dasss ergibt doch überhaupt keinen Sinn!«, zischte er wütend und schüttelte den Kopf, als wollte er Ordnung in seine Gedanken bringen. »Wenn der Satz, den du gerade gesagt hassst, wahr issst – und ich weiß, dasss du immer die Wahrheit sagssst –, dann handelt esss sich tatsssächlich um eine Lüge.« Python löste seine Umklammerung um Apollons Knie und peitschte verwirrt mit dem Schwanz hin und her. »Aber wenn der Satz gelogen issst, dann wäre dasss, wasss du gesagt hassst, keine Lüge, sondern die Wahrheit.«

Jetzt war die Schlange vollends durcheinander und verknotete sich zu immer neuen Knäueln, um besser nachdenken zu können. Bald glich sie einer hellgrünen Brezel, deren Kopf benommen hin und her schwang. »Folglich«, sagte sie schließlich, »hättessst du die Wahrheit gesagt, wenn du gelogen hättessst, und gelogen, wenn du die Wahrheit gesagt hättessst!«

Artemis fiel plötzlich die Schriftrolle wieder ein, die Apollon gestern im Olivenhain gelesen hatte. Seine

Aussage war ein Paradox, ein unlösbarer Widerspruch! Er hatte es geschafft, Python mit einem einzigen kleinen Satz vollkommen aus dem Konzept zu bringen, einem Satz, der weder richtig noch falsch war und sich daher auch nicht abschließend ergründen ließ. Sie dachte an die Antwort der Orakelkugel auf ihre Frage, ob es eine Möglichkeit gebe, wie Apollon Python besiegen könne. *Richtig und falsch,* hatte die Kugel gesagt. Erst jetzt ergab diese rätselhafte Antwort einen Sinn!

Apollon grinste die Schlange an. »Sieht aus, als hätte ich dich ein bisschen durcheinandergebracht, was? Gibst du auf?«

»Wer, ich?«, fragte Python. Dann merkte er, dass er gerade ungewollt seine zweite Frage gestellt hatte, und stieß ein frustriertes Brüllen aus, das den ganzen Saal erzittern ließ. »THEOSSS!« Pythons gezischtes Eingeständnis seiner Niederlage hallte von den Wänden der Turnhalle wider, bevor sich die Riesenschlange entknotete und hinter den Bühnenvorhang glitt.

Artemis wurde von unbändiger Freude ergriffen und riss jubelnd die Arme hoch. Die völlig verblüfften Zuschauer blieben zunächst stumm, weil sie vermutlich immer noch versuchten, das Paradox zu enträtseln. Erst als Apollon sich umdrehte und ins Publikum blickte, ertönten immer mehr Bravorufe, bis schließlich die ganze Halle klatschte und tobte. Er hob beide Arme und machte mit den Fingern das Victory-Zeichen. »Ich hab's geschafft!«, rief er, als könnte er es selbst noch nicht glauben.

Dann suchte er Artemis' Blick, und die Zwillinge lächelten sich an.

RUMMS! Vor lauter Begeisterung über Apollons Sieg sprang Zeus mit einem einzigen Satz von seinem Thron auf die Bühne. Feierlich setzte er Apollon den Siegerkranz aus Olivenzweigen auf und erklärte ihn zum Gewinner des Python-o-thons. »Apollon zu Ehren wird ein prächtiger Tempel am Parnass errichtet! Und jetzt bitte Applaus für alle Teilnehmer und Sieger der diesjährigen Olympischen Spiele!«, rief Zeus donnernd.

Bei diesen Worten fing die Menge so laut an zu klatschen und zu jubeln, dass die ganze Turnhalle wackelte. Als allmählich wieder Ruhe einkehrte, fügte Zeus hinzu: »Bevor ihr geht, habe ich noch eine – nun ja, zwei – wichtige Ankündigungen zu machen.« Die Zuschauer verstummten, und Zeus bat Hera zu sich auf die Bühne. Sie trug immer noch ihren eleganten blauen Chiton und sah mit den Pfauenfedern in ihrem glänzenden Haar majestätisch und würdevoll aus. Lächelnd stieg sie die Stufen hinauf und stellte sich neben Zeus.

Artemis warf Athene einen Blick zu und sah, dass sie aufgeregt die Lippen zusammenpresste. »Du weißt bereits, was dein Vater ankündigen wird, oder?«, fragte sie flüsternd.

»Zumindest weiß ich von einer der beiden Ankündigungen«, antwortete Athene strahlend. Die Mädchen drehten sich genau rechtzeitig wieder zur Bühne um, um Zeus sagen zu hören: »Zunächst möchte ich euch mitteilen, dass Hera und ich uns verlobt haben!«

Die Mädchen im Publikum seufzten und klatschten dann begeistert Applaus. Nach kurzem Zögern stimmten auch die Jungen ein und übertönten die Mädchen mit lauten Pfiffen. »Das war die Neuigkeit, die ich schon wusste«, flüsterte Athene.

»Und nun zur zweiten Ankündigung«, rief Zeus dröhnend und warf Hera einen zärtlichen Blick zu. »Bevor diese entzückende Dame meinen Heiratsantrag mit Ja beantwortet hat, hat sie mir nämlich ein Versprechen abgenommen, das zumindest die Hälfte der hier anwesenden Schülerschaft sehr glücklich machen wird.« Er hielt inne und fuhr dann fort: »In Kürze wird an dieser Schule eine weitere große Sportveranstaltung stattfinden, und zwar eine nur für Mädchen!«

Artemis schnappte nach Luft und blickte zu Hera hinüber, die ihr verschwörerisch zuzwinkerte. Das Gespräch mit Zeus in seinem Büro hatte also doch etwas gebracht! Sämtliche Mädchen im Publikum brachen erneut in Applaus aus, in den zu Artemis' Überraschung auch die meisten Jungen einstimmten. Apollons Sieg hatte sie offenbar milde gestimmt.

»Die Mädchen-Wettkämpfe werden Hera zu Ehren den Namen *Heraische Spiele* tragen!«, erklärte Zeus. »Der Name war meine Idee. Genial, oder?«

Artemis drehte sich zu ihren Freundinnen um. »Hera hat uns doch noch unsere Mädchen-Spiele verschafft! Ist sie nicht die Allertollste?«

»Ja, und die Eleganteste noch dazu«, sagte Aphrodite anerkennend. »Mir gefallen vor allem die Straußenfedern in ihren Haaren.« Artemis hätte sich nicht gewundert, wenn Aphrodite demnächst ebenfalls Federn im Haar getragen hätte.

Athene warf Artemis einen besorgten Blick zu. »Es macht dir doch hoffentlich nichts aus, dass Zeus den Namen für unsere Spiele geändert hat, oder?«

»Ach was! Girlympia war sowieso ein blöder Name«, gab Artemis zu. »Außerdem hätte Zeus die Spiele auch ›Gehackte Leber‹ nennen können, und ich wäre trotzdem begeistert gewesen! Wir haben endlich unsere eigenen Wettkämpfe! Juchhu! Nicht zu glauben, oder?«

Die vier Göttergirls umarmten sich und hüpften aufgeregt im Kreis.

»Ich kann die Hochzeit von Zeus und Hera kaum erwarten!«, sagte Aphrodite strahlend.

»Meint ihr, die beiden brauchen vielleicht Hilfe beim Blumenschmuck?«, fragte Persephone.

Athene lachte. »Jetzt macht aber mal halblang! Die beiden haben sich doch gerade erst verlobt!«

»Ich muss unbedingt Apollon gratulieren«, murmelte Artemis und löste sich aus der Umarmung ihrer Freundinnen.

»Vergiss nicht, dass nachher noch eine große Party im Markt der Köstlichkeiten steigt!«, rief Athene ihr hinterher.

»Nein, ganz sicher nicht. Wir sehen uns dort!«, antwortete Artemis und verschwand mit einem Winken in der Menge.

Auf der Bühne hatte sich bereits eine dichte Traube um Apollon gebildet, weil ihn jeder zu seinem Sieg beglückwünschen wollte. Artemis stellte sich geduldig hinten an. Als sie Hera in der Nähe entdeckte, ging sie zu ihr und sagte: »Danke für alles, was Sie für uns getan haben – für sämtliche Schülerinnen der Olymp High!«

Heras Augen funkelten verschmitzt. »Du solltest dich bei Apollon bedanken, nicht bei mir.«

»Wieso bei Apollon?«

»Oje, das sollte ich dir eigentlich gar nicht verraten«, gestand Hera zerknirscht. »Aber vor lauter Aufregung über die Verlobung ist es mir einfach herausgerutscht.«

»*Was* sollten Sie mir nicht verraten?«, fragte Artemis verwirrt.

Hera presste die Handflächen gegeneinander. »Gestern Abend bin ich zu Zeus ins Büro gegangen, um ihm eure Unterschriften vorzulegen. Plötzlich klopfte es an der Tür, und Apollon marschierte herein, um Zeus noch weitere Unterschriftenlisten zu übergeben. Ich habe keine Ahnung, wie er es geschafft hat, aber dein Bruder hat jeden einzelnen Götterjungen aus dem Jungenflur zur Unterschrift überredet.«

Artemis starrte sie mit offenem Mund an. »Was Zeus gesagt hat, stimmt dennoch«, fügte Hera lächelnd hinzu. »Ich habe seinen Antrag tatsächlich nur unter der Bedingung angenommen, dass er eigenen Olympischen Spielen für euch Mädchen zustimmt. Das war allerdings erst *nachdem* Apollon ihm die Listen überreicht hatte. Ich glaube, die vielen Unterschriften waren der ausschlaggebende Faktor.«

Artemis stiegen Tränen der Rührung in die Augen. »Das hat Apollon wirklich für mich getan? Für uns Mädchen?«

Hera nickte. »Er hat sogar zu Zeus gesagt, dass er sich über dessen Zustimmung zu Mädchen-Wettkämpfen sehr freuen würde. Nicht nur, weil *dir* so viel daran liegt, sondern auch, weil alles andere ungerecht wäre.« Hera hielt inne. »Du hast wirklich Glück, dass du so einen treuen Bruder hast.«

»Ich weiß«, antwortete Artemis. »Aber ich frage mich, warum er nicht wollte, dass ich von seiner Unterstützung erfahre?«

Jetzt spielte ein amüsiertes Lächeln um Heras Lippen. »Sofern ich es richtig in Erinnerung habe, lautete seine Begründung: ›*Wenn sie herausfindet, dass ich ihr geholfen habe, spricht sie die nächsten Monate von nichts anderem mehr!*‹«

»Klingt ganz nach meinem Bruder«, stöhnte Artemis und verdrehte die Augen.

In diesem Moment trat Zeus zu ihnen. »Wollen wir, mein Liebling?«, fragte er Hera und bot ihr seinen muskulösen Arm an. »Ja, mein Lieber«, antwortete sie und strahlte vor Glück. Nachdem sie sich von Artemis verabschiedet hatte, hakte sie sich bei Zeus ein, und die beiden stolzierten wie König und Königin davon, was sie ja auch waren.

Die Schülermassen um Apollon hatten sich inzwischen ein wenig gelichtet, und Artemis schob sich näher an ihn heran und sah, wie Herakles ihm anerkennend auf den Rücken klopfte. »Glückwunsch, Kumpel!«, sagte er herzlich. »Du warst echt genial! Ich wünschte, ich wäre so schlau wie du.«

»Ach, jetzt mach dich nicht so runter«, erwiderte Apollon. »Das war eine ganz fiese Nummer von Python. Wenn er diesen Trick bei mir probiert hätte, wäre ich garantiert auch darauf reingefallen.«

Herakles grinste. »Meinssst du wirklich?«, imitierte er die Riesenschlange. Die beiden Jungen lachten.

In diesem Moment entdeckte Apollon seine Schwester und übernahm Herakles' Python-Parodie, um sich an die restlichen Wartenden zu wenden: »Ich danke euch für eure Glückwünssssche, aber jetzt musss ich zu meiner Schwessster.« Dann bahnte er sich seinen Weg zu Artemis. »Danke, Schwesterherz«, sagte er strahlend zu ihr. »Ohne deine …« Er zögerte.

»Na los, raus mit der Sprache!«, sagte Artemis und stupste ihn mit dem Ellbogen in die Rippen.

»Ohne deine Hilfe hätte ich es nicht geschafft.« Er grinste. »Das wirst du mir jetzt ewig unter die Nase reiben, oder?«

»Nö!«, antwortete Artemis und wollte ihm gerade für seine Unterstützung bei der Unterschriftenaktion danken, als Medusa auf sie zu eilte.

»Du hast es geschafft!«, rief sie Artemis zu und sah ausnahmsweise richtig glücklich aus. »Wir kriegen unsere eigenen Olympischen Spiele. Yippie!« Das sonst so mürrische Mädchen legte sogar ein kleines Tänzchen hin.

Apollon und Artemis starrten sich verdutzt an. Eine lächelnde Medusa war ein so ungewohnter Anblick, dass sie vorübergehend sprachlos waren. Aber dass sie auch noch tanzte, setzte dem Ganzen die Krone auf!

Als Medusa die verblüfften Gesichter der Zwillinge sah, hielt sie verlegen mitten im Hüpfen inne. Betont cool warf sie ihre Schlangenhaare über die Schulter und sagte lässig: »Zum Glück heißen unsere Wettkämpfte jetzt doch nicht Girlympia. Was für ein bescheuerter Name!« Mit diesen Worten trottete sie davon und war wieder ganz die alte griesgrämige Medusa.

»Mir ist völlig egal, wie unsere Spiele heißen. Hauptsache, wir haben sie!«, sagte Artemis zu ihrem Bruder und brachte ihn zum Lachen, indem sie Medusas Freudentänzchen imitierte. »Sollen wir zum Markt der Köstlichkeiten gehen, um mit den anderen zu feiern?«, fragte sie.

»Au ja! Ich habe nämlich eine ganze Menge zu feiern!« Apollon boxte mit einem lauten Freudenschrei in die Luft, und die umstehenden Schüler jubelten und freuten sich mit ihm.

Der heutige Abend war Apollons großer Moment, und Artemis beschloss, ihm doch erst am nächsten Tag zu erzählen, dass sie von seiner Hilfe bei der Unterschriftenaktion wusste. Allein beim Gedanken daran wurden schon wieder ihre Augen feucht, aber sie schob ihre Rührung beiseite. Jetzt würden sie erst einmal feiern: erstens, dass Apollon Python besiegt hatte, und zweitens die soeben aus der Taufe gehobenen Heraischen Spiele.

Während sie zusammen die Turnhalle verließen und

zum Markt der Köstlichkeiten aufbrachen, erzählte ihr Apollon aufgeregt von dem Tempel, der ihm zu Ehren gebaut werden sollte. »Ich weiß, dass er nicht so groß und prächtig wird wie Zeus' neuster Tempel, aber da ich der Gott der Wahrheit und der Prophezeiung bin, wird es in meinem Tempel ein hervorragendes Orakel geben.«

»Das gefällt den Sterblichen bestimmt«, sagte Artemis. »Ich bin mir sicher, dass sie in Scharen zu deinem Tempel pilgern werden, um zu erfahren, was die Zukunft für sie bereithält.«

Apollon kniff konzentriert die Augen zu und presste sich je zwei Finger gegen die Schläfen. »Für meine Zukunft sehe ich genau das voraus: einen Tempel mit einem weithin berühmten Orakel. Und in deiner Zukunft sehe ich ebenfalls einen Tempel – einen riesigen Tempel!«

»Das sagst du doch sicher nur, um mir eine Freude zu machen.«

»Ich kann nicht glauben, dass du mir das gerade wirklich vorgeworfen hast!«, rief er und nahm die Finger von den Schläfen.

»Oh, stimmt ja! Du kannst gar nicht lügen. Wow, ich kriege meinen eigenen Tempel«, sagte Artemis versonnen. Es war eine ungewohnte Vorstellung, dass tatsächlich eines Tages Sterbliche zu ihrem Tempel pilgern würden, um ihr zu huldigen. An diesen

Gedanken musste sie sich erst einmal gewöhnen. Wann dieser Tempel überhaupt gebaut werden sollte, wusste sie natürlich nicht, aber es schadete bestimmt nicht, wenn sie schon einmal zusammen mit ihren Freundinnen überlegte, wie er aussehen sollte …

In diesem Moment überholten sie Aktaion, der neben Hades und Persephone herschlenderte. Als er ihr zuwinkte, machte Artemis' Herz einen kleinen Sprung. Offenbar wollte auch er zum Markt der Köstlichkeiten. »Hältst du mir einen Platz frei?«, fragte er.

»Okay, mache ich!«, rief sie über die Schulter.

»Autsch, ich habe einen Stein in der Sandale«, sagte Apollon und blieb stehen, um sich den Schuh auszuziehen und ihn auszuschütteln.

Artemis bekam nichts davon mit, sondern setzte ihren Weg gedankenversunken fort. Worüber sie sich wohl mit Aktaion unterhalten würde, wenn sie im Markt der Köstlichkeiten nebeneinandersaßen? Vielleicht über ihre jeweiligen Erfahrungen als Hirsche. Bestimmt würde er darüber lachen, wie sie mit Ephialtes auf den Fersen durch den Wald gehüpft war, aber diesmal würde ihr sein Lachen nichts ausmachen. Und während sie ihre Shakes tranken, würde ihre Hand vielleicht seine Hand streifen … rein versehentlich, natürlich.

Als sie merkte, dass Apollon stehen geblieben war, wartete sie, bis er wieder zu ihr aufgeschlossen hatte.

Er kniff erneut die Augen zu und hielt sich die Finger an die Schläfen. »Dein Tempel wird in Ephesos stehen«, murmelte er. »Und er wird eines der Sieben Weltwunder der Antike sein.«

Artemis war sich sicher, dass er furchtbar übertrieb. »Wow, klingt super«, sagte sie, um ihm eine Freude zu machen. »Aber heute Abend gebe ich mich erst mal mit einem Ambrosia-Shake zufrieden. Du gibst doch sicher eine Runde aus, oder?«

Apollon grinste. »Wer als Erster dort ist! Jetzt, wo ihr eure eigenen Olympischen Spiele habt, musst du jede Gelegenheit zum Training nutzen!« Mit diesen Worten sprintete er davon, dicht gefolgt von Artemis, die ihn rasch eingeholt hatte. Flink wie ein Pfeil flogen sie dahin, bis sie beim Markt der Köstlichkeiten angekommen waren.

Ende

Noch mehr Lust auf sagenhaftes Zeug? Wenn man in einem Buch über die griechischen Götter und Göttinnen nachschlägt, stolpert man über so manche Stelle, die ein bisschen an die spannenden Geschichten unserer Lieblingsheldinnen erinnert …

Wusstest du, dass

- es bereits einige Hundert Jahre vor Christi Geburt in Griechenland die **Olympischen Spiele** zu Ehren der Götter gab? Frauen durften nicht daran teilnehmen. Aber tatsächlich bekamen sie dann ihre eigenen Wettkämpfe, die der Göttin Hera gewidmet waren.

- die beiden **Giganten Otos** und **Ephialtes** die Söhne des Meeresgottes Poseidon waren und unglaublich schnell wuchsen, sodass sie mit neun Jahren schon sechzehn Meter groß gewesen sein sollen? Sie waren übrigens in die Göttinnen Hera und Artemis verliebt.

- Otos und Ephialtes ziemlich viel Unsinn im Kopf hatten und Berge aufeinandertürmten, um den Himmel zu erobern? Die Zwillinge Artemis und Apollon setzten die beiden

Giganten jedoch außer Gefecht, indem sie eine Hirschkuh zwischen ihnen durch laufen ließen. Otos und Ephialtes zielten mit ihren Speeren auf sie und trafen statt der Hirschkuh sich gegenseitig.

Artemis die griechische Göttin der Jagd und des Bogenschießens ist? Zugleich bezeichnet man sie auch als Beschützerin des Waldes, der wilden Tiere und Frauen und Kinder. Sie wanderte mit ihren Begleiterinnen, den Nymphen, durch die Berge. Als der Sterbliche **Aktaion** sie einmal beim Baden überraschte, verwandelte sie ihn in einen Hirsch, damit er nicht damit angeben konnte, dass er sie gesehen hatte.

Apollon Artemis' Zwillingsbruder ist? Die beiden halfen sich oft gegenseitig – ganz besonders, wenn sie von jemandem reingelegt wurden. Ihre gemeinsamen Rachefeldzüge sind berühmt-berüchtigt.

Apollon sich in die Nymphe **Daphne** verliebte? Er hatte sich über den Liebesgott Eros lustig gemacht, weil der kein so beeindruckender Bogenschütze war wie er selbst.

Dafür hatten es Eros' Pfeile in sich! Ein Pfeil mit vergoldeter Spitze machte, dass Apollon in Liebe zu Daphne entbrannte, während ein stumpfer Pfeil dafür sorgte, dass sie sich kein bisschen für ihn interessierte. Dennoch lief er ihr nach, und als sie keinen Ausweg mehr sah, verwandelte sie sich in einen Lorbeerbaum, um ihn loszuwerden. Fortan ließ Apollon alle Sänger Lorbeerkränze tragen.

Apollon direkt nach seiner Geburt schon mit der Schlange **Python** kämpfte? Er tötete das Tier, das übernatürliche Kräfte besaß, und nannte seine Priesterin Pythia nach ihm. Da die Schlange eine Tochter Gaias, der Erde, war, musste Apollon Buße tun. Um Gaia zu besänftigen, richtete er die Pythischen Spiele aus, bei denen der Schwerpunkt mehr auf musischen Wettkämpfen als auf sportlichen lag.

es sehr viele Tempel gibt, die nach der griechischen Göttin **Artemis** benannt wurden? Der Tempel der Artemis in Ephesos war der größte und zählt zu den Sieben Weltwundern der Antike.

Die sagenhaften Göttergirls

Medusas Traum

Für unsere fantastischen Fans:

Ashley N., Brenda T., Emma P., Kylie O., Noelia S., Cheyanne L., Sierra G., Mona P., Jaden N., Shanna N., Justine M., Peggy H., Jae S., Laura J., Jasmine K., Diane C., Evan E., Bethany V., Farial J., Anna D., Debbie R., Kristen S., Cathy W., Kevin M., Carol S., Eleni P., Grace H., Sarah K., Meaghan M., Abby L., Becky L., Jay W., Kaitlyn G., Ariel C., Larissa J., Debbie M., Brianna J., Stefanie D., Fariha N., Sanam B., Cathy H., Carson R., Katie K., Blaze F., Lauren M., Marlo W., Shyann C., Katherine E., Shelby G., Kasia K., Emily C, Elizabeth D., Josie M., Leslie M., Camielle S., Meagan D., Holly S., Indira W., Madeline C., Annie P., Cheryl S., Emily M., Katy G., Melissa M., Rainbow D., Jenna T., Marylin R., Lorelei M., Karen M., Caitlin S., Annabelle L., Shella C., Stacey J., Tracy L., Myrnamarie C., Shay S., Hady L., Khalia H., Stormey E., Sydney L., Lilly P., Melissa Z., Claire B., Jackie M., Savannah K., Kaitlyn A., Lorelei C., Allie D., Nina C.

J. H. und S. W.

Inhaltsverzeichnis

Prolog

Heute hatten die Erstklässler der Ägäischen Grundschule in Griechenland sich schon wieder über die sechsjährige Medusa Gorgon lustig gemacht. Sie hatten sie Gorgonzola-Kopf genannt und die Nase gerümpft und behauptet, sie würde wie ein Schimmelkäse stinken. Jetzt, wo die Schule vorbei war und Medusa zu Hause in ihrem Zimmer saß, zog sie ihren grünen Lieblings-Buntstift und einen Bogen Papyrus hervor. Als Überschrift schrieb sie:

Die Königin der Gemeinheit!
Ein lustiger und absolut wahrer
Comic über mich: Medusa!

»In der heutigen Ausgabe«, schrieb die kleine Medusa und malte dazu Strichmännchen mit großen runden

Köpfen, »bekommen es diese blöden Kinder, die mich in der Schule immer ärgern, mit mir und meinen Zauberkräften zu tun – denn ich bin die Königin der Gemeinheit, juchhu! Und niemand legt sich ungestraft mit mir an!«

Medusa klemmte vor lauter Konzentration die Zunge zwischen die Zähne und zeichnete sich selbst, wie sie die anderen Kinder anbrüllte. »Die Zeit der Rache ist gekommen, ihr Loser! Ich werde euch alle auf den Kopf hauen, weil ihr mich gehänselt habt!«

Das nächste Bild zeigte sie, wie sie den Kindern ihre Geheimwaffe über den Kopf zog: einen großen magischen Käse. In die Sprechblase vor ihren Mund schrieb sie ihr Zauberwort: *Gorgonzola!* Auf dem darauffolgenden Bild hatten sich alle Kinder, die sie geärgert hatten, in Käse verwandelt. Ha, ha, ha!

»Und dann renne ich, die Königin der Gemeinheit, nach Hause zu meinen Eltern«, murmelte Medusa trotzig. »Und wisst ihr was? Mit meinen Zauberkräften habe ich sie in nette Eltern verwandelt, die lachen und mich in den Arm nehmen.«

Medusa zeichnete diese Szene mit raschen Strichen: ihre Eltern, die ihr strahlend entgegenlächelten, und daneben zwei Mädchen, die genauso aussahen wie sie – ihre Drillingsschwestern.

»Und dann stellen die Schwestern der Königin der Gemeinheit plötzlich fest, dass sie Läuse auf dem Kopf haben«, fuhr sie mit ihrer Geschichte fort. »Das geschieht ihnen recht, weil sie ihrer Schwester nicht geholfen haben, als sie von den anderen Kindern geärgert wurde. Deshalb müssen sie jetzt für immer in der Hundehütte schlafen, und die Königin hat das große, schöne Zimmer ihrer Schwestern ganz für sich allein. Echt cool!«

Darunter schrieb sie: *Ende.*

Medusa betrachtete zufrieden den fertigen Comic. Wenn es im echten Leben doch nur genauso wäre!

1

Sieben Jahre später

Die dreizehnjährige Medusa saß hoch oben auf der steinernen Tribüne des Amphitheaters der Olymp High und starrte fasziniert auf eine Werbeanzeige im neuen *POP-yrus*-Magazin, die eine ganze Seite in Anspruch nahm. Darauf war eine schimmernde Halskette abgebildet, deren Anhänger ein weißes Pferd mit goldenen Flügeln war. Begierig überflog Medusa mit ihren hellgrünen Augen den Werbetext, der das Amulett anpries:

AUFGEPASST, IHR STERBLICHEN!
TRÄUMT IHR AUCH DAVON, EIN GOTT ODER EINE GÖTTIN ZU SEIN?
EUER TRAUM KÖNNTE WIRKLICHKEIT WERDEN
MIT DEM UNGLAUBLICHEN NEUEN
AMULETT DER UNSTERBLICHKEIT!

LEGT EUCH DIE KETTE UM DEN HALS,
UND SCHON HABT IHR UNGEAHNTE KRÄFTE!
DAS BESTE IST DER PREIS: NUR 30 DRACHMEN!

Unten auf der Seite war ein Bestellformular zum Ausschneiden abgedruckt.

Unsterblich zu sein war Medusas sehnlichster Wunsch, und zwar schon seit ... eigentlich seitdem sie denken konnte. Es war ungerecht, dass ihre beiden Schwestern unsterblich waren, während *sie* als gewöhnliche Sterbliche zur Welt gekommen war!

Sie las die Anzeige noch einmal aufmerksam durch. Zu gerne hätte sie geglaubt, was dort versprochen wurde, aber war das Angebot wirklich seriös? Was, wenn das Ganze nur ein Werbetrick war? Konnte eine Kette mit einem fliegenden Pferd tatsächlich der Schlüssel zur Unsterblichkeit sein? »Ich bezweifle es«, murmelte sie.

Ein Götterjunge, der in der Nähe saß, hörte ihren Kommentar und warf ihr einen verwunderten Blick zu. Sie funkelte ihn böse an, woraufhin er sofort nervös in eine andere Richtung guckte.

Es war die letzte Schulstunde am Freitagnachmittag, und das Amphitheater war voll mit unsterblichen Schülern – schönen, starken, Ehrfurcht gebietenden Götterjungen und Göttermädchen mit schimmernder Haut. Wie sie sich wünschte, so zu sein wie sie!

Gewiss, auch sie besuchte das Götterinternat, als eine von wenigen Sterblichen, die dieses Privileg genossen, doch sie besaß nicht die magischen Fähigkeiten einer echten Göttin. Immerhin konnte sie andere Sterbliche mit einem einzigen Blick in Stein verwandeln, das war auch schon etwas. Und sie war die einzige Schülerin am Götterinternat, auf deren Kopf Schlangen statt Haaren wuchsen. Während sie sich auf der Tribüne umsah, zwirbelte sie gedankenverloren eins der Reptilien um ihren Finger.

Normalerweise wurden im Amphitheater die Inszenierungen der Theatergruppe aufgeführt, aber heute hatten sich sämtliche Schüler des Internats hier versammelt, weil gerade Karrierologie-Woche war (oder Jobologie-Woche, wie die Schüler sie nannten). Während der ganzen letzten Tage waren erwachsene Götter und Göttinnen auf die Olymp High gekommen, um den Schülern von ihren jeweiligen Berufen zu berichten. Gestern beispielsweise war Hermes dagewesen und hatte von seinem Streitwagen-Zustelldienst erzählt.

Heute stand Hera auf der Bühne und hielt einen Vortrag über ihr Brautmodengeschäft auf dem Göttermarkt. Die majestätische Göttin hatte ihre dichten blonden Haare wie immer zu einer eleganten Hochsteckfrisur aufgetürmt und ließ den Blick über die versammelten Schüler schweifen. Obwohl sie gar nicht besonders groß war, besaß sie eine natürliche Autorität, was vermutlich an ihrer großen Selbstsicherheit lag.

Während Hera erklärte, dass sie in ihrem Brautmodengeschäft nicht nur Festtagskleidung verkaufte, sondern auch Hochzeiten organisierte, hörte Medusa nur mit halbem Ohr zu. Sie rutschte hinter einen besonders großen Götterjungen, damit Hera sie nicht sehen konnte, und las noch einmal heimlich die Anzeige durch.

Es ärgerte sie, dass sie so knapp gehalten war und keinerlei Hinweise darauf gab, wie das Amulett genau funktionierte – *falls* es überhaupt funktionierte. Wenn es nicht so teuer gewesen wäre, hätte sie es einfach darauf ankommen lassen, aber dreißig Drachmen waren eine Menge Geld. Sie bekam nur drei Obeloi Taschengeld pro Woche, was einer halben Drachme entsprach, und hatte erst acht Drachmen zusammengespart.

»Irgendwelche Fragen?«, erkundigte sich Hera.

Medusa schreckte auf und spähte an dem Götterjungen vorbei zur Bühne. Als sie sah, dass Heras Vortrag beinahe zu Ende war, legte sie das *POP-yrus*-Magazin neben sich auf die steinerne Sitzbank. Obwohl die Schüler in den anderen Reihen dicht an dicht saßen, war links und rechts von ihr jede Menge Platz, weil niemand neben einem Mädchen sitzen wollte, das Schlangen auf dem Kopf hatte.

Da die Jobologie-Note zu einem Drittel aus mündlicher Mitarbeit bestand, versuchte sich Medusa schnell eine Frage auszudenken, was nicht einfach war, da sie kein Wort von Heras Vortrag mitbekommen hatte.

Als Athene die Hand hob, verdrehte Medusa genervt die Augen. Was für eine Streberin! Athene war immer die Erste, die sich im Unterricht meldete. Sie war nicht nur die klügste Schülerin der ganzen Schule, sondern auch die Tochter von Zeus, dem Direktor. Und bald würde sie Heras Stieftochter sein, denn Zeus und Hera heirateten in neun Tagen – am Sonntag in einer Woche.

Medusa reckte den Hals, um zu Zeus hinunterzuspähen. Er saß in der Mitte der ersten Reihe und himmelte seine Hera aus nächster Nähe an. Die beiden hatten erst vor kurzem während der Olympischen Spiele ihre Verlobung bekannt gegeben, und nun, da die Hochzeit bevorstand, war die ganze Schule in heller Aufregung.

»Wer werden Ihre Brautjungfern sein?«, fragte Athene, nachdem Hera sie aufgerufen hatte.

»Das weiß ich noch nicht«, antwortete Hera. »Da wir beschlossen haben, den alten Traditionen zu folgen, wird Zeus sieben Jungen zu Trauzeugen erklären, die wiederum sieben Brautjungfern auswählen werden. Noch irgendwelche Fragen?«

Athene nahm die Hand wieder herunter, und Medusa ärgerte sich darüber, wie hübsch ihre langen braunen Haare hin und her schwangen, als sie langsam den Kopf schüttelte. Bestimmt hatte sie gehofft, dass Hera *sie* als Brautjungfer auswählen würde, und war nun bitter enttäuscht.

Ein weiteres Göttermädchen stellte eine Frage, und dann erkundigte sich die blasse, geheimnisvolle Persephone, welche Blumen sich Hera für die Dekoration wünsche. Offenbar war die Gärtnerei ihrer Mutter mit dem Blumenschmuck für die Hochzeit beauftragt.

Als Nächstes hob Aphrodite, das hübscheste Göttermädchen der ganzen Schule, die Hand. Selbst aus der Entfernung erkennte Medusa, dass ihre perfekt manikürten Fingernägel in einem glitzernden Hellblau lackiert waren, das genau auf den Farbton ihres Chitons abgestimmt war. In der kurzen Zeit, in der das Göttermädchen die Hand in der Luft hielt, wechselte die Farbe zunächst zu Türkisgrün, dann zu Rosa und schließlich wieder zurück zu Hellblau. *Muss echt cool sein, allein durch Willenskraft die Nagellackfarbe wechseln zu können*, dachte Medusa verbittert. Für Göttergirls war so etwas selbstverständlich.

»Wie wird Ihr Brautkleid aussehen?«, fragte Aphrodite, nachdem Hera sie aufgerufen hatte.

Beim Gipfel des Olymps, dachte Medusa genervt.

Was hatten diese persönlichen und zudem stinklangweiligen Fragen mit Jobologie zu tun? Ohne auf Heras Antwort zu achten, blickte sie sich im Amphitheater um und stellte fest, dass fast alle Mädchen sich brennend für diesen bescheuerten Hochzeitskram zu interessieren schienen. Bei Aphrodite konnte Medusa das verstehen, schließlich war sie die Göttin der Liebe, aber warum waren die anderen so fasziniert von diesem Thema? Sie verstand es einfach nicht.

Aphrodites lange goldblonde Haare schimmerten in der Sonne, als sie sich anmutig eine Strähne hinter die Ohren schob. Diese typische Aphrodite-Bewegung zog die Blicke der meisten Jungen an wie ein Magnet. Medusa hatte auch schon versucht, sich ihre Schlangenhaare hinters Ohr zu streichen, damit jedoch nicht annähernd dieselbe Wirkung erzielt.

Wenigstens die dunkelhaarige Artemis, die eine Reihe vor ihr saß, wirkte genauso gelangweilt wie sie. Sie hatte ihre Pfeile aus dem Köcher gekippt und untersuchte die Spitzen auf Abnutzungsspuren. Medusa verstand sie gut. Das Thema Hochzeit war wirklich unerträglich öde. Was war sie froh, wenn die Stunde endlich vorbei war!

Medusa hatte ihren Platz auf der Tribüne sorgfältig gewählt. Athene, Persephone, Aphrodite und Artemis waren die vier beliebtesten Göttermädchen der Schule, und Medusa beobachtete sie beinahe rund um die Uhr, was natürlich niemand mitkriegen durfte. Sie hätte es niemals zugegeben, aber sie war grün vor Neid auf die vier Göttergirls – buchstäblich. Medusas Haut und Augen waren genauso grün wie die Schlangen auf ihrem Kopf.

Neben Unsterblichkeit gab es zwei weitere Dinge, die sich Medusa wünschte: genauso beliebt zu sein wie die vier Göttergirls und irgendwann doch noch Beachtung bei dem Jungen zu finden, in den sie seit Jahren verknallt war. Beides schien in unerreichbarer Ferne zu liegen. Medusa hatte um sich herum einen undurchdringlichen Schutzpanzer errichtet und vertraute niemandem genug, um Freundschaften zu schließen. Und wie soll man beliebt sein, wenn man keine Freunde hat? Was ihren großen Schwarm anging, war die Lage genauso aussichtslos …

»Ich bin dran«, sagte eine gedämpfte, aber aufgeregte Stimme, eine Stimme, die Medusa unter hundert anderen erkannt hätte. *Poseidon.* Sie spähte möglichst unauffällig in seine Richtung. Er saß drei Reihen unter ihr neben zwei anderen Götterjungen – Dionysos und Ares. Die drei interessierten sich offenbar auch nicht für Hochzeiten, denn sie spielten heimlich eine Partie Papyrus-Schnipsen.

Poseidon zielte sorgfältig mit einem Stück Papyrus, das er zu einem dicken Dreieck gefaltet hatte, und schnipste es mit dem Mittelfinger die Steinbank entlang. »Tor!«, rief er im Flüsterton, als das Dreieck zwischen Dionysos' Zeige- und Mittelfinger hindurchglitt, die als Torpfosten dienten. Allerdings hatte er dem kleinen Geschoss so viel Schwung mitgegeben, dass es immer weiter rutschte. Die drei Jungen versuchten vergeblich, es noch zu erwischen, bevor es über die Kante der Sitzbank auf den Boden fiel.

Ehe die Jungs sie dabei erwischen konnten, wie sie in ihre Richtung starrte, zwang sich Medusa, den Blick abzuwenden. Wenn es nach ihr gegangen wäre, hätte sie den blonden Poseidon mit den türkisfarbenen Augen den ganzen Tag anhimmeln können. Plötzlich spürte sie, dass jemand *sie* ansah, und hob wieder den Blick. Es war Dionysos, dessen Augen die Farbe von dunklen Weintrauben hatten. Warum starrte er sie so an? Sie befürchtete das Schlimmste und spähte an sich hinunter, um sich zu vergewissern, dass ihr Chiton nicht verrutscht war.

»Wenn es keine weiteren Fragen gibt …«, sagte Hera in diesem Moment und lenkte Medusas Aufmerksamkeit wieder auf die Bühne.

Oh-oh. Sie hatte immer noch nichts für ihre mündliche Note getan. Schnell hob sie die Hand.

»Ja?« Hera musste den Hals recken, um sie hinter all den anderen Schülern zu erspähen.

»Warum müssen Götter und Göttinnen überhaupt arbeiten?«, fragte Medusa. »Sie sind schließlich göttlich und könnten den ganzen Tag auf der faulen Haut liegen, wenn sie wollten.«

Hera lächelte, und ihre blonden Haare schimmerten in der Nachmittagssonne. »Es ist völlig egal, ob man eine Göttin ist oder eine sterbliche Frau, glücklich wird man nur, wenn man seine persönlichen Stärken kennt und sie für eine Tätigkeit nutzt, die einem Spaß macht. Das kann natürlich auch ein Hobby sein.«

Ohne darauf zu warten, dass Hera sie erneut aufrief, platzte Medusa heraus: »Und was ist, wenn eine Göttin heiratet? Direktor Zeus will doch sicher nicht, dass Sie Ihr Brautmodengeschäft weiterführen, wenn Sie erst einmal seine Frau sind.«

Ihre Unverfrorenheit hatte zur Folge, dass viele Schüler erschrocken nach Luft schnappten. Athene fuhr herum und funkelte sie wütend an. Doch Medusa war böse Blicke gewöhnt, weil sie noch nie besonders beliebt gewesen war. Im Gegenteil. Sie schien ein angeborenes Talent dafür zu haben, Unruhe zu stiften und für schlechte Stimmung zu sorgen. Vielleicht waren das ja ihre »persönlichen Stärken«. Sie fragte sich, was für eine Tätigkeit Hera ihr wohl empfohlen hätte.

Die Göttin hatte sich von ihrer Frage nicht aus der Ruhe bringen lassen und antwortete ruhig und gelassen: »Diese Entscheidung bleibt natürlich jeder

Göttin selbst überlassen, aber ich für meine Person habe vor, weiterhin mein Brautmodengeschäft zu betreiben.«

Bei dieser Antwort runzelte Zeus die Stirn und verschränkte seine muskulösen Arme, an denen breite goldene Armbänder blitzten. Nachdem sie noch einige weitere Fragen beantwortet hatte, verließ Hera die Bühne. Zeus trat zu seiner künftigen Frau, und während die beiden gemeinsam davongingen, redete er heftig gestikulierend auf sie ein und schien sie unbedingt von seinem Standpunkt überzeugen zu wollen. Mit seiner imposanten Statur, seinen stechend blauen Augen und seinem aufbrausenden Temperament war er es gewöhnt, seinen Willen durchzusetzen, aber Medusa bezweifelte, dass er gegen die charakterstarke Hera ankam.

Die letzte Unterrichtsstunde war vorbei, und die Schüler verließen nach und nach die Tribüne. Medusa trödelte und wartete, bis sich die Reihen vor ihr gelichtet hatten. Dann stand auch sie auf und machte sich auf den Weg nach unten. Neben der Bank, auf der zuvor Poseidon gesessen hatte, tat sie so, als würde ihr versehentlich ihr *POP-yrus*-Magazin herunterfallen. Als sie sich danach bückte, griff sie unauffällig nach dem Papyrus-Dreieck, das er und seine Freunde dort vergessen hatten. Sie schob es in die Tasche ihres Chitons und richtete sich wieder auf, wobei sie fast gegen Aphrodite gestoßen wäre, die plötzlich vor ihr aufgetaucht war.

Erschrocken machte sie einen Satz nach hinten. Ihre zwölf Schlangen zischten überrascht. »Willst du, dass ich einen Herzinfarkt kriege?«, fragte sie verärgert.

Aphrodite beäugte die Schlangen misstrauisch, aber dann trat ein entschlossener Ausdruck in ihr Gesicht. »Wir wollen nachher auf ein paar Ambrosia-Shakes und Snacks zum Markt der Köstlichkeiten, um uns zu überlegen, was wir Hera und Zeus schenken wollen. Kommst du mit?«

Himmel noch eins, dachte Medusa. Hätte sie bloß nicht die Wahrheit gesagt, als Aphrodite sie vor ein paar Wochen gefragt hatte, warum sie sie nicht mochte. Medusa hatte geantwortet, dass sie es ungerecht finde, wie leicht Aphrodite alles falle, nur weil sie so hübsch sei. Offenbar hatte Aphrodite seither Mitleid mit ihr, denn sie versuchte auffällig oft, nett zu ihr zu sein und sie einzubinden, wenn sie mit ihren Freundinnen etwas unternahm. Medusa war sich dennoch sicher, dass die Göttergirls sie nicht wirklich dabeihaben wollten.

»Keine Zeit, tut mir leid«, antwortete sie abweisend, obwohl sie durchaus Lust gehabt hätte, mit zum Markt der Köstlichkeiten zu gehen.

Aphrodite stemmte eine Hand in die Hüfte, als würde sie ihr kein Wort glauben. »Und wieso?«

»Hab zu tun.« Medusas Finger spielten mit dem Papyrus-Dreieck in ihrer Tasche. Sie hatte wirklich zu tun, aber sie würde Aphrodite bestimmt nicht verraten, um was es sich dabei handelte. Weil das nämlich ihr großes Geheimnis war.

2

Medusas großes Geheimnis

Medusa wollte sich an Aphrodite vorbei Richtung Ausgang schieben, aber das Göttermädchen ließ sich nicht so leicht abschütteln. »Komm doch später nach, wenn du es dir anders überl… «

»Ja, mal sehen«, unterbrach Medusa sie ungeduldig. Nachdem sie die steinernen Stufen hinuntergeeilt war, machte sie sich auf den Weg zu den Schlafräumen des Internats. Dass Aphrodite neuerdings so freundlich zu ihr war, irritierte sie. Sie hatte wirklich kein Mitleid nötig!

Als sie in ihrem Zimmer im vierten Stock der Olymp High angekommen war, huschte sie hinein und schloss die Tür hinter sich ab. *Klick!* Soweit sie wusste, war sie das einzige Mädchen auf dem Flur, das sich ein Schloss an die Tür gemacht hatte. Aber sie hatte nun mal keine Lust, darauf zu vertrauen, dass die anderen ihre Privatsphäre respektierten. Seit der dritten Klasse hatte niemand außer ihr dieses Zimmer betreten, nicht einmal ihre beiden Schwestern Stheno und Euryale. Und sie würde dafür sorgen, dass das auch so blieb.

Nachdem sie das *POP-yrus*-Magazin neben einen Stapel Schriftrollen auf den Schreibtisch gelegt hatte, kniete sie sich auf ihr Ersatzbett. Wie alle anderen Zimmer besaß auch ihres zwei Betten und zwei Schreibtische, weil es eigentlich für zwei Schülerinnen gedacht war. Sie hatte in der Vergangenheit durchaus Zimmernachbarinnen gehabt, sie jedoch alle in die Flucht geschlagen.

Direkt nachdem sie auf die Schule gekommen war, hatte man ihr eine Sterbliche namens Pandora zugeteilt. Das Mädchen hatte Medusa den ganzen Tag mit Fragen gelöchert, aber sie hatte schnell herausgefunden, wie sie Pandora in den Wahnsinn treiben konnte, nämlich indem sie auf ihre Fragen ihrerseits mit Fragen antwortete. Wenn Pandora beispielsweise gefragt hatte, ob sie ihre Hausaufgaben schon gemacht hatte, hatte sie geantwortet: »Warum fragst du?« Und wenn Pandora gefragt hatte, ob sie Poseidon süß fand, hatte sie entgegnet: »Findest *du* ihn denn süß?« Irgendwann war das neugierige Mädchen zum Sekretariat gegangen und hatte darum gebeten, ein anderes Zimmer zugeteilt zu bekommen. Jetzt war es Athenes Problem, ihre ständige Fragerei zu ertragen.

Medusas nächste Zimmernachbarin war Pheme gewesen, das Göttermädchen der Gerüchte. Sie hatte die seltsame Angewohnheit, alles, was sie sagte, in kleinen Rauchwolken in die Luft zu blasen, sodass man ihre Worte von weither lesen konnte. Obwohl Pheme gar nicht anders konnte, hatte Medusa ständig gehustet und sich beschwert und das Zimmer irgendwann zur Nichtraucherzone erklärt. Daraufhin hatte Pheme sich überhaupt nicht mehr getraut, den Mund aufzumachen, was ihr als Göttin der Gerüchte unendlich schwergefallen war. Schließlich war auch sie ausgezogen, und seither war Medusa allein im Zimmer, und so konnte es auch bleiben, wenn es nach ihr ging.

Sie griff in die Tasche und zog das Papyrus-Dreieck hervor, das sie unter der Sitzbank hervorgeholt hatte. Nachdem sie auf der riesigen Pinnwand über ihrem Bett nach einem freien Platz gesucht hatte, heftete sie das Dreieck zwischen die Fichtenharzkaugummi-Verpackung, die Poseidon in der dritten Klasse auf dem Schulhof weggeworfen hatte, und die Karikatur, die er in der vierten Klasse von Herrn Zyklop gezeichnet hatte.

Dann trat sie zurück und bewunderte ihre Collage, ein Tribut an den süßesten Jungen der ganzen Schule.

Niemand wusste von diesem Kunstwerk, es war ihr großes Geheimnis.

An der Pinnwand hing jeder noch so kleine Gegenstand, den Poseidon je in ihrer Gegenwart weggeworfen oder verloren hatte, darunter mehrere Prophezeiungen aus Orakelkeksen, die sie von seinem Mensatablett stibitzt hatte, und eine Serviette, die ihm beim Heldenball aus der Hand gefallen war und auf der er einen Song notiert hatte, den er für die »Himmelsstürmer« geschrieben hatte, die Band, in der er zusammen mit einigen anderen Götterjungen spielte. Den Rand der Pinnwand zierten Bilder von ihm, die sie im Laufe der Jahre aus dem *POP-yrus*-Magazin ausgeschnitten hatte. Poseidon war der erste Junge, der sie an ihrem ersten Tag auf der Olymp High mit einem Lächeln begrüßt hatte, und seit jenem Tag war sie in ihn verliebt.

Der hübsche Götterjunge mit dem Dreizack hatte sich so sehr in ihre Gedanken geschlichen, dass sie jederzeit seine Stimme heraufbeschwören konnte. Zum Beispiel jetzt. Moment mal! Er redete gerade wirklich!

Sie eilte zum Fenster und spähte in den Hof hinunter. Dort war er und spazierte mit Apollon, Ares und einigen Mädchen auf die Sportplätze zu. Unter den Mädchen war auch Pandora! Alle auf der Schule wussten, dass sie ebenfalls in Poseidon verknallt war.

Als Pandora etwas zu ihm sagte, lachte Poseidon, wandte sich aber kurz darauf einem anderen Mädchen zu. Medusa fand, dass sich an seinem Verhalten nicht erkennen ließ, ob er Pandora mochte oder nicht. Zwar hatte er auf dem letzten Schulball viel mit ihr getanzt, doch Poseidon war ein Junge, der mit jedem Mädchen in Sichtweite flirtete. Und keine nahm es ihm übel, weil er so hübsch und charmant war. Sogar Athene schien sich anfangs für ihn interessiert zu haben, als sie auf die Olymp High gekommen war. Zum Glück war ihr Interesse längst erlahmt und sie ging inzwischen mit Herakles.

Medusa zuckte zusammen, als Poseidon erneut über einen Gesprächsbeitrag von Pandora lachte. Das war alles Aphrodites Schuld! Medusa hatte dem Göttermädchen der Liebe mehr als deutlich zu verstehen gegeben, dass sie beim Heldenball mit Poseidon tanzen wollte, und stattdessen hatte diese doofe Kuh sie mit Dionysos zusammengesteckt. Eine tolle Liebesgöttin war das!

Medusa hatte das Spielchen zunächst mitgespielt, weil sie neugierig gewesen war, was dabei herauskommen würde. Dionysos war eigentlich ganz süß, aber er lachte ständig und schien nichts so richtig ernst zu nehmen, war also das genaue Gegenteil von ihr. Außerdem hatte er beim Tanzen mit ihr die ganze Zeit eine Augenbinde aufgehabt, weshalb sie davon überzeugt war, dass er sie vermutlich überhaupt nicht erkannt hatte.

Obwohl sie sich nichts hatte anmerken lassen, hatte sie das höhnische Getuschel um sich herum klar und deutlich verstanden. »Er hat sich bestimmt die Augen verbunden, damit er sie nicht sehen muss.« Bei der Erinnerung daran verspürte sie bis heute einen Stich, aber sie verdrängte ihre verletzten Gefühle. War doch egal, was die anderen dachten!

Eine ihrer Schlangen presste sanft ihren Kopf gegen Medusas Wange, als wollte sie sie trösten. »Habt ihr Hunger?«, fragte sie. »Wer hat Lust auf Schlangenfutter?« Sie schnappte sich den Ambrosia-Burger, den sie beim Mittagessen in der Mensa mitgenommen hatte, holte den Sack mit dem Schlangenfutter aus dem Schrank und setzte sich an ihren Schreibtisch.

Mit einem Seufzer rollte sie die Schönheitskunde-Schriftrolle auseinander. Schönheitskunde war ihr schlechtestes Fach. »Zeit für die Hausaufgaben«, murmelte sie. Während sie sich in die Schriftrolle vertiefte, biss sie abwechselnd in den Burger und warf eine Handvoll getrocknete Erbsen und Karotten in die Luft. Ihre Schlangen schnappten sie sich, bevor sie zurück auf den Boden fielen. Im Gegensatz zu den meisten Schlangen waren sie Vegetarier.

Kurz darauf hörte Medusa die Stimmen von Athene, Aphrodite, Persephone und Artemis auf dem Flur.

Wahrscheinlich machten sie sich gerade auf den Weg zum Markt der Köstlichkeiten. Sie seufzte erneut und tat sich ein bisschen selbst leid. Vermutlich war sie die einzige Schülerin der ganzen Olymp High, die an diesem Freitagabend paukte. Alle anderen waren unterwegs und amüsierten sich. Man hätte meinen sollen, dass sie sich inzwischen an diesen Zustand gewöhnt hatte, aber so war es nicht.

Seit sie in der dritten Klasse auf das Götterinternat gekommen war, saß sie jeden Abend stundenlang am Schreibtisch und lernte, um mit den Unsterblichen mitzuhalten und einigermaßen gute Noten zu bekommen. Das war ihr zweites großes Geheimnis und ein weiterer Grund, warum sie Aphrodites Angebot ausgeschlagen hatte.

Sie tat sich schwer mit dem Lernen, aber sie wäre lieber gestorben, als das anderen gegenüber zuzugeben. Manchmal machte sie absichtlich Unsinn während des Unterrichts, so wie heute, als sie die ganze Zeit im *POP-yrus*-Magazin geblättert hatte. Ihre Mitschüler sollten glaubten, dass sie gute Noten erzielte, ohne sich dafür anstrengen zu müssen.

Die wenigen anderen Sterblichen, die das Götterinternat besuchten – darunter Pandora und Herakles –, schienen weniger Schwierigkeiten zu haben, aber vielleicht hatten sie auch einfach nur nettere Eltern. Medusas Eltern hatten dafür gesorgt, dass ihre Schwestern Nachhilfe bekamen, ihr selbst jedoch davon abgeraten, auf eine höhere Schule zu gehen.

»Warum gehst du nicht von der Schule ab und suchst dir einen Job als Wasserträgerin wie die anderen sterblichen Kinder hier im Dorf?«, hatten sie gefragt. Medusa hatte sich davon nicht beirren lassen und war ihren Schwestern auf die Olymp High gefolgt, fest entschlossen, dort ihren Schulabschluss zu machen und danach zu studieren. Sie hatte hohe Ansprüche an ihre Zukunft und würde sich von niemandem davon abbringen lassen!

Als sie die vier Göttergirls einige Minuten später unten auf dem Schulhof plaudern hörte, ging sie dennoch zum Fenster und beobachtete sehnsüchtig, wie sie ihre Zaubersandalen überstreiften und davonflogen. Bestimmt würden sie sich heute Abend köstlich amüsieren.

Wenn sie doch auch eine Göttin mit magischen Kräften gewesen wäre! Dann wäre ihr alles in den Schoß gefallen und sie hätte Sterbliche herumkommandieren können und wäre trotzdem von ihnen geehrt und respektiert worden! Außerdem hätte sie bessere Chancen gehabt, ihre beiden Ziele zu erreichen: Poseidon für sich zu gewinnen und beliebt zu sein!

Wie herrlich wäre das gewesen!

Sie ging zu ihrem Schreibtisch zurück, griff nach

dem *POP-yrus*-Magazin und starrte auf die Werbung für das Amulett, das angeblich Unsterblichkeit verschaffte. Auf der unteren Hälfte der Seite waren Erfahrungsberichte von zufriedenen Kunden abgedruckt, die das Amulett bereits ausprobiert hatten.

»DAS DING FUNKTIONIERT, DAS KÖNNT IHR MIR GLAUBEN!« – PEITHO

»DER ABSOLUTE WAHNSINN – OHNE WITZ!« – APATE

Was das Amulett versprach, war zu schön, um wahr zu sein. Das konnte nur ein Trick sein. Andererseits: Was, wenn es doch funktionierte? Was, wenn sie tatsächlich unsterblich werden konnte?

Die goldenen Flügel des Pferdes glitzerten verlockend und schienen sie dazu verführen zu wollen, die Kette zu kaufen. Vermutlich war es naiv, zu glauben, dass man sich Unsterblichkeit einfach so nach Hause bestellen konnte, aber es gab nun mal nichts, was sie sich sehnlicher wünschte! Poseidon beachtete sie genauso wenig wie eh und je, und auch auf der Beliebtheitsskala der Schule war sie kein Stück nach vorne gerückt. Es wurde höchste Zeit, dass sich etwas änderte!

Entschlossen trennte sie das Bestellformular aus der Zeitschrift, schnappte sich einen Federkiel und füllte es aus. Sie würde dafür sorgen, dass ihre Träume wahr wurden – auf welche Art auch immer!

Dabei gab es nur ein winziges Problem: Sie hatte nicht genug Geld, um das Amulett zu kaufen. Aber sie wusste, wer so viel Geld besaß.

3

Unsterblichkeit per Post

»Ihr müsst mir was leihen«, sagte Medusa, als sie sich am nächsten Morgen in der Schulmensa zu ihren beiden Schwestern an den Tisch setzte. Nachdem sie sich angezogen und ihre Schlangen gefüttert hatte, war sie zunächst zum Zimmer von Stheno und Euryale gegangen und hatte geklopft, aber die beiden waren bereits zum Frühstück in die Mensa aufgebrochen gewesen, wo sie sie nun aufgespürt hatte.

»Was denn?«, fragte Stheno. »Mehr Sinn für Humor?« Obwohl sie Drillinge waren und alle drei grüne Haut hatten, gab es einen entscheidenden Unterschied zwischen ihnen: Die Haut von Euryale und Stheno schimmerte, was bedeutete, dass sie unsterblich waren. Das rieben sie ihr bei jeder Gelegenheit unter die Nase.

Euryale grinste. »Oder vielleicht mehr Intelligenz?«

»Ha, ha«, machte Medusa und goss Honigmilch auf ihre Schüssel mit Ambrosia-Flakes. Nur weil die beiden Göttermädchen waren und ein paar mickrige Minuten früher das Licht der Welt erblickt hatten, spielten sie sich gerne als die Überlegenen auf. »Nein, ernsthaft: Ich brauche Geld. Zweiundzwanzig Drachmen, um genau zu sein.«

»Aha. Und wozu?«, wollte Euryale wissen.

Medusa starrte in ihre Schüssel, bevor sie den Löffel eintauchte. Sie aß zwar dasselbe Essen wie alle anderen Schüler, aber es brachte ihre Haut nicht zum Schimmern und verlieh ihr keine magischen Kräfte. Leider.

Vielleicht sollte ich meinen Schwestern einfach die Wahrheit sagen, grübelte sie. *Wer weiß, vielleicht zeigen sie sich wider Erwarten großzügig und helfen mir aus der Patsche?* Schließlich wäre sie nie auf der Olymp High gelandet, wenn die beiden sie nicht an ihrem ersten Schultag mit ins Schulgebäude geschmuggelt hätten.

Als sie im Sekretariat aufgetaucht waren – drei vollkommen gleich aussehende achtjährige Mädchen –, hatte Fräulein Hydra ein verdutztes Gesicht gemacht und noch einmal in ihren Unterlagen nachgesehen. »Ich habe hier nur zwei Gorgonenschwestern auf meiner Liste stehen. Direktor Zeus hat Zwillinge an diese Schule eingeladen, keine Drillinge.«

»Dann muss ihm wohl ein Fehler unterlaufen sein«, hatte sich Medusa zu Wort gemeldet. »Ich gehöre auch zur Familie, und ich bin auch ein Göttermädchen. Sehen Sie?« Sie hatte mit dem Finger auf eine Schriftrolle auf Fräulein Hydras Schreibtisch gezeigt, die sich daraufhin in die Lüfte erhoben und einige Male im Kreis gedreht hatte. Natürlich waren ihre Schwestern diejenigen gewesen, die diesen Zaubertrick für sie ausgeführt hatten.

Als man herausgefunden hatte, dass nur zwei der Schwestern unsterblich waren, hatte Medusa bereits mehrere Wochen den Unterricht besucht und sich als fleißige Schülerin hervorgetan. Und weil Zeus ein gutes Täuschungsmanöver zu schätzen wusste (dafür war er auf der Erde bekannt), hatte er Medusa die Erlaubnis erteilt, weiterhin seine Schule zu besuchen.

»Erde an Schlangenkopf«, sagte Stheno und schnipste mit den Fingern vor Medusas Gesicht herum, um sie aus ihren Gedanken zu reißen.

Medusa fuchtelte mit der Hand herum, um ihre Schwester zu verscheuchen, und nahm einen Löffel von ihren Flakes. Alle an der Schule glaubten, dass die Gorgon-Drillinge unzertrennlich waren, aber das galt nur für Stheno und Euryale. Die beiden fanden es ganz praktisch, dass sie mehr Macht besaßen als Medusa, weshalb sie ernsthaft bezweifelte, dass ihre Schwestern ihr helfen würden, ebenfalls ein Göttermädchen zu werden. Sie durfte ihnen also auf keinen Fall verraten, wofür sie das Geld brauchte.

Aber welche Ausrede sollte sie ihnen auftischen? Was würde ihre reichen Schwestern dazu bringen, ein bisschen Kohle herauszurücken? Plötzlich tauchten zwei ihrer Schlangen vor ihrem Gesicht auf und knoteten sich zu einer Schleife.

Eine Schleife?, dachte Medusa. *Vielleicht für ein Geschenk? Aber was hat ein Geschenk damit zu tun?* Jetzt bildete eine der Schlangen mit ihrem Körper eine Zickzacklinie, die sie an Zeus' Blitze erinnerte. Das war es! Auch Medusa hatte nun den entscheidenden Geistesblitz!

Danke, ihr lieben Schlangen, flüsterte sie und blickte zu ihren Schwestern. »Ich brauche das Geld, um ein Hochzeitsgeschenk für Hera und Zeus zu kaufen«, flunkerte sie.

»Dann nimm doch dein Taschengeld«, schlug Euryale vor.

Medusa rutschte auf ihrem Stuhl nach hinten und verschränkte die Arme. »Ihr zwei bekommt dreimal so viel Taschengeld wie ich.« Das stimmte. Ihre Eltern hatten ihre Schwestern schon immer bevorzugt. »Außerdem müsst ihr fast nie etwas ausgeben, weil ihr Götter ständig Opfergaben und Geschenke von Sterblichen bekommt. Ihr müsst doch inzwischen tonnenweise Geld angespart haben.«

»Keine Chance.« Stheno grinste höhnisch.

»Und wenn ich ganz lieb bitte, bitte sage? Ich gebe

euch das Geld natürlich zurück.« Wenn es sein musste, ließ sich Medusa sogar dazu herab zu betteln.

»Nö«, sagte Euryale und schüttelte den Kopf. »Sorry.«

Medusa setzte sich aufrecht hin und stieß wütend ihren Löffel in die Schüssel. Es war wirklich nicht leicht, wenn man ständig auf Schwestern angewiesen war, die einem nur halfen, wenn sie selbst davon profitierten.

Das war die Idee! Sie musste es so darstellen, als wäre es auch für Stheno und Euryale das Beste, ihr das Geld zu geben.

Sie dachte blitzschnell nach und erklärte dann: »Wie ihr wollt. Aber euch ist hoffentlich bewusst, dass es nicht gut aussieht, wenn eure kleine Schwester den beiden nichts zur Hochzeit schenkt, oder? Na ja, vielleicht fällt mir ja noch etwas ein, was nichts kostet. Ich könnte zum Beispiel ein Paar Socken für Zeus und Hera stricken, oder ihnen ein Glas Granatapfelmarmelade einkochen.« Sie seufzte und ließ diese Vorschläge ein paar Sekunden auf ihre Schwestern wirken. »Das würde allerdings ziemlich mickrig wirken neben den goldenen Zauberäpfeln, die Hephaistos schmieden kann.«

Stheno und Euryale tauschten besorgte Blicke aus. Ha! Sie hatte ihr Ziel erreicht. Der Sieg war in greifbarer Nähe, das spürte Medusa, während sie mit Unschuldsblick auf ihren Flakes herumkaute.

Euryale beugte sich vor und stützte die Ellbogen auf den Tisch. »Also gut, kleine Schwester, ich sage dir, was wir machen. Wenn du versprichst, unser Zimmer zu putzen, gehen wir heute mit dir zum Göttermarkt und kaufen dir ein anständiges Geschenk.«

»Aber ich würde das Geschenk lieber selbst aussuchen. Könnt ihr mir das Geld nicht einfach leihen?«, fragte Medusa hoffnungsvoll.

»Du solltest es nicht ausreizen«, warnte Stheno. »Ich finde es schon wahnsinnig großzügig von uns, dass wir extra wegen dir zum Göttermarkt fliegen.«

»Ja, das ist echt lieb von euch«, gab ihr Medusa recht, die beschlossen hatte, sich mit ihren Schwestern gut zu stellen.

Euryale fing an zu kichern. »Hihi, reingelegt! Wir wollten heute sowieso zum Göttermarkt!«

Medusa zuckte mit den Schultern, weil sie nichts anderes erwartet hatte. Sie musste geduldig sein. Wenn sie den Tag mit ihren Schwestern verbrachte und die ganze Zeit lieb und unterwürfig war, gelang es ihr vielleicht doch noch, ihnen ein bisschen Geld aus den Rippen zu leiern.

Nachdem die Drillinge ihr Frühstück beendet und ihre Tabletts weggebracht hatten, kamen sie an einem Tisch vorbei, an dem sich einige Götterjungen über irgendetwas kaputtlachten.

»Unglaublich, oder?«, fragte Ares und stupste

Apollon mit dem Ellbogen an, bevor er ihm eine aufgeschlagene Ausgabe des *POP-yrus*-Magazins hinüberschob. Apollon überflog die betreffende Seite und fing dann ebenfalls an zu lachen. »Beim Donnergott! Diese Sterblichen tun wirklich alles, um so zu werden wie wir!«

Aus der Entfernung konnte Medusa zwar den Text nicht lesen, erkannte jedoch die Abbildung mit dem glitzernden geflügelten Pferd. Die Götterjungen amüsierten sich also über die Werbung für das Unsterblichkeitsamulett! Ihre Erheiterung änderte jedoch nicht das Geringste an Medusas Beschluss, das Amulett zu kaufen. Unsterbliche machten sich ständig darüber lustig, dass Sterbliche so sein wollten wie sie. Sie wussten einfach nicht, was für ein Glück sie hatten!

Aphrodite und Athene kamen genau in dem Moment in die Schulmensa, als Medusa und ihre Schwestern sie verließen. Als die beiden Göttergirls sie anlächelten und Anstalten machten, mit ihr zu sprechen, tat Medusa so, als hätte sie sie nicht gesehen, und beschleunigte ihre Schritte. *Was ist los mit diesen Göttergirls?,* fragte sie sich. Dass sie so nett zu ihr waren, war ihr allmählich wirklich unheimlich.

Dennoch überlegte ein winziger Teil von ihr, was wohl passiert wäre, wenn sie die Begrüßung erwidert hätte und stehen geblieben wäre. Ach, egal, jetzt war es ohnehin zu spät. Außerdem: Was, wenn Aphrodite und Athene nur überrascht geguckt und gesagt hätten: *Wir haben gar nicht dich gemeint.* Dann wäre sie im Erdboden versunken!

Als die Drillinge das große Bronzetor der Schule erreicht hatten, streiften sie ihre normalen Sandalen ab und schnappten sich je ein Paar Zaubersandalen mit silbernen Flügeln aus dem Korb neben der Tür. Dann gingen sie nach draußen und stiegen die breite Granittreppe des Götterinternats hinunter, um sich auf die unterste Stufe zu setzen und die Sandalen anzuziehen. Die Riemen schlangen sich von selbst um ihre Fußknöchel, und die Mädchen standen auf.

Die silbernen Flügel an den Fersen ihrer unsterblichen Schwestern begannen sofort zu flattern, und Stheno und Euryale erhoben sich in die Luft und schwebten einige Zentimeter über den Bodenplatten des Schulhofs. Medusas Füße hingegen rührten sich nicht vom Fleck, bis ihre Schwestern neben sie flogen und sie links und rechts bei der Hand nahmen.

Durch ihre Berührung fingen nun auch die Flügel an Medusas Fersen an zu flattern. »Hoppla!«, sagte sie nervös, als sie plötzlich nach oben schoss, und umklammerte die Hände ihrer Schwestern so fest, dass ihre Fingerknöchel ganz weiß wurden. Sie war schon öfter mit Zaubersandalen geflogen, aber es war jedes Mal aufs Neue eine beängstigende Erfahrung, weil ihre Schwestern die Sandalen kontrollierten und nicht sie. Sterbliche konnten nur fliegen, indem sie einen oder mehrere Unsterbliche bei der Hand hielten.

»Auf geht's!«, rief Stheno. Die drei Schwestern flitzten über den Schulhof davon, zehnmal schneller, als wenn sie zu Fuß gegangen wären.

Medusa verlor kurzzeitig die Balance und klammerte sich noch fester an Euryales Hand. »He, du drückst mir ja das Blut ab«, beschwerte sich ihre Schwester. Medusa tat so, als hätte sie nichts gehört. In der dritten Klasse hatten ihre Schwestern sie einmal versehentlich losgelassen, als sie zum ersten Mal mit den Sandalen geflogen waren, und sie hatte sich böse das Knie aufgeschürft. Jedes Mal, wenn sie seither die Narbe an ihrem linken Knie betrachtete, wurde sie daran erinnert, wie sehr sie von ihren Schwestern abhängig war. Es war schrecklich, ständig auf Hilfe angewiesen zu sein. Noch ein Grund mehr, warum sie endlich ein Göttermädchen werden wollte!

Wenige Minuten später hatten sie den Göttermarkt erreicht, der sich auf halbem Weg zwischen Olymp und Erde befand. Direkt hinter dem Eingang wurden sie von einer großen sprechenden Hochzeitstorte begrüßt. »Wenn Sie ein Geschenk für Zeus und Hera kaufen wollen, ist *Göttergaben* genau das richtige Geschäft für euch!«, verkündete die Torte und zeigte zu einem Laden, der sich auf Hochzeitsgeschenke spezialisiert hatte.

»Mit meinen acht Drachmen kann ich mir dort doch sowieso nichts leisten«, sagte Medusa, während sie neben ihren Schwestern das Geschäft ansteuerte. »Mehr Erspartes habe ich nicht.« Sie hoffte, dass Stheno und Euryale sich doch noch erweichen ließen und ihr Geld für ein angemessenes Geschenk liehen.

Im Schaufenster von *Göttergaben* hing ein Papyrusbogen, auf dem in verschnörkelten goldenen Buchstaben stand:

Schon bald findet die Vermählung statt
zwischen Zeus, dem allmächtigen König der Götter
und Herrscher über den Himmel,
und der wunderschönen Hera!
Kaufen Sie in unserem Laden das perfekte Geschenk!

Medusa betrat das Geschäft, und ihre Schwestern folgten ihr. Auf jedem Regal und jedem Tisch im Ladenraum waren prächtige Hochzeitsgeschenke auf weißen, mit echten Perlen gesäumten Satindeckchen ausgestellt. Dekoriert war das Ganze mit kunstvollen Hochzeitsglocken aus Seiden-Papyrus und weißen Geschenkpäckchen mit auffälligen Schleifen, die vermutlich leer waren, da die eigentlichen Geschenke unverpackt herumlagen.

Während Medusa sich umsah, ging ihr auf, dass sie tatsächlich ein Hochzeitsgeschenk für Zeus und Hera brauchte. Schließlich wusste jeder auf dem Olymp, wie sehr Direktor Zeus Geschenke liebte.

Einige der ausgestellten Präsente waren wirklich albern, zum Beispiel ein Paar etwa fünfzehn Zentimeter große Götterpuppen mit Wackelköpfen, die als Braut und Bräutigam angezogen waren. *Es war bestimmt Zeus' Idee, sich so etwas zu wünschen*, dachte Medusa. Sie sah die Puppen bereits auf der Hochzeitstorte vor sich, wo ihre Köpfe jedes Mal zu wackeln anfangen würden, wenn Zeus mit seinen donnernden Schritten vorbeiging. Wohingegen die beiden eleganten Silberkelche mit den eingravierten Buchstaben Z und H sicher Heras Idee waren.

Wenn sie ein Geschenk fand, das mindestens dreißig Drachmen kostete, würden ihr ihre Schwestern vielleicht die fehlenden zweiundzwanzig Drachmen leihen, und dann konnte sie das Geschenk am nächsten Tag zurückgeben und sich die dreißig Drachmen auszahlen lassen, die sie für die Bestellung der Wunderkette brauchte. Sobald das Amulett sie erst einmal zur Göttin gemacht und ihr magische Fähigkeiten verliehen hatte, würde sie kein Geld mehr brauchen, weil sie dann einfach ein supertolles Hochzeitsgeschenk herbeizaubern konnte. Ja, so würde sie es machen, das war der perfekte Plan!

»Helft mir bitte, etwas auszusuchen«, bat sie ihre Schlangen, die sich beeilten, ihrer Aufforderung nachzukommen und bei allen Geschenken, die ihnen besonders gut gefielen, aufgeregt züngelten.

»Sprichst du schon wieder mit diesen schleimigen Reptilien?«, fragte Stheno.

»Reptilien sind nicht schleimig«, erwiderte Medusa und stellte den Pokal wieder ab, den sie sich gerade angesehen hatte. »Hier, willst du meine Schlangen mal streicheln? Dann kannst du dich selbst überzeugen.« Sie beugte ihren Kopf in Sthenos Richtung.

»Igitt!« Ihre Schwester machte einen Satz nach hinten. »Nimm diese ekligen Tiere von mir weg!«

Medusa grinste. Anfangs hatte sie ihre Schlangenhaare selbst als Fluch empfunden, aber in den Monaten, seit sie Athenes *Schlangpoo*-Erfindung benutzt und ihre Haare damit versehentlich in Reptilien verwandelt hatte, waren ihre Schlangen ihre besten Freunde geworden. Sie waren richtig lieb und anhänglich, wie zahme Haustiere, aber wenn jemand ihrem Frauchen blöd kam, verteidigten sie es, indem sie bedrohlich züngelnd mit ihren Köpfen nach vorne schossen. Medusa vertraute ihren Schlangen blind. Nur bei ihnen konnte sie ganz sie selbst sein.

»Kannst du nicht nächstes Mal eine Mütze aufsetzen?«, fragte Stheno und hielt gebührenden Abstand.

»Ja, diese Schlangen sind echt peinlich. Außerdem äffen sie uns nach«, beschwerte sich Euryale.

»Was?«, fragte Medusa überrascht.

»Ja, zum Beispiel jetzt gerade.« Stheno zeigte auf Medusas Kopf.

Medusa schnappte sich einen zierlichen Handspiegel, den vermutlich Hera auf die Geschenkliste gesetzt hatte, und wollte hineinblicken, hielt sich jedoch gerade noch rechtzeitig zurück. Da sie sterblich war, konnte sie sich sogar selbst in Stein verwandeln, wenn sie nicht aufpasste. Statt sich den Spiegel direkt vors Gesicht zu halten, kippte sie ihn ein wenig und kämmte ihre Schlangen wie Ponyfransen in die Stirn, um sie besser sehen zu können. Die kleinen Schlingel wanden sich schuldbewusst unter ihrem strengen Blick, als wüssten sie, dass sie etwas angestellt hatten, was sie nicht durften.

»Vorhin haben sie noch Grimassen geschnitten«, erklärte Euryale verärgert. »Jetzt tu nicht so, als wüsstest du das nicht. Das machen sie ständig.«

Medusa lächelte entzückt. Sie hatte tatsächlich nicht gewusst, dass ihre Schlangen so frech waren, fand es aber lustig. Nachdem sie ihnen verschwörerisch zugezwinkert hatte, ließ sie sie wieder los. Dann sagte sie zu ihren Schwestern: »Woher sollte ich denn wissen, was meine Schlangen machen? Kriegt *ihr* etwa mit, was über euren Köpfen passiert?«

»Komm mit, Euryale, wir gehen zu *Cleos Kosmetiklädchen*«, schlug Stheno gelangweilt vor. »Mein grüner Gesichtspuder ist fast leer. Außerdem will ich noch in diesen neuen Klamottenladen, *Grüne Zone*. Da sind alle Sachen grün. Cool, oder?«

Auch Medusa fand, dass das ziemlich cool klang, aber wenn ihre Schwestern jetzt abhauten, konnte sie ihren Plan nicht umsetzen. Fieberhaft überlegte sie, wie sie die beiden aufhalten konnte. Sie *mussten* ihr einfach das Geld geben!

Doch Stheno und Euryale öffneten bereits die Tür nach draußen. »Wir treffen uns in einer Stunde am Haupteingang!«, rief Stheno über die Schulter. Die Schwestern warfen Medusa und ihren Schlangen noch einen letzten abfälligen Blick zu und stolzierten davon, um sich ohne sie zu amüsieren.

»Macht doch, was ihr wollt«, murmelte Medusa. Dann musste sie ihre Schwestern eben später überreden, ihr das Geld zu geben. Der wichtigste Schritt bestand nun darin, ein Geschenk zu finden, das dreißig Drachmen kostete, und ein zweites, das nur acht Drachmen kostete. Anschließend würde sie ihren Schwestern beide Geschenke zeigen, damit sie sahen, wie toll das teure Geschenk war und wie unscheinbar das billige. Euryale und Stheno waren sehr auf ihren guten Ruf in der Öffentlichkeit bedacht und würden bestimmt nicht wollen, dass ihre Schwester mit dem mickrigsten Geschenk der ganzen Hochzeitsgesellschaft ankam. Sobald die beiden endlich einlenkten und sich bereit erklärten, ihr das Geld zu leihen, konnte sie ihren perfekten Plan in die Tat umsetzen. Dann gehörte das Unsterblichkeitsamulett ihr!

Als sie wieder an den beiden Puppen vorbeikam, tippte sie ihre Köpfe an und guckte ihnen beim Wackeln zu. Dann drehte sie die Puppen um und suchte nach einem Preisschild. Vielleicht konnte das ja ihr Geschenk für acht Drachmen werden. »Hm, kein Preisschild«, murmelte sie.

»Keines unserer Geschenke ist mit einem Preisschild versehen. Bitte fragen Sie mich, wenn Sie einen Preis wissen möchten«, sagte eine steife, förmliche Stimme.

Medusa sah sich überrascht um. »Wer war das?«, fragte sie.

»Ich war das.« Jetzt fiel Medusa auf, dass direkt neben den Puppen ein Geschenkpäckchen stand, dessen Deckel aufgesprungen war. Aus der Öffnung guckte ein kleiner Mann heraus, wie aus einem Kaspertheater. Er trug eine weiße Tunika und eine elegante schwarze Fliege um den Hals. Auf jedem Regal und jedem Tisch standen ähnliche Geschenkboxen, wie ihr nun auffiel. Verbarg sich in jeder davon ein kleiner Kasper, den man nach dem Preis fragen konnte?

»Wie viel kosten diese Wackelpuppen?«, fragte sie den kleinen Mann.

»Tut mir leid, aber sie sind bereits verkauft. Sie müssen sich etwas anderes aussuchen.« Obwohl der

Kasper so klein war, betrachtete er sie von oben herab, und Medusa hatte das Gefühl, unter seinem arroganten Blick auf Erbsengröße zu schrumpfen. Wie immer, wenn jemand sie kleinmachen wollte, erwachte in ihr der Kampfgeist.

»Das werde ich, mach dir da mal keine Sorgen, du Kasper«, erklärte sie würdevoll und imitierte dabei seinen hochnäsigen Tonfall.

»Warum nennen Sie mich Kasper?«

»Einfach so«, erwiderte sie hochmütig und ging weiter. Als Nächstes erregte ein eigenartiger Schulterbeutel ihre Aufmerksamkeit, der ein bisschen aussah wie Artemis' Köcher, nur dass er nicht aus Leder war, sondern aus Gold. In die Seiten waren kunstvolle Bilder eingraviert, die Zeus bei seinen vielen Heldentaten zeigten.

»Was ist das?«, fragte sie.

»Ein Donnerkeil-Halter, den man über der Schulter trägt«, antwortete der Mann aus der danebenstehenden Geschenkbox.

Medusa kicherte. Das war bestimmt auf Zeus' Mist gewachsen. »Und was kann dieser Donnerkeil-Halter alles?«

Der kleine Mann begann die Eigenschaften des Objekts herunterzuleiern: »Der Donnerkeil-Halter ist aus feinstem Gold gehämmert, das aus den Minen von Thassos stammt. Er ist ein Meter und zwanzig lang und besitzt einen Durchmesser von fünfunddreißig Zentimetern. Der geflochtene Schulterriemen weist eine Länge von zwei Metern und fünfzig auf und ist individuell anpassbar. Dieser prachtvolle Köcher ist in der Lage, drei dynamische Donnerkeile gleichzeitig in Schach zu halten, und …«

Der Geschenkbox-Kasper faselte weiter, aber Medusa war so in Gedanken versunken, dass seine Stimme nur noch wie aus der Ferne an ihr Ohr drang. Während sie mit der Hand über das schimmernde Gold des Donnerkeil-Halters strich, dachte sie daran, wie Zeus sich einmal so über den Sieg seiner Tochter Athene beim Erfindungswettbewerb gefreut hatte, dass er ihr ihren sehnlichsten Wunsch erfüllt hatte: dass ihre beste Freundin von der Erde sie auf der Olymp High besuchen durfte.

Medusa wusste genau, was *sie* sich gewünscht hätte: Unsterblichkeit! Der goldene Donnerkeil-Halter war wirklich etwas ganz Besonderes. Wenn sie Zeus ein derart kostbares Geschenk machte, gewährte er ihr vielleicht auch einen Wunsch …

»Ist der Donnerkeil-Halter schon verkauft?«, fragte sie besorgt.

»Nein.«

Ihr fiel ein Stein vom Herzen. »Wie viel kostet er denn?«

»Nur dreihundert Drachmen.«

»Was?« Medusas Augen weiteten sich.

»Er ist aus purem Gold aus Thassos, das dürfen Sie nicht vergessen«, erklärte der kleine Mann und startete seine Produktbeschreibung noch einmal von vorne. Sie stellte den Donnerkeil-Halter schnell wieder ab, woraufhin die Geschenkbox zuklappte und wieder still war.

Medusa schlenderte weiter durch den Laden und hob ein Geschenk nach dem anderen auf, um sich von den daneben stehenden Geschenkboxen die Preise sowie eine Beschreibung des jeweiligen Gegenstands anzuhören.

»Oh nein!«, stöhnte sie, nachdem auch der zwölfte kleine Mann ihr einen astronomisch hohen Preis genannt hatte. Warum war alles so teuer in diesem Laden? Es gab kein einziges Geschenk für dreißig Drachmen, geschweige denn eins für acht. Nicht einmal das billigste Geschenk – einen silbernen Fingerhut – konnte sie sich leisten. So viel zu ihrem perfekten Plan. Was sollte sie denn jetzt tun? Sie konnte doch nicht als Einzige ohne Geschenk zur Hochzeit kommen!

Niedergeschlagen machte sie sich auf den Weg zur Tür. Bei jedem Schritt hatte sie das Gefühl, das Gewicht der ganzen Welt hinter sich herzuziehen – buchstäblich.

Quietsch. Sie zuckte zusammen. Was war das für ein

Geräusch gewesen? *Quietsch.* Es erklang bei jedem ihrer Schritte aufs Neue.

Als sie die Tür aufmachte, rief eine hochmütige Stimme hinter ihr: »Stehen bleiben, Sie Diebin!« Medusa blickte über die Schulter und sah einen der Geschenkbox-Kasper in ihre Richtung starren. Er war knallrot im Gesicht und sichtlich erregt.

Sie ließ den Blick durch den Ladenraum schweifen, entdeckte jedoch keine andere Kundin. »Wer, ich?«, fragte sie schließlich.

»Ja, Sie! Ich rufe jetzt den Sicherheitsdienst!«, erwiderte der Kasper aufgebracht.

»Was? Warum? Ich habe doch gar nichts getan!«

Aber als sie die Tür weiter aufmachte, hörte sie wieder das entsetzliche Quietschen. Offenbar zog sie irgendetwas hinter sich her. Sie drehte sich um, um zu sehen, was es war: der goldene Donnerkeil-Halter!

Ihre Hand schoss nach oben und tastete nach ihren Schlangen, und tatsächlich hatten sich alle zwölf um den Trageriemen des goldenen Köchers geschlungen. Wahrscheinlich hatten sie zugeschnappt, als Medusa auf dem Weg zur Tür daran vorbeigekommen war.

Ihre Schlangen waren Ladendiebe!

4

Ein unverhoffter Geldsegen

»Lasst sofort los!«, schimpfte Medusa mit ihren Schlangen. »Ihr bringt mich noch in ernsthafte Schwierigkeiten.« Sie schüttelte den Kopf, bis die Schlangen ihre Umklammerung ein wenig lockerten. *Rumms!* Der Donnerkeil-Halter knallte auf den Boden.

Medusa hob ihn auf und stellte ihn auf den nächsten Tisch. »So. Problem gelöst«, sagte sie zu dem aufgebrachten kleinen Mann in der Geschenkbox. Aber es war bereits zu spät! Inzwischen waren auch die anderen Geschenke im Laden aufgesprungen, und alle Kasper riefen im Chor: »Eine Diebin!« »Stopp!« »Sicherheitsdienst!« »Haltet sie!«

Bestimmt wimmelt es hier gleich von Wachmännern, dachte sie mit klopfendem Herzen und tat das Einzige, was ihr einfiel: Sie ergriff die Flucht.

Nachdem sie den Gang entlanggerannt und um eine

Ecke gebogen war, betrat sie ein Modegeschäft und huschte zum Seiteneingang wieder hinaus. Schließlich fand sie sich im Atrium der Markthalle wieder, in dessen Mitte ein von Pflanzen umgebener Springbrunnen plätscherte. Hastig kauerte sie sich hinter einen Rhododendronbusch und machte sich ganz klein. So verharrte sie und wagte es kaum zu atmen.

Schwere Schritte näherten sich. *Bumm! Bumm! Bumm!* Bestimmt waren das die Sicherheitsmänner, die ihr gefolgt waren. Da Medusas Haut grün war, war sie zum Glück gut getarnt inmitten der Pflanzen, und die Wachmänner rannten tatsächlich vorbei, ohne sie zu bemerken!

Sie wartete, bis ihre Schritte verhallt waren, und überlegte verzweifelt, was sie jetzt tun sollte. Vielleicht konnte sie sich freiwillig stellen und die Situation erklären? Nein, dazu war es zu spät: Man würde sie für schuldig halten, weil sie die Flucht ergriffen hatte.

Medusa war weit und breit die einzige Person mit Schlangenhaaren, weshalb es für die Sicherheitsmänner nicht schwer sein würde, sie aufzuspüren. Sie war sich sicher, dass die Geschenkboxen sie genauestens beschrieben hatten. Würde sie nun von der Schule fliegen? Die Regeln des Götterinternats besagten eindeutig, dass Diebstahl zum sofortigen Schulverweis führte. Aber sie hatte doch überhaupt nicht gestohlen, sondern ihre Schlangen! Würde man ihr glauben, dass sie die Reptilien nicht dazu angestiftet hatte?

Außerdem: Wenn ihre Schlangen verhaftet wurden und ins Reptiliengefängnis mussten – falls es so etwas überhaupt gab –, musste sie ebenfalls dorthin, schließlich waren sie an ihrem Kopf festgewachsen. Mitgehangen, mitgefangen. Bei allen Göttern! Sie musste dringend hier raus!

Sobald die Luft rein war, schnappte sich Medusa einen leeren Blumentopf und setzte ihn sich auf den Kopf. *Meine Schwestern freuen sich bestimmt darüber, dass ich endlich einen Hut trage*, dachte sie hysterisch. *Auch wenn er aus Terrakotta ist.*

Sie hoffte inständig, dass sie mit dem Blumentopf nicht erkannt wurde, und schlüpfte zwischen den Pflanzen des Atriums hervor. Während sie in die entgegengesetzte Richtung aufbrach, in die die Wachmänner verschwunden waren, zwang sie sich zu ruhigen, gemessenen Schritten, um zwischen den anderen Passanten nicht aufzufallen. Doch sobald sie den Ausgang der Markthalle erreicht hatte, stellte sie den Topf ab und flitzte nach draußen.

Wie lange dauert es wohl noch, bis meine Schwestern kommen?, fragte sie sich. War es schon eine Stunde her, dass sie sich von ihr verabschiedet hatten?

Plötzlich hörte sie eine brüllende Männerstimme,

und Sekunden später stürmten zwei Wachmänner durch den Ausgang auf sie zu. Sie musste schleunigst hier weg! Wenn sie doch nur allein ihre Zaubersandalen hätte starten können! Manchmal war es wirklich ätzend, sterblich zu sein.

Sie rannte um die nächste Ecke und sah vor sich einen glänzenden silbernen Streitwagen mit großen weißen Flügeln stehen, auf dem sich lauter kleine Rohre stapelten. Der Hermes-Zustelldienst! Hastig legte sie die letzten Schritte zurück, sprang auf die Ladefläche und duckte sich.

Die Rohre waren in Wirklichkeit etwa zwanzig Zentimeter lange Schriftrollen, wie sie nun entdeckte. Sie grub sich ein Stück weiter in den Stapel hinein, bis sie komplett von den Papyrusrollen bedeckt war, und kämmte ihre zwölf Schlangen zurück und band sie im Nacken zu einem Pferdeschwanz zusammen, damit sie sich nicht plötzlich aufrichteten und ihr Versteck verrieten.

Die Wachmänner trampelten vorbei, und ihre Schritte verhallten in der Ferne.

»Puh, das war knapp. Was habt ihr euch nur dabei gedacht?«, schimpfte sie leise mit ihren Schlangen. »Ich weiß, dass ihr mir nur helfen wolltet, aber wenn ich beim Ladendiebstahl erwischt werde, wirft mich Zeus vom Götterinternat! Bitte versprecht mir, dass ihr so etwas Dummes nie wieder macht.«

Die Schlangen schmiegten sich sanft an ihren Hals, was ihre Art war, sich zu entschuldigen. Da sie um diese Zeit normalerweise ihr Mittagsschläfchen machten und von der ganzen Aufregung völlig erschöpft waren, waren sie kurze Zeit später fest eingeschlafen. Medusa schob ein paar Schriftrollen beiseite und spähte hinaus. Von den Wachmännern war nichts zu sehen.

Der Streitwagen war dennoch ein gutes Versteck, weil sie von der Ladefläche aus den Haupteingang des Göttermarkts im Blick hatte. Sie würde einfach hier warten, bis ihre Schwestern auftauchten.

Eine der cremefarbenen Papyrusrollen piekte sie in die Wange, und sie schob sie beiseite. Ihr fiel auf, dass alle Rollen mit goldenen Glitzerbuchstaben beschriftet und mit einer goldenen Schleife zugebunden waren. Nachdem sie einen der Papyrusbögen aufgerollt hatte, las sie:

Einladung zur
glanzvollen Vermählung
von Zeus,
dem König der Götter und Herrscher über den Himmel
mit
Hera,
der zukünftigen Königin der Götter und Herrscherin über den Himmel.

Die Hochzeitsfeierlichkeiten finden am kommenden Sonntag um zwölf Uhr mittags statt. Unpünktlichkeit wird äußerst ungerne gesehen!

Es handelte sich also um die Einladungen zu Zeus' und Heras Hochzeit! Als Medusa die Schriftrolle losließ, schnappte sie wieder zu, und die Schleife wickelte sich auch von alleine wieder darum. Hermes war offenbar gerade damit beschäftigt, die Einladungen auf dem Olymp und auf der Erde auszutragen. Medusa las die Adresszeilen weiterer Papyrusrollen. Einige waren an Würdenträger und Beamten adressiert, andere an Verwandte und Freunde des Brautpaars.

Irgendwann nahm sie ein leises Rascheln wahr, das immer lauter wurde. Sie legte den Kopf schief und lauschte. Was war das nur für ein Geräusch? Sie rätselte einige Sekunden, bevor es ihr dämmerte: Die Flügel des Streitwagens hatten zu schlagen begonnen!

Bevor sie von der Ladefläche klettern konnte, machte der Streitwagen einen gewaltigen Ruck nach vorne. »Hinauf in die Lüfte!«, gab Hermes das Signal zum Aufbruch. Der Streitwagen hob vom Boden ab, und Medusa wurde erst zur Seite geschleudert und dann nach hinten, während sie immer höher hinaufflogen und schließlich in die Wolken eintauchten.

»Moment mal!«, protestierte sie, aber sie war so tief unter den Schriftrollen vergraben, dass es klang wie

»Mmmpffl!« Kein Wunder, dass Hermes sie nicht hörte. Sie versuchte sich aus dem Papyrusberg hinauszugraben, doch die Rollen rutschten wie Treibsand immer wieder auf sie drauf.

»Moment!«, rief sie erneut, als es ihr endlich gelungen war, den Kopf hinauszustrecken.

Der Streitwagen geriet ins Wanken, und sie wurde von einem Paar kräftigen Händen gepackt und aus dem Schriftrollenberg herausgezogen. Kurz darauf blickte sie einem Gott mit geflügelter Kappe in die Augen: Hermes. Er war ganz und gar nicht erfreut, sie zu sehen.

»Aha! Ich hatte mich schon gewundert, warum mein Streitwagen so schlingert«, sagte er. »Zu viel Gewicht. Du weißt doch sicher, was ich mit blinden Passagieren mache, oder?« Plötzlich fand sie sich außerhalb des Wagens wieder, wo sie mit flatterndem Chiton in der Luft hing und unter sich nichts als Wolken sah. Bestimmt schrie Hermes jeden Moment »Hinfort mit dir!« und ließ sie los. Dann waren sie und ihre Schlangen Geschichte.

»Nein! Ich wollte doch gar nicht als blinder Passagier mitfahren!«, protestierte Medusa verzweifelt. »Es war ein Versehen! Bringen Sie mich zurück zum Göttermarkt, oder am besten zur Olymp High! Bitte!«

»Keine Chance. Ich hinke meinem Zeitplan sowieso schon hinterher, zumal ich meine normalen

Lieferungen auf Eis legen muss, bis sämtliche Hochzeitseinladungen für Zeus ausgetragen sind.« Hermes wies mit dem Kinn auf die Schriftrollen, die sich auf seiner Ladefläche stapelten.

»Ich könnte Ihnen doch beim Austragen helfen«, bot Medusa rasch an. »Sie steuern den Wagen, und ich stecke die Einladungen in die Briefkästen. Dann müssen Sie nicht jedes Mal landen.«

Er runzelte nachdenklich die Stirn. »Das würde den Ablauf tatsächlich ein wenig beschleunigen«, sagte er schließlich.

»Ja, und anschließend bringen Sie mich als Dankeschön zum Götterinternat, nicht wahr?«

»Abgemacht.« Hermes nickte und zog sie zurück in den Streitwagen.

Medusa verbrachte also den ganzen restlichen Tag damit, über violette Gebirge und glitzerndes blaues Meer zu fliegen, um die Empfänger der vielen Einladungen zu erreichen. Ihre Schlangen hielten das Ganze für ein Spiel und stellten sich sogar als sehr hilfreich heraus, weil sie im Vorbeifliegen Schriftrollen in Briefkästen schieben konnten.

Als Hermes an der Ägäischen Küste auf der Agora eines kleinen Städtchens landete, war Medusa müde und hungrig, genau wie ihre Schlangen.

»Warum halten wir hier?«, fragte sie und sah sich um. Erst jetzt merkte sie, dass es sich bei dem

Städtchen um ihren Heimatort handelte. Hier war sie geboren und aufgewachsen, bis sie mit ihren Schwestern auf den Olymp gezogen war. Seither war sie nicht ein einziges Mal zu Besuch gekommen, denn dieser Ort war so ziemlich der letzte auf Erden, an dem sie sein wollte. Umso panischer reagierte sie, als sie Hermes' nächste Worte hörte.

»Raus mit dir«, sagte er. »Den Rest der Einladungen muss ich in magische Königreiche ausliefern, zu denen du als Sterbliche keinen Zutritt hast.«

Er packte sie hinten am Chiton und setzte sie außerhalb des Streitwagens auf dem Boden ab.

Sie klammerte sich an die Seitenwand und versuchte wieder hineinzuklettern. »Nein, warten Sie! Sie hatten mir doch versprochen, mich zum Olymp zu bringen!«

Hermes salutierte zum Abschied. »Dieses Versprechen halte ich auch, keine Sorge. Allerdings erst morgen.«

»Und was soll ich bis dahin machen?«

Er zuckte mit den Schultern, während der Streitwagen vom Boden abhob. »Deine Eltern wohnen doch hier, oder? Übernachte doch einfach bei ihnen und freu dich, dass du sie mal wieder siehst. Aber um Punkt neun Uhr morgen früh stehst du wieder hier, dass das klar ist. Da komme ich nämlich auf dem Weg zum Olymp hier vorbei. Wenn du nicht pünktlich da bist, fliege ich ohne dich.«

Der Streitwagen stieg immer höher, und Medusa sprang zurück, um nicht von den riesigen weißen Flügeln erwischt zu werden.

Während sie Hermes hinterherblickte, wurde ihr das Herz immer schwerer. Sie wollte nicht hierbleiben!

Plötzlich gab ihr Magen ein lautes Knurren von sich. Von den Marktständen der Agora zog der Duft nach frisch gebackenem Brot herüber. Weder sie noch ihre Schlangen hatten etwas zu Mittag gegessen, und so hatten sie alle großen Hunger. »Na kommt. Lasst uns etwas essen gehen.«

Sie griff in ihre Tasche und zog die Steinbrille heraus, die sie immer bei sich trug. Athene hatte diese Brille eigentlich für andere Sterbliche erfunden, damit sie vor ihren – Medusas – Blicken sicher waren, aber Medusa hatte herausgefunden, dass die Schutzfunktion auch gegeben war, wenn sie selbst die Brille trug. Es konnte sogar sein, dass sie dadurch vor ihrem eigenen Spiegelbild geschützt war, was sie allerdings lieber nicht ausprobierte.

Trotz der Brille wichen die Menschen vor ihr zurück und suchten Schutz hinter den Marktständen, als Medusa über die Agora bummelte. Offenbar hatten sie Angst, dass sie sich plötzlich die Brille vom Kopf reißen und sie mit einem Blick in Statuen verwandeln könnte. Die Panik der Sterblichen verletzte Medusa insgeheim, was sie nicht einmal sich selbst gegenüber zugab. Nein, es lag bestimmt nur an ihrem Hunger, dass sie plötzlich so empfindlich war.

Sie versteckte ihre Unsicherheit hinter einem höhnischen Grinsen und tat so, als freue sie sich über die Reaktion der Menschen. Ein kleiner Teil von ihr war tatsächlich stolz darauf, dass sie mit einem einzigen Blick Sterbliche in Stein verwandeln und damit für Angst und Schrecken sorgen konnte. Schließlich kam das den magischen Fähigkeiten eines Göttermädchens schon ziemlich nahe!

Auf der Agora herrschte genauso viel Trubel, wie sie es aus ihrer Kindheit in Erinnerung hatte. Unzählige Händler verkauften hier ihre Ware, die Schiffe aus fernen Ländern gebracht hatten – Leinen aus Ägypten, Gewürze aus Indien, Datteln aus Phönizien –, und überall verkündeten Marktschreier, was gerade im Sonderangebot war. Ein Fischhändler tat lautstark kund, dass gerade frischer Fisch vom Hafen eingetroffen war. Die Preise standen nicht fest, und so wurde überall lebhaft gefeilscht. Die reichen Leute zogen ihr Geld aus feinen Lederbörsen, und die Ärmeren trugen ihre wenigen Münzen im Mund herum, weil sie dort sicher waren vor Dieben.

Medusa hatte zwar einen Bärenhunger, aber die Schlangen hatten Vorrang. An einem Stand kaufte sie einige getrocknete Erbsen und fing an, sie in die Luft zu werfen, während sie weiter über den Markt schlenderte. Ihre Schlangen schnappten geschickt nach den Leckerbissen und verschlangen sie gierig. Als Medusa Getuschel hörte, blickte sie über die Schulter und sah, dass sie einen ganzen Pulk von Marktbesuchern hinter sich herzog. Die Art, wie sie ihre Schlangen fütterte, schien die Leute zu faszinieren.

»Die Show ist vorbei!«, rief sie und zog eine gruselige Grimasse, um die Menschen zu verscheuchen. Dann bog sie in eine andere Reihe ab, in der nicht nur Marktstände, sondern auch feste Läden ihre Ware feilboten. Einer der Läden musste neu sein, denn sie hatte ihn noch nie gesehen. Über dem Eingang hing ein Schild mit der Aufschrift: SEI EIN HELD! Ihr Magen gab erneut ein lautes Knurren von sich. *Hm, ein Heldensandwich wäre jetzt genau das Richtige*, dachte sie.

Als sie den Laden betrat, merkte sie, dass es sich gar nicht um einen Imbiss handelte, sondern dass hier hauptsächlich Souvenirs und Geschenke verkauft wurden. Aber es gab auch Heldensandwiches, und nachdem sie sich eins gekauft hatte, entdeckte sie ein vertrautes Gesicht auf der Verpackung: das von Herakles, einem Sterblichen, der ebenfalls das Götterinternat besuchte. Erst jetzt fiel ihr auf, dass jeden Gegenstand im Laden das Porträt oder die Unterschrift eines sterblichen Helden zierte. Bei den meisten handelte es sich um entscheidende Akteure des Trojanischen

Krieges. Sie sah Odysseus' Gesicht auf einer Tunika, und Paris blickte ihr von einer herzförmigen Bonbonschachtel entgegen.

»Herzlich willkommen in meinem Laden! Sie sind Medusa, nicht wahr? Ihre Schlangen sind wirklich ein unverkennbares Markenzeichen«, sagte eine Stimme hinter ihrem Rücken.

»Waff?«, fragte Medusa, die gerade den Mund voll Sandwich hatte. Hinter ihr stand ein kleiner rundlicher Mann mit streng zurückgekämmten schwarzen Haaren und einem lackschwarzen Schnurrbart, der sich auf beiden Seiten nach oben ringelte. Der Mann verbeugte sich tief, und sie musterte überrascht seine Kleidung. Eine knallgelb-schwarz karierte Tunika hatte sie noch nie gesehen!

»Wie fabelhaft, Sie in meinem bescheidenen Laden begrüßen zu dürfen! Das ist eine große Ehre für mich!« Beim Sprechen machte der kleine Mann ausschweifende Handbewegungen, die Medusa an einen Zauberkünstler erinnerten. »Erlauben Sie, dass ich mich vorstelle: Herr Dolos, stets zu Diensten.« Er verbeugte sich wieder tief. »Aber jetzt hurtig, kommen Sie hier entlang. Wir haben keine Zeit zu verlieren. Ruhm und Reichtum erwarten Sie!«

Medusa schluckte den letzten Bissen ihres Sandwiches hinunter. Das Wort »Reichtum« hatte sofort ihr Interesse geweckt, und sie vergaß ihr übliches

Misstrauen und folgte dem kleinen Mann hinter die Ladentheke, wo er anfing, in einer Kiste mit Dokumenten herumzuwühlen.

»Ah, hier ist es ja!« Er schob ihr einen Papyrusbogen hin, auf dem ganz zuoberst das Wort »Vertrag« stand. Der Rest des Textes wurde größtenteils von seiner Hand verdeckt, während er ihr mit der anderen Hand einen Federkiel hinhielt.

»Unterschreiben Sie einfach hier auf der gestrichelten Linie, dann gehören Ruhm und Reichtum Ihnen!«

Medusa zögerte. »Über wie viel Geld sprechen wir genau?«

Er griff unter den Ladentisch und zog einen Sack hervor, der voll mit Münzen war. »Zwanzig Drachmen.« Ihre Augen weiteten sich, und er lächelte und ließ eine Reihe Goldzähne aufblitzen. »Und das ist nur der Anfang.«

»Was muss ich dafür tun?«

»Überhaupt nichts. Durch Ihre Unterschrift übertragen Sie mir sozusagen die Rechte an Ihrem Porträt. Um den Rest kümmere ich mich. Die Produkte mit Ihrem Antlitz werden direkt neben Odysseus und anderen berühmten Helden ausliegen, sehen Sie nur!« Er wies auf die Auslagen seines Geschäfts.

»Sie wollen also sagen, dass Odysseus und alle diese anderen sterblichen Helden Ihnen die Rechte an ihren

Porträts übertragen haben?« Medusa konnte sich nur schwer vorstellen, dass auch Herakles den Vertrag unterschrieben hatte.

»Selbstverständlich!«

Er schob den Vertrag und den Federkiel näher an sie heran.

»Sollte ich den Vertrag nicht zuerst durchlesen?«, fragte sie.

Er zwirbelte das Ende seines Schnurrbarts zwischen zwei Fingern. »Ah! Man merkt gleich, dass Sie ein cleveres Mädchen sind! Aber ich versichere Ihnen, dass es sich um einen branchenüblichen Normvertrag handelt. Sie übertragen mir die Rechte an Ihrem Gesicht, und ich verkaufe damit meine Ware. Ganz einfach!« Er zwinkerte ihr zu.

Medusas Schlangen züngelten, was ein untrügliches Zeichen dafür war, dass sie dem Mann misstrauten. Normalerweise hörte sie auf ihre Schlangen, aber sie war so geblendet von der Aussicht auf Geld, dass sie die Warnung ignorierte. »Beruhigt euch«, murmelte sie ihren Schlangen zu. Wenn Herakles auch diesen Vertrag unterzeichnet hatte, war daran bestimmt nichts Schlechtes.

Doch sie zögerte immer noch. »Auf sämtlichen Produkten in Ihrem Laden sind Helden abgebildet«, sagte sie dem kleinen rundlichen Mann. »Ich bin aber keine Heldin.«

»Aber die Sterblichen werden sich wie Helden *fühlen*, wenn sie Produkte mit Ihrem Gesicht kaufen!«

»Meinen Sie?«, fragte Medusa geschmeichelt.

Herr Dolos nickte und sah sie treuherzig an, bevor er sich vorbeugte und flüsterte. »Ganz im Vertrauen: Ich glaube, dass meine Kunden aus den Sandalen kippen werden, wenn sie die neuen Sachen mit Ihrem Gesicht darauf sehen! Das wird ein Verkaufsschlager!«

Medusa wusste genau, wie auf der Agora Geschäfte gemacht wurden. »Wenn das so ist, verlange ich *dreißig* Drachmen«, sagte sie.

Herr Dolos griff ohne zu zögern unter den Ladentisch und stellte einen zweiten, etwas kleineren Sack vor Medusas Nase. »Abgemacht. Die dreißig Drachmen sind natürlich nur ein Vorschuss. Jedes Mal, wenn ich ein Produkt mit Ihrem Gesicht verkaufe, verdienen auch Sie daran. Da kommt schnell eine hübsche Summe zusammen, das kann ich Ihnen versichern. Heldenartikel verkaufen sich wie warme Semmeln.«

Dieser Typ muss verrückt sein, wenn er glaubt, dass die Menschen Produkte mit meinem Gesicht kaufen, dachte Medusa. Normalerweise flüchten Sterbliche schon, wenn sie mich auch nur von weitem sehen. Aber das war nicht ihre Sorge. Wenn dieser Mann ihr unbedingt dreißig Drachmen dafür geben wollte, dass sie ihren Namen unter seinen Vertrag setzte, würde sie bestimmt nicht Nein sagen. Also unterschrieb Medusa, und bevor die Tinte noch ganz trocken war, riss Herr Dolos ihr schon den Vertrag weg und rief: »Meinen herzlichsten Glückwunsch!«

Ein paar Minuten später verließ sie seinen Laden mit dreißig Drachmen in der Tasche und einem breiten Lächeln auf dem Gesicht. Wow! Da hatte sie ja ein glänzendes Geschäft gemacht!

»He, das ist doch Gorgonzola!«, hörte sie jemanden rufen.

Das Lächeln auf ihrem Gesicht erstarb. Sie sah sich um und entdeckte eine Gruppe Jugendlicher aus ihrer alten Schule. Stöhn. Sie hasste ihren alten Spitznamen! Es war wirklich nicht schön, mit einem stinkenden Schimmelkäse verglichen zu werden, und das nur, weil man mit Nachnamen Gorgon hieß. Ihre Schwestern hießen schließlich genauso, und dennoch hatte es niemand gewagt, sie zu ärgern, aus Angst vor ihren magischen Kräften.

Tja, auch sie besaß nun eine Waffe – ihren Blick, mit dem sie Sterbliche versteinern konnte. Sie würde es diesen Nervensägen schon zeigen!

Medusa marschierte schnurstracks auf die Gruppe zu und griff nach ihrer Steinbrille, als wollte sie sie abnehmen. »Habe ich gerade jemanden von euch sagen hören, dass er gerne in eine Statue verwandelt werden möchte?«, fragte sie in die Runde.

Die Jugendlichen kreischten und stoben in alle Richtungen auseinander. Medusa grinste und murmelte zufrieden: »Dachte ich es mir doch.«

5

Von wegen *Home Sweet Home!*

»Ich bin's!«, rief Medusa, als sie das kleine Häuschen betrat, in dem sie aufgewachsen war. Ihre Mutter blickte von dem Algeneintopf auf, in dem sie gerade herumrührte. Medusa rümpfte die Nase. Sie hasste Algeneintopf! Der Ambrosia-Eintopf, den es am Götterinternat gab, war viel leckerer.

Ceto, ihre Mutter, warf ihr einen besorgten Blick zu. »Dusa? Was machst du hier? Hast du etwa Ärger in der Schule? Was ist los? Stimmt etwas nicht mit deinen Schwestern?« Sie watschelte näher an Medusa heran. Ceto konnte nicht anders gehen, weil sie ein Meeresungeheuer war, das sich an Land nur watschelnd oder schlitternd fortbewegte. Im Meer glitt sie hingegen elegant wie ein Fisch durchs Wasser, eine

Fähigkeit, die sie an Medusa und ihre Schwestern vererbt hatte.

»Stheno und Euryale geht es gut, keine Sorge«, antwortete Medusa. »Mir auch, falls es hier irgendjemanden interessieren sollte«, fügte sie so leise hinzu, dass ihre Mutter es nicht hörte.

Das Haus sah noch genauso aus wie damals, als sie es verlassen hatte, um mit ihren Schwestern aufs Götterinternat zu gehen. Seither war sie nicht ein einziges Mal zurückgekehrt, nicht mal in den Ferien. Die komplette Küchenwand hing voll mit den Schwimm-Medaillen und Schulzeugnissen ihrer Schwestern. Von Medusa hatte die Mutter nichts an die Wand gehängt, aber das hatte sie auch nicht erwartet. Ihre Eltern hatten noch nie einen Hehl daraus gemacht, dass sie Euryale und Stheno vorzogen.

»Phorcys! Deine jüngste Tochter ist endlich mal zu Besuch gekommen!«, rief ihre Mutter Richtung Wohnzimmer. »Was sagst du dazu?«

Ihr Vater, der auf seinem Lieblingssessel saß und in einer Zeitschrift blätterte, grunzte nur, ohne den Kopf zu heben. Er war ein Seeschwein, und so kommunizierten Seeschweine nun mal: Sie grunzten.

»Was um alles auf der Welt hast du mit deinen Haaren gemacht, Kind?«, fragte ihre Mutter entsetzt, die die Schlangen erst jetzt zu bemerken schien. »Ist das irgendein neuer Trend? Sind dir normale Haare nicht mehr gut genug, jetzt, wo du mit lauter Unsterblichen zur Schule gehst?«

»Das mit den Haaren war ein Unfall«, erklärte Medusa und goss sich einen Becher Wasser aus dem Krug auf dem Küchentisch ein. »Eine misslungene Erfindung.«

»Es sieht jedenfalls bescheuert aus. Ich hoffe, du legst dir bald wieder eine andere Frisur zu.«

Medusa zuckte mit den Schultern und stellte ihren Becher beiseite. Sie bezweifelte, dass ihre Haare je wieder anders aussehen würden, da konnte ihre Mutter hoffen, soviel sie wollte. Laut Athene gab es keine Möglichkeit, die Wirkung des Schlangpoo (das eigentlich ein Schlammpoo hätte werden sollen) wieder aufzuheben.

»Was macht die Schule?«, fragte ihre Mutter. »Bist du endlich zur Vernunft gekommen und hast eingesehen, dass du hierher auf die Erde gehörst, genau wie alle anderen Sterblichen? Wurde auch Zeit. Ich verstehe wirklich nicht, wer dir den Floh ins Ohr gesetzt hat, auf ein Götterinternat zu gehen. Du kannst lernen, soviel zu willst, unsterblich wirst du trotzdem nie, das habe ich dir immer schon gesagt.«

»Danke für die Info, Mama«, sagte Medusa und verdrehte die Augen. »Da wäre ich von selbst nie drauf gekommen.«

Doch ihrer Mutter entging der Sarkasmus völlig,

und sie plapperte unbeirrt weiter. »Wie auch immer. Ich bin jedenfalls froh, dass du da bist.«

Medusa hob überrascht den Kopf. »Wirklich?« Ihre Eltern freuten sich immer sehr, wenn ihre Schwestern zu Besuch kamen, aber nach ihr krähte im Hause Gorgon normalerweise kein Hahn. Ihre Eltern hatten ihr noch keinen einzigen Papyrus-Brief geschickt, seit sie an der Olymp High war.

»Ja. Ich habe nämlich die ganzen alten Sachen aus deinem Zimmer zusammengepackt«, fuhr ihre Mutter fort. »Wir wollen dein ehemaliges Zimmer als Lagerraum nutzen. Wenn du nun schon mal da bist, kannst du mir helfen, die Kisten zur Müllhalde zu bringen.«

»Ihr wollt meine Sachen wegschmeißen?«, fragte Medusa voller Panik. Ohne die Antwort ihrer Mutter abzuwarten, flitzte sie von der Küche ins Wohnzimmer, von dem der Flur zu ihrem Zimmer abzweigte. Auf dem Weg kam sie an Dutzenden gerahmten Zeichnungen und Gemälden ihrer Schwestern vorbei, die den Kaminsims schmückten, auf Regalen und Fensterbänken standen und sämtliche Wände zierten. Von Medusa war im ganzen Wohnzimmer kein einziges Bild zu sehen.

Ihr altes Zimmer war so winzig, dass es einem begehbaren Schrank glich, was auch nicht weiter verwunderlich war, da es vor ihrer Geburt tatsächlich als Schrank gedient hatte. Da es keine Fenster hatte, zündete Medusa eine Kerze an, bevor sie es betrat. Tatsächlich: Ihre Mutter hatte alle ihre Sachen in zwei Kisten gepackt, die in der Mitte des Raumes auf dem Boden standen. Ihr Bett, das früher fast die gesamte Bodenfläche eingenommen hatte, war bereits verschwunden. Nachdem sie die Kerze in einen Kerzenhalter gestellt hatte, kniete sie sich hin und klappte die erste Kiste auf. Sie war voll mit alten Kleidern und Sandalen, die ihr längst nicht mehr passten. Also machte sie den Deckel wieder zu und öffnete die zweite Kiste.

Sie enthielt alle ihre alten Schätze. Medusa fand Muscheln, die sie als Kind gesammelt hatte, eine antike Münze, die vom Meer angespült worden war, und eine kleine Meerjungfrau, die sie aus Stöcken und Tang gebastelt hatte. Außerdem lagen Hunderte von Zeichnungen in der Kiste, die sie in der ersten und zweiten Klasse angefertigt hatte.

Medusa wühlte weiter und fand schließlich die Papyrusrollen, nach denen sie gesucht hatte. Sie breitete sie auf dem Boden aus und betrachtete die Comics, die sie als kleines Mädchen gezeichnet hatte. Darin war sie die *Königin der Gemeinheit*, eine gefürchtete Superheldin!

Die Figuren waren nur Strichmännchen mit großen runden Köpfen, aber sie hatte ihnen charakteristische

Merkmale verpasst, damit man sie erkannte. Eigentlich waren die Comics so etwas wie ein Tagebuch, denn sie zeigten, was ihr in den Jahren vor ihrem Weggang zum Olymp alles passiert war.

Trotz der Kerze konnte sie in der Dunkelheit ihres Zimmers kaum etwas sehen und nahm die Comic-Schriftrollen daher mit in das Zimmer ihrer Schwestern. Dort hatte ihre Mutter nicht das Geringste verändert, seit die beiden von zu Hause weggegangen waren. Die grünen Rüschendecken, die ihre Betten bedeckten, waren frisch gewaschen, für den Fall, dass Stheno und Euryale unangekündigt zu Besuch kamen, und ihre Bücher, Spielsachen und Puppen warteten auf Regalbrettern auf sie, auf denen nicht ein einziges Körnchen Staub lag.

Medusa ging zu einem der beiden ordentlich gemachten Betten und ließ sich daraufplumpsen. Nachdem sie sich auf den Bauch gedreht hatte, fing sie an, einen Comic nach dem anderen zu lesen. Ihre Schlangen schienen ebenfalls neugierig auf ihre Kindheit zu sein und spähten interessiert auf die Papyrusbögen.

Als Königin der Gemeinheit hatte sie ihre magischen Kräfte dazu verwendet, mit heimtückischen Bösewichten abzurechnen (und ein Bösewicht war im Prinzip jeder, der nicht nett zu ihr war.) Ihre Waffe war ein Zauberkäse, und wenn sie diesen Käse hochhielt und »Gorgonzola!« rief, verwandelten sich auch ihre Feinde in Käselaibe.

Sie wusste nicht mehr, warum ihre Superheldin ausgerechnet den verhassten Spitznamen rief, aber vielleicht hatte es ihm ein wenig von seiner verletzenden Kraft genommen, dass sie ihn gegen ihre Feinde verwendete.

In einem Comic hatte sie ein Kind in einen Käse verwandelt, das ihr das Geld für ihr Mittagessen weggenommen hatte, und in einem anderen Comic waren ihre Schwestern zu Käselaiben geworden, weil Medusa wegen ihnen den Kostümball am Ende des ersten Schuljahrs verpasst hatte. Stheno und Euryale hatten nämlich ihr unaufgeräumtes Zimmer an die Eltern verpetzt, die Medusa daraufhin Hausarrest gegeben hatten. Das Motto des Kostümfestes war »Ball der Ozeanbewohner« gewesen, und ihre Schwestern hatten sich als Meerjungfrauenzwillinge verkleidet. In Medusas Comic hatten sie plötzlich als Käsezwillinge dagestanden und sich vor der ganzen Klasse blamiert.

»Hihi!«, gluckste sie in sich hinein. Als kleines Mädchen war sie offenbar ziemlich humorvoll gewesen. Das hatte sie ganz vergessen gehabt. Sie stützte das Kinn in die Hand und las weiter, wobei sie immer wieder leise vor sich hin kicherte. Nach einer Weile fing sie an zu gähnen, und ihr Kopf wurde immer schwerer, bis ihr schließlich die Augen zufielen.

»Dusa! Was hast du hier drinnen zu suchen?«, kreischte ihre Mutter und riss sie damit aus dem Schlaf.

»Hä?« Medusa rieb sich die Augen, setzte sich auf und blickte sich um. Es war früh am Morgen, und sie lag im Zimmer ihrer Schwestern auf dem Bett. Was tat sie zu Hause bei ihren Eltern? War das alles ein Traum – ein Albtraum?

Dann fiel ihr wieder ein, was gestern passiert war. »Wie viel Uhr ist es?« Sie sprang aus dem Bett und blickte auf die Sonnenuhr vor dem Haus. Es war fast neun! Sie musste auf die Agora, damit Hermes sie wieder zurück zum Olymp bringen konnte!

In Sekundenschnelle hatte sie ihre Comics eingesammelt und rannte los. »Tschüss, Mama!« Aber ihre Mutter war bereits damit beschäftigt, die zerknitterte Tagesdecke glattzustreichen, und winkte ihr nur beiläufig nach. Sie fragte nicht einmal, wo ihre Tochter hin wollte und ob sie jemals zurückkommen würde.

Ihr Vater saß am Küchentisch und aß Algenflakes, als sie an ihm vorbeiflitzte. »Tschüss, Papa!«, rief sie ihm zu, aber er gab nur ein Grunzen von sich.

Keuchend erreichte Medusa die Stelle, an der sie auf Hermes warten sollte, doch von ihm und seinem Streitwagen fehlte jede Spur. Oh nein! War sie etwa zu spät dran? War er bereits dagewesen und ohne sie wieder abgeflogen? Sie starrte sorgenvoll in den Himmel.

»Medusa Gorgon! Bist das wirklich du?«

Medusa zog ihre Steinbrille auf, bevor sie sich umdrehte. Vor ihr stand ein Mädchen, mit dem sie an ihrer alten Schule in die zweite Klasse gegangen war. Auf seinem Kopf balancierte es ein Gefäß mit Wasser, dessen Griff es mit der Hand festhielt.

»Ich wusste es!«, rief das Mädchen aufgeregt. »Ich bin Echidne, erinnerst du dich?« Sie warf den Schlangen auf Medusas Kopf einen argwöhnischen Blick zu. »Das mit deinen Haaren stimmt also.«

Medusa starrte weiter in den Himmel und suchte ihn nach Hermes ab. Als sie ihn nirgendwo entdeckte, wandte sie ihre Aufmerksamkeit dem Mädchen zu. Jetzt fiel ihr wieder ein, dass es früher ziemlich nett zu ihr gewesen war, jedenfalls netter als die meisten anderen Kinder. »Ja, es stimmt, ich habe Schlangen auf dem Kopf. Äh, bist du auf dem Weg zur Schule?«

Echidne lachte. »Mädchen gehen hier doch nur bis zur zweiten Klasse in die Schule. Weißt du das nicht mehr? Ich mache jetzt eine Ausbildung zur Wasserträgerin«, sagte sie stolz.

»Toll«, erwiderte Medusa ohne große Begeisterung. Genau diesem Schicksal hatte sie zu entfliehen versucht, indem sie von zu Hause fortgegangen war.

»Aber bestimmt nicht so toll wie dein Leben auf dem Olymp«, sagte das Mädchen und seufzte sehnsüchtig.

»Wie ist es so, mit Göttermädchen wie Aphrodite und Athene abzuhängen? Ich wette, die beiden sind wahnsinnig hübsch und schlau und … na ja, göttlich.«

»Oh ja, das sind sie«, antwortete Medusa. »Wir machen echt viel zusammen, weil wir total dick befreundet sind. In der Schulmensa sitze ich meistens mit den beiden an einem Tisch. Und mit Persephone und Artemis.«

Echidne riss vor Staunen die Augen weit auf. »Echt! Oh Mann, hast du ein Glück!«

Ja, sie hatte Glück, da musste ihr Medusa recht geben. Glück, dass sie nicht mehr hier wohnen musste. Nachdem sie nun bereits mehrere Jahre mit Unsterblichen verbracht hatte, war das Leben auf der Erde wirklich nichts mehr für sie. Sie hätte sich zu Tode gelangweilt, wenn sie wieder in dieser Stadt hätte leben müssen, wo sie als Mädchen noch nicht mal zur Schule gehen durfte.

Ihre Angst, dass Zeus von dem versuchten Ladendiebstahl erfahren haben könnte, kehrte zurück. Er würde sie doch hoffentlich nicht von der Schule werfen und hierher zurückschicken, oder?

Medusa war nie glücklicher gewesen, den silbernen Streitwagen mit den weißen Flügeln am Himmel auftauchen zu sehen, als in diesem Moment. Sobald Hermes auf dem Boden gelandet war, sprang sie auf die

Ladefläche. Sie winkte ihrer alten Schulkameradin zum Abschied zu, die ehrfürchtig den Streitwagen anstarrte. »Tut mir leid, ich muss los!«, rief sie. Aber es tat ihr kein bisschen leid.

6

Die Wahl der Brautjungfern

Hermes hatte zwar bereits am Vortag die restlichen Hochzeitseinladungen für Zeus und Hera an den Mann gebracht, musste jedoch noch die normale tägliche Post ausliefern, bevor er Medusa zum Olymp bringen konnte. Sie half ihm, Päckchen und Papyrusbriefe vor den Türen der Empfänger abzuwerfen. Natürlich nicht aus Hilfsbereitschaft, sondern damit er schneller fertig war. Als sie sich endlich dem Götterinternat näherten, war es fast zwölf Uhr mittags. Medusa hatte noch nicht einmal gefrühstückt und war daher völlig ausgehungert.

Nachdem sie die letzte weiße Schäfchenwolke durchbrochen hatten, tauchte das Schulgebäude der Olymp High vor ihnen auf. Majestätisch thronte es auf dem höchsten Berg Griechenlands und schimmerte im Sonnenlicht. Es war aus glänzendweißem Marmor errichtet, fünf Stockwerke hoch und auf allen Seiten von Säulen flankiert. Unterhalb des Dachs verliefen wunderschöne gemeißelte Reliefs. Manchmal konnte sie es kaum glauben, dass sie wirklich hier zur Schule gehen durfte. Sie hoffte nur, dass das noch lange so bleiben würde!

Die mächtigen Schwingen des Streitwagens flatterten langsamer, während sie das Gebäude umkreisten. »Nächster Halt: Götterinternat«, verkündete Hermes. »Sieht aus … Zeus … Ansprache …« Der Rest seines Satzes wurde vom Wind verschluckt, und Medusa versuchte verwirrt, sich einen Reim darauf zu machen.

Kurz vor der Landung sah sie, was Hermes gemeint hatte: Direktor Zeus stand mitten auf dem Schulhof und war von zahlreichen Schülern umringt. Auch der Schulbote war anwesend, was bedeutete, dass der Direktor eine offizielle Ansprache zu halten gedachte.

Hermes stellte die Ladefläche schräg und wartete ungefähr zwei Sekunden, bis Medusa entweder hinausgehüpft oder hinausgepurzelt war, bevor er seinen Flug fortsetzte. Sie entschied sich fürs Hüpfen und schaffte es wie durch ein Wunder, dass ihr die Comics nicht aus der Hand geweht wurden. »Gern geschehen!«, rief sie Hermes hinterher, der sich mit keinem Wort für ihre Hilfe bei der Auslieferung bedankt hatte. Er winkte nur fröhlich und schien gar nicht mitbekommen zu haben, dass sie sauer war.

Sein geflügelter Streitwagen zog wie immer einige Aufmerksamkeit auf sich, und nicht wenige Schüler drehten die Köpfe und blickten ihm nach, während er davonflog. Ob sie wohl schon von dem Diebstahl-Zwischenfall wussten? »Zwischenfall«, so nannte es Aphrodite, wenn sie versehentlich Ärger verursachte, wie damals, als sie den Trojanischen Krieg ausgelöst hatte. Versuchter Ladendiebstahl war natürlich nicht ganz so schlimm, aber es verstieß immerhin gegen die Schulregeln. Apropos Aphrodite: Auch sie und ihre drei besten Freundinnen Athene, Persephone und Artemis waren unter den Schülern, die sich um Zeus geschart hatten.

Medusa entdeckte außerdem Pheme in der Menge, ihre frühere Zimmernachbarin und einzige Beinahe-Freundin an der Schule. Als Göttin der Gerüchte wusste sie sicher, ob die Geschichte mit ihrem versuchten Ladendiebstahl bereits auf der Schule die Runde machte. Die Papyrusrollen mit ihren Comics fest umklammert, schlenderte Medusa zu ihr hinüber. »Gibt es irgendwelche neuen Gerüchte?«, fragte sie statt einer Begrüßung.

Phemes Blick war fest auf Zeus gerichtet, als hätte sie panische Angst, den Anfang seiner Ansprache zu verpassen. »Pssst«, machte sie, schüttelte jedoch gleichzeitig den Kopf. Es gab also keine Gerüchte.

Erleichtert blickte Medusa nach vorne, wo der

Schulbote um Ruhe bat und dann verkündete: »Da die Zahl sieben Glück bringt, ist es Tradition für einen unsterblichen Bräutigam, sich sieben Trauzeugen für seine Vermählung auszuwählen. Direktor Zeus, König der Götter und Herrscher über den Himmel, ist heute vor euch getreten, um ebendies zu tun. Ohne weiteres Federlesen erteile ich nun also ihm das Wort!«

Federlesen?, dachte Medusa. Wer benutzte denn heute noch so ein Wort? Niemand außer dem wichtigtuerischen Schulboten, das stand fest.

Alle klatschten, während Zeus einen Schritt nach vorne machte und sich räusperte. Er rollte eine Schriftrolle auseinander und begann donnernd ihren Inhalt vorzutragen, wie es sich für einen Donnergott gehörte. »Die sieben Jungen, die das Glück haben, meine Trauzeugen zu sein, wurden aus der männlichen Schülerschaft des Götterinternats ausgewählt. Grundlage der Entscheidung waren ihre schulischen, künstlerischen, sportlichen, musikalischen, heldenhaften oder sonst wie gearteten Leistungen. Meinen herzlichsten Glückwunsch an Apollon, Ares, Dionysos, Eros, Hades, Herakles und Poseidon!«

Während die Schüler die derart geehrten unsterblichen und sterblichen Jungen bejubelten, richtete Medusa ihre grünen Augen auf Poseidon. Mit seiner türkisfarbenen Tunika sah er heute noch süßer aus als sonst!

»Bei Götterhochzeiten ist es außerdem üblich«, fuhr Zeus fort, »dass diese Trauzeugen sieben Mädchen auswählen, die Heras Brautjungfern sein werden. Hiermit befehle ich jedem Trauzeugen, einen Wettbewerb abzuhalten, um unter den Schülerinnen des Götterinternats und den Töchtern der geladenen Gäste seine Auserwählte zu ermitteln.«

Medusa spitzte die Ohren. Nach jahrelanger Schwärmerei für Poseidon war das vielleicht ihre entscheidende Chance. Was für einen Wettbewerb er auch abhalten würde, sie musste ihn gewinnen!

Sobald der Direktor seine Ansprache beendet hatte, schlenderte er davon, und die Schüler machten sich auf den Weg zum Mittagessen in die Schulmensa. Einige der erwählten Trauzeugen hielten sofort kleine Scheinwettbewerbe ab, um ihre Herzensdamen zu Brautjungfern zu erklären.

Ares war der Erste, der auf diese Idee kam. »Die Gewinnerin meines Brautjungfern-Wettbewerbs«, rief er in die Menge, »wird das erste Göttermädchen sein, auf das mein Blick fällt! Ihr Name muss außerdem neun Buchstaben haben und mit A anfangen und mit E aufhören!« Er sah Aphrodite an, deren Hand er hielt, und verkündete: »Wir haben eine Gewinnerin!« Aphrodite strahlte ihn verliebt an, wodurch sie *noch* hübscher aussah als sonst. Wenn das überhaupt möglich war. Typisch, dachte Medusa. Aphrodites Schönheit sorgte zusammen mit ihrer Unsterblichkeit dafür, dass ihr immer alles in den Schoß fiel. Grrr! Das war einfach nicht fair!

Herakles war der Nächste, der seinen Wettbewerb an Ort und Stelle abhielt: »Ich werde das erste Mädchen wählen, das mir das längste und das kürzeste Wort nennen kann, das je geschrieben wurde.« Eine Minute lang herrschte Totenstille, weil jeder darüber nachgrübelte, welche Wörter er wohl meinte. Diese Rätselfrage war beinahe so gut wie die, die ihm Python während der Olympischen Spiele gestellt hatte!

Athene war die Einzige, die nicht lange nachdenken musste: »Das längste Wort ist ›Göttererziehungsanstaltsbeauftragtenkongressteilnehmer‹, und das kürzeste … nun ja, da gibt es mehrere, unter anderem den Buchstaben ›O‹, wie in ›O Zeus!‹.«

Als Herakles sie lächelnd zur Gewinnerin erklärte, freute sie sich sichtlich und schien auch ein wenig erleichtert zu sein. Medusa fand es mehr als verständlich, dass sie bei der Hochzeit ihres Vaters als Brautjungfer dabei sein wollte, und wunderte sich, dass Zeus nicht auf die Idee gekommen war, sie von vorneherein zur Ehren-Brautjungfer zu wählen. Vielleicht war er in solchen Dingen genauso gedankenlos wie ihr eigener Vater, überlegte Medusa. Wenigstens kommunizierte Zeus nicht mit Grunzlauten.

Hades hielt als Nächstes seinen Wettbewerb ab und

stellte eine Frage zu bestimmten Blumen, die nur in der Unterwelt wuchsen. Persephone war die Einzige, die diese Frage beantworten konnte, und gewann den Wettbewerb daher spielend. Medusa hörte nur mit halbem Ohr zu, weil sie damit beschäftigt war, Poseidon im Blick zu behalten. Sobald er die Bedingungen für seinen Wettbewerb bekanntgab, würde sie zuschlagen. Und sie würde gewinnen!

Sie malte sich aus, wie sie am nächsten Wochenende mit einem hübschen Blumenstrauß in der Hand neben ihm herschreiten würde. Seufz.

Als alle Schüler die Schulmensa erreicht hatten, waren nur noch vier Götterjungen ohne Partnerinnen: Apollon, Dionysos, Eros und Poseidon. Apollon borgte sich kurzerhand eine helmförmige Schüssel von einer Mensamitarbeiterin aus und verkündete laut: »Wenn ihr bei der Hochzeit meine Brautjungfer sein wollt, werft einen Zettel mit eurem Namen in diese Schüssel!«

Medusa vermutete, dass Poseidon seinen Wettbewerb erst bekannt geben würde, wenn Apollon seine Auswahl getroffen hatte, und flitzte in ihr Zimmer hinauf, um ihre Comics und die Münzsäcke von Herrn Dolos in ihren Schrank zu bringen.

Als sie einige Minuten später in die Schulmensa zurückkam, war Apollons Wettbewerb immer noch in vollem Gange. Die Helmschüssel ging von Tisch zu

Tisch. Medusa setzte sich zu ihren Schwestern, und als die Schüssel zu ihr kam, sah sie, wie Ares etwas zu Apollon sagte und auf sie zeigte. Apollon warf ihr einen panischen Blick zu. Offenbar hatte er Angst, dass er *sie* als Brautjungfer erwischte. Sie grinste höhnisch. Ob sie nur so zum Spaß ihren Namen in die Schüssel werfen sollte? Nein, sie wollte auf keinen Fall riskieren, dass Apollon sie zog. Also schrieb sie stattdessen Ares' Namen auf einen Zettel, weil sie die Vorstellung lustig fand, dass Apollon einen Jungennamen vorlas. Ha, ha, ha!

Nachdem Apollons Helmschüssel durch sämtliche Mädchenhände gegangen war, wanderte sie zu ihm zurück. Er stand auf, kniff theatralisch die Augen zu und wühlte tief in den Papyruszetteln herum. Dann zog er einen davon heraus und las den Namen ab, der darauf stand: »Kassandra!«

Ein Mädchen mit langen gewellten rotblonden Haaren stand auf. »Ich hatte es im Gefühl, dass du meinen Namen ziehst!«, rief sie Apollon lachend zu.

»Ja, genau«, murmelte Medusa. Sie glaubte dem Mädchen kein Wort und war sich sicher, dass es allen anderen genauso ging. Wer ist diese Kassandra eigentlich?, fragte sie sich. Aus dem Getuschel in der Mensa schloss sie, dass es den anderen Schülern genauso ging.

Innerhalb von Sekunden tauchte Pheme am Tisch der grünen Drillinge auf. »Angeblich ist sie die Tochter von einem der Könige, die bereits jetzt zur Hochzeit angereist sind«, erzählte sie Medusa und ihren Schwestern atemlos. Dann flitzte sie zum nächsten Tisch, um die Information zu verbreiten, bevor es jemand anders tun konnte. Da Medusa Hermes dabei geholfen hatte, Hunderte von Einladungen auszuliefern, wusste sie, wie viele Würdenträger mit ihren Familien Zeus für die Hochzeitsfeierlichkeiten auf den Olymp eingeladen hatte.

Nach dem Mittagessen übernahm Eros die Helmschüssel und forderte alle Mädchen, die gerne seine Brautjungfer sein wollten, dazu auf, ihm nach draußen zu den Sportplätzen zu folgen, wo es auch einen Schießstand gab. Die Schulmensa leerte sich rasend, weil alle zu den Sportanlagen strömten, um den Wettbewerb zu verfolgen. Sobald sich sämtliche Interessentinnen dort versammelt hatten, bat Eros die Mädchen, ihren Namen entweder aus Apollons Schüssel zu ziehen oder ihn neu auf ein Stück Papyrus zu schreiben und dann an einer Zielscheibe zu befestigen, die er aufgestellt hatte. Nachdem alles bereit war, zielte Eros und schoss seinen Liebespfeil aus fünfzig Schritten Entfernung ab.

»Pheme!«, las er von dem Zettel ab, den sein Pfeil durchbohrt hatte. Pheme kreischte vor Freude und stieß dabei eine Rauchwolke aus, die über ihrem Kopf ein Herz bildete.

Jetzt fehlten nur noch Dionysos und Poseidon. Da Medusas Aufmerksamkeit allein Poseidon galt, bekam sie kaum mit, wie Dionysos seinen Wettbewerb ankündigte und seine Augenbinde anzog, auf der *Liebe ist blind* stand. Es war dieselbe Augenbinde, die er getragen hatte, als er mit Medusa auf dem Heldenball getanzt hatte.

Nachdem Apollon ihn einige Male um die eigene Achse gedreht hatte, taumelte Dionysos blindlings auf das nächste Mädchen zu, das zufälligerweise Medusa war. *Beim Gipfel des Olymps, nicht schon wieder!*, dachte sie erschrocken und sprang aus dem Weg, wodurch er letztendlich ein sterbliches Mädchen berührte, das hinter ihr gestanden hatte.

»Sie heißt Ariadne und ist die Tochter von König Minos aus Kreta«, hörte Medusa Pheme überall herumerzählen. Ariadne schien sich wahnsinnig darüber zu freuen, dass Dionysos sie ausgewählt hatte, und Medusa verspürte einen kleinen eifersüchtigen Stich, schob dieses Gefühl jedoch beiseite. Ihr Herz gehörte Poseidon, und damit basta.

Nun, wo er der einzige Trauzeuge ohne dazugehörige Brautjungfer war, waren alle Augen auf ihn gerichtet. Medusa hielt vor Anspannung die Luft an, als er endlich seine Ankündigung machte: »Als Gott des Meeres werde ich nächsten Samstag im Schwimmbecken der Schule einen Schwimmwettbewerb veranstalten. Der Gewinnerin wird die Ehre zuteil, mit mir am Sonntag zu Direktor Zeus' Hochzeit zu schreiten.«

Ein Schwimmwettbewerb? Was wünscht man sich meer … äh mehr!, dachte Medusa. Da sie an der Ägäischen Küste aufgewachsen war, noch dazu mit einem Meeresungeheuer als Mutter und einem Seeschwein als Vater, hatte sie schon schwimmen gelernt, bevor sie überhaupt laufen konnte. Ihre Chancen, den Schwimmwettbewerb zu gewinnen, standen also gar nicht schlecht.

Sie schielte zu Pandora hinüber, die ein deprimiertes Gesicht machte. Da sie letztes Jahr zusammen Sportologie gehabt hatten, wusste Medusa, was für eine schlechte Schwimmerin ihre ehemalige Zimmernachbarin war. Wenn Poseidon gewollt hätte, dass Pandora gewann, hätte er bestimmt einen Wettbewerb ausgesucht, der ihr leichtfiel. Zum Beispiel ein Frage-und-Antwort-Spiel oder so etwas. Dass er das nicht getan hatte, konnte nur bedeuten, dass er nicht in sie verliebt war.

»Mir nach, wenn ihr euch für meinen Wettbewerb anmelden wollt!«, rief Poseidon in die Runde. Aufgeregt gesellte sich Medusa zu der Gruppe Mädchen, die ihm vom Schießstand zur Turnhalle folgte, wo er eine Liste ans Schwarze Brett hängte. Während die Interessentinnen Schlange standen, um sich darin einzutragen, kehrte Poseidon auf den Sportplatz zurück, um mit Ares und einigen anderen Götterjungen eine Partie Diskuswerfen zu spielen.

Obwohl sie am liebsten alle anderen Mädchen beiseite geschoben und zuerst ihren Namen in die Liste eingetragen hätte, hielt sich Medusa zurück. Erst als das letzte Mädchen gegangen war und die Luft rein war, näherte sie sich dem Schwarzen Brett. Stirnrunzelnd las sie die Namen der Teilnehmerinnen. Die sterblichen Mädchen schlug sie mit Leichtigkeit, aber die Göttermädchen auf der Liste besaßen allesamt magische Fähigkeiten. Medusa hatte nur eine Chance gegen sie, wenn sie selbst zum Zeitpunkt des Wettkampfs unsterblich war. *Hm.*

Nachdem sie rasch ihren Namen unter die Liste gesetzt hatte, rannte sie zurück zu ihrem Zimmer, suchte den teilweise ausgefüllten Bestellschein für das Amulett und ergänzte die fehlenden Angaben. Dann holte sie die Säcke mit dem Geld aus ihrem Schrank und schüttete alle dreißig Drachmen, die Herr Dolos ihr gezahlt hatte, in einen Sack um, den sie verknotete, nachdem sie das Bestellformular hineingesteckt hatte. Zuletzt schrieb sie die Adresse außen auf den Sack und stellte ihn aufs Fensterbrett.

Zögernd starrte sie eine Minute lang auf den Sack. Was, wenn sie einen großen Fehler beging? Ihr Verstand sagte ihr, dass das Amulett gar nicht funktionieren *konnte*. Aber ihr Herz sehnte sich so sehr danach, unsterblich zu werden, dass sie beschloss, nicht auf ihren Verstand zu hören. Ihr perfekter Plan musste einfach funktionieren!

Innerhalb weniger Minuten kam eine magische Brise an ihrem Fenster vorbei. Die vier Winde und ihre Helfer, die steifen Brisen, lieferten einen Großteil der Post aus, die vom Götterinternat abgeschickt wurde. Doch als die Brise versuchte, den Sack mit sich fortzureißen, bewegte sich dieser nicht vom Fleck. Die Brise forderte daraufhin Unterstützung an:

Für eine Brise viel zu schwer,
ihr starken Winde, kommt schnell her!

Kurz nachdem die gereimten Worte der Brise verklungen waren, wehte ein deutlich stärkerer Windstoß herbei und half ihr beim Tragen. Zusammen rauschten sie mit dem Sack davon.

Medusa ließ sich voller Hoffnung und Vorfreude auf ihr Bett plumpsen. Dann rollte sie sich auf die Seite, stützte sich auf den Ellbogen und starrte ihre Poseidon-Collage an. Schon nächste Woche konnte ihr Brautjungfern-Strauß hier hängen! Und vielleicht auch ein Bild von der ganzen Hochzeitsgesellschaft, auf dem sie schick herausgeputzt neben Poseidon stand und ihm die Hand auf den Arm legte …

Die Bilder von Zeus' und Heras Hochzeit würden sicher überall abgedruckt werden, natürlich auch auf den Titelblättern des *POP-yrus-Magazins* und des *Griechischen Wochenblatts*. Ihre Eltern *mussten* einfach stolz auf sie sein, wenn sie sie als Brautjungfer bei der Hochzeit des Königs der Götter sahen! Wichtiger noch: Die Kinder, die früher gemein zu ihr gewesen waren, würden sehen, wie weit sie es auf dem Olymp gebracht hatte!

Plötzlich hatte sie Lust zu zeichnen und holte ihre Comics aus dem Schrank. Nachdem sie einen Papyrusbogen gefunden hatte, der noch fast leer war, schrieb sie mit ihrem Federkiel:

Die Königin der Gemeinheit (Folge 24)
Die beste Brautjungfer aller Zeiten!

»In der heutigen Folge«, murmelte sie und skizzierte rasch eine böse aussehende Schlange, die ihren eigenen Schwanz im Maul hielt, »kommt die heimtückische und niederträchtige Schlange Ouroboros vorbei und will Zeus die Hochzeit vermiesen.« Als Nächstes zeichnete sie zwei Strichmännchen, die vor Schreck hintenüberfielen. »Zeus und Hera fallen beim Anblick der Schlange in Ohnmacht«, schrieb sie weiter. »Sämtliche Hochzeitsgäste verstecken sich feige, auch die angeblich so tapferen Götterjungen. Nur die Königin der Gemeinheit stellt sich der Schlange unerschrocken entgegen und schlägt sie in die Flucht, indem sie ihr magisches Wort ›Gorgonzola!‹ ruft.«

Medusa zeichnete die Königin der Gemeinheit als

Strichmännchen, das in der einen Hand einen stinkenden Käse und in der anderen einen Blumenstrauß hielt, und schrieb: »Blitzschnell wirft die Königin Poseidon ihren Brautjungfernstrauß zu und flitzt zurück, um Zeus zu retten. Die Schlange hat nämlich mittlerweile ihren Schwanz lange genug aus dem Maul genommen, um sich den Direktor des Götterinternats zu schnappen, der Todesängste aussteht.«

Mit raschen Strichen skizzierte sie Zeus mit angstvoll aufgerissenen Augen.

Dann zeichnete sie vier Göttergirls, die alle an der Hüfte zusammengewachsen waren wie eine Papiergirlande. Unter die Mädchen malte sie lange, wellenförmige Linien, die Wasser darstellen sollten. »Athene, Aphrodite, Persephone und Artemis stolpern unterdessen und fallen ins Schwimmbecken, wo das Wasser ihre Kleider und ihre Frisuren ruiniert. ›Hilfe!‹, kreischen die vier. ›Aaaaah!‹« Medusa grinste, als sie die verzweifelten Gesichter, die strähnigen Haare und die triefenden Chitons der vier Mädchen zeichnete.

Während sie schrieb und zeichnete, knabberte sie Ambrosia-Flips und warf hin und wieder eine Hand davon in die Luft, damit ihre Schlangen auch etwas zu tun hatten.

Schließlich kam ihre Comic-Geschichte zum Ende. »Endlich siegt die Königin der Gemeinheit gegen das Böse und verbannt die Schlange für immer. Zeus ist ihr so dankbar, dass er verspricht, sie unsterblich zu machen. Von nun an ist sie die Göttin der …« Weil sie sich nicht entscheiden konnte, schrieb sie: »… die Göttin von allem, was sie sich wünscht.

Dann gibt ihr Poseidon den Strauß zurück und sagt: ›Mit deinem steinernen Blick und deinem magischen Käse schaffst du es immer, die Lage zu retten. Du bist einfach toll, Königin der Gemeinheit!‹

Die vier beliebtesten Göttermädchen der Olymp High schenken ihr eine Kette mit einem goldenen Doppel-G-Anhänger, der genauso aussieht wie ihre eigenen, und flehen sie an, ihre Freundin zu werden. Sie willigt großzügig ein und wird sofort genauso beliebt wie die Göttergirls. Ende.«

Medusa las ihren Comic noch einmal durch und kicherte. Ein wahres Meisterwerk!

7

Kinderbetreuung

Fest entschlossen, Poseidons Wettkampf auf jeden Fall zu gewinnen, quälte sich Medusa am Montag um sechs Uhr morgens aus dem Bett, um im schuleigenen Schwimmbad zu trainieren. Sie streckte sich und gähnte, weil es so früh war und sie noch bis spät in die Nacht an ihrem Comicabenteuer gezeichnet hatte. Nachdem sie sich angezogen hatte, joggte sie über den Schulhof zur Turnhalle, wo in einer Grotte im Untergeschoss das Trainingsbecken des Götterinternats untergebracht war.

Sie ging die Kalksteintreppe zur Grotte hinunter und streifte ihren Chiton ab, unter dem sie bereits ihren Badeanzug trug. Als Gott des Meeres hatte Poseidon dieses unterirdische Schwimmbecken geschaffen und konnte ihm befehlen, die verschiedensten Formen anzunehmen. So ließ es sich an jedes Wettschwimmen und jede Sportveranstaltung anpassen. Er konnte Wasserfälle und Felsen hinzufügen und sogar Fische und anderes Meeresgetier. Aber im Moment war das Becken ein ganz normales langgezogenes Rechteck. Seile aus geflochtenem Seetang trennten die einzelnen Bahnen.

Als Medusa ein platschendes Geräusch hörte, sah sie sich überrascht in der Grotte um. Etwa ein Dutzend andere Mädchen – Sterbliche wie Göttermädchen – drehten bereits ihre Runden im Becken. Sie hatte erwartet, dass das Schwimmbad um diese Zeit leer war, doch die anderen Wettbewerbsteilnehmerinnen waren offenbar genauso fest entschlossen wie sie, Poseidons Brautjungfer zu werden.

»Tut mir echt leid, Jungs, aber ich muss so viel Training wie möglich in die nächsten sechs Tage packen«, sagte sie zu ihren müden Schlangen, bevor sie ins eiskalte Wasser sprang. Sie schwamm zwanzig Bahnen und war hinterher zwar zufrieden mit ihrem Tempo, aber so erschöpft, dass sie sich ebenfalls fühlte wie schlaffer Seetang.

Nach dem Schwimmen mussten die anderen Mädchen in den Umkleiden noch ihre Haare trocknen und frisieren. Das war einer der Vorteile, wenn man Schlangenhaare hatte, dachte Medusa, während sie sich schnell wieder anzog. Da war kein Styling erforderlich, weil man immer gut aussah!

Auf dem Weg von der Turnhalle zum Schulgebäude entdeckte sie reihenweise unbekannte Streitwagen, die zwischen Schulhof und Sportanlagen parkten. Vermutlich gehörten sie den Hochzeitsgästen, die schon seit Samstag auf dem Olymp eintrudelten.

Als sie plötzlich laute, aufgebrachte Stimmen hörte, drehte sich Medusa um und entdeckte Zeus und Hera zwischen den Bäumen des Olivenhains. Sie schienen ganz in ihr Gespräch vertieft zu sein und überhaupt nicht zu bemerken, dass Athene und Aphrodite nicht weit von ihnen am Rand des Schulhofs standen. Immer wenn andere Schüler an ihnen vorbeikamen, taten die beiden Göttergirls so, als würden sie eine Schriftrolle lesen, die sie zwischen sich ausgebreitet hatten, aber es war offensichtlich, was sie in Wirklichkeit taten: Sie lauschten.

Bisher waren Zeus und Hera nebeneinander hergeschlendert, doch nun blieb Hera abrupt stehen und verschränkte wütend die Arme. Stritt sich das zukünftige Ehepaar etwa ernsthaft? *Wie spannend!* Medusa verbreitete zwar keine Gerüchte wie Pheme, aber auch sie liebte es, die Geheimnisse ihrer Mitmenschen zu erfahren. Man wusste nie, ob sie sich nicht irgendwann zum eigenen Vorteil nutzen ließen.

Also schob sie sich unauffällig durch die Schüler, die auf dem Schulhof in beide Richtungen unterwegs waren, und näherte sich dem Olivenhain. Unweit der beiden Göttermädchen blieb sie stehen, um sich hinter einem eingetopften Zitronenbaum zu bücken und so zu tun, als würde sie sich die Sandale wieder zubinden. Die Göttergirls waren so mit Lauschen beschäftigt, dass sie sie gar nicht bemerkten.

»Nenn mir *einen* Grund, warum ich nicht weiterhin in meinem Brautmodengeschäft arbeiten sollte«, hörte Medusa Hera fragen.

»Wie sieht denn das aus?«, donnerte Zeus. »Ich will nicht, dass alle diese Könige und Staatsoberhäupter – oder auch nur meine Freunde – denken, dass ich so arm bin, dass meine Frau arbeiten muss. Außerdem möchte ich deine ganze Aufmerksamkeit für mich, mein Täubchen.«

»Sag nicht immer Täubchen zu mir!«, erwiderte Hera scharf. »Meine Arbeit macht mir Spaß, und deshalb werde ich meinen Laden auch nach der Hochzeit weiterführen. Basta.« Sie stolzierte aus dem Olivenhain, und Zeus folgte ihr dicht auf dem Fuß und hörte nicht auf, erregt auf sie einzureden. Aphrodite und Athene zogen die Köpfe ein, damit Zeus sie nicht entdeckte. Er sollte auf keinen Fall merken, dass sie ihm und Hera hinterherspionierten. Zu ihrem Glück übersah er sie tatsächlich.

»Ich wünschte, sie würde einfach ihr Geschäft aufgeben«, murmelte Athene, nachdem die beiden verschwunden waren.

»Spinnst du? Du weißt genau, dass dein Vater nicht glücklich wäre mit einer Frau, die keine eigenen Interessen hat«, widersprach Aphrodite. »Er braucht vielleicht noch ein bisschen Zeit, das zu verstehen. Erinnerst du dich an seine Antworten auf meinem Fragebogen?«

»Welchem Fragebogen?«, fragte Medusa, die plötzlich aus ihrem Versteck auftauchte.

Die beiden Göttermädchen starrten sie überrascht an. Dann zeigte Athene vorwurfsvoll mit dem Finger auf sie. »Das Ganze ist deine Schuld!«

Medusa erstarrte. »Meine Schuld? Warum, was habe *ich* denn damit zu tun?«

»Weil du im Amphitheater am Freitag diese bescheuerten Fragen gestellt hast. Warum Göttinnen überhaupt arbeiten und so«, antwortete Athene. »Ohne dich hätte es meinen Vater doch nicht die Bohne interessiert, ob Hera nach der Hochzeit ihren Laden behält oder nicht.«

»Stimmt«, pflichtete ihr Aphrodite bei. »Und das nach der ganzen Mühe, die wir uns gemacht haben, um die perfekte Frau für ihn zu finden!«

Medusa schnipste mit den Fingern. »Aha, ich verstehe. *Ihr* habt Zeus also mit Hera verkuppelt!«

»Ja, haben wir. Mach jetzt bloß nicht alles wieder kaputt«, warnte Aphrodite. »Es war nicht leicht, ihn dazu zu kriegen, den Fragebogen für meinen Club der

Einsamen Herzen auszufüllen. Athene musste den Fragebogen in eine seiner Zeitschriften schmuggeln, damit er zufällig darüber stolpert, und …«

»Ihr habt Zeus also mit einem Trick dazu gebracht, die Fragen zu beantworten?«, unterbrach Medusa sie und tippte sich grinsend mit der Fingerspitze ans Kinn. »Interessant. Ich frage mich, wie er reagieren würde, wenn er davon wüsste.« Mit diesen Worten machte sie kehrt und ging auf die Granittreppe zu, die zum Haupteingang der Schule führte.

Athene und Aphrodite sahen sich panisch an und beeilten sich, sie einzuholen. »Wir haben nur versucht, eine Partnerin für ihn zu finden, die wirklich zu ihm passt«, verteidigte sich Aphrodite.

»Weil er doch so unglücklich war, nachdem meine Mutter weg war. Du erinnerst dich?«, fragte Athene.

Athenes Mutter hieß Metis und war eine Fliege, die bis vor kurzem in Zeus' Kopf gelebt hatte. Nachdem sie davongeflogen war, um woanders ein neues Leben zu beginnen, hatten sich Hera und Zeus bei einem Schulball kennen und lieben gelernt. Erst jetzt ging Medusa auf, dass Heras Anwesenheit auf jenem Ball kein Zufall gewesen war. Widerwillig musste sie anerkennen, dass Aphrodites Kuppelversuche in diesem Fall von Erfolg gekrönt gewesen waren. Bevor Hera in sein Leben getreten war, war Zeus nämlich tatsächlich furchtbar schlecht gelaunt gewesen und hatte ein Gewitter nach dem anderen verursacht, wohingegen er in letzter Zeit nur noch mit einem breiten Grinsen herumlief.

»Du hast doch hoffentlich nicht vor, das Glück meines Vaters zu gefährden, indem du ihm erzählst, was wir getan haben?«, fragte Athene besorgt. »Wenn die anderen erfahren, dass du der Grund bist, warum Zeus wieder unglücklich ist und Blitze schleudert, wirst du bestimmt das unbeliebteste Mädchen der ganzen Schule ...« Sie brach ab, weil ihr plötzlich eingefallen zu sein schien, dass Medusa bereits jetzt das unbeliebteste Mädchen der Schule war. »Ich meine ...«

Medusa versuchte nicht zu zeigen, wie sehr sie Athenes Worte verletzten. »Keine Sorge«, antwortete sie knapp. »Euer Geheimnis ist bei mir gut aufgehoben.« Sie setzte ihren Weg zum Bronzetor fort, drehte aber noch einmal den Kopf und rief über die Schulter: »Zumindest fürs Erste!«

Sie hatte wieder einmal das letzte Wort behalten und riss zufrieden die schwere Tür auf, um durch die Eingangshalle zum Heldologieklassenzimmer zu gehen, wo ihre erste Stunde stattfand.

Gemein zu sein und Unruhe zu stiften machte sie zwar nicht direkt glücklich, verlieh ihr aber ein Gefühl von Macht, ein Gefühl, das einem sterblichen Mädchen nicht besonders häufig vergönnt war. Außerdem hatte sie Aphrodite immer noch nicht verziehen, dass sie Dionysos auf dem Heldenball mit einem Trick dazu gebracht hatte, mit ihr zu tanzen.

Medusa wurde ruckartig aus ihren Gedanken gerissen, als ihr Artemis' Hunde vor die Füße rannten. *Grrr.* Diese Hunde waren eine echte Gefahr, weil sie ständig auf den Schulfluren herumflitzten und Schüler zum Stolpern brachten. Am liebsten hätte sie sie in Stein verwandelt, aber das brachte nichts. Als sie es das letzte Mal versucht hatte, hatte Athene die drei Vierbeiner einfach wieder zurückverwandelt.

Sie näherte sich dem Heldologiezimmer und stellte fest, dass direkt vor ihr Apollon und Dionysos gingen. Ihre Gedanken kehrten sofort wieder zu jenem peinlichen Moment auf dem Heldenball zurück, als sie mit Dionysos getanzt hatte. Sie war sich sicher gewesen, dass Aphrodite und Dionysos ihr nur einen Streich spielen wollten, und hatte ihn deshalb mitten im zweiten Tanz stehen gelassen.

Damit hatte sie ihn vor seinen Freunden blamieren wollen, doch es waren sofort zwei andere Mädchen neben ihm aufgetaucht und hatten ihre Rachepläne durchkreuzt. Als er sich schließlich die Augenbinde vom Kopf gezogen hatte, waren es diese beiden Mädchen gewesen, die er vor sich gesehen hatte. Bestimmt hatte er überhaupt nicht mitbekommen, mit wem er am Anfang getanzt hatte. Es sei denn, einer seiner

Freunde hatte es ihm hinterher erzählt. Das würde erklären, warum er sie in letzter Zeit so häufig anstarrte.

»Oh Mann. Ariadne, das Mädchen, das ich als Brautjungfer gezogen habe, musste heute abreisen. Offenbar ist der Minotaur, den ihre Eltern als Haustier halten, völlig durchgedreht. Die ganze Familie ist sofort zurück nach Hause aufgebrochen, um ihn zu bändigen, bevor er größeren Schaden anrichtet«, sagte Dionysos gerade zu Apollon.

»Oje. Dann suchst du dir wohl besser schnell eine neue Brautjungfer«, erwiderte Apollon, bevor sich die Jungs trennten. »Bis später!«

Apollon musste ins Philosophenlehrezimmer, das ein paar Türen weiter lag, und Dionysos betrat vor Medusa den Heldologieraum. Hintereinander umrundeten sie das riesige Spielbrett, das die Hälfte des Klassenzimmers einnahm. Dabei handelte es sich um eine dreidimensionale Landkarte mit Straßen, Tälern, Dörfern und Burgen. Kleine Heldenstatuen dienten als Spielfiguren, und aus den Meeren und Ozeanen spähten echte kleine Seeungeheuer.

Als Medusa am Spielbrett vorbeiging, zischten ihre Schlangen wie immer böse die Mini-Seeschlangen im Mittelmeer an. Als Dionysos das Geräusch hörte, drehte er sich um und lächelte Medusa an. Er hatte ziemlich süße Grübchen, wenn er lachte, das musste sie zugeben. »Kopfssschlangen und Seessschlangen sind offenbar Feinde«, zischte er scherzhaft.

Machte er sich etwa über ihre Schlangen lustig? Sie war sich nicht sicher und beschloss, ihn einfach zu ignorieren und weiter zu ihrem Tisch zu gehen.

Nachdem sie sich hingesetzt hatte, fing sie wie üblich an, ihre Sachen vor sich auszubreiten. In die Ecke ihres Pults stellte sie ein Fläschchen grünen Glitzernagellack (sie hatte nämlich die Angewohnheit, sich während des Unterrichts die Nägel zu lackieren, wobei sie Athene, die direkt vor ihr saß, als Deckung nutzte). Ihre Heldologieschriftrolle breitete sie in der Mitte aus, und ihren Federkiel legte sie daneben. Nachdem sie ihre Tasche auf den Boden gestellt hatte, blickte sie auf und stellte fest, dass Dionysos vor ihrem Tisch stand und sie anstarrte.

»Was ist?«, fragte sie stirnrunzelnd.

Er lachte. »Du freust dich ja riesig, mich zu sehen!«

»Willst du was Bestimmtes?«, fragte sie und trommelte ungeduldig mit den Fingern auf ihren Tisch, während sie sich innerlich auf einen Witz über sich oder ihre Schlangen einstellte. Konnte er sie denn nicht einfach in Ruhe lassen?

Dionysos sah plötzlich schüchtern und ein wenig nervös aus und trat unruhig von einem Fuß auf den anderen. Der berühmteste Schauspieler der Theatergruppe und schüchtern? Das konnte nicht sein! Er war der Star jedes Stücks, das an der Schule aufgeführt wurde, und daher seit Jahren daran gewöhnt, im Mittelpunkt zu stehen. Sie starrte in seine Augen, die die Farbe von dunklen Weintrauben hatten, und stellte überrascht fest, dass seine Wangen rot wurden.

»Na ja, ich hatte mich gefragt, ob du vielleicht …« Er schob seine Hände tiefer in die Taschen seiner Tunika. Bevor er den Witz oder die Beleidigung loswerden konnte, wegen der er zweifellos an Medusas Tisch gekommen war, tauchten Aphrodite und Athene auf und setzten sich rechts und links vom Mittelgang in die Reihe vor Medusa. »Äh, egal«, sagte Dionysos. Nachdem er lässig die beiden Göttergirls begrüßt hatte, schlenderte er zu seinem eigenen Tisch und hatte wieder das übliche unbekümmerte Lächeln auf dem Gesicht.

»Bitte mal alle aufpassen!« Als Medusa die Stimme ihres Lehrers hörte, blickte sie nach vorne und sah, dass Herr Zyklop eine Liste in der Hand hielt. »Wie ihr wisst, sind diese Woche zahlreiche Würdenträger, Könige und Helden aus anderen Königreichen zu Besuch, um der großen Hochzeit am Sonntag beizuwohnen. Viele haben ihre Frauen und Kinder mitgebracht, darunter auch einige Kleinkinder, die noch nicht zur Schule gehen.

Um unsere Beziehungen zu anderen Ländern und Kulturen zu festigen, haben wir jedem von euch ein

Kindergartenkind zugeteilt, um das ihr euch während meines Unterrichts kümmern werdet. Das Projekt beginnt heute und läuft noch die ganze Woche.«

Als den Schülern aufging, was das bedeutete – kein regulärer Unterrichtsstoff und keine Hausaufgaben –, fingen sie begeistert an zu jubeln. Herr Zyklop lächelte. »Wie ihr offenbar gerade gemerkt habt, fällt der normale Unterricht bis nächsten Montag aus.«

Dionysos schlug sich mit gespielter Dramatik die Hände vors Herz und stieß einen tiefen Seufzer aus. »Mir bricht das Herz! Wir schreiben also morgen keinen Test?«

»Richtig erkannt. Ich weiß, dass das eine herbe Enttäuschung für euch ist, aber ihr müsst jetzt sehr tapfer sein«, antwortete Herr Zyklop, und sein riesiges Auge in der Mitte seiner Stirn funkelte verschmitzt. Dann blickte er zur Tür, die gerade einen Spalt aufgegangen war. »Ah, Fräulein Hydra! Kommen Sie doch rein«, sagte er. »Herein mit Ihren Schützlingen. Willkommen, liebe Kinder!«

Fräulein Hydras neun Köpfe wippten und pendelten, während sie ins Klassenzimmer glitt und eine ganze Rasselbande lebhafter Kleinkinder hereinschob. Sobald alle im Raum waren, verabschiedete sie sich erleichtert und machte die Tür hinter sich zu. Ohne die strenge Aufsicht der neunköpfigen Sekretärin begannen die Kindergartenkinder sofort, durchs

Klassenzimmer zu rennen und alles unter die Lupe zu nehmen. Sie krabbelten unter sämtliche Tische und stolperten über die Füße der Schüler.

Medusa entging nicht, dass einige der kleinen Racker sterblich waren. Für einen Sekundenbruchteil war sie versucht, zumindest einen Teil der kreischenden Bande in Stein zu verwandeln, wofür ihr wohl niemand einen Vorwurf gemacht hätte. Aber sie entschied sich dagegen und setzte widerwillig ihre Steinbrille auf, während sie sich fragte, wer auf diese absurde Idee gekommen war. Wer hatte schon Lust, auf ein nerviges Kleinkind aufzupassen? Sie bestimmt nicht!

»Ooooh! Sind die nicht süß!«, hörte sie Aphrodite gurren. Athene nickte so heftig, dass Medusa sich sofort an die beiden Wackelpuppen in dem Geschenkladen auf dem Göttermarkt erinnert fühlte. Sie verdrehte die Augen.

Herr Zyklop fing an, jeweils zwei Namen auf einmal von seiner Liste abzulesen. Poseidon wurde als Erster aufgerufen und bekam den Sohn eines Meeresungeheuers zugeteilt, einen kleinen Jungen namens Cetus. Dionysos' Schützling hieß Perseus und war ein sterblicher Junge, dessen Eltern *Perseus' Schildmarkt* auf der Erde gehörte. Pheme sollte sich um ein sterbliches kleines Mädchen kümmern, und Aphrodite und Athene waren ganz begeistert von ihren beiden süßen

Lockenköpfen, zwei kleinen Seenymphen namens Thetis und Amphitrite.

Als Herr Zyklop Medusas Name vorlas, hatten alle anderen Schüler bereits ein Kind zugeteilt bekommen und es war nur noch ein kleines Mädchen mit blitzenden dunklen Augen übrig, dessen schwarze Haare zu Dutzenden kleinen Zöpfen geflochten waren. »Das ist Andromeda, eine Prinzessin aus Äthiopien«, erklärte Herr Zyklop. »Diese Woche bist du für sie zuständig, Medusa.«

Ein einziger Blick auf Medusa genügte, und das kleine Mädchen brach in Tränen aus. »Ich will nicht zu ihr!«, rief es und flitzte in die kleine Abstellkammer, in der Herr Zyklop die Unterrichtsmaterialien aufbewahrte. Nachdem Andromeda laut die Tür hinter sich zugeknallt hatte, drehten sich alle um und starrten Medusa vorwurfsvoll an. Die Reaktion des Mädchens war doch nicht ihre Schuld! Die meisten Kinder hatten Angst vor Schlangen.

Die meisten Erwachsenen auch, dachte sie. Ach, eigentlich war es ihr ganz recht, wenn sie keinen Schützling hatte, um den sie sich kümmern musste. Ihretwegen konnte das kleine Mädchen gerne die ganze Woche in der Abstellkammer bleiben! Aber dann spürte sie Poseidons Blick auf sich, der neugierig auf ihre Reaktion schien.

Weil Medusa auf keinen Fall seine Missbilligung

erregen wollte, seufzte sie und sagte: »Ich hole sie.« Die anderen Schüler wandten ihre Aufmerksamkeit wieder ihren eigenen Kindergartenkindern zu. Einige holten Bücher, um sie den Kindern vorzulesen, und andere zogen Spiele oder Malsachen hervor.

Medusa öffnete die Tür zur Abstellkammer und spähte hinein. Das kleine Mädchen hatte sich in einer Ecke auf dem Boden zusammengerollt und lutschte am Daumen. Mit ihrer freundlichsten Stimme sagte Medusa: »Na komm, du brauchst keine Angst zu haben, Andromeda. Meine Schlangen tun dir nichts.«

Der Daumen flutschte aus dem Mund. »Ich hab keine Angst vor Schlangen. Nur wenn sie beißen. Beißen deine Schlangen? Tut es weh auf deinem Kopf? Können sie sprechen?« Dieses Kind stellte ja genauso viele Fragen wie Pandora!

»Äh, nein«, beantwortete Medusa alle drei Fragen gleichzeitig.

Das kleine Mädchen rutschte auf den Knien näher an sie heran. »Darf ich sie mal streicheln?«, fragte es und wollte die Hand ausstrecken.

Medusa wich zurück. Niemand hatte es je gewagt, ihre Schlangen anzufassen, bis auf Herakles, der sogar einmal versucht hatte, sie zu erwürgen – dieser Idiot. Auch ihre Schlangen erstarrten, weil sie nicht wussten, wie sie reagieren sollten.

Andromeda schob trotzig das Kinn vor und tat so, als würde ihr die Zurückweisung überhaupt nichts ausmachen, aber Medusa sah ihr an, wie verletzt sie war. »Na gut. Wenn du unbedingt willst«, sagte sie schließlich und kniete sich mit gebeugtem Kopf vor das kleine Mädchen.

Trotz ihrer anfänglichen Unsicherheit schienen die Schlangen Andromeda sofort in ihr Herz zu schließen, denn einige wanden sich wie Armbänder um ihre Handgelenke, und andere kitzelten mit ihren Zungen sanft ihre Wange. Andromeda kicherte. Ein gutes Zeichen, dachte Medusa. »Wie heißen deine Schlangen?«, fragte das kleine Mädchen und streichelte die Reptilien ohne Scheu.

Das hatte noch nie jemand gefragt! Medusa fühlte sich von Andromedas Interesse geschmeichelt und zeigte nacheinander auf jede Schlange, während sie die Namen aufzählte: »Viper, Flicka, Brezel, Schnappi, Tornado, Schlingel, Lasso, Kriecher, Schuppi, Smaragd, Erbse und Wackler.«

Nachdem das kleine Mädchen jede Schlange ausgiebig gestreichelt hatte, stand Medusa auf und überlegte, wie sie Andromeda aus der Vorratskammer locken konnte. »Ich glaube, meine Schlangen finden es hier drinnen nicht so schön, also lass uns wieder rausgehen, ja? Dann können wir deinen Freunden sagen, wie meine Schlangen heißen.« Damit würden sie hoffentlich eine Zeitlang beschäftigt sein. Medusa hatte noch nie auf ein Kleinkind aufgepasst und daher keine Ahnung, wie so etwas ging.

»Ich habe keine Freunde, weil ich neu bin«, teilte ihr Andromeda mit und ließ den Kopf hängen.

»In deiner Schule, meinst du?«

Das kleine Mädchen nickte und schob seine Hand in Medusas Hand, um sich von ihr zurück ins Klassenzimmer führen zu lassen. Medusa entdeckte sofort, dass zwischen Poseidon und Herakles ein freier Platz am Heldologiespielbrett war. Was für ein Glücksfall! Sie schob Andromeda in diese Richtung.

»Platz da! Ich bin der tapfere Perseus!«, rief eine Jungenstimme hinter ihnen. Medusa und Andromeda wichen zur Seite aus, um einen kleinen Jungen mit zottigen Haaren vorbeizulassen, der auf Dionysos' Rücken saß, während dieser so tat, als würde er durchs Zimmer galoppieren.

»Und ich bin Perseus' geflügeltes Seepferdchen«, teilte Dionysos den beiden Mädchen mit. »Wir reiten auf den tosenden Wellen stürmischer Meere dahin, auf der Suche nach einer gefährlichen Mission. Ich glaube, wir haben eine gefunden, oder, Perseus? Wir müssen diese zwei Prinzessinnen aus großer Gefahr retten!«

Andromeda riss die Augen auf und kreischte so laut, dass Medusa zusammenzuckte. »Held und Prinzessin ist mein Lieblingsspiel!«

Dionysos kann wirklich gut mit Kindern umgehen, dachte Medusa. Und er hatte absolut recht, wenn er sagte, dass er sie retten musste. Sie hatte nämlich gerade verzweifelt überlegt, was sie mit ihrem Schützling anstellen sollte. Nun konnte sie einfach Andromedas Beispiel folgen und so tun, als wären sie Prinzessinnen, die in einem Turm auf einer Insel mitten im Meer festsaßen.

»Oh nein, die Wellen um uns herum werden immer höher!«, rief Andromeda aufgeregt. »Guck nur, dort drüben schwimmt ein gruseliges schuppiges Meeresungeheuer auf uns zu!« Sie zeigte auf Poseidons Schützling Cetus, der das Spielbrett verlassen hatte, weil er lieber bei ihnen mitspielen wollte. Poseidon folgte ihm.

Bingo!, dachte Medusa, gab sich aber Mühe, sich ihre Begeisterung nicht anmerken zu lassen.

»Wie sollen wir denn jemals hier rauskommen?«, fragte Andromeda mit gespielter Panik und war voll auf das Spiel konzentriert.

»Wir retten euch, nicht wahr?«, fragte Perseus, und Dionysos antwortete: »Darauf kannst du Gift nehmen, Partner!«

Die beiden machten sich galoppierend auf den Weg, und Dionysos baute alle möglichen Umwege ein, damit die Strecke möglichst lang und heimtückisch wirkte. Perseus gluckste vor Vergnügen.

»Wir könnten uns aber auch eine Möglichkeit überlegen, uns selbst zu retten«, schlug Medusa vor.

»Nein! So geht das Spiel aber nicht!«, protestierte Andromeda und bestand darauf, dass sie warteten, bis die Jungen sie retteten. Das kleine Mädchen blickte zu Medusas Schlangen hinauf: »Na los, ihr müsst uns helfen, damit die beiden den Weg finden und wir nicht von den Wellen zerschmettert werden!«

Medusa spürte, wie ihre Schlangen auf ihrem Kopf hektische Bewegungen machten. Offenbar zeigten sie den beiden tapferen Helden die richtige Richtung an. Dionysos stellte sich dumm und gab vor, die Anweisungen der Schlangen falsch zu verstehen. Perseus und Andromeda kicherten.

Das Spiel war zwar ein bisschen kindisch, doch Medusa musste zugeben, dass sie sich großartig amüsierte. Eigentlich war es immer lustig, wenn der fröhliche Dionysos in der Nähe war.

»Du bist ja eine echte Schlangenbeschwörerin«, sagte Poseidon zu Andromeda und zwinkerte ihr zu. Das kleine Meeresungeheuer in seiner Obhut gab unterdessen ein lautes Knurren von sich und gab vor, bedrohlich um die Mädchen herumzuschwimmen.

»Ich bin keine Schlangenschwörerin, oder wie das heißt, ich bin eine Prinzessin«, erklärte Andromeda würdevoll. »Die hübscheste Prinzessin der sieben Weltmeere!«

Poseidons Augen verengten sich zu Schlitzen, und er runzelte die Stirn. »Wirklich? Ich bin nämlich der Gott des Meeres und …«

»Du bist eine doofe Lügnerin!«, platzte Cetus dazwischen und starrte Andromeda böse an. Auf der anderen Seite des Klassenzimmers zogen die beiden kleinen Meeresnymphen von Aphrodite und Athene ebenfalls finstere Gesichter und nickten.

Oh-oh. Es war nie eine gute Idee, vor Meeresbewohnern zu betonen, wie schön man war. Die meisten von ihnen hatten nämlich einen Minderwertigkeitskomplex, was ihr Aussehen anging. Vor allem Meeresungeheuer.

»Es stimmt aber!«, sagte Andromeda trotzig und funkelte Cetus wütend an. »Meine Mama sagt, dass ich so hübsch bin, dass ich bestimmt auf Heras Hochzeit darf!«

Jetzt ergriff Perseus das Wort. »Ich finde auch, dass sie hübsch ist!«

Medusa blickte das kleine Mädchen an und verspürte plötzlich den Wunsch, es zu beschützen. Sie durfte nicht zulassen, dass es sich Hoffnungen machte, die sich niemals erfüllen würden. »Du darfst aber leider nicht auf die private Hochzeitsfeier«, erklärte sie unverblümt. »Erstens, weil du sterblich bist, und zweitens, weil deine Eltern nicht direkt mit Hera oder Zeus befreundet sind.«

Andromeda starrte sie verletzt an. Dann verzog sie zum zweiten Mal an diesem Morgen das Gesicht und brach in Tränen aus. »Du bist gemein!«, heulte sie.

Aphrodite und Athene, die gerade Fisch-Memory mit ihren kleinen Meeresnymphen spielten, guckten bestürzt zu Medusa herüber. Auch andere Schüler starrten in ihre Richtung, darunter die geschwätzige Pheme. Und Herr Zyklop. Medusa hatte keine Ahnung, warum. Was war denn so schlimm daran, dem Kind die Wahrheit zu sagen?

Sie tätschelte Andromeda unbeholfen den Kopf und tat so, als wäre alles in Ordnung, aber das kleine Mädchen wich vor ihr zurück und heulte nur noch heftiger. Inzwischen tat es Medusa leid, dass ihr Schützling wegen ihr so weinen musste, doch sie hätte sich lieber die Zunge abgebissen, als das zuzugeben. Zumal immer noch die ganze Klasse in ihre Richtung guckte.

Bevor sich Herr Zyklop einmischen konnte, ergriff Dionysos das Wort und sagte zu Perseus: »He, Kleiner, warum gehst du nicht mit Andromeda zum Spielbrett und zeigst ihr, was es dort alles zu sehen gibt?« Nachdem die beiden Kinder weg waren, nahm er Medusa beiseite und sagte leise: »Was ist los mit dir? Warum bist du so aggressiv?«

»Du weißt genauso gut wie ich, dass sie keine Chance hat, zu Zeus' privater Hochzeitsfeier eingeladen zu werden«, protestierte Medusa. Warum machte ihr Dionysos Vorwürfe? Das war nicht fair!

»Sie ist noch ein Kind«, erwiderte Dionysos und nickte in Andromedas Richtung. »Warum soll sie denn nicht träumen dürfen?«

»Weil ihre Träume vollkommen unrealistisch sind, deshalb!«, antwortete Medusa und stemmte genervt die Hände in die Hüften. »Ich will doch nur nicht, dass sie später enttäuscht ist.«

Dionysos warf ihr einen ungläubigen Blick zu. »Also machst du ihr ihre Träume lieber gleich kaputt, damit sie noch viel enttäuschter ist? Super Idee!«

Er ließ sie stehen und ging zu Andromeda. »Weißt du was?«, sagte er zu ihr. »Ich darf am Sonntag zu der Hochzeitsfeier.«

»Echt?« Ihre Tränen flossen sofort ein wenig langsamer, und sie starrte ihn ehrfürchtig an und schien ihn für den größten Glückspilz aller Zeiten zu halten.

Er nickte. »Und ich darf mir irgendwo auf dem Olymp oder auf der Erde ein Mädchen aussuchen, das mich begleiten soll.« Er verbeugte sich und fragte förmlich: »Prinzessin Andromeda, erweist Ihr mir die Ehre, meine Brautjungfer zu sein?«

Auf Andromedas Gesicht breitete sich ein strahlendes Lächeln aus. »Wirklich?« Als Dionysos nickte, wurde ihr Lächeln noch breiter, und sie knickste und antwortete: »Sehr gerne, mein Herr.« Dann fing sie an, sich vor lauter Freude im Kreis zu drehen und zu trällern: »Ich darf mit auf die Hochzeit, ich darf mit auf die Hochzeit!«

Plötzlich fühlte sich Medusa noch ein wenig grüner als sonst. Grün vor Neid. Fast schien es, als hätte sie sich gewünscht, dass Dionysos *sie* stattdessen fragte. Nein, das war absurd! Sie war bestimmt nicht eifersüchtig auf eine Fünfjährige! Außerdem war sie in Poseidon verknallt, nicht in Dionysos.

Aber warum war Dionysos bei ihr so kritisch, während er mit allen anderen herumalberte und Witzchen machte? Bestimmt, weil er sie nicht mochte. Auf einmal hatte sie einen Kloß im Hals und kämpfte blinzelnd gegen die Tränen an. *Na und? Dann mag er mich halt nicht!*, dachte sie trotzig.

Pling, pling, pling! Das Glockenspiel verkündete das Ende der Stunde, fast so, als hätte es gespürt, wie gerne sie die Flucht ergreifen wollte. Während Medusa ihre Sachen zusammenpackte und mit hoch erhobenem Kopf das Klassenzimmer verließ, tat sie so, als wäre alles in bester Ordnung.

8

Die grauen Damen

»Der Blumenladen von Persephones Mutter kümmert sich um den Blumenschmuck für die gesamte Hochzeit!«, erzählte Pheme Medusa, als sie am Nachmittag zusammen in der Schulmensa saßen. »Zeus und Hera haben beschlossen, dass die Brautjungfern orangefarbene Rosen tragen sollen.« Wie üblich schwebten ihre Worte in kleinen Wolkenbuchstaben über ihrem Kopf. »Sieht bestimmt super aus zu meinem orangefarbenen Lipgloss, findest du nicht?«

»Bestimmt«, sagte Medusa und schob sich eine Gabel Ambrosia-Salat in den Mund, während sie aus dem Augenwinkel Poseidon beobachtete. Apollon, Ares und er versuchten, auf dem Weg zur Tablettrückgabe ihre leeren Nektar-Kartons auf einer Fingerspitze zu balancieren.

»Und Hera wird ebenfalls einen etwas größeren

Strauß aus orangefarbenen Rosen tragen, damit wir alle zusammenpassen. Cool, oder?«

»Hm«, brummte Medusa und nippte an ihrem Nektar. Pheme war so sehr mit Reden beschäftigt, dass sie noch keinen einzigen Bissen von ihren Nektaroni gegessen hatte. Sie quasselte so schnell, dass sich eine riesige Wörterwolke über ihrem Kopf gebildet hatte. Dass sie als Brautjungfer ausgewählt worden war, hatte sie in helle Aufregung versetzt.

Ohne Vorwarnung wechselte sie das Thema: »Was war eigentlich heute Morgen in Heldologie los?«

Da Pheme ebenfalls im Klassenzimmer gewesen war und alles mitbekommen hatte, hatte Medusa diese Frage früher oder später erwartet. Die Erfahrung hatte sie gelehrt, dass man in Anwesenheit von Pheme stets aufpassen musste, was man sagte, weil es sonst sofort die ganze Schule wusste. »Ach, das. Nichts Dramatisches«, spielte sie die Sache herunter.

»Nichts Dramatisches?«, wiederholte Pheme ungläubig. »Andromeda verkündet, dass sie die schönste Prinzessin der sieben Weltmeere ist, und du sagst, es wäre nichts Dramatisches passiert? Die Meeresbewohner hören solche Prahlereien gar nicht gerne, das weißt du genau.«

Medusa hob überrascht den Kopf. Darauf hatte sich Pheme also bezogen! Sie war zutiefst erleichtert, dass sie nicht Andromedas Heulanfall erklären musste oder die Auseinandersetzung zwischen ihr und Dionysos. *Puh, den Göttern sei Dank!*

Während Pheme endlich eine Gabel von ihren Nektaroni aß, wedelte Medusa heimlich die letzten Wolkenwörter beiseite, die von den Lippen des Mädchens aufgestiegen waren. Hoffentlich hatte noch niemand Zeit gehabt, sie zu lesen. Sie wollte nicht, dass sich das Gerücht verbreitete, Andromeda habe irgendwelche Meeresungeheuer beleidigt.

Zisch! Plötzlich flog die Tür der Schulmensa auf, und ein heftiger Windstoß wehte herein. *Nachricht für Medusa Gorgon!*, heulte er.

Sämtliche Blicke richteten sich auf Medusa, und einige Schüler zeigten sogar mit dem Finger auf sie. Sie hielt die Luft an. Ob der magische Wind ihr wohl das Unsterblichkeitsamulett brachte? Voller Vorfreude beobachtete sie, wie der Wind zu ihrem Tisch wehte und auf dem Weg dorthin um Schüler herumwirbelte und für überraschte Schreie sorgte, indem er ihre Haare zerzauste und die Säume ihrer Tuniken und Chitons lüpfte.

Als der Wind endlich bei ihr angekommen war, blies er die letzten Reste von Phemes Worten fort und überbrachte seine Nachricht:

Dieser Befehl, du wirst es ahnen,
stammt von den würdigen Grauen Damen.

Du sollst erscheinen in ihrem Büro,
und zwar sofort, sie wollen es so.
Geh auf dein Zimmer und warte dort,
bis ein Begleiter dich nimmt hinfort.

Medusa nickte. Was blieb ihr auch anderes übrig? Man widersetzte sich nicht, wenn die Grauen Damen einen zu sich zitierten. Die Grauen Damen waren die Schulpsychologinnen, und in den Schulregeln stand, dass man alles stehen und liegen lassen und sich sofort in ihr Büro begeben musste, wenn sie einen riefen.

»Das riecht nach Ärger!«, trällerte Pheme. »Was hast du angestellt?«

»Gar nichts«, erwiderte Medusa defensiv. »Da muss ein Irrtum vorliegen.« Sie war noch nie ins Büro der Grauen Damen gerufen worden, nicht einmal, nachdem sie Athenes Schlangpoo gestohlen hatte. Wenn sie ehrlich war, hätte es im Moment gleich mehrere Gründe gegeben, ihr den Kopf zu waschen, darunter der versuchte Ladendiebstahl am Samstag. Sie schluckte. Bevor Pheme weiterbohren konnte, fragte Medusa den Wind: »Ist das alles? Haben Sie kein Päckchen für mich dabei?«

Kein Päckchen im Gepäck,
nun muss ich wieder weg!

Mit diesen Worten wirbelte der Wind wieder aus der Schulmensa. »Hattest du ein Päckchen erwartet?«, fragte Pheme neugierig.

Medusa sprang auf. Pheme konnte wirklich alles aus einem herauskitzeln, wenn man nicht aufpasste. Sie musste schleunigst hier weg. »Nein, aber ich dachte, ich frage mal nach. Bringst du mein Tablett für mich weg? Ich darf meine Begleitung zu den Grauen Damen nicht warten lassen.« Sie flitzte davon.

»Ist gut. Aber zieh dich warm an!«, rief Pheme ihr hinterher. »Angeblich liegt das Büro der Grauen Damen in einem weit entfernten Land, in dem es eiskalt ist!«

In einem weit entfernten Land? Oh nein!, dachte Medusa, während sie die Treppe zum Mädchenflur hinaufging. Das erklärte auch, warum sie jemand dorthin begleiten würde. Als Sterbliche hätte sie sich sonst schwergetan, die lange Strecke in einer annehmbaren Zeit zurückzulegen. Es war wirklich lästig, dass sie nicht in einem Streitwagen herumsausen oder mit Zaubersandalen fliegen konnte, wie es die Unsterblichen taten. Immer von anderen abhängig zu sein war echt doof!

In ihrem Zimmer zog sie einen langen dunkelgrünen Wollumhang aus dem Kleiderschrank und schlüpfte hinein. Als sie mit Schwung die schwarzen Kordeln zuzog, mit denen der Umhang am Hals zugebunden wurde, riss ein Stück Kordel ab.

Genau in diesem Moment klopfte es an der Tür. Sie stopfte das Stück Kordel in ihre Tasche und rief: »Wer ist da?«

»Deine Begleitung zum Büro der Grauen Damen!«, rief eine Stimme. *Athene?* Tatsächlich: Als Medusa ihre Zimmertür einen Spalt öffnete, sah sie Zeus' Tochter auf dem Flur stehen. Sie trug ebenfalls einen dicken Wollumhang, der graublau war und genau zu ihrer Augenfarbe passte. Die Zimmer der beiden Mädchen waren zwar nur wenige Türen voneinander entfernt, aber Athene war noch nie in Medusas Zimmer gewesen und Medusa noch nie in Athenes.

Medusa trat schnell auf den Flur hinaus, damit Athene nicht in ihr Zimmer schielen konnte und ihre Poseidon-Pinnwand entdeckte. Dann schloss sie die Tür hinter sich ab. »Dein Vater hat dich wohl damit beauftragt, mich zu begleiten, was? Genau wie damals bei Herakles, als du ihm bei seinen zwölf Aufgaben helfen musstest.«

Athene zog die Augenbrauen hoch. »Das sollte eigentlich ein Geheimnis bleiben.«

»Pheme hat es mir erzählt.«

Athene schnaubte entnervt. »Himmel noch eins! Dieses Mädchen kriegt irgendwann alles raus, es ist wirklich unglaublich! Na ja, wir machen uns jetzt besser auf den Weg.«

Sie schwiegen, bis sie das bronzene Eingangstor des Götterinternats erreicht hatten. Medusa konnte sich gut vorstellen, dass Athene über den zeitraubenden Auftrag ihres Vaters nicht gerade erfreut gewesen war. Die beiden Mädchen nahmen sich je ein Paar geflügelte Sandalen aus dem Korb neben der Tür und schlüpften draußen auf der Granittreppe hinein.

Die Riemen von Athenes Sandalen schlangen sich von selbst um ihre Fußgelenke, und die silbernen Flügel an ihren Fersen begannen zu flattern. Sanft hob sie vom Boden ab und schwebte einige Zentimeter über dem Boden. »Was ist?«, fragte sie, als sie sah, dass Medusa zögerte.

»Du weißt hoffentlich, dass ich nicht allein mit den Dingern fliegen kann, oder?« Medusa zeigte auf ihre Füße, die immer noch fest auf dem Boden standen.

»Ja, das weiß ich.« Athene streckte die Hand aus. »Na los.«

Medusa hasste es, beim Reisen Hilfe in Anspruch nehmen zu müssen, doch es blieb ihr nichts anderes übrig, als Athenes Hand zu ergreifen. Sofort erhob auch sie sich in die Luft und schwebte schwerelos über dem Boden. Als ihr das Stück Kordel in ihrer Tasche wieder einfiel, zog sie es heraus und benutzte ihre freie

Hand und ihre Zähne, um ihr Handgelenk mit Athenes Handgelenk zusammenzubinden.

»Das musst du nicht tun. Ich lasse dich schon nicht fallen«, versicherte ihr Athene.

Medusa ignorierte ihre Bemerkung und machte einen Doppelknoten in die Kordel. »Nichts gegen dich«, sagte sie, »aber ich vertraue niemandem.« Sie würde auf keinen Fall riskieren, dass Athene sie »rein versehentlich« mitten im Flug losließ. Schließlich war sie an diesem Morgen neben dem Olivenhain ganz schön auf sie losgegangen.

»Wie du willst«, sagte Athene und verdrehte genervt die Augen. »Lass uns losfliegen.« Sie schwebten die Stufen hinunter und flogen über den Schulhof, auf dem die Schüler zweimal hingucken mussten, weil sie ihren Augen nicht trauten.

Medusa grinste. Es kam nicht jeden Tag vor, dass ihre Mitschüler sie mit einem der beliebtesten Göttergirls der Schule sahen.

Direkt hinter dem Schulhof zog Athene eine Schriftrolle hervor, die ihr der magische Wind gegeben hatte. Darin stand die Wegbeschreibung zum Büro der Grauen Damen. Die Mädchen breiteten sie beim Fliegen zwischen sich aus und studierten sie.

»Was sind denn das für bescheuerte Anweisungen?«, fragte Medusa missmutig, nachdem sie eine Weile stumm vor sich hingeflogen waren. Sie las einen

Satz aus der Schriftrolle vor: »Fliegt nach Norden, bis ihr eine Gänsehaut bekommt.«

»Wenn diese Anweisung stimmt, müssten wir eigentlich bald da sein«, erwiderte Athene fröstelnd.

Auch Medusa merkte nun, dass sie fror, und zog die Kapuze ihres Umhangs über den Kopf, damit ihre Schlangen sich nicht erkälteten. Inzwischen flogen die beiden Mädchen hoch über der Erde dahin, und ihre langen Umhänge flatterten hinter ihnen im Wind. »Ich hoffe, wir finden diesen Ort bald, sonst verwandeln wir uns noch in zwei Eiszapfen«, sagte Medusa.

Beide Mädchen blickten nach unten, wo ein schwarzgraues, aufgewühltes Meer toste. Vorbeitreibende Eisberge ritten auf den Wellen dahin. Medusa entdeckte plötzlich ein Gebäude, das sich auf dem größten Eisberg erhob, und zeigte darauf. Es sah aus wie eine riesige umgedrehte Schüssel. Ein Iglu! Über der Tür waren die Worte »Büro der Grauen Damen« ins Eis geritzt.

Als Athene diese Aufschrift las, nickte sie. »Genau dort müssen wir hin. Wir landen auf dem Eisberg.« Die Mädchen flogen tiefer hinunter, drosselten ihr Tempo und setzten schließlich mit den Füßen auf.

Medusa entknotete die Kordel, die ihre Handgelenke miteinander verband. »Huch!«, rief sie, als sie auf dem glatten Eis unter ihren Füßen ausrutschte. Athene und sie klammerten sich aneinander fest, während sie vorsichtig einen Fuß vor den anderen setzten und versuchten, nicht hinzufallen.

»Das ist ja wie Schlittschuhlaufen!«, lachte Athene.

»Ja, nur dass ich leider nicht Schlittschuhlaufen kann!«, gab Medusa zurück. Nebel umwehte ihre Beine, während sie zum Eingang des Iglus schlitterten, der wie ein langer Tunnel in das Gebäude hineinführte.

»Hier ist es warm«, stellte Athene überrascht fest, als sie das Innere des Iglus erreicht hatten.

Medusa nickte. »Ich hätte nie erwartet, dass ein Eishaus so gemütlich sein kann.« Sie befanden sich in einem Wartezimmer, von dem eine Tür abging, die vermutlich zum eigentlichen Büro führte.

Beide Mädchen banden die Riemen ihrer Sandalen los und schlangen sie um die Flügel an ihren Fersen, damit sie nicht mehr flattern konnten. Dann schüttelten sie ihre Umhänge ab und hängten sie an die Kleiderhaken an der Wand. Daneben standen zwei Stühle.

»Königin der Gemeinheit! Du kannst reinkommen!«, rief plötzlich eine Stimme. Die Mädchen zuckten erschrocken zusammen. Medusa blickte Athene peinlich berührt an, bevor sie zur Tür huschte. Wussten die Psychologinnen etwa von ihren Comics?, fragte sie sich nervös. Und wenn ja, welche anderen Geheimnisse kannten sie dann noch über sie?

»Ich warte hier auf dich«, sagte Athene zu ihr und ließ sich auf einem der Stühle nieder. Auf dem flachen Tisch, der daneben stand, lag eine Papyruszeitschrift namens *Dreifach hält besser*, die Athene sofort interessiert durchzublättern begann.

Medusa öffnete unterdessen zaghaft die Tür und betrat das Büro. Darin befanden sich keine Möbel, sondern nur drei graue, zottige, moosbewachsene Hügel, die ein bisschen aussahen wie Heuhaufen. Der erste Hügel war klein, der zweite ungefähr so groß wie Medusa und der dritte deutlich größer.

»Hallo?«, rief sie und machte die Tür hinter sich zu.

Plötzlich fing der große Hügel an zu sprechen: »Das Auge, bitte!«

»Was?«, fragte Medusa verdutzt.

»Das Auge, Schwestern, das Auge! Wer hat es?«

Eine Hand schoss aus dem kleinsten Hügel und steckte quietschend eine kleine weiße Kugel in den obersten Teil seines Körpers, der wohl sein Gesicht sein musste, wie Medusa vermutete. Die Kugel blinzelte sie an. *Igitt, das war ja ein Augapfel!* Seine große graue Iris musterte Medusa von Kopf bis Fuß.

»Sie sind also die Psychologinnen der Olymp High?«, stammelte Medusa. »Die Grauen Damen?«

»Wie sieht sie aus?«, fragte der größte Hügel und ignorierte Medusas Frage einfach. »Jetzt gib das Ding schon her, wir wollen alle mal einen Blick auf sie werfen.«

Quietsch! Der kleinste Hügel zog das Auge wieder heraus, und es wanderte von grauem Hügel zu grauem Hügel, bis jeder Medusa neugierig gemustert hatte.

Die zottigen, verfilzten grauen Fransen der Hügel waren doch kein Moos oder Heu, wie Medusa anfangs vermutet hatte, sondern Haare! Sie waren so lang, dass sie bis auf den Boden reichten und die Grauen Damen vollkommen verdeckten. Aus irgendeinem Grund besaßen sie nur einen einzigen Augapfel, den sie sich zu dritt teilten. *Wenn* jemand seltsam war, dann diese drei Psychologinnen!

Medusa fühlte sich plötzlich an die Olympischen Spiele erinnert, bei denen Artemis' Bruder Apollon gegen Python angetreten war, eine gefährliche Würgeschlange, die Gedanken lesen konnte und mit dieser Fähigkeit fast jeden Gegner besiegt hatte.

Aber Schulpsychologinnen sollten den Schülern doch eigentlich helfen, statt sie in die Enge zu treiben. Warum hatten diese drei Damen dann in ihren Gedanken herumgeschnüffelt und die Sache mit den Comics herausgefunden? Welche peinlichen Geheimnisse kannten diese drei Zottelfrauen noch über sie? Dass sie in Poseidon verknallt war? Dass ihre Schlangen versucht hatten, Ladendiebstahl zu begehen? Dass sie sich sehnlich wünschte, unsterblich und bei allen beliebt zu sein? Sie traute ihnen jedenfalls keinen Schritt über den Weg!

Der größte Hügel ergriff das Wort: »Hab keine Angst davor, anderen zu vertrauen.«

Medusa wich erschrocken zurück. Diese Damen konnten tatsächlich Gedanken lesen! Sie waren nicht nur eigenartig und ein wenig unheimlich, sondern auch noch heimtückisch! Ihre Schlangen rollten sich eng auf ihrem Kopf zusammen, als wollten sie eine Mütze bilden, die die Gedankenleserinnen nicht durchdringen konnten.

Jetzt zog der größte Hügel einen eckigen weißen Gegenstand aus seinem »Gesicht« und reichte ihn dem mittleren Hügel weiter, der ihn in sein Gesicht steckte. Medusa brauchte einige Sekunden, bis sie kapiert hatte, dass der Gegenstand ein außergewöhnlich großer Zahn war. Die Hügel teilten sich also nicht nur ein einziges Auge, sondern auch noch einen einzigen Zahn! Nur wenn sie diesen Zahn im Mund hatten, konnten sie sprechen, weshalb sie ihn nach Bedarf an die anderen weitergaben. Die Liste wurde immer länger: Die Zottelfrauen waren nicht nur eigenartig, unheimlich und heimtückisch, sondern hatten auch noch ein schlechtes Gebiss!

»Hab keine Angst davor, Freundschaften zu schließen«, riet ihr der mittlere Hügel, bevor er den Zahn an den kleinsten Hügel weitergab.

»Hab keine Angst, nett zu sein«, gab dieser seinen Senf dazu.

Beim Donnergott, allmählich wurde Medusa wirklich sauer! Sie gab gerne zu, dass sie sich nicht gerade um Freundschaften bemühte und auch nicht besonders nett zu ihren Mitschülern war, aber das lag ganz sicher nicht daran, dass sie Angst hatte! Oder etwa doch? Ach, egal. Sie brauchte jedenfalls keine eigenartigen Zottelfrauen, die ihr vorschrieben, was sie zu tun hatte!

»Kann ich jetzt gehen?«, fragte sie trotzig.

Die Grauen Damen machten einen verdutzten Eindruck. Was erwarteten sie denn? Dass sie vor ihnen auf die Knie fiel vor Dankbarkeit? Dass sie sagte: *Au ja, tolle Idee! Von jetzt an verspreche ich, wahnsinnig nett zu sein, damit mich alle mögen und mit mir befreundet sein wollen?* Auf keinen Fall!

Diese angeblichen Psychologinnen verstanden sie genauso wenig wie alle anderen Menschen und Götter, auch wenn sie offenbar ihre Geheimnisse zu kennen schienen. Vielleicht funktionierte die Schutzhaube ja doch nicht, die ihre Schlangen auf ihrem Kopf gebildet hatten.

»Wenn du möchtest, kannst du gerne gehen«, sagte der kleinste Hügel, der immer noch den Zahn im Mund hatte. »Aber denk bitte über unsere Worte nach.«

»Na klar«, murmelte Medusa. »Ich fange sofort damit an.«

»Gut«, erwiderte der kleinste Hügel erfreut.

Genau wie Medusas Mutter schienen diese Zotteldamen noch nie etwas von Sarkasmus gehört zu haben. Während sie aus dem Büro stürmte, schmiegte sich Erbse, ihre einfühlsamste Schlange, an ihre Wange, um sie zu beruhigen.

»Gehen wir«, sagte Medusa zu Athene, ohne sie anzublicken.

»Geht nicht. Ich bin als Nächste dran«, antwortete Athene und legte ihre Zeitschrift beiseite. Genau in dem Moment, als sie vom Stuhl aufstand, rief eine der drei Damen: »Tochter des Zeus! Du kannst reinkommen!«

»Was?« Medusa starrte Athene überrascht hinterher, als sie an ihr vorbei zu der kleinen Tür ging und im Büro verschwand. Athene hatte ihr vorhin nicht widersprochen, weshalb sie davon ausgegangen war, dass Zeus sie tatsächlich nur als Begleitung mitgeschickt hatte. Doch es sah ganz danach aus, als hätten die Grauen Damen auch Athene in ihr Büro zitiert. Warum um alles auf dem Olymp brauchte ein schlaues, hübsches und beliebtes Göttermädchen wie Athene den Rat dieser drei eigenartigen, unheimlichen und zahnlosen Psychologinnen?

Es gab nur eine Möglichkeit, es herauszufinden.

Medusa schlich zur Tür und presste leise ihr Ohr dagegen. Leider sprach Athene so leise, dass sie kein Wort verstand, aber was die Zottelfrauen sagten, drang klar und deutlich an ihr Ohr.

»Mach dir keine Sorgen«, sagte eine von ihnen. »Dein Vater liebt dich nicht weniger, nur weil er heiratet.«

»Hab keine Angst davor, mit ihm über deine Gefühle zu sprechen«, sagte kurz darauf eine andere Dame.

Waren diese Psychologinnen verrückt? Offenbar waren sie Zeus noch nie begegnet! Der König der Götter war ganz sicher kein Vater, mit dem man sich einfach so zusammensetzte und über seine Gefühle sprach. Athenes Angst, dass ihr Vater sie nach seiner Hochzeit mit Hera weniger lieben könnte, erschien Medusa mehr als verständlich. Sie wusste genau, wie das war, schließlich hatte die Liebe *ihrer* Eltern schon immer nur für ihre zwei Schwestern gereicht. Athene tat ihr beinahe leid. Der Rat, den ihr die Grauen Damen gegeben hatten, war genauso nutzlos wie der Rat, den sie ihr gegeben hatten.

Als sich unerwartet die Türklinke bewegte, rannte Medusa schnell zu ihrem Stuhl und setzte sich. Sie schnappte sich die Zeitschrift vom Tisch und tat so, als hätte sie die ganze Zeit darin gelesen. »Sollen wir los?«, fragte sie mit Unschuldsmiene, als Athene vor ihr stand.

Athene nickte. Sobald sie draußen waren, banden die Mädchen die Riemen von den silbernen Flügeln ihre Sandalen und fassten sich bei den Händen. Während die Flügel an ihren Fersen zu flattern begannen und sie sich in die Luft erhoben, merkte Medusa, dass sie vergessen hatte, ihre Handgelenke mit der schwarzen Kordel zusammenzubinden. Der Rat des größten Hügels kam ihr in den Sinn: »Hab keine Angst, anderen zu vertrauen.« Na ja, sie konnte es ja versuchen. Wenigstens dieses eine Mal.

So schnell sie ihre Flügel trugen, flogen die Mädchen zum Götterinternat zurück. Unterwegs warf Medusa Athene immer wieder verstohlene Blicke zu, um sich zu vergewissern, dass sie ihr wirklich vertrauen konnte.

»Glaubst du, dass Hera eine gute Stiefmutter für dich sein wird?«, fragte sie nach einer Weile neugierig.

»Ja, das glaube ich«, antwortete Athene mit gespielter Zuversicht. *Wenn sie gewusst hätte, dass ich an der Tür gelauscht habe, hätte sie bestimmt etwas weniger Optimistisches gesagt*, dachte Medusa.

»Sie ist garantiert um Längen netter als so manche leibliche Mutter, die ich kenne«, versicherte Medusa. »Sie scheint dich jedenfalls zu mögen. Zumindest wird ihr Gesicht ganz weich, wenn sie dich anguckt.« Das sagte sie nicht, um Athene einen Gefallen zu tun, sondern weil es die Wahrheit war.

»Echt?«, fragte Athene und schielte überrascht zu ihr herüber.

»Ja, das kannst du mir ruhig glauben«, entgegnete Medusa.

»Das tue ich sogar«, sagte Athene und klang selbst ein wenig erstaunt über diese Tatsache. »Das Gute an dir ist ja, dass du dich nie einschleimst. Wenn du ausnahmsweise mal etwas Nettes sagst, weiß man daher genau, dass du es auch so meinst.« Nach einer kurzen Pause fügte sie hinzu: »Danke.«

Athene bedankte sich bei *ihr*? Medusa konnte es gar nicht glauben. Ein warmes Gefühl breitete sich in ihr aus, ein Gefühl, wie es sich sonst nur einstellte, wenn sie mit ihren Schlangen schmuste.

»Hm, schon gut«, murmelte sie. Sie wurde so selten gelobt, dass sie keine Ahnung hatte, wie man auf so etwas reagierte. Während des restlichen Rückwegs unterhielten sich die beiden Mädchen über die verrückten Zottelfrauen und die bevorstehende Hochzeit. Die Zeit verflog schnell, und Medusa amüsierte sich so gut, dass sie es fast ein bisschen schade fand, als sie wieder auf dem Schulhof landeten.

Aphrodite, Persephone und Artemis sprangen von der Treppe auf und winkten Athene zu. Hatten sie etwa die ganze Zeit dort gesessen und auf sie gewartet? »Bis später«, sagte Athene zu ihr und ließ ihre Hand los. Dann schwirrte sie zu ihren *echten* Freundinnen.

»Tschüss«, murmelte Medusa leise. Sie war ein wenig beleidigt, obwohl sie wusste, dass Athene es nicht böse meinte. Es war nur so, dass sie auf dem Rückflug kurzzeitig das Gefühl gehabt hatte, dass auch Athene und sie Freundinnen werden könnten. *Wäre das nicht schön?*, dachte sie sehnsüchtig, bevor sie mit sich selbst schimpfte: *Sei nicht albern, dazu wird es nie kommen!* Sie betrat das Schulgebäude, stapfte die Marmortreppe hinauf und verschwand in ihrem Zimmer, wie immer allein. Unrealistischer ging es ja wohl nicht!

Andererseits war der unrealistische Traum der kleinen Andromeda tatsächlich wahr geworden, indem Dionysos sie zu seiner Brautjungfer gemacht hatte. Aber in Medusas Leben hatten Träume bisher immer zu Enttäuschungen geführt. Einen Traum allerdings gab es, den sie auf keinen Fall aufgeben wollte: mithilfe des Amuletts unsterblich zu werden.

Leider tauchte es auch in den nächsten Tagen nicht auf. Während Medusa ungeduldig auf die Lieferung wartete, ging sie weiterhin jeden Morgen in die Schwimmgrotte, um brav ihr Training zu absolvieren. Und im Heldologieunterricht versuchte sie, ihr Verhalten bei ihrem kleinen Schützling wieder gutzumachen, doch Andromeda schien noch nicht bereit, ihr zu verzeihen.

»Willst du noch mal meine Schlangen streicheln?«, bot Medusa ihr am Dienstag an. Sie sah dem kleinen

Mädchen an, dass es große Lust dazu gehabt hätte, aber nach kurzem Zögern zuckte es mit den Schultern und schüttelte den Kopf. Am Mittwoch schlug Medusa vor, dass sie zusammen ein Bild malten, doch Andromeda weigerte sich rundheraus. Am Donnerstag war Medusa kurz davor aufzugeben.

Hab keine Angst davor, Freundschaften zu schließen, hatte eine der Grauen Damen zu ihr gesagt. Tja, man konnte leider niemanden zwingen, sich mit einem anzufreunden. Vor allem keine trotzige Fünfjährige!

9

Schlangengesicht

RUMMS!

Medusa setzte sich in ihrem Bett auf und starrte zum offenen Fenster, weil von dort der dumpfe Knall gekommen war, der sie geweckt hatte. Irgendetwas lag unter dem Fenster auf dem Boden. Ein Päckchen! Hatte endlich einer der magischen Winde ihr sehnsüchtig erwartetes Amulett gebracht? Inzwischen war es früh am Freitagmorgen, und die Bestellung war schon fast eine ganze Woche her.

Medusa sprang aus dem Bett und rannte zum Fenster. Nachdem sie sich in ihrem meergrünen Schlafanzug auf den Boden gekauert hatte, riss sie das kleine Paket auf. *Juchhu!* Vor ihr lag tatsächlich das Amulett der Unsterblichkeit! Sie starrte es fasziniert an, geblendet von der schmalen Goldkette und dem geflügelten Pferd, das daran befestigt war. Die Kette war fast noch schöner als auf dem Bild in der Anzeige!

Ihre Hände zitterten vor Aufregung, als sie die Kette um ihren Hals legte und den Verschluss zumachte. Atemlos wartete sie darauf, dass sie sich in ein Göttermädchen verwandelte. Hm, sie fühlte sich immer noch genauso wie vorher. Nachdem sie noch ein paar Minuten gewartet hatte, wühlte sie in der Verpackung nach einer Anleitung, fand jedoch keine. Wie funktionierte dieses Amulett? Hatte sie etwas falsch gemacht?

Moment mal, vielleicht war sie ja schon unsterblich und hatte es nur nicht gemerkt! Medusa stand auf und ging zu ihrem Schreibtisch, um ihre neuen magischen Kräfte auszuprobieren. Sie zeigte mit dem Finger auf ihre rote Heldologieschriftrolle und machte eine wirbelnde Bewegung durch die Luft. »Erhebe dich und tanze in der Luft, Schriftrolle!«

Nichts passierte. Dann fiel ihr ein, dass Zaubersprüche am besten funktionierten, wenn sie sich reimten. Sie versuchte es noch einmal:

Erhebe dich und tanze in der Luft,
denn ich bin das Göttermädchen, das dich ruft!

Das war zwar nicht der beste Zauberspruch aller Zeiten, aber vielleicht klappte es ja trotzdem. Oder auch nicht, gestand sie sich ein, nachdem eine weitere Minute verstrichen war. Enttäuscht ließ sie den Kopf hängen.

Ihre Haut hatte auch nicht angefangen zu schimmern. Sie hob die Hand und streichelte ihre Schlangen. »Was meint ihr? War die Kette ein Reinfall?« Tornado und Schlingel wanden sich sanft um ihren Hals, als wollten sie ihr zeigen, dass sie gerne als Kette herhielten, wenn Medusa sich so sehnlichst eine wünschte.

»Danke, ihr Süßen«, sagte sie. »Wenigstens auf euch kann ich mich verlassen.« Sie holte den Sack mit dem Schlangenfutter und warf ein paar getrocknete Erbsen in die Luft. Alle zwölf Reptilien schnappten gierig nach ihrem Frühstück.

So viel zu dem Rat der Grauen Damen, dass sie lernen sollte zu vertrauen, dachte sie missmutig. Sie hatte darauf vertraut, dass das Amulett funktionierte, und jetzt sah es ganz danach aus, als würde auch dieser Traum in einer Enttäuschung enden. Sie legte sich die Hände in den Nacken und wollte den Verschluss der Kette aufhaken, zögerte dann aber.

Gab sie zu früh auf? Was, wenn die Kette eine Weile brauchte, um ihre Wirkung zu entfalten? Es konnte ja nicht schaden, wenn sie sie noch eine Zeitlang um den Hals behielt. Schließlich war es eine hübsche Kette, für die man sich nicht schämen musste.

Während Medusa den Schlafanzug aus- und ihren Chiton anzog, flehte sie das Amulett in Gedanken an, bis morgen früh doch bitte seinen Dienst aufzunehmen. Dann fand nämlich Poseidons Schwimmwettkampf statt, und da an diesem auch viele unsterbliche Mädchen teilnahmen, würde sie magische Kräfte brauchen, um gewinnen zu können. Außerdem war Zeus' und Heras Hochzeit schon in zwei Tagen! Sobald das Amulett endlich funktionierte, würde sie ein Geschenk herbeizaubern, nämlich einen Donnerkeil-Halter, der noch viel schöner war als der, den sie auf dem Göttermarkt gesehen hatte.

Das Amulett durfte sie nicht im Stich lassen!

Sie stellte sich vor, wie Direktor Zeus ihr Geschenk staunend betrachten würde, wie er sich zu ihr umdrehen und sagen würde: *Du bist die großherzigste Sterbliche, die es je gegeben hat! Wenn jemand Unsterblichkeit verdient, dann bist du es!* Und dann … Sie warf einen Blick auf ihre Comics und fand es schade, dass sie keine Zeit hatte, diese Szene zu zeichnen.

Während sie in ihre Sandalen schlüpfte, ertönte bereits zum ersten Mal das Glockenspiel. Mist! Die erste Stunde fing gleich an, und ihr blieb keine Zeit mehr für das Schwimmtraining! Sie schnappte sich die Schriftrollen, die sie für den heutigen Schultag brauchte, steckte einen Frühstücksriegel ein und flitzte dann die Treppe hinunter zum Heldologieunterricht.

Als sie ins Klassenzimmer kam, sah sie Andromeda bereits an einem Tisch sitzen. Da sämtliche Gäste nach der Hochzeit wieder abreisen würden, war dies der letzte Vormittag, den sie mit ihren kleinen Schützlingen verbringen würden. Andromeda war so in ihr rosa Glitzerbilderbuch vertieft, dass sie Medusa gar nicht bemerkte und daher auch nicht vor ihr davonrennen konnte. Die Kleine war wirklich gut darin, tagelang beleidigt zu sein!

Medusa griff nach ihrem Amulett und bewegte es an der Kette leicht hin und her. Sie beschloss, es noch einmal darauf ankommen zu lassen, und sagte leise einen Zauberspruch auf:

Bevor diese Stunde ist vorbei,
Andromeda wieder meine Freundin sei!

Sofort blickte Andromeda von ihrem Bilderbuch auf, und ihre dunklen Augen entdeckten Medusas Halskette. »Oh, ein Pferdchen! Darf ich es mal sehen?«, fragte sie. Medusa bückte sich, damit sie sich das Amulett genauer angucken konnte.

Andromeda klang plötzlich so zutraulich. Vielleicht hatte das Amulett ja doch endlich seine Wirkung entfaltet? Medusa hielt ganz still, damit das kleine Mädchen das Amulett in der Hand halten und genauestens betrachten konnte. Auf der Rückseite war ein Name in das Metall graviert, der ihr bisher gar nicht aufgefallen war: Pegasos.

Pegasos war doch das sagenumwobene geflügelte Pferd, über das sie im Biestologieunterricht gesprochen hatten! Herr Ladon hatte erzählt, dass Pegasos schon so lange nicht mehr gesehen worden sei, dass er inzwischen als Mythos gelte, als reine Legende.

Andromeda fing an, sich Abenteuergeschichten rund um das geflügelte Pferd auszudenken, und Medusa setzte sich zu ihr und fantasierte mit. Schon bald plauderten sie wie gute Freundinnen miteinander, genau wie am ersten Tag. Der Wandel hatte sich so plötzlich vollzogen, dass er nur auf den magischen Kräften des Amuletts beruhen konnte, da war sich Medusa sicher.

Auf einmal zeigte Andromeda auf das Pferd und sagte etwas zu jemandem hinter Medusas Rücken. »Guck mal, Dionysos! Ein Pferd, das Pegasos heißt. Hübsch, oder?«

Medusa blickte zu dem Götterjungen auf.

»Ja, sehr hübsch sogar.« Er lächelte Medusa an, und ihr Herz machte einen kleinen Hüpfer. Eine Sekunde lang bildete sie sich ein, er hielte *sie* für hübsch, doch dann ging ihr auf, dass er sicher nur das Pegasos-Amulett meinte. Und angelächelt hatte er sie vermutlich auch nur, weil er sich darüber freute, dass sie sich wieder so gut mit ihrem Schützling verstand. Dennoch hatte sein Lächeln sie durch und durch aufgewärmt.

Aber das konnte natürlich auch an der Sonne liegen, die durchs Fenster hereinschien.

»Wie kommt es, dass du heute nicht herumgaloppierst und Prinzessinnen rettest?«, fragte sie Dionysos.

Er lachte, und seine dunklen Augen funkelten. Er hatte die längsten Wimpern, die sie je bei einem Jungen gesehen hatte. »Ich stehe im Stall und scharre mit den Hufen, weil Prinz Perseus noch nicht da ist. Er hat offenbar in seinem Schloss verschlafen.«

»Hat er nicht! Er ist hier und bereit, gegen das Böse zu kämpfen!«, rief Perseus.

Sie drehten sich zu ihm um, genau wie der Rest der Klasse. Der kleine Junge mit den struppigen Haaren stand grinsend in der Tür und hielt kampfbereit ein Spielzeugschild vor seinen Körper, gerüstet für eine neue Runde Held und Prinzessin.

Andromeda stupste Medusa an und zeigte zur Tür. »Guck mal! Auf Perseus' Schild ist dein Gesicht drauf!«

Medusa sprang auf und ging zu Perseus, um sich den Schild genauer anzusehen, auf dem tatsächlich ihr von Schlangen umringtes Gesicht zu sehen war. Ein grauenhafter Anblick! Der Künstler hatte ihre Augen rot gemalt statt hellgrün, und ihre Schlangen sahen aus wie blutrünstige Monster!

»Wo um alles in der Welt hast du das her?«, fragte

sie Perseus, während sie weiterhin auf die demütigende Fratze starrte.

»Mein Papa hat es für mich in diesem neuen Laden gekauft, von dem jetzt alle sprechen. ›Sei ein Held‹, heißt er. Damit kann man seine Feinde in Stein verwandeln. Cool, oder?« Die Vorstellung, andere zu Stein werden zu lassen, schien ihn zu begeistern. »Mein Papa sagt, dass der Schild momentan das angesagteste Spielzeug auf der Erde ist.«

Mein Gesicht soll den Leuten also Angst machen, dachte Medusa. So schmerzlich der Gedanke war, Perseus hatte auch gesagt, dass der Schild sehr beliebt war auf der Erde. War das vielleicht auf ihr magisches Amulett zurückzuführen? Schließlich hatte sie sich Beliebtheit gewünscht. Allerdings war das nicht unbedingt die Art von Beliebtheit, die sie sich vorgestellt hatte!

Andere Schüler kamen herbei, um sich Perseus' Spielzeug genauer anzugucken, darunter auch Athene, die Medusa erschrocken nur Seite zog.

»Wie konntest du zulassen, dass dein Gesicht auf diesem Schild abgebildet wird!«, schimpfte sie leise. »Das ist nicht nur geschmacklos, sondern auch eine Vorspiegelung falscher Tatsachen. Du weißt genau, dass nur du selbst oder dein Spiegelbild Sterbliche in Stein verwandeln können. Ein Bild von dir reicht dazu nicht.«

Um ein Haar hätte Medusa ehrlich geantwortet und Athene anvertraut, dass sie das Geld dringend gebraucht hatte. Seit ihrem gemeinsamen Besuch bei den Grauen Damen mochte sie Athene viel lieber als vorher, aber ihr innerer Schutzschild hielt sie davon ab, ihr zu sehr zu vertrauen. »Was ich mit meinem Gesicht mache, ist meine Sache«, erwiderte sie kühl. »Außerdem hat Herakles einem Sandwich sein Gesicht geliehen.«

»Hat er nicht!«, brauste Athene auf, die ihren Freund sofort verteidigte. »So etwas würde er niemals tun!«

Medusa grinste höhnisch. »Von wegen. Ich habe es mit eigenen Augen gesehen. Ich habe sogar ein Sandwich gegessen, auf dem sein Gesicht abgebildet war. Es wurde im selben Laden verkauft wie mein Schild.«

»Dann war das sicher Identitätsdiebstahl oder … oder ein Lizenzverstoß!«, erklärte Athene aufgebracht.

Inzwischen hatte sich ein Großteil der Klasse um den Schild versammelt, darunter auch Poseidon. Dionysos stand daneben und guckte erst auf das Bild auf dem Schild und dann zu Medusa, als wollte er die beiden Gesichter vergleichen.

Medusas Wangen brannten vor Scham. »Was denn?«, blaffte sie ihn an, weil sie einen beleidigenden Kommentar erwartete. Ihre Schlangen zischten und züngelten.

»Moment mal, ganz langsam!« Dionysos hob beide Hände, um ihre geballte Ladung Zorn abzuwehren. »Du und deine Schlangen, ihr seht aus, als wolltet ihr mir den Kopf abbeißen …«

»Meine Schlangen beißen nicht«, teilte ihm Medusa von oben herab mit. »Es sei denn, ich befehle es ihnen.«

Sie wollte ihn damit verunsichern, aber Dionysos lächelte nur. »Okay, verstanden. Dabei dachte ich vorhin eigentlich nur, dass du in echt viel hübscher bist als auf dem Schild. Dieser Maler muss ein Volltrottel gewesen sein! Deine Augen sind grün, nicht rot. Das sieht doch ein Blinder.«

Medusa verschränkte die Arme und sah ihn ungläubig an. Fand er sie wirklich hübsch, oder war sein Kommentar ironisch gemeint gewesen? Sie war sich nicht sicher. Falls es sich um ein ernst gemeintes Kompliment handelte, hoffte sie inständig, dass Poseidon es gehört hatte. Es schadete nicht, wenn er ein klitzekleines bisschen eifersüchtig wurde.

Sie spähte zu ihm hinüber, musste jedoch feststellen, dass er sich ganz auf seinen Schützling Cetus konzentrierte. Andromeda und Perseus hatten wieder angefangen Held und Prinzessin zu spielen, und Poseidon grinste, als Andromeda in gespielter Panik schrie: »Hilfe! Hilfe! Rettet mich!«

»Halte durch!«, rief Perseus ihr zu. »Ich komme!«

Obwohl Andromeda noch so klein ist, hat sie den Bogen raus, dachte Medusa. Götterjungen mochten es, wenn sie sich als die starken Helden fühlen konnten. Man musste sich nur anhören, wie sie jedes Mal ins Schwärmen gerieten, wenn von Herakles' zwölf Aufgaben die Rede war! Standen Jungs wirklich auf Mädchen, die schwach und hilflos waren? War das vielleicht der Grund, warum sich Poseidon nie in sie verliebt hatte – weil sie zu stark und eigenständig war?

Ihr Blick wanderte wieder zu Dionysos, der sie ganz komisch ansah. »Findest du, dass ich zu stark rüberkomme?«, fragte sie ihn.

»Was?« Er lachte überrascht. Als er sah, dass sie es ernst meinte, machte er ein nachdenkliches Gesicht und nickte dann: »Manchmal schon.«

Bevor sie fragen konnte, was er damit meinte, rief Poseidon nach ihm. Im Davongehen sagte Dionysos leise: »Aber mir gefällt das.«

Nein, das hatte er bestimmt nicht gesagt, sie musste sich verhört haben. Medusa schüttelte den Kopf. Irgendetwas schien mit ihren Ohren nicht zu stimmen. Dionysos spielte in fast allen Theaterstücken, die an der Schule aufgeführt wurden, die Hauptrolle und hatte noch dazu wunderschöne dunkle Augen. Mit seinen süßen Grübchen und seinem strahlenden Lächeln war er wirklich eine Augenweide, und es gab jede Menge Mädchen am Götterinternat, die ihn jedes

Mal anschmachteten, wenn er vorbeiging. Während sie Dionysos dabei beobachtete, wie er mit Poseidon und den Kindern ein Spiel spielte, überkam sie ein eigenartiges Gefühl. Hatte sie sich etwa in ihn verliebt?

Nein! Was dachte sie denn da? Sie zog Götterjungen mit türkisfarbener Haut vor.

Oder etwa nicht?

Beim Mittagessen schlang Medusa eine gehäufte Schüssel Ambrosia-Eintopf hinunter und trank ein Trinkpäckchen Nektar hinterher, bevor sie erwartungsvoll ihre Hände anstarrte. Doch der Trank und die Speise der Götter zeigten nicht die gewünschte Wirkung: Ihre Haut fing immer noch nicht an zu schimmern. Dennoch gab sie die Hoffnung nicht auf, dass das Amulett irgendwann funktionieren würde.

Immerhin waren schon zwei von ihren Wünschen wahr geworden: Andromeda war wieder ihre Freundin, und der Schild hatte sie allseits beliebt (oder zumindest berüchtigt) gemacht.

An diesem Nachmittag wurde noch ein weiterer Wunsch Wirklichkeit, als sie auf dem Weg zum Rachekundeunterricht war: Direktor Zeus wurde auf sie aufmerksam. Allerdings nicht ganz so, wie sie es sich erhofft hatte.

»Du da, mit den Schlangen!«, brüllte er ihr auf dem

Flur hinterher. »Folge mir!« Er machte auf seinen riesigen Sandalen kehrt und stapfte auf sein Büro zu.

»Beim Gipfel des Olymps«, murmelte sie, während sie kleinlaut hinter ihm herschlich. Wenn er von der Sache mit dem Ladendiebstahl erfahren hatte, war sie verloren. Dann konnte sie ihre Sachen packen.

Alle neun Köpfe von Fräulein Hydra starrten Zeus und ihr hinterher, als sie durch ihr Sekretariat in das Büro des Direktors gingen, aber Medusa nahm es kaum wahr. Würde sie für immer von der Olymp High verwiesen werden? Würde Zeus sie zurück auf die Erde schicken? Neeeein, alles, nur das nicht! Sie zerbrach sich den Kopf nach einer guten Ausrede, die sie jetzt noch retten konnte, doch ihr fiel keine ein.

Zeus stapfte wütend durch sein unaufgeräumtes Büro und trat dabei auf einen Haufen Aktenordner, zerquetschte ein Brettspiel namens *Olympoly* und stieß sich den Zeh an einem verbeulten Aktenschrank, der umgekippt auf dem Boden lag.

»Autsch! Himmel noch eins!« Den Rest der Strecke zu seinem Schreibtisch hüpfte er auf einem Bein, bevor er sich auf seinen riesigen goldenen Thron plumpsen ließ. Zu jedem anderen Zeitpunkt hätte Medusa seine Tollpatschigkeit lustig gefunden, aber im Moment fühlte sie sich wie eine Verurteilte auf dem Weg zum Henker.

Sobald sie sich auf den kleinen Sessel vor seinem Schreibtisch gesetzt hatte, ließ Zeus seine fleischige Faust auf die Tischplatte niedersausen. Funken flogen zwischen seinen Fingern hervor, verglühten aber zum Glück schnell, ohne Schaden anzurichten. »Was muss ich da hören? Du hast dein Gesicht für zwielichtige Produkte zur Verfügung gestellt? Das ist nicht unser Stil hier am Götterinternat. Wir haben schließlich einen guten Ruf zu verlieren!«

Hä? Mit diesem Vorwurf hatte Medusa nicht gerechnet. Wie hatte Direktor Zeus das mit dem Schild überhaupt so schnell herausgefunden? Vielleicht hatte ihn jemand aus dem Heldologieunterricht darauf aufmerksam gemacht, oder er hatte den Schild selbst irgendwo gesehen. Schließlich war er ein Verkaufsschlager.

Zu ihrem großen Entsetzen stiegen Medusa die Tränen in die Augen. Sie hatte eine schreckliche Woche hinter sich und allmählich die Nase voll davon, dass ihr Leute Dinge vorwarfen, die überhaupt nicht ihre Schuld waren. Woher hätte sie denn wissen sollen, dass Herr Dolos ihr Porträt dazu verwenden würde, den Leuten Angst einzujagen?

Zeus musterte sie erschrocken und schob so heftig seinen Thron nach hinten, dass er fast umkippte. »Halt, warte! Du fängst doch hoffentlich nicht an zu weinen, oder?«

Wenn *jemand mit Gefühlen nicht umgehen konnte, dann war das ja wohl Zeus*, dachte Medusa unter Tränen. Diese Grauen Damen waren wirklich verrückt, dass sie Athene den Rat gegeben hatten, mit ihrem Vater über ihre Gefühle zu sprechen!

Sie setzte sich aufrecht hin, fest entschlossen, auf keinen Fall die Beherrschung zu verlieren. Aber dann war der Gedanke, dass Zeus sie nun bestimmt der Schule verweisen würde, doch zu viel für sie. Ihre harte Schale bröckelte, und die Tränen, die sie so tapfer zurückgehalten hatte, strömten ihr in Sturzbächen die Wangen hinunter. »Ich habe die Rechte an meinem Bild verkauft, weil ich Geld brauchte«, platzte sie heraus. »Um ein Geschenk für Sie und Hera zu kaufen, und um …«

»Nun hör doch bitte auf zu heulen«, flehte er, und wenn sie nicht so verzweifelt gewesen wäre, hätte sie sich bestimmt kaputtgelacht über die Art, wie er verlegen von einem Fuß auf den anderen trat. Dieser zwei Meter große, furchterregende Donnergott wusste nicht, wie er mit einer schluchzenden Schülerin umgehen sollte?

Sie konnte einfach nicht aufhören zu weinen. Es war, als wäre ein Damm gebrochen, der eine nicht enden wollende Tränenflut freisetzte. »Ich hatte keine Ahnung, dass mein Gesicht für ein Schild benutzt werden sollte, und dass der Verkäufer behaupten würde, man könne damit seine Feinde in Stein verwandeln, konnte ich auch nicht wissen«, verteidigte sie sich unter heftigem Schluchzen. »Ich dachte wirklich, dass Herr Dolos mein Porträt einfach auf ein Stück Gorgonzola klebt, oder so etwas. Ehrlich. Mir war nicht bewusst, dass ich etwas Falsche tue.«

»Herr Dolos?«, fragte Zeus überrascht. Seine Augen verengten sich zu Schlitzen.

Medusa wischte sich die Tränen mit dem Handrücken ab. »Ja. Kennen Sie ihn?«

Zeus seufzte und fuhr sich mit allen zehn Fingern durch die unbändigen roten Locken, die daraufhin wie elektrisiert nach oben standen. »Dieser Kerl ist ein echter Widerling. Er bringt es fertig, einem Unsterblichen einen gefälschten Donnerkeil zu verkaufen!« Er warf ihr einen verlegenen Blick zu. »Äh … zumindest habe ich das gehört.«

Medusa hielt die Luft an. Vielleicht warf er sie ja doch nicht von der Schule … Die Sache mit dem Ladendiebstahl hatte er jedenfalls noch gar nicht erwähnt. »Sind Sie immer noch sauer auf mich?«, fragte sie zaghaft.

»Sauer? Nein, nicht wirklich. Der Schild war wohl nur der Tropfen, der das Fass zum Überlaufen gebracht hat.« Er runzelte die Stirn und murmelte dann, als würde er mit sich selbst sprechen: »Das Problem ist dieser ganze Hochzeitsstress! Die Planung einer so großen Veranstaltung ist wirklich nicht mein Ding.«

»Vielleicht brauchen Sie mal einen freien Tag? Ein bisschen Zeit, um auf andere Gedanken zu kommen«, schlug Medusa mutig vor. Sie konnte kaum glauben, dass sie hier saß und dem König der Götter Ratschläge erteilte. Andererseits: Besser als die Grauen Damen konnte sie das allemal!

Der Direktor schüttelte den Kopf. »Geht leider nicht. Hera braucht mich. Ich habe versprochen, heute Nachmittag zu ihr ins Brautmodengeschäft zu kommen und die Ballons und Schleifen und das restliche Zeug für die Dekoration abzuholen.« Er schüttelte sich angeekelt. Sich mit derart filigranen, weiblichen Dingen beschäftigen zu müssen war offenbar die Höchststrafe für ihn.

»Sie könnten doch Athene bitten, Sie zu begleiten«, schlug Medusa vor. »Und beim Dekorieren hilft sie bestimmt auch gern.«

»Theni?« Zeus strich sich nachdenklich über den Bart. »Es ist schon wieder viel zu lange her, dass ich das letzte Mal etwas mit meinem schlauen kleinen Mädchen unternommen habe. Ich könnte sie einfach mitnehmen zu Heras Laden! Ja, das ist eine ausgezeichnete Idee! Wie gut, dass mir das eingefallen ist.« Zeus sprang auf und brüllte: »Sagen Sie alle meine Termine ab, Fräulein Hydra! Ich verbringe den Nachmittag nämlich mit meiner absoluten Lieblingstochter auf der ganzen Welt!«

Fräulein Hydras fröhlichster Kopf – der sonnengelbe – erschien im Türrahmen. »Aber gerne doch«, sagte sie gut gelaunt. Dann kehrte der Kopf wieder an seinen üblichen Platz zwischen den anderen acht Köpfen zurück.

Da wird sich Athene aber freuen!, dachte Medusa, während Direktor Zeus aus seinem Büro stürmte. Da er offenbar glaubte, dass das Ganze allein auf seinem Mist gewachsen war, würde Athene nie von Medusas Einmischung erfahren. Das war auch besser so. Sie hatte nämlich gar nicht vorgehabt, Athene damit etwas Gutes zu tun. Nicht wirklich. Die Idee war ihr einfach plötzlich gekommen, wie durch Zauberei. Ein weiterer Hinweis darauf, dass das Unsterblichkeitsamulett funktionierte!

Medusa stand von ihrem Sessel auf, um ebenfalls zu gehen, aber als sie sah, dass Fräulein Hydra beschäftigt war und nicht auf sie achtete, schlich sie auf Zehenspitzen um Zeus' Schreibtisch herum, um sich nur so zum Spaß auf seinen Thron zu setzen. Genüsslich lehnte sie sich zurück und legte die Füße auf den Schreibtisch. Dann betrachtete sie das Büro und versuchte sich alle Einzelheiten einzuprägen, damit sie sie in der nächsten Folge ihres Comics nachzeichnen konnte. Sie entdeckte einen Stapel Hochzeitszeitschriften, die Hera wohl auf Zeus' Schreibtisch gelegt haben musste, und nahm eine Ausgabe von *Göttliche Hochzeiten* zur Hand. Verträumt starrte sie auf das Brautpaar auf der Titelseite.

»Ich hoffe, es macht euch nichts aus, orangefarbene Rosen zu tragen«, sagte sie zu ihren Schlangen. »Ich glaube nämlich, dass der Zauber des Amuletts, das ich gekauft habe, allmählich zu wirken beginnt. Und das bedeutet, dass ich morgen den Schwimmwettbewerb gewinne und zur Brautjungfer erklärt werde, was wiederum bedeutet, dass wir neben Poseidon zur Hochzeit schreiten werden!«

Sie seufzte glücklich.

10

Der Schwimmwettkampf

Am nächsten Morgen zog Medusa ihren Badeanzug an und eilte aufgeregt zum unterirdischen Schwimmbecken in der Grotte unter der Turnhalle. Poseidons Wettbewerb würde gleich anfangen!

Die Steintribüne auf der linken Seite des Beckens war bereits voll mit Schülern, die sich das Wettschwimmen nicht entgehen lassen wollten. Sie konnte Dionysos nirgendwo entdecken, obwohl die meisten seiner Freunde da waren. Auch Athene, Aphrodite, Artemis und Persephone saßen auf den Zuschauerbänken, und Athene lächelte und winkte sogar in ihre Richtung, aber Medusa ignorierte sie. Bestimmt winkte sie einer *echten* Freundin und nicht ihr.

Während sie Dehnübungen machte, um sich aufzuwärmen, sah sie sich um und versuchte die Konkurrenz einzuschätzen. Das Teilnehmerfeld setzte sich etwa zur Hälfte aus sterblichen und zur anderen Hälfte aus unsterblichen Mädchen zusammen. Es schwammen auch einige wenige Töchter von geladenen Gästen mit, doch der Großteil der Teilnehmerinnen ging auf die Olymp High, darunter auch Pandora. *Was will sie denn hier?*, fragte sich Medusa. Pandora konnte sich ohne Schwimmflügel noch nicht einmal über Wasser halten. Zum Glück war sie vernünftig genug, welche angezogen zu haben. Die Dinger würden sie allerdings langsamer machen. Pandora war wirklich verrückt, wenn sie sich Siegchancen ausrechnete.

Nur einem einzigen Mädchen würde heute die Ehre zuteilwerden, bei Zeus' Hochzeit Poseidons Brautjungfer zu werden, und der Name dieses Mädchens fing mit einem *M* an, da war sich Medusa sicher. *M* wie *Magisch, Majestätisch, Märchenhaft*! Ihr Optimismus wurde immer größer.

Sie berührte das Pegasos-Amulett um ihren Hals und rückte es gerade. Dann ließ sie die Arme kreisen, um ihre Muskeln zu lockern, und spähte dabei unauffällig zu ihrem heißgeliebten Poseidon hinüber.

Er hielt wie immer seinen Dreizack in der Hand und war damit beschäftigt, das Schwimmbecken mithilfe eines Zauberspruchs in ein großes Achteck zu verwandeln, das mit glitzerndem türkisblauem Wasser gefüllt war. Um das Wettrennen schwieriger zu gestalten, fügte er einige Hindernisse hinzu: unechte Delfine, die durchs Becken tollten, Seepferdchenbrunnen, die Wasser spritzten, und eine große Felsinsel in der Mitte der Schwimmstrecke.

Die Teilnehmerinnen mussten in einem großen Bogen um die Felsinsel herumschwimmen und dann eine Ziellinie überqueren, die aus Perlensträngen und aufgefädelten Aquamarinen geflochten war. Medusa schätzte, dass sie die Linie innerhalb von fünf Minuten erreichen konnte. Dann würde das Rennen vorbei sein, und sie war die große Siegerin!

Als sie über sich Kinderstimmen hörte, hob Medusa den Blick und spähte zu der Brücke hinauf, die Poseidon gerade herbeigezaubert hatte. Sie überspannte das ganze Becken und war mit einem Mosaik aus Muscheln geschmückt, das Szenen aus Poseidons Reich darstellte. Medusa erkannte Korallenriffe, farbenfrohe Fische und Meeresungeheuer, die so echt aussahen, dass sie sich nicht gewundert hätte, wenn sie von der Brücke ins Becken gesprungen wären.

Auf der Brücke standen ihre Schützlinge aus dem Heldologieunterricht, um sich das Wettschwimmen von oben anzusehen. Medusa erkannte Cetus, Andromeda, Perseus sowie einige ältere Kinder und winkte Andromeda zu, die begeistert zurückwinkte.

»Alle Schwimmerinnen auf die Plätze!«, rief Poseidon plötzlich.

Medusa tauschte ihre Steinbrille rasch gegen eine Schwimmbrille aus, die ebenfalls über eine Schutzfunktion verfügte, damit sie unter Wasser keine Sterblichen in Stein verwandeln konnte. Dann stellte sie sich Schulter an Schulter mit den anderen Teilnehmerinnen am Beckenrand auf. Ihre Schlangen drückten sich eng an ihren Kopf und bildeten eine Badekappe.

Als Medusas Blick auf Poseidons gutaussehendes Profil fiel, entfuhr ihr ein sehnsüchtiger Seufzer. Warum merkte er denn nicht, dass sie wie geschaffen waren füreinander? Sie war eine ausgezeichnete Schwimmerin, und er war der Gott des Meeres. In den meisten Ozeanen und Meeren gab es Seeschlangen, und sie hatte Schlangen auf dem Kopf. Sie hatten so viele Gemeinsamkeiten!

»Fertig!«, rief Poseidon. Alle Schwimmerinnen kauerten sich auf den Boden und gingen in Startposition.

Ob es half, wenn sie fest an die Magie ihres Amuletts glaubte? Es schadete bestimmt nicht, wenn sie auf seine Wirkung vertraute. Medusa umschloss das geflügelte Pferd mit einer Hand, kniff die Augen zu und murmelte vor sich hin, was sie sich am sehnlichsten wünschte: »Mach, dass ich gewinne, mach, dass ich gewinne, mach, dass ich gewinne!« Sie hatte keine Zeit, sich einen Reim auszudenken, aber vielleicht funktionierte es auch so.

»Los!«, rief Poseidon und riss seinen Dreizack hoch in die Luft.

PLATSCH! Alle Teilnehmerinnen sprangen ins Wasser.

Medusa schwamm mit starken, gleichmäßigen Zügen und setzte sich rasch an die Spitze. *Wenn es so weitergeht, habe ich den Sieg in der Tasche!*, frohlockte sie, bis sie merkte, dass die Ziellinie sich immer weiter entfernte, statt näherzurücken. Poseidon verlegte sie nach hinten, damit das Rennen länger dauerte! *Er hätte uns wenigstens vorher warnen können, damit wir uns die Kräfte entsprechend einteilen*, dachte Medusa. Sie schwamm und schwamm, und irgendwann entdeckte sie beim Luftholen, dass Pandora bereits am Beckenrand saß. Sie hatte aufgegeben, genau wie einige andere Mädchen. *Juchhu!*

Endlich hörte die Ziellinie auf, sich nach hinten zu bewegen. Sie war jetzt nur noch dreißig Meter entfernt. Fest entschlossen beschleunigte Medusa ein letztes Mal ihre Schwimmzüge, um ihren Vorsprung weiter auszubauen. Der Sieg war ihr nicht mehr zu nehmen!

Dann hörte sie aus der Ferne plötzlich Andromeda schreien: »Hilfe! Rettet mich!« Weil sie davon ausging, dass das Mädchen wieder Held und Prinzessin spielte, schwamm Medusa unbeirrt weiter. Aber bei ihrem nächsten Atemzug registrierte sie aus dem

Augenwinkel, dass sich auf der Felsinsel unter der Brücke etwas bewegte. Andromeda? Wie war sie denn dorthin gekommen?

»Hilfe! Hilfe!«, schrie das kleine Mädchen verzweifelt. Es musste von der Brücke gefallen sein! Oder war es etwa geschubst worden? Medusa schwamm zwar weiter, blickte aber bei jedem Atemzug über die Schulter zur Insel.

Platsch! Platsch! Platsch! Cetus und einige Meeresnymphen und Seeschlangen sprangen ins Becken. Sobald sie das Wasser berührten, wuchsen ihnen Flossen, und sie schwammen wie kleine Haie um die Felsinsel herum.

»Nimm zurück, was du neulich gesagt hast!«, riefen die Nymphen und klatschten mit den Schwanzflossen aufs Wasser, bis Andromeda völlig durchnässt war. »Jeder weiß, dass wir Meeresbewohner die schönsten Lebewesen der Welt sind!«

Medusa wurde immer langsamer, und die anderen Schwimmerinnen holten auf. Warum tat denn keiner was? Aber das Publikum schien nur Augen für die Wettkampfteilnehmerinnen zu haben, die der Felsinsel nun den Rücken zukehrten und unter Jubel und Anfeuerungsrufen auf die Ziellinie zuschwammen. Offenbar hatte noch immer niemand mitbekommen, was auf der Felsinsel passierte. Oder vielleicht dachten die Zuschauer, dass die Kinder nur spielten?

Medusa blickte nach vorne zur Ziellinie und überlegte verzweifelt, was sie tun sollte. Weiterschwimmen oder umkehren, um die Prinzessin zu retten, die diesmal wirklich in Gefahr war? Mit einem Seufzer, der mehr ein Gurgeln war, weil sie gerade den Kopf unter Wasser hatte, machte sie kehrt und schwamm auf die Felsinsel zu. Die anderen Schwimmerinnen schossen an ihr vorbei und setzten ihren Weg zur Ziellinie fort.

»Du bist keine hübsche Prinzessin«, stichelte eine halbwüchsige Seeschlange. »Du bist ein Angsthase, sonst nichts!«

»Sie ist schon eine Prinzessin. Eine Prinzessin auf der Erbse, die sich vor Angst in die Hosen macht!«, rief eine zweite Seeschlange, und alle lachten und peitschten mit ihren Flossen ins Wasser, um Andromeda noch mehr nasszuspritzen.

»Hört auf, ihr sei gemein! Ich kann nicht schwimmen!« Andromeda klammerte sich an den Felsen und weigerte sich hartnäckig, zurückzunehmen, was sie gesagt hatte. Vielleicht hatte sie aber auch so große Angst, dass sie nicht mehr klar denken konnte.

In diesem Moment unternahm Perseus den tapferen Versuch, Andromeda vor den tyrannischen Meeresbewohnern zu retten. Er sprang mutig von der Brücke auf den Felsen und stellte sich schützend vor sie. Dann zeigte er den Seeschlangen seinen Medusa-Schild und rief: »Haut ab, oder ich versteinere euch!«

»Ha ha! Das Ding funktioniert doch gar nicht!«, rief eine der älteren Nymphen. »Das ist eine Fälschung. Genau wie Andromeda eine Fälschung ist!«

»Ich bin keine Fälschung, sondern eine *echte* Prinzessin!«, protestierte Andromeda, der jetzt die Tränen die Wangen hinunterkullerten.

Medusa schoss immer schneller durchs Wasser. Sie würde es nicht zulassen, dass ihr kleiner Schützling auch nur eine Minute länger verhöhnt wurde! Sie tauchte unter und kam mitten zwischen den gemeinen kleinen Meeresbewohnern wieder an die Oberfläche. Nachdem sie böse in die Runde gestarrt hatte, verkündete sie: »Mag sein, dass der Schild nicht funktioniert, aber mein echter Blick funktioniert hervorragend. In drei Sekunden nehme ich meine Brille ab. Ihr zischt also besser ab, wenn ihr nicht in Stein verwandelt werden wollt. Eins … zwei … «

Sämtliche Ungeheuer, Schlangen und Nymphen ergriffen sofort die Flucht.

Medusa streckte die Hand nach Andromeda und Perseus aus. »Kommt her, ihr zwei. Ich bringe euch an den Beckenrand.« Perseus konnte allein schwimmen, aber es dauerte eine Weile, bis sie die völlig verängstigte Andromeda überredet hatte, zu ihr ins Wasser zu springen. Medusa umfasste sie mit dem einen Arm und machte mit dem anderen einseitige Schwimmzüge, bis sie am Rand des Beckens angekommen waren.

Inzwischen war das Wettschwimmen vorbei, und das Publikum hatte endlich gemerkt, was auf dem Felsen passiert war. Einige Zuschauer kamen zum Beckenrand, um Medusa und den Kindern aus dem Wasser zu helfen.

Ein Zeichner vom *Griechischen Wochenblatt* tauchte neben ihnen auf und musterte Medusa und Andromeda eingehend, bevor er mit seinem Federkiel eifrig auf einem Papyrusbogen herumzukritzeln begann. Medusa fragte sich, warum er ein Bild von ihnen zeichnete. Wäre ein Porträt der Gewinnerin des Wettschwimmens nicht interessanter gewesen?

Dann ging ihr auf, dass er vermutlich alles festhielt, was mit der morgigen Hochzeit zu tun hatte. Und da Andromeda zu den Brautjungfern zählte, war sie ein wichtiger Bestandteil der Feierlichkeiten. Im Gegensatz zu ihr. Denn Medusa hatte das sicher geglaubte Rennen doch noch verloren, weil sie ihrem Schützling zu Hilfe geeilt war.

Jemand reichte ihr ihre Steinbrille, und sie nahm die Schwimmbrille ab und setzte sie auf. Sie hatte keine Ahnung, wer das Wettschwimmen gewonnen hatte, und es war ihr auch egal. Den Zuschauern schien es ebenfalls egal zu sein, denn fast alle hatten sich inzwischen um sie und Andromeda versammelt. Als Medusa Poseidon in der Nähe entdeckte, kämpfte sie sich zu ihm durch. Er hielt einen Kranz aus hübschen weißen

Strandastern in der Hand, der vermutlich für die Siegerin bestimmt war.

»Warum hast du nicht dafür gesorgt, dass jemand auf die Kinder aufpasst?«, fragte sie ihn aufgebracht. Ihre Stimme hallte in der ganzen Grotte wider, und die Zuschauer verstummten, um ihrem Gespräch zuzuhören. Medusa merkte es nicht einmal. »Sie hätten ertrinken können! Wie konntest du so leichtsinnig sein!«

»Du hast ja recht, tut mir echt leid«, erwiderte Poseidon und blickte lächelnd und winkend in die Runde. Offenbar nahm er die Sache überhaupt nicht ernst! »Ist doch nichts passiert, alles halb so wild«, wiegelte er ab und zwinkerte den Zuschauern, die um sie herumstanden, lässig zu. »War Medusa nicht toll? Eine echte Heldin! Einen kräftigen Applaus, bitte!«

Er schob sich den Asternkranz wie ein überdimensionales Armband übers Handgelenk, damit er beide Hände frei hatte, und klatschte begeistert. Das Publikum stimmte mit ein, und Medusa genoss den Applaus durchaus, auch wenn sie noch lange nicht bereit war, Poseidon seine Unachtsamkeit zu verzeihen.

Ein paar Meter entfernt entdeckte sie eine Meeresnymphe, die nicht besonders glücklich aussah. Das Mädchen triefte vor Nässe und hatte sich ein Handtuch um die Schultern gelegt, und Medusa vermutete, dass es sich um die Gewinnerin des Wettschwimmens handelte. Die Nymphe starrte Poseidon unverwandt an, als wollte sie ihn dazu zwingen, sie endlich zur Kenntnis zu nehmen. Medusa wusste genau, wie sich das anfühlte. Auch sie hatte jahrelang nach seiner Aufmerksamkeit gegiert.

»Willst du nicht endlich den Namen deiner Brautjungfer bekannt geben?«, fragte Medusa und zeigte auf die Nymphe.

»Klar, mach ich gleich«, antwortete Poseidon schulterzuckend. Dann beugte er sich zu ihr und sagte leise: »Aber zuerst wollte ich dir noch ganz im Vertrauen sagen, dass ich mir dich als Gewinnerin gewünscht habe. Du lagst fast die ganze Zeit an der Spitze und hättest den Sieg viel mehr verdient gehabt als die da.« Poseidon sprach zwar gedämpft genug, dass das Publikum ihn nicht hörte, aber die Nymphe hatte seinen verletzenden Kommentar offenbar mitbekommen, denn sie blickte gedemütigt zu Boden.

Medusa zuckte zusammen. Wie konnte Poseidon nur so rücksichtslos sein? Die Gefühle der Meeresnymphe schienen ihm völlig gleichgültig zu sein!

»Ich muss morgen übrigens nicht den ganzen Tag mit meiner Brautjungfer verbringen, nur die eigentliche Hochzeitszeremonie«, fuhr er fort. »Hast du Lust, auf der anschließenden Party mit mir zu tanzen?«

Medusa blickte in Poseidons schöne türkisfarbene Augen und fragte sich, warum sie keine Luftsprünge machte vor Freude. Genau das hatte sie sich doch immer gewünscht: dass er auf sie aufmerksam wurde und Zeit mit ihr verbringen wollte. Er schien sie wirklich zu mögen. Warum fühlte sich seine Sympathie nicht so gut an, wie sie erwartet hatte? Vielleicht lag es daran, dass hinter ihm immer noch die Meeresnymphe herumstand und ihn verunsichert und gekränkt ansah. Medusa konnte längst nicht mehr zählen, wie oft es ihr genauso gegangen war.

Jemand gab ihr ein frisches Handtuch, und sie fing an, ihre Schlangen abzutrocknen. Poseidons Blick wanderte nach oben, und er rümpfte die Nase, als hätte er etwas Ekliges gerochen. »Um eins wollte ich dich allerdings noch bitten«, sagte er leise und schenkte ihr das umwerfende Lächeln, für das er bekannt war. »Könntest du morgen vielleicht einen Hut tragen? Um deine Haare darunter zu verstecken, du weißt schon?«

Medusa spürte heiße Wut in sich aufsteigen. Bei ihren Schwestern ließ sie es gerade noch durchgehen, dass sie sich über ihre Schlangen beschwerten, aber nicht bei Poseidon. Was fiel ihm eigentlich ein? Sie starrte ihn an und hatte das Gefühl, zum ersten Mal hinter seine strahlende Fassade zu blicken. Ihre Schlangen verharrten reglos und schienen abzuwarten, wie ihr Frauchen reagieren würde. Da musste Medusa nicht lange überlegen. Niemand beleidigte ungestraft ihre Schlangen!

Sie trat dicht an Poseidon heran und bohrte ihm ihren Finger in die Brust. »Weißt du, was du bist?«, fragte sie. »Ein Ophidiophobiker!«

»Ein was? Nein, bin ich nicht!«, erwiderte er verwirrt. Es war offensichtlich, dass er keine Ahnung hatte, was ein Ophidiophobiker war.

»Das bedeutet, dass der große Herrscher über Seeschlangen und Meeresungeheuer Angst vor meinen kleinen Schlangen hat«, erklärte Medusa verächtlich.

»Hab ich nicht!«, protestierte er.

»Hast du wohl. Das hast du mir gegenüber sogar einmal zugegeben«, sagte eine Mädchenstimme. Medusa drehte sich um und entdeckte Athene, die zusammen mit ihren drei Freundinnen herbeigeeilt war, um Andromeda zu trösten. Sie schien nicht die Einzige zu sein, die den Schlagabtausch zwischen Poseidon und Medusa mitbekommen hatte.

»Gibt es irgendjemanden, der deine Schlangen nicht eklig findet?«, verteidigte sich Poseidon. »Kein Götterjunge hat Lust, mit einem Mädchen auszugehen, dessen Haare ständig vor seiner Nase herumzüngeln! Da kannst du jeden fragen!«

Medusa verstand plötzlich, wie oberflächlich

Poseidon in Wirklichkeit war. Warum war ihr das noch nie aufgefallen? An ihrem ersten Schultag hatte sie sich von seinem umwerfenden, freundlichen Lächeln blenden lassen. Man konnte offenbar gleichzeitig freundlich *und* oberflächlich sein.

»Ich bitte dich doch nur, dass du deine Haare während der Hochzeit ein bisschen bedeckst. Das ist doch nicht zu viel verlangt, oder? Also, was sagst du? Tanzen wir zusammen auf der Party?«, fragte Poseidon. Dabei starrte er jemanden an, der hinter Medusa stand. Sie drehte sich um und entdeckte den Mitarbeiter des *Griechischen Wochenblatts*, der sie vorhin auf seinem Papyrusbogen gezeichnet hatte. Jetzt hatte er wieder seinen Federkiel gezückt, und Poseidon versuchte offenbar, mit aufs Bild zu kommen!

»Du willst wissen, was ich dazu sage?«, zischte sie und warf ihm einen wütenden Blick zu, bevor sie in ihre Sandalen schlüpfte und das Handtuch um ihre Hüfte enger zog. »Ich sage, dass du ein selbstverliebter Vollidiot bist. Und weißt du, was ich noch sage? Dass du dir deinen Dreizack sonst wohin stecken kannst, Fischauge!«

Sie wirbelte herum und stolzierte hoch erhobenen Hauptes aus der Turnhalle, durchquerte den Schulhof und betrat das Schulgebäude, wobei sie eine triefnasse Spur hinter sich herzog. Poseidon hatte ihre Gefühle für ihn mit seiner rücksichtslosen und oberflächlichen

Art ein für alle Mal zerstört. Und *sie* würde jetzt auch etwas zerstören!

Auf ihrem Zimmer angekommen, knallte sie die Tür hinter sich zu und ging schnurstracks zu ihrer Poseidon-Pinnwand, wo sie sämtliche Gegenstände, die sie im Laufe der Jahre gesammelt und daran befestigt hatte, abriss und so lange zertrampelte, bis nur noch Fetzen übrig waren. Dann warf sie die Überreste in den Papierkorb und blieb zitternd mitten im Zimmer stehen. Sie fühlte sich furchtbar.

Als sie die Hand nach ihren Schlangen ausstreckte, wanden sie sich zärtlich um ihr Handgelenk. »Ihr habt ja recht«, murmelte sie. »Er ist es wirklich nicht wert.« Trotzdem hatte ihr großer Schwarm so lange ihre Gedanken beherrscht, dass sie sich ohne ihn unendlich einsam fühlte. Womit sollte sie nun ihre Freizeit verbringen? Sie konnte schließlich nicht rund um die Uhr für die Schule pauken!

Als sie draußen aufgeregte Stimmen hörte, blickte sie aus dem Fenster auf den Schulhof hinab, wo Hermes gerade mit seinem Streitwagen gelandet war. Sie beobachtete, wie Dionysos einen großen Postsack von der Ladefläche hievte, in dem sich etwas bewegte.

Plötzlich hob er den Kopf und spähte zu ihrem Fenster herauf. Hastig duckte sie sich unter das Fensterbrett. Beim Gipfel des Olymps! Hatte er sie etwa gesehen? Hoffentlich nicht! Sie sah furchtbar aus, weil sie sich nach dem Schwimmen noch nicht wieder umgezogen und in Ordnung gebracht hatte. Als ihr auffiel, dass ihre neugierigen Schlangen die Hälse reckten und aus dem Fenster spähten, zog sie sie hastig zu sich nach unten.

Was wohl in dem Postsack war, den Dionysos ausgeladen hatte? Ein magisches Hochzeitsgeschenk für Zeus und Hera? Apropos Hochzeitsgeschenk! Über der ganzen Aufregung hatte sie ihr Amulett ganz vergessen. Sie wusste die ultimative Möglichkeit, seine Wirksamkeit zu testen: Sie würde damit ein Geschenk herbeizaubern! Doch als sie die Hände zu ihrer goldenen Kette hob und nach dem geflügelten Pferd tastete, stellte sie fest, dass es verschwunden war. Sie musste es verloren haben!

Oh nein! Hatte es sich vielleicht beim Schwimmen gelöst? Sie rannte aus dem Zimmer und legte den Weg zur Turnhalle noch einmal zurück, wobei sie mit gesenktem Kopf die ganze Strecke absuchte. Als sie in der Grotte ankam, herrschte dort gähnende Leere. Poseidon hatte das Becken bereits für die morgige Hochzeit in Herzform gebracht.

Auf der Wasseroberfläche schwammen Blumen, deren Duft die ganze Grotte erfüllte. Medusa kniete sich an den Beckenrand und schob einige Blüten beiseite, um im Wasser nach ihrem Amulett Ausschau zu halten.

Sah sie da nicht etwas Goldenes glitzern? Tatsächlich! Dort lag ihr Amulett am Grund des Beckens. Da sie immer noch ihren Badeanzug trug, sprang sie kurzerhand ins Wasser, tauchte zum Grund und kam mit dem Amulett in der Hand wieder zur Oberfläche. Auf dem Beckenrand sitzend umschloss sie es mit der Faust und überlegte sich aufgeregt einen gereimten Zauberspruch. Sie hoffte inständig, dass es diesmal funktionierte. Jetzt oder nie.

O magisches Amulett,
sei doch bitte so nett,
und bring mir ohne Federlesen,
ein Geschenk, wie es nie schöner gewesen.
Ein Donnerkeil-Halter soll es sein,
aus wertvollem Gold so fein,
eines Königs würdig, hier endet mein Reim.

Ha! Das mit dem Federlesen hatte sie vom Schulboten geklaut. Doch je mehr Zeit verging, ohne dass der Donnerkeil-Halter vor ihr auftauchte, desto mehr verblasste ihr Traum von einem unvergesslichen Hochzeitsgeschenk, bis genauso wenig von ihm übrig war wie von ihrer Poseidon-Collage. Traurig ließ sie den Kopf hängen. Wenn das Amulett bei ihrem Geschenk schon nicht funktionierte, würde es sie auch nicht unsterblich machen, das stand fest.

Wütend riss sie sich die Kette vom Hals und warf sie zusammen mit dem Amulett ins Schwimmbecken. Mit dem geflügelten Pferd versanken auch ihr Herz und ihre Hoffnung in der Tiefe. Genau wie ihre Träume.

11

Schwestern, Feinde, Freunde

»Du schuldest uns fünfzehn Mal Zimmerputzen«, verkündete Stheno zwei Stunden später, als die Drillinge zusammen in der Schulmensa an ihrem üblichen Tisch saßen und zu Mittag aßen.

Diese ungerechte Forderung riss Medusa aus ihrer Melancholie. »Wieso denn? Es war nur von ein Mal putzen die Rede!«, protestierte sie und leckte an dem Nektar-Eis, das sie sich als Nachtisch geholt hatte.

»Das war aber bevor wir dir einen riesigen Gefallen getan haben«, ließ Euryale sie wissen.

»Was denn für einen Gefallen?«

»Wir haben auf dem Göttermarkt wieder alles in Ordnung gebracht, nachdem du in dem Geschenkladen etwas mitgehen lassen wolltest.«

Medusas Augen weiteten sich. »Wie? Ich meine, wann? Aber ich habe doch gar nichts mitgehen lassen!«

»Ja, ja, das kannst du deinem Friseur erzählen«, unterbrach Euryale sie. »Beziehungsweise deinem Schlangendompteur. Na ja, jedenfalls kamen wir zufällig kurz nach deiner Flucht an dem Laden vorbei und haben diese ganzen durchgedrehten Geschenkbox-Männchen verzaubert, damit sie sich an nichts mehr erinnern können.«

»Und die Wachmänner auch«, fügte Stheno hinzu. »Also haben wir uns überlegt, dass du jetzt fünfzehn Mal das Zimmer für uns putzen musst: Zweimal für die Wachleute, zwölf Mal für die Männchen und einmal, weil wir dich mit zum Göttermarkt genommen haben.«

Medusa wollte protestieren, ließ es dann aber sein. Wenn sie ehrlich war, war sie unendlich erleichtert, dass sie sich wegen des Ladendiebstahl-*Zwischenfalls* keine Sorgen mehr machen musste. Einen Schulverweis musste sie also nicht mehr fürchten. Trotzdem hätte sie es zu schätzen gewusst, wenn ihre Schwestern ihr früher davon erzählt hätten! Es sah ihnen ähnlich, sie erst eine Weile zittern zu lassen!

Plötzlich entdeckte sie Dionysos auf der anderen Seite der Schulmensa. Zu ihrer großen Überraschung winkte er sie zu sich.

»Dusa und Dionysos, Dusa und Dionysos …«, sang Stheno grinsend.

»… haben sich sehr lieb!«, ergänzte Euryale.

»Ach, haltet doch die Klappe«, murmelte Medusa und verdrehte die Augen, bevor sie trotzdem zu Dionysos' Tisch ging, um zu fragen, was er von ihr wollte.

»Ich habe ein Geschenk für dich, es wartet draußen«, erklärte er und ging zur Tür voraus. »Ich habe es heute Morgen in Hermes' Streitwagen mitgebracht.«

Neugierig folgte sie ihm auf den Schulhof und hielt überrascht inne, als sie den großen, zappelnden Sack sah, den Dionysos am Vormittag aus dem Streitwagen gehievt hatte. Jetzt knotete er die Kordel auf, die den Sack zuhielt, und heraus sprang Herr Dolos! Sie starrte den kleinen rundlichen Mann mit den zurückgekämmten Haaren und dem steifen, gezwirbelten Schnurrbart erstaunt an. »Was machen Sie denn hier?«

»Ich habe ihn geholt«, antwortete Dionysos an seiner Stelle.

»In einem Postsack?«, fragte Medusa verwirrt.

»Ihm einen Sack überzustülpen war die einzige Möglichkeit, ihn zum Schweigen zu bringen. Er hat doch tatsächlich versucht, Hermes die Rechte an seinem Gesicht abzukaufen, um eine neue Schuhkollektion damit zu bewerben. Zwischenzeitlich hatte ich

Angst, dass Hermes ihn mitten im Flug aus dem Wagen wirft.«

Herr Dolos zuckte mit den Schultern. »Was soll ich sagen? Ich bin nun mal Geschäftsmann.«

»Nein«, erwiderte Medusa. »Sie sind ein Lügner, sonst nichts.« Wütend zeigte sie mit ihrem Nektar-Eis auf ihn, wobei einige grüne Tropfen auf seiner gelb-schwarz karierten Tunika landeten.

»Wer, ich?«, fragte Herr Dolos und starrte empört auf die Flecken, bevor er wieder Medusa anblickte. »Ich bin mir keiner Schuld bewusst.« Seine Augen straften seine Worte Lügen, denn sie verrieten, dass er es faustdick hinter den Ohren hatte. Ihm war vollkommen egal, wem er mit seinen zwielichtigen Geschäften schadete, Hauptsache, er verdiente Geld damit.

»Wenn du mit unserer kleinen Abmachung nicht zufrieden bist, darfst du das nicht mir anlasten«, verteidigte er sich. »Hast du denn nicht das Kleingedruckte in deinem Vertrag gelesen?«

»Nein«, gab sie zu. »Aber Sie haben mir auch nicht wirklich Gelegenheit dazu gegeben.«

Herr Dolos zwirbelte die Enden seines Schnurrbarts um die Finger. »Vielleicht hattest du es auch nur zu eilig, an deine dreißig Drachmen zu kommen …«

Dionysos hob fragend eine Augenbraue. *Hoffentlich hält er mich jetzt nicht für geldgierig*, dachte Medusa. »Aber die Schilde funktionieren überhaupt nicht so, wie Sie es behaupten!«, warf sie Herrn Dolos vor. »Damit kann man niemanden versteinern!«

»Das spielt keine Rolle«, erwiderte Herr Dolos. »Wichtig ist nur, dass meine Kunden denken, sie könnten es. Dadurch fühlen sie sich wie Helden und gewinnen Selbstvertrauen. Und mehr braucht man schließlich nicht, um seine Feinde zu besiegen.«

Medusa konnte diese Logik nicht ganz nachvollziehen, doch bevor sie einhaken konnte, fuhr Herr Dolos fort: »Ach, das hätte ich beinahe vergessen. Hier, das ist für dich.« Er zog einen Sack voller Drachmen aus der Tasche und drückte ihn der überraschten Medusa in die Hand. »Das ist dein Anteil an den Einnahmen. Ich habe dir doch von Anfang an gesagt, dass dein Gesicht ein absoluter Kassenschlager wird!«

Medusa spürte, wie schwer der Sack war. Es mussten hundert Drachmen oder mehr darin sein. Damit konnte sie sicher ein ansehnliches Hochzeitsgeschenk kaufen! Was sie nicht damit kaufen konnte, war die Unsterblichkeit, die sie sich so sehnlich wünschte. Bestätigte sie Herrn Dolos nicht darin, dass er mit ihrem Porträt tun konnte, was er wollte, wenn sie das Geld annahm? Dass er weiterhin seine Kunden anlügen und ihnen auf die Nase binden durfte, dass der Schild magische Fähigkeiten besaß?

»Ich nehme das Geld nicht an.« Sie drückte ihm den Sack wieder in die Hand.

Herr Dolos registrierte es kaum, weil er irgendetwas hinter ihrem Rücken anstarrte. Seine Augen weiteten sich. »Wie auch immer. Ich muss los!«, rief er und ergriff eilig die Flucht.

Medusa und Dionysos blickten ihm verdutzt nach, bis sie sahen, dass Zeus mit donnernden Schritten die Verfolgung aufgenommen hatte. »Komm sofort zurück, du Dieb!«, brüllte er. »Dieser Donnerkeil, den du mir verkauft hast, war ungefähr so echt wie ein lila Einhorn!« Zeus jagte den kleinen dicken Mann über den ganzen Schulhof und schleuderte immer wieder kleine Blitze auf ihn, die ihn vor Schmerz aufjaulen ließen.

Medusa grinste Dionysos an. »Wer weiß? Vielleicht ist das der entscheidende *Funke*, der ihn dazu bringt, seine Geschäftsmethoden zu überdenken.«

Dionysos brach in schallendes Gelächter aus und zeigte dabei seine charmanten Grübchen. »Oh, Schlangenmädchen, niemand bringt mich so zum Lachen wie du. ›Der entscheidende Funke‹, ha, ha, ha! Echt witzig!«

Plötzlich spürte auch Medusa einen Funken in ihrem Inneren aufglimmen, der sich ein bisschen wie Verliebtsein anfühlte. Natürlich war sie nicht so verknallt in Dionysos, wie sie es jahrelang in Poseidon gewesen war. *Noch* nicht. »Wenn du meinst«, sagte sie betont beiläufig und bemühte sich, ihre Gefühle nicht zu zeigen. »Danke für dein Geschenk.« Sie wollte auf keinen Fall, dass ihr Herz schon wieder gebrochen wurde.

Klopf, klopf, klopf!

Medusa setzte sich im Bett auf. Es war Sonntagmorgen, und jemand klopfte an ihre Tür. Aus alter Gewohnheit rief sie: »Hau ab!«

»Mach die Tür auf!«, rief Athene zurück.

»Ja, beeil dich!«, sagte Aphrodite.

Was wollten die beiden von ihr?, fragte sich Medusa überrascht. Ihr Blick schoss zum Papierkorb. Da ihre Poseidon-Souvenirs von der Wand verschwunden waren, konnte sie unbesorgt die Tür aufmachen. Trotzdem stopfte sie den Papierkorb in ihren Kleiderschrank. Sicher war sicher. Sie wäre vor Scham gestorben, wenn die Mädchen die Überreste ihrer Pinnwand gesehen hätten!

»Du bist im *Griechischen Wochenblatt!*«, rief Athene und stürzte aufgeregt ins Zimmer, um Medusa die offene Zeitung hinzuhalten.

Sie starrte auf die fett gedruckte Schlagzeile. »Die große Götterhochzeit: Um Punkt zwölf Uhr ist es endlich so weit!«, las sie verwirrt vor.

»Nein, nicht diese Schlagzeile«, sagte Aphrodite ungeduldig und zeigte auf einen anderen Artikel, der ein Stück weiter unten stand. »Hier.«

Medusa schnappte nach Luft. »Oh!« Direkt unter der Titelstory über die bevorstehende Hochzeit war eine große Skizze abgedruckt, die sie zeigte, wie sie Andromeda von der Felsinsel rettete! Die Neuigkeit von Poseidons Schwimmwettkampf wurde hingegen nur ganz am Rande erwähnt, neben einem kleinen Bild von ihm und der siegreichen Nymphe.

»Nicht jeder schafft es auf die Titelseite des *GWB!*«, rief Aphrodite.

»Wow«, sagte Medusa und glühte vor Stolz.

Athene sah sich in ihrem Zimmer um. »Warum hängst du den Artikel nicht an deine Pinnwand? Sieht aus, als hättest du noch mehr als genug Platz.«

Medusa nickte und kniete sich auf ihr Bett, um den Zeitungsartikel an ihre Pinnwand zu heften. Nun war zumindest ein Teil der freien Fläche wieder aufgefüllt. Alle drei Mädchen starrten den aufgehängten Artikel ein paar Sekunden lang bewundernd an.

Schließlich stupste Aphrodite Athene auffordernd an. »Na los, wir müssen uns für die Hochzeit schick machen!« Während sie entschlossen zur Tür marschierte, blieb Athene zögernd stehen. »Mein Vater und ich haben am Freitag zusammen die Dekoration für die Hochzeit abgeholt«, sagte sie zu Medusa. »Er hat mir erzählt, dass du ihm geraten hast, mich um Hilfe zu bitten.«

»Er hat es dir *erzählt*?«, fragte Medusa erschrocken

und machte sich auf eine Standpauke gefasst. Athene war bestimmt wütend über ihre Einmischung.

Athene grinste. »Ha! Hab ich also doch richtig geraten!«

Medusa starrte sie unsicher an. »Du bist also nicht sauer, weil ich mich eingemischt habe?«

»Nein, das ist schon okay«, antwortete Athene. »Ich habe übrigens nur geblufft: Zeus hat mir natürlich nicht verraten, dass es *dein* Vorschlag war, sondern wieder einmal behauptet, er wäre ganz allein darauf gekommen. Aber ich hatte da so eine Ahnung ...«

»Und wie war der Nachmittag mit ihm?«, fragte Medusa neugierig.

Jetzt strahlte Athene und sah zum ersten Mal seit vielen Tagen wieder glücklich aus. »Wir haben uns wahnsinnig gut unterhalten, und Hera war auch total nett zu mir, als wir die Deko-Sachen bei ihr abgeholt haben. Ich habe dir also zu danken. Du hast gewissermaßen geholfen, das Eis zwischen uns dreien zu brechen.«

»Wirklich?«

»Ja, wirklich.«

Aphrodite, die bereits auf dem Flur verschwunden war, steckte plötzlich den Kopf zur Tür herein. »Sorry«, sagte sie zu Athene. »Ich dachte, du wärst direkt hinter mir.« Medusa fragte sich, wie viel sie von ihrem Gespräch mitbekommen hatte.

Die beiden Göttergirls tauschten einen vielsagenden Blick aus. Als Aphrodite nickte, drehte sich Athene zu Medusa um und sagte: »Hör mal, wir haben Persephone und ihrer Mutter versprochen, dass wir den beiden vor der Hochzeit mit dem Blumenschmuck helfen. Hättest du auch Lust mitzumachen?«

Medusa lag bereits das übliche Nein auf der Zunge. Erstens musste sie wie üblich für die Schule lernen, und zweitens fragte Athene bestimmt nur, weil sie das Gefühl hatte, Medusa etwas schuldig zu sein. Doch dann dachte sie an die Grauen Damen und was diese ihr geraten hatten: anderen Leuten zu vertrauen, nett zu sein und Freundschaften zu schließen. Vielleicht waren diese Ratschläge ja doch nicht so schlecht. Es kam auf einen Versuch an.

»Klar, warum nicht?«, sagte sie und hielt beide Hände hoch. »Könnte sogar sein, dass ich ganz gut mit Pflanzen umgehen kann. Schließlich habe ich gleich zwei grüne Daumen!«

Die Göttergirls kicherten, und Medusa stimmte in ihr Lachen ein. *Dionysos hat recht*, dachte sie. *Manchmal bin ich wirklich ziemlich witzig!*

»Dann zieh dir am besten schnell was an und komm dann in mein Zimmer«, schlug Aphrodite vor. »Wir müssen nämlich noch kurz unsere Brautjungfernkleider holen, damit wir uns später in der Umkleide der Turnhalle umziehen können.«

Medusa streifte eilig ihren Schlafanzug ab und schlüpfte in ihren besten smaragdgrünen Chiton und dazu passende Sandalen. Kurz darauf ging sie zusammen mit Athene und Aphrodite über den Schulhof. Stheno und Euryale saßen auf einer Marmorbank und lasen gerade das *Griechische Wochenblatt.* Als Medusa an ihnen vorbeikam, blickten sie auf und starrten sie ehrfürchtig an. Sie konnten es nicht glauben, dass sie es als Sterbliche tatsächlich auf die Titelseite einer großen Tageszeitung gebracht hatte! Und jetzt war sie auch noch mit zwei der beliebtesten Göttermädchen der ganzen Schule unterwegs!

Medusa lächelte gelassen und winkte ihren Schwestern im Vorbeigehen zu. Wenn sie sich nicht täuschte, wurden ihre Gesichter noch ein kleines bisschen grüner. Ein herrliches Gefühl! Fühlte man sich immer so, wenn man beliebt war? Falls ja, wollte sie nie mehr etwas anderes sein!

12

Das Hochzeitsgeschenk

Als Medusa, Athene und Aphrodite die Turnhalle betraten, schnappten sie nach Luft, weil der große runde Raum kaum wiederzuerkennen war. »Das ist ja ein wahrer Hochzeitstraum!«, rief Aphrodite entzückt. Da sie die Göttin der Liebe war, war ihr Sinn für Romantik ein wenig zu stark ausgeprägt, aber diesmal mussten ihr die anderen uneingeschränkt recht geben: Die Turnhalle sah wirklich wunderschön aus!

Der Raum war so geschmückt, dass er aussah wie eine riesige Hochzeitstorte. Schaumige weiße Zuckergusswellen aus Gips bedeckten die Wände, und hier und da schmiegten sich rosa Herzen und zarte orangefarbene Rosenknospen in die weiße Pracht. Die kreisförmige Öffnung in der Decke gab den Blick auf einen strahlend blauen Himmel frei, über den fröhliche kleine Schäfchenwolken zogen.

In der Mitte des Raumes war eine Bühne aufgebaut, über die sich ein drei Meter hoher, mit Girlanden aus weißem Tüll geschmückter Bogen spannte. Aphrodite und Athene seufzten bei seinem Anblick vor Wonne, und sogar Medusa, die überflüssigen Schnickschnack normalerweise verachtete, war beeindruckt. Die Tüllgirlanden waren in regelmäßigen Abständen von Zierbändern gerafft und mit duftenden orangefarbenen Blüten dekoriert. Unter diesem Bogen würden Zeus und Hera stehen, wenn sie sich das Ja-Wort gaben!

Vor der Bühne waren weiße Stühle aufgestellt, und der Mittelgang führte vom Eingang der Turnhalle bis zu den Stufen. Die Tribünen, die sonst an den Wänden standen, waren durch Dutzende weiß gedeckte Tische ersetzt worden. Auf einigen dieser Tische prangten bereits kunstvolle Blumengestecke, aus denen jeweils ein glitzernder Zierdonnerkeil ragte. Als die drei Mädchen sahen, dass Persephone und ihre Mutter dabei waren, die restlichen Tische ebenfalls mit Blumengestecken zu versehen, eilten sie ihnen schnell zu Hilfe, damit alles rechtzeitig fertig wurde.

Noch während sie arbeiteten, trafen die ersten Gäste ein, darunter Artemis und der Großteil der Kinder aus dem Heldologieunterricht. Medusa zog ihre Steinbrille aus der Tasche und setzte sie auf. Als sie sah, dass Perseus immer noch seinen Spielzeugschild mit dem schrecklichen Bild von ihr mit sich herumtrug, verzog sie das Gesicht. Auch zu den langen Geschenktischen, auf denen sich bereits die prächtigsten Präsente stapelten, blickte sie lieber nicht, denn nicht eins davon stammte von ihr.

Als die Mädchen gerade das letzte Blumengesteck drapiert hatten, ertönten trompetenähnliche Instrumente, die sich Salpinxe nannten. Der Bote des Götterinternats hatte zusammen mit einigen extra angereisten Musikern die Stufen zur Bühne erklommen, und als die Gäste die Fanfare hörten, eilten sie rasch zu ihren Stühlen und setzten sich.

»Wir sehen uns später«, sagte Persephone zu ihrer Mutter. Zusammen mit Athene und Aphrodite flitzte sie zu den Umkleidekabinen, um sich ihr Brautjungfernkleid anzuziehen. Medusa sicherte sich unterdessen einen guten Platz in der Nähe des Mittelgangs.

Einige Minuten später ertönten erneut die Salpinxe. Zeus stieg mit gemessenen, majestätischen Schritten auf die Bühne, um unter dem Hochzeitsbogen Aufstellung zu nehmen. Er trug die offiziellen Farben des Götterinternats – eine goldene Tunika und darüber einen fließenden Umhang in Gold und Blau – und spähte ungeduldig den langen Mittelgang entlang Richtung Tür.

Direkt hinter der Bühne hatte ein Orchester Platz genommen, das nun leise zu spielen begann. Eigentlich hatte Dionysos' Band, die »Himmelsstürmer«, diese

Aufgabe übernehmen sollen, aber die meisten Bandmitglieder waren Trauzeugen und daher verhindert. Medusa erkannte dennoch eins ihrer Lieder. Es hieß »Das Versprechen«.

Sie konnte nicht anders, als ein Gefühl der Ehrfurcht zu empfinden, als die Trauzeugen mit ihren Brautjungfern den Mittelgang entlangkamen, mit langsamen, feierlichen Schritten. Aber sie war auch ein bisschen traurig darüber, dass sie nicht ebenfalls an der Trauzeremonie teilnehmen durfte. Aphrodite und Ares waren das erste Paar, dann kamen Persephone und Hades, gefolgt von Athene und Herakles. Alle drei Göttergirls sahen wunderschön aus in ihren langen weißen Chitons mit den orangefarbenen Rosen im Haar und den goldenen Sandalen an ihren zarten Füßen.

Medusa warf Artemis einen Blick zu, die mit ihrem Freund Aktaion auf der anderen Seite des Ganges saß. Es schien ihr nicht das Geringste auszumachen, dass sie die einzige der vier Freundinnen war, die nicht zur Brautjungfer erwählt worden war. Medusa glaubte sogar zu erkennen, dass sie heimlich einen ihrer Pfeile mit dem Messer schärfte, während die Blicke der anderen Zuschauer andächtig auf der Prozession der Trauzeugen und Brautjungfern ruhten.

Dionysos und die kleine Andromeda waren das sechste der sieben Paare. Als sie an Medusas Stuhl vorbeikamen, winkte ihr Andromeda aufgeregt zu. Das kleine Mädchen hatte Blumen im Haar und sah hinreißend aus in seinem weißen Spitzenchiton. Auch Dionysos lächelte Medusa zu, und ihr wurde ganz warm ums Herz.

»Oh Mann! Ist er nicht süß?«, hörte sie ein Mädchen hinter sich ihrer Freundin zuflüstern. Sie drehte sich um und funkelte das Mädchen böse an, das sofort verstummte und Medusas zischenden Schlangen ängstliche Blicke zuwarf.

Würdevoll drehte sich Medusa wieder nach vorne, auch wenn sie dem Mädchen insgeheim recht geben musste: Dionysos sah wirklich süß aus in seiner weißen Tunika und den neuen Sandalen. So süß, dass sie kaum hinsah, als Poseidon und seine Brautjungfer als siebtes Paar an ihr vorbeischritten.

Wirklich komisch, wie sich die Dinge manchmal entwickeln, dachte sie. Sie war froh, dass Andromedas Traum, bei der Hochzeitszeremonie dabei zu sein, in Erfüllung gegangen war, und gleichzeitig ein bisschen traurig über das Platzen ihres eigenen Traumes. Sie würde vermutlich nie unsterblich werden. Immerhin war sie ein wenig beliebter geworden, schmachtete nicht mehr Poseidon hinterher und fing sogar an, neue Freundschaften zu schließen. Unter dem Strich war das doch gar nicht so schlecht!

Die Musik änderte sich nun und wurde dramatischer.

Alle Blicke ruhten auf Hera, die allein den Gang entlangschwebte, in einem edlen goldfarbenen Chiton mit einer drei Meter langen Schleppe. Ihre langen Handschuhe waren ebenfalls golden, und in ihrem kunstvoll frisierten blonden Haar trug sie ein schlichtes goldenes Diadem. Der zarte Duft ihres Brautstraußes, der aus Gänseblümchen, orangefarbenen Blüten und rosa Rosen bestand, verharrte hinter ihr in der Luft, während sie die Stufen hinaufging und sich neben den strahlenden Zeus stellte.

Dieser drehte sich nun so, dass er ihr gegenüberstand, und nahm ihre Hand, um mit donnernder Stimme sein Ehegelübde zu sprechen. Einige Gäste hielten sich unauffällig die Ohren zu. »Ich, Zeus, verspreche feierlich, dich für immer und ewig zu lieben und zu ehren, auch wenn du darauf bestehst, nach der Hochzeit dein Brautmodengeschäft weiterzuführen. Allerdings möchte ich allen hier Anwesenden hiermit mitteilen, dass du nur weiterarbeitest, weil es dir Spaß macht, und nicht etwa, weil ich zu wenig Geld habe oder ein Schlappschwanz bin. Wenn ich mir die wunderbare Hochzeit ansehe, die du hier auf die Beine gestellt hast, muss ich wirklich zugeben, dass du deinen Beruf hervorragend beherrschst!«

Hera lächelte und fing dann an, mit deutlich leiserer Stimme ihr Ehegelübde zu sprechen: »Und ich, Hera, verspreche feierlich, dich für immer und ewig zu lieben und zu ehren und mich nie über Brandflecken auf unseren Kissen oder Blitzeinschläge in unseren Wänden zu beschweren.«

Zeus' Grinsen wurde noch breiter.

Dann trat der Schulbote auf die Bühne, um sich mit dem Gesicht zum Publikum hinter das Brautpaar zu stellen und zu verkünden: »Wenn jemand der hier Anwesenden Einwände gegen diese Ehe vorzubringen hat, so möge er jetzt sprechen oder für immer schweigen.« Bei diesen Worten wandte Zeus den Kopf und funkelte die Hochzeitsgäste wütend an, damit es ja niemand wagte, den Mund aufzumachen. Im Raum herrschte Totenstille.

Bsssss Bsssss.

Als plötzlich ein lautes Summen zu hören war, hoben alle die Köpfe und sahen eine Fliege durch die Öffnung in der Decke hereinschwirren. Der ganze Saal hielt die Luft an. Medusa blickte zu Athene auf die Bühne und fragte sich, ob es vielleicht ihre Mutter Metis war, die gekommen war, um Zeus die Hochzeit zu vermasseln. Aber dann surrte die Fliege fröhlich davon, und alle atmeten erleichtert auf.

Wieder erklang dröhnend Zeus' Stimme: »Gut. Dann erkläre ich mich, kraft der Macht, die ich mir selbst verliehen habe, weiterhin zum König der Götter und Herrscher über den Himmel.« Er blickte zu Hera hinüber, und seine Stimme wurde weich: »Und Hera erkläre ich zur Königin der Götter und Mitherrscherin über den Himmel. Und zur Stiefmutter meiner allerliebsten Lieblingstochter aller Zeiten!«

Er drehte sich um, entdeckte Athene und riss sie in seine Arme, um sie nach vorne zu holen, damit sie mit ihm und ihrer neuen Stiefmutter unter dem Bogen stand. Dann beugte er sich vor und gab Hera einen schmatzenden Kuss.

Lebhafter Beifall brandete auf, während Hunderte von Tauben in die Luft flatterten und sich zu einem großen Herzen formierten, in dessen Innerem weitere Tauben die Wörter »Zeus und Hera« bildeten. Dieser romantische Einfall stammte natürlich von Hera. Dann flatterten die Vögel auseinander und ließen glitzerndes Konfetti auf die Hochzeitsgesellschaft regnen. Medusas Schlangen schnappten gierig danach und spuckten die Papierfetzen enttäuscht wieder aus, als sie merkten, dass es sich nicht um Schlangenfutter handelte.

Sobald Zeus und Hera von der Bühne gestiegen waren, rollte diese automatisch nach hinten und gab den Blick auf das herzförmige, mit Blumen gefüllte Wasserbecken in der darunter liegenden Grotte frei. Aus einem Brunnen in der Mitte schossen Wasserfontänen und bildeten eindrucksvolle Formationen in der Luft, was sich natürlich Poseidon ausgedacht hatte. Sein Charakter mochte oberflächlich sein, aber sein Talent im Umgang mit Wasser hatte wirklich Tiefgang, das musste Medusa zugeben.

Kurz darauf begann das frisch vermählte Paar die Hochzeitstorte anzuschneiden, die fast so hoch war wie Zeus selbst. Die Tauben trugen zahlreiche kleine Teller mit der köstlichen Ambrosia-Torte zu den Gästen, die unterdessen an den Tischen Platz genommen hatten. Allerdings hatten sie kaum Zeit, die Torte zu probieren, denn Zeus erklärte: »Möge das Auspacken der Geschenke beginnen!«

Hera und er ließen sich auf zwei Thronen nieder, die von oben herabgeschwebt waren. Zeus war so aufgeregt wie ein kleiner Junge beim Kindergeburtstag und strahlte von einem Ohr zum anderen, während er hastig ein Geschenk nach dem anderen aufriss und es sofort danach beiseite schob, um zum nächsten Präsent überzugehen. Erst als er einen magischen Donnerkeil von Athene auspackte, hielt er entzückt inne. Medusa war sich sicher, dass der Donnerkeil bis jetzt sein Lieblingsgeschenk war, denn er beschloss, ihn sofort auszuprobieren.

»Wie funktioniert denn dieses Ding?«, murmelte er und schüttelte den Donnerkeil, um ihn anschließend von allen Seiten gründlich zu mustern. Dann stand er auf und holte aus, um ihn hoch in die Luft zu schleudern. Die Gäste gingen in Deckung, aber zum Glück zielte Zeus auf die Öffnung in der Decke.

Unglücklicherweise flog der Donnerkeil jedoch nicht aus der Turnhalle hinaus, sondern beschrieb einen Bogen in der Luft und schoss auf Perseus' Tisch zu, der in der Nähe des Schwimmbeckens stand. Tapfer streckte der kleine Junge seinen Schild nach oben, um den Donnerkeil aufzuhalten, doch dieser traf das Bild von Medusa am Hals und zerschmetterte den Schild in zwei Teile.

Bei allen Göttern! Medusa riss unwillkürlich die Hand an ihren eigenen Hals und schluckte.

Überrascht ließ Perseus den zerbrochenen Schild fallen, dessen zwei Hälften ins Schwimmbecken fielen. Fast unmittelbar danach fing das Wasser an zu glucksen und Blasen zu werfen.

Zisch! Die Hochzeitsgesellschaft schnappte erschrocken nach Luft, als plötzlich eine Fontäne nach oben schoss, aus der eine weißgoldene Flamme emporloderte. Immer größer und größer wurde die Flamme, bis sie schließlich zu einem großen weißen Pferd mit goldenen Flügeln herangewachsen war. Es hielt den abtrünnigen Donnerkeil im Maul und flog zu Zeus, um ihn zurückzugeben. Der Donnergott war hocherfreut.

»Pegasos?«, hörte Medusa jemanden murmeln, und ein anderer Hochzeitsgast flüsterte ehrfürchtig: »Ich dachte immer, dass er nur ein Mythos ist!« Aufgeregtes Tuscheln machte sich in der Turnhalle breit.

Medusa fragte sich, welche seltsame Kombination aus verschiedenen Umständen das sagenumwobene Pferd wohl aus ihrem Amulett befreit hatte – denn dass es dorther gekommen war, daran bestand für sie kein Zweifel. Was auch immer passiert war, sie freute sich genauso wie Zeus über den Anblick des wunderschönen geflügelten Pferdes.

Der Zeichner vom *Griechischen Wochenblatt* rannte zur Bühne und fing an, wie wild auf seinem Papyrusbogen herumzukritzeln. Die Einzelheiten dieser außergewöhnlichen Hochzeit würden ohnehin eine ganze Sonderbeilage der morgigen Ausgabe füllen, doch das unerwartete Auftauchen des legendären Pegasos war sozusagen das Sahnehäubchen auf der Hochzeitstorte.

»Wahnsinn! Ein Donnerkeil-Halter, der lebt und atmet und sogar apportieren kann! Was für ein unglaubliches Geschenk!«, polterte Zeus begeistert und streichelte die seidige Mähne des Pferdes. »Wem habe ich diese riesengroße Freude zu verdanken?« Sein Blick schweifte über die Hochzeitsgäste.

Medusa sagte lieber nichts, denn es wäre eine Lüge gewesen, wenn sie behauptet hätte, das Pferd für Zeus und Hera gekauft zu haben. Sie hatte lediglich ein Amulett gekauft, weil sie an dessen magische Kräfte geglaubt hatte, die sich nun ganz anders geäußert hatten als gedacht.

Als sich niemand meldete, begann das Pferd mit den Flügeln zu schlagen und flog einmal um die Dachkuppel herum, bevor es direkt vor Medusas Füßen landete. Sanft legte es sein Maul an ihre Wange. Aus der Nähe sah Pegasos noch prächtiger aus. Er war wahrlich ein magisches Geschenk, das eines Königs würdig war, genau, wie Medusa es sich gestern gewünscht hatte. Als sie etwas Glänzendes am Flügel des Pferdes bemerkte, beugte sie sich näher heran. Es war die goldene Kette, die das Amulett gehalten hatte und sich nun in Pegasos' Federn verheddert hatte. Vorsichtig zog sie sie heraus.

»Du da! Komm her!«, rief Zeus ihr zu. »Für dieses einzigartige Geschenk sollst du gebührend belohnt werden.«

»Aber ich habe es doch gar nicht …«, begann Medusa, doch bevor sie ihren Satz zu Ende bringen konnte, stieß Pegasos mit dem Kopf gegen ihren Arm und nickte dann in Richtung Zeus. Er wollte sie offenbar dazu auffordern, nach vorne zu treten und die Belohnung für sich in Anspruch zu nehmen. Also steckte sie die Kette in ihre Tasche und stand auf, um vor Zeus' Thron zu treten. Hinter ihr drängten sich unterdessen die Kinder um das Pferd und schoben Stühle heran, um sein Maul und seine Mähne zu streicheln.

Als Medusa vor Zeus stand, fragte er donnernd: »Nun, liebe Sterbliche, welche Belohnung wünschst du dir?«

Darüber musste sie nicht einmal eine halbe Sekunde nachdenken.

»Ich möchte unsterblich sein!«, antwortete sie mit klarer Stimme.

»Abgemacht«, erwiderte Zeus genauso schnell. »Hiermit verfüge ich, dass du morgen den ganzen Tag lang unsterblich sein sollst!«

Medusa blinzelte. »Ich kriege nur *einen* mickrigen Tag?«

»Hast du damit ein Problem?«, fragte Zeus und hob eine buschige rote Augenbraue.

Hinter sich hörte Medusa Athene murmeln: »Einem geschenkten Gaul schaut man nicht ins Maul.«

Der geschenkte Gaul ist ja wohl Pegasos!, dachte Medusa, aber dann fiel ihr ein, dass Athene die Göttin der Weisheit war, und traf die weise Entscheidung, auf ihren Rat zu hören. »Also gut, ich nehme die Belohnung an«, sagte sie zu Zeus. Ein Tag war schließlich besser als nichts!

In diesem Moment fing das Orchester an zu spielen, und Hera und Zeus begaben sich auf die Tanzfläche. Hera musste Zeus dazu überredet haben, Tanzstunden zu nehmen, denn was er heute aufs Parkett legte, sah gar nicht so übel aus. Früher war er dafür bekannt gewesen, ruckartige Bewegungen zu machen, die ganz entfernt Ähnlichkeit mit einer Mischung aus Hula, Tango und Ententanz hatten. Wenig später strömten auch die anderen Hochzeitsgäste auf die Tanzfläche, während Pegasos über ihnen im Kreis flog und die Kinder auf seinem Rücken reiten ließ.

Aphrodite tippte Medusa auf die Schulter. »Komm, wir gehen tanzen.« Medusa folgte ihr und den anderen Göttergirls und fand sich neben Dionysos wieder, der mit der kleinen Andromeda tanzte.

»Hast du mich in der Prozession gesehen?«, fragte Andromeda aufgeregt.

Medusa nickte. »Hab ich. Das hast du ganz toll gemacht!«

Dionysos grinste und zeigte seine süßen Grübchen. »Willst du vielleicht mit uns tanzen?«

»Gerne.« Medusa gab ihm die Hand, und er ergriff sie und hatte nun zwei Mädchen, die er geschickt auf der Tanzfläche herumwirbeln konnte. Kurz darauf wurde es Andromeda zu langweilig, und sie rannte davon, um ebenfalls auf Pegasos' Rücken zu reiten. Artemis und Aktaion hatten inzwischen die Einteilung der reitbegeisterten Kinder übernommen, und es schien ihnen großen Spaß zu machen, ihnen beim Auf- und Absteigen zu helfen.

Inzwischen hatten sich weitere Paare auf der Tanzfläche zusammengefunden: Ares tanzte mit Aphrodite, Herakles mit Athene und Hades mit Persephone. Plötzlich wechselte die Musik, und ein langsames Lied begann.

Ohne zu zögern zog Dionysos Medusa näher an sich heran und legte ihr eine Hand auf die Taille. Sie protestierte nicht. Dieser Tag war eindeutig der schönste in ihrem Leben! Während Dionysos und sie sich langsam im Kreis drehten, rief jemand: »He! Hera wirft gleich ihren Brautstrauß!« Medusa löste sich aus Dionysos' Armen und sah, wie Hera ihren Strauß im hohen Bogen durch den Raum schleuderte. Den Blick fest darauf gerichtet, sprang sie über mehrere Stühle, stieß einen davon um und kämpfte sich durch die anderen Mädchen nach vorne. Dann machte sie einen spektakulären Hechtsprung und fing die Blumen in der Luft, bevor sie krachend auf dem Boden landete. Keuchend lag sie da und presste den Strauß an ihre Brust. *Juchhu!* Sie hatte es tatsächlich geschafft!

Für einige Sekunden herrschte verblüfftes Schweigen. Medusa setzte sich auf und blickte sich beschämt um. Anscheinend hatte sie sich gerade vor versammelter Mannschaft zum Affen gemacht. Aber sie hatte sich so sehr ein Andenken an diesen magischen Tag gewünscht, einen Strauß, den sie an ihre Pinnwand heften konnte!

Aphrodite und Athene unterbrachen die Stille, indem sie mit den Fäusten in die Luft boxten und schrien: »Yeah! Du hast es geschafft!« Artemis und Persephone stimmten ebenfalls in die Jubelschreie ein, und plötzlich applaudierte und jubelte der ganze Saal.

»Cooler Hechtsprung, Schlangenmädchen«, sagte Dionysos anerkennend und half ihr auf. Wieder stimmte das Orchester ein langsames Lied an, und sie machten da weiter, wo sie aufgehört hatten, und fingen an zu tanzen. Medusa hielt den Strauß in der Hand, die an Dionysos' Schulter lag. Als ihre Schlangen anfingen, an den Blumen herumzuknabbern, schien es Dionysos nicht im Geringsten zu stören. Jetzt mochte sie ihn noch ein wenig mehr als vorher!

Vor einer Woche hätte sie noch nicht zu träumen gewagt, dass sie an diesem Abend so viel Spaß haben würde. Sie hatte gelernt, dass selbst die unrealistischsten Träume wahr werden konnten, wenn auch vielleicht auf vollkommen andere Weise, als man es erwartet hatte. Und das war auch gut so, denn manchmal bekam man sogar etwas noch Besseres als das, was man sich ursprünglich gewünscht hatte. Einen Jungen namens Dionysos zum Beispiel, statt einen namens Poseidon. Oder ein unbeschreiblich tolles Geschenk für den König der Götter. Oder die Chance, unsterblich zu sein, wenn auch nur für einen Tag.

Sie seufzte zufrieden und versuchte sich vorzustellen, wie der morgige Tag wohl werden würde. Langsam nahm eine neue Folge von *Die Königin der Gemeinheit* in ihrem Kopf Gestalt an …

Die Königin der Gemeinheit (Folge 25)
Unsterblich für einen Tag!

In dieser Folge ist die Königin der Gemeinheit einen ganzen Tag lang unsterblich und kann plötzlich ohne Hilfe mit den geflügelten Sandalen fliegen! Also schlüpft sie hinein und schwirrt mit ihnen über den Schulhof und macht coole Saltos und Tricks in der Luft, die die anderen Schüler der Olymp High vor Neid erblassen lassen!

Dann saust die Königin der Gemeinheit vom Olymp in ihren Heimatort hinunter, um dort mit ihren magischen Kräften das Böse zu bekämpfen (und natürlich auch ein bisschen mit ihnen anzugeben). Als sie dort ankommt, terrorisiert ein Seehundhirte namens Proteus ihre armen Eltern. Kein Problem! Sie zieht ihren Zauberkäse aus der Tasche und ruft: »Gorgonzola!«

Puff! hat sich Proteus in Luft aufgelöst. »Danke, dass du uns gerettet hast, Königin der Gemeinheit«, sagt ihre Mutter. »Du bist die beste Tochter auf der ganzen Welt!« Sogar ihr Vater gibt ausnahmsweise ein fröhliches Grunzen von sich. Und stellt euch vor! Die beiden hängen sogar ein Bild von der Königin der Gemeinheit an die Wand, ein Bild, das größer ist als alle Bilder von ihren Schwestern!

Als die Königin am Abend auf den Olymp zurückkehrt, ist sie ganz erschöpft von ihrem Kampf gegen das Verbrechen. Aber die vier beliebtesten Mädchen des Götterinternats – Athene, Persephone, Aphrodite und Artemis – flehen sie an, mit ihnen zum Markt der Köstlichkeiten zu kommen. Sie sagt natürlich Ja, und ein süßer Götterjunge namens Dionysos ist zufällig auch dort. Und er hält ihr rein zufällig einen Platz neben sich frei.

Später macht die Königin der Gemeinheit noch eine letzte Sache, bevor ihr genialer Tag der Unsterblichkeit vorbei ist: Sie bittet Hephaistos, den Götterjungen der Schmiedekunst, ihr ein neues Amulett für ihre Kette zu schmieden. Kein Amulett mit einem doppelten G, wie sie es sich so oft gewünscht hat, sondern ein ganz besonderes Unikat, ein Amulett mit den Buchstaben: KdG.

Und nur sie wird jemals wissen, wofür sie stehen!

Ha, ha, ha!

Ende

Noch mehr Lust auf sagenhaftes Zeug? Wenn man in einem Buch über die griechischen Götter und Göttinnen nachschlägt, stolpert man über so manche Stelle, die ein bisschen an die spannenden Geschichten unserer Lieblingsheldinnen erinnert …

Wusstest du, dass

- **Medusa** und ihre Schwestern **Stheno** und **Euryale** als **Gorgonen** bezeichnet wurden? Das bedeutet »die Schrecklichen«. Sie sollen nämlich ausgesprochen hässlich gewesen sein – mit Schlangenhaaren, spitzen Eckzähnen, Schuppen, einem fürchterlichen Blick und heraushängender Zunge. Kein Wunder, dass jeder bei ihrem Anblick zu Stein erstarrte!

- **Medusa** die berühmteste der drei Gorgonen und tatsächlich die einzige Sterbliche ist? Als sie noch schön war, liebte Poseidon Medusa. Athene war wütend, weil die beiden sich in einem ihr gewidmeten Tempel trafen, und ließ Medusa hässlich werden. **Perseus**, ein Sohn von Zeus, sollte einem Verehrer seiner Mutter Danaë Medusas Kopf bringen – wegen der tödlichen Wirkung ihres Anblicks eine fast unlösbare Aufgabe. Doch da Athene auf seiner Seite war und ihm auch Hermes und einige Nymphen halfen, gelang es ihm, Medusa zu töten, ohne sie direkt anzuschauen. Er entkam und brachte Athene Medusas Kopf, die ihn zur Abschreckung in ihren Schild einsetzte.

die griechischen Götter auch oft als »**Unsterbliche**« bezeichnet wurden? Denn das ist der größte Unterschied zwischen Menschen und Göttern.

ein **Obolus** im alten Griechenland eine kleine Silbermünze war? Sie war ein Sechstel einer Drachme wert. Ursprünglich waren die Münzen kleine Silberstückchen, erst später wurden sie rund.

Aphrodite die griechische Göttin der Liebe ist? Sie spendete Schönheit und war auch selbst wunderschön. Sie soll tatsächlich einfach aus dem Meer gekommen sein. Aphros bedeutet Schaum, und man führt ihren Namen darauf zurück, dass sie dem Meeresschaum entstiegen ist. Aphrodite stand vielen Göttern und Sterblichen in Sachen Liebe bei.

Persephone als die griechische Göttin des Wachstums und der Fruchtbarkeit gilt? Sie war die Tochter der großen Erdgöttin Demeter, Schützerin der Fruchtbarkeit. Demeters Name bedeutet sogar »Mutter Erde«. Daher kommt wahrscheinlich auch Persephones Gabe, so gut mit Blumen und Pflanzen umgehen zu können. Außerdem heiratete sie später Hades und wurde die Herrscherin der Unterwelt.

Athene die griechische Schutzgöttin der Weisheit, des Krieges und der Künste ist? Sie war die Tochter des Gottes Zeus.

Die sagenhaften Göttergirls

Als Athene an ihrem zwölften Geburtstag an Zeus' Eliteinternat gerufen wird, kann sie es erst gar nicht fassen. Denn in dieser Schule werden die Sprösslinge der ruhmreichsten Götter ausgebildet. Schnell lebt sich die kluge Athene dort ein, wo Fächer wie Heldologie, Biestologie und Rachekunde auf dem Stundenplan stehen. Mit Aphrodite, Persephone und Artemis gründet sie den Göttergirls-Klub, und die vier halten zusammen wie Pech und Schwefel!

Band 1: Die Neue am Olymp
ISBN 978-3-505-13043-4

Persephone hat es so was von satt, es immer allen recht zu machen. Vor allem ihrer Mutter Demeter, die sich immer noch wie die totale Glucke aufführt und sie wie ein Baby behandelt. Der Einzige, von dem sich Persephone verstanden fühlt, ist der stille Außenseiter Hades. Doch mit diesem Bad Boy des Totenreichs hat nicht nur ihre Mutter, sondern auch der Rest der Göttergirls ein Problem. Nach einem Streit nimmt Persephone Reißaus und wagt sich in die Unterwelt, um Trost bei Hades zu suchen …

Band 2: Ausflug in die Unterwelt
ISBN 978-3-505-13044-1

So hat Aphrodite sich das nicht vorgestellt, als sie Athene Nachhilfe in Schönheitskunde angeboten hat. Plötzlich scharen sich all ihre Verehrer um die kluge Freundin. Unter ihnen ausgerechnet auch Ares, auf den Aphrodite selbst ein Auge geworfen hat! Sie muss seine Hingabe zurückgewinnen. Um jeden Preis!

Band 3: Ein Herz für Aphrodite
ISBN 978-3-505-13045-8

www.schneiderbuch.de

Artemis' Herz schlägt Purzelbäume, seit der hübsche Austauschschüler Orion von der Erde an die Olymp High gerufen wurde, um die Hauptrolle in einer berühmten Tragödie zu spielen. Allerdings sieht der Sunnyboy in ihr nur die mutige Sportskanone, mit der man Pferde stehlen kann. Das geht Artemis ganz schön gegen den Strich. Um Orion zu beeindrucken, begibt sie sich in große Gefahr! Ob das gut geht?

Band 4: Vorhang auf für Orion
ISBN 978-3-505-13046-5

Direktor Zeus bittet die Klassenbeste Athene, sich um den neuen Schüler Herakles zu kümmern. Schon bald stellt sich heraus, dass Herakles ein aufregendes Geheimnis verbirgt: Er muss zwölf rätselhafte Aufgaben erfüllen, und wer könnte ihm dabei besser helfen als die Göttergirls?

Band 5: Hausaufgaben für einen Helden
ISBN 978-3-505-13047-2

Aphrodite bekommt eine Strafarbeit aufgebrummt, die sich gewaschen hat. Und das nur, weil sie aus Versehen im Heldologieunterricht den Trojanischen Krieg ausgelöst hat. Voll streng, findet sie! Um ihre Note zu retten, muss sie in Ägypten jemandem aus der Liebespatsche helfen, und diese Aufgabe entpuppt sich als ganz schön schwierig. Denn im Land der Pyramiden stellt sich ihr das ägyptische Göttergirl Isis in den Weg und möchte die Herzensangelegenheit auf gar keinen Fall an Aphrodite abtreten. Ein erbitterter Wettstreit zwischen den Konkurrentinnen beginnt …

Band 6: Klassenfahrt mit Mumie
ISBN 978-3-505-13048-9

Joan Holub & Suzanne Williams
Die sagenhaften Göttergirls
je ca. 160 Seiten, gebunden
€ 8,99 [D]

Mit UV-Lackierung und funkelndem Glitzerlack auf dem Cover

Schneiderbuch
EGMONT

Lustige Erlebnisse mit *Hanni und Nanni*

von Enid Blyton

Band 1	Hanni und Nanni sind immer dagegen	ISBN 978-3-505-12177-7
Band 2	Hanni und Nanni schmieden neue Pläne	ISBN 978-3-505-12178-4
Band 3	Hanni und Nanni in neuen Abenteuern	ISBN 978-3-505-12179-1
Band 4	Kein Spaß ohne Hanni und Nanni	ISBN 978-3-505-12180-7
Band 5	Hanni und Nanni geben nicht auf	ISBN 978-3-505-12181-4
Band 6	Hanni und Nanni im Geisterschloss	ISBN 978-3-505-12182-1
Band 7	Hanni und Nanni suchen Gespenster	ISBN 978-3-505-12183-8
Band 8	Hanni und Nanni in tausend Nöten	ISBN 978-3-505-12184-5
Band 9	Hanni und Nanni groß in Form	ISBN 978-3-505-12185-2
Band 10	Hanni und Nanni geben ein Fest	ISBN 978-3-505-12186-9
Band 11	Lustige Streiche mit Hanni und Nanni	ISBN 978-3-505-12187-6
Band 12	Hanni und Nanni und ihre Gäste	ISBN 978-3-505-12188-3
Band 13	Fröhliche Tage für Hanni und Nanni	ISBN 978-3-505-12189-0
Band 14	Hanni und Nanni gründen einen Klub	ISBN 978-3-505-12190-6
Band 15	Hanni und Nanni im Landschulheim	ISBN 978-3-505-12191-3

www.schneiderbuch.de

Band 16	Hanni und Nanni bringen alle in Schwung	ISBN 978-3-505-12192-0
Band 17	Hanni und Nanni sind große Klasse	ISBN 978-3-505-12193-7
Band 18	Die besten Freundinnen	ISBN 978-3-505-12194-4
Band 19	Hanni und Nanni retten die Pferde	ISBN 978-3-505-12195-1
Band 20	Gute Zeiten mit Hanni und Nanni	ISBN 978-3-505-12196-8
Band 21	Hanni und Nanni kommen groß raus	ISBN 978-3-505-12197-5
Band 22	Gefährliches Spiel für Hanni und Nanni	ISBN 978-3-505-12198-2
Band 23	Lindenhof in Gefahr	ISBN 978-3-505-12297-2
Band 24	Das Rätsel um die Neue	ISBN 978-3-505-12298-9
Band 25	Die Ausreißerin	ISBN 978-3-505-12299-6
Band 26	Hanni und Nanni und das Zirkusabenteuer	ISBN 978-3-505-12300-9
Band 27	Klassenfahrt ins Abenteuer	ISBN 978-3-505-12301-6

Sonderbände

Hanni und Nanni retten die Mädchenehre	ISBN 978-3-505-12730-4
Hanni und Nanni finden einen Schatz	ISBN 978-3-505-12787-8
Hanni und Nanni – Glück auf vier Pfoten	ISBN 978-3-505-12834-9
Hanni und Nanni schnuppern Bühnenluft	ISBN 978-3-505-12835-6
Hanni und Nanni – Vollmondparty in Lindenhof	ISBN 978-3-505-12864-6
Hanni und Nanni – Freundinnen halten zusammen	ISBN 978-3-505-12865-3
Hanni und Nanni – Nannis neue Freundin	ISBN 978-3-505-12960-5

Sammelbände

Hanni und Nanni Sammelband 1	ISBN 978-3-505-12045-9
Hanni und Nanni Sammelband 2	ISBN 978-3-505-12046-6
Hanni und Nanni Sammelband 3	ISBN 978-3-505-12047-3
Hanni und Nanni Sammelband 4	ISBN 978-3-505-12048-0
Hanni und Nanni Sammelband 5	ISBN 978-3-505-12049-7
Hanni und Nanni Sammelband 6	ISBN 978-3-505-12050-3
Hanni und Nanni Sammelband 7	ISBN 978-3-505-12051-0
Hanni und Nanni Sammelband 8	ISBN 978-3-505-12672-7

ABSOLUT WILD

Aufgepasst! Jetzt wird's wild …

Taya und Tori können ihr Glück kaum fassen, als die neuen Mitbewohner einziehen! Die Tigerbabys Pommes und Mayo stellen das Leben der Zwillinge ganz schön auf den Kopf. Dabei gibt es gerade schon genug Aufregung: Das Geld reicht vorn und hinten nicht. Die Familie braucht einen Plan, und zwar schnell! Da klingelt eines Morgens das Telefon der Wilds: Für einen Werbespot werden Tigerjunge gesucht …

Über das aufregende Leben mit wilden Tieren – im eigenen Zuhause!

Lucy Courtenay
Absolut WILD
Band 1: Die Mini-Tiger sind los
252 Seiten, gebunden
€ 9,99 [D]
ISBN 978-3-505-13268-1

Kinder lieben Schneiderbücher!

www.schneiderbuch.de

Schneiderbuch
EGMONT